Armin Wühle

GETRIEBENE

ARMIN WÜHLE

GETRIEBENE

ROMAN

S. Marix Verlag

Inhalt

Erster Teil:
Vincent
15

Zweiter Teil:
Cora
95

Dritter Teil:
Milo
205

Vierter Teil:
Die andere Seite
327

Dank
357

*M*it festem Schritt näherte sich Cora dem Flughafengebäude. *Es war früher Nachmittag und ein milchiger Dunst verdeckte die Sonne. Sie überquerte die stark befahrene Straße, schob sich an einem rauchenden Taxi-Fahrer vorbei und betrat das Terminal. Im Gehen blickte Cora auf ihre Armbanduhr. Sie lag gut in der Zeit.*

Es herrschte reger Betrieb in der Halle, und vor den Schaltern der Fluggesellschaften bildeten sich lange Schlangen. Auf einer Anzeigetafel suchte Cora nach ihrem Flug. Als sie ihn gefunden hatte, presste sie die Daumenbeugen gegen die Riemen ihres Rucksacks und ging weiter. Den Rucksack trug sie nur zum Schein. Er war leer, abgesehen von ihrem Reisepass und einer Jacke, die den Hohlraum ausbeulen sollte. Cora schloss zu einer losen Traube Reisender auf und verlor sich in der Menge.

Sie hatte auf unauffällige Kleidung geachtet: flache Schuhe, dunkle Stoffhose, eine Bluse, darüber einen schiefergrauen Blazer. Sie trug dezentes Make-up und Ohrstecker, das lange Haar hatte sie zu einem Dutt gebunden. Sie unterschied sich nicht von den Geschäftsfrauen, die ihr im Terminal immer wieder begegneten. Am Morgen hatten sie zu dritt vor ihrem Kleiderschrank gestanden und über die passende Garderobe diskutiert. Eine Dreiviertelstunde hatte es gedauert, bis alle mit dem Ergebnis zufrieden waren. Allein die neuen Schuhe drückten unangenehm. Cora blieb stehen, schob einen Finger hinter die Ferse und versuchte, das Kunstleder zu weiten. Als sie aufsah, kam ihr eine Polizeistreife entgegen. Die Männer trugen olivfarbene Schutzwesten und langläufige Schusswaffen. Wie an einer Felsformation teilte sich der Menschenstrom an ihnen. Die Blicke der Streife trafen Cora und glitten über sie hinweg. Sie strich sich über die Augenbrauen und senkte den Blick. Sie verbarg ein Lächeln.

Die Sicherheitskontrolle verlief reibungslos. Es war ohnehin ausgeschlossen, dass sie etwas an ihr entdeckten. Cora schob ihren leeren Rucksack auf das Fließband. Mit verschränkten Armen wartete sie, bis sie durch den Metalldetektor gerufen wurde. Sie betastete den Dutt, der sich wie ein Geschwür an ihrem Kopf anfühlte. Nahid hatte ihn am Morgen gebunden, mit konzentriertem Blick und den Haarnadeln zwischen den Lippen. Gesprochen hatten sie wenig. Der Kaffee, den Nahid für alle gemacht hatte, stand unberührt in den Tassen. Faiz telefonierte im Nebenraum. Seine Stimme drang dumpf durch die geschlossene Tür. Cora nippte an dem inzwischen kalten Kaffee und blickte zum Hinterhof hinaus, der im Licht der aufgehenden Sonne lag. Sie ignorierte ihre schmerzende Kopfhaut. »Entschuldige«, murmelte Nahid und schob ihr die letzte Nadel ins Haar.

Eine Sicherheitsbeamtin winkte Cora mit ihrer behandschuhten Rechten durch den Metalldetektor. Sie schritt hindurch, nahm auf der anderen Seite ihren Rucksack entgegen und reihte sich in die nächste Schlange vor der Passkontrolle. Cora hatte keine Angst. Selbst das bittere Gefühl, einem ungewissen persönlichen Schicksal entgegenzugehen, schreckte sie nicht. Sie schob ihren Pass durch den Schlitz und der Grenzbeamte nahm ihn wortlos entgegen. Er blätterte ihn mit blinden Augen durch, legte die laminierte Seite auf einen Scanner. Der Beamte schob den Pass zurück und die letzte Schranke öffnete sich.

Im Wartebereich saß Cora einer jungen Mutter gegenüber. Sie trug ein buntgemustertes Kleid, wie es in den Afro-Shops am Stadtrand verkauft wurde. Sie hatte die Beine übereinandergeschlagen, das Kinn aufgestützt, den Blick gedankenverloren auf das Rollfeld gerichtet. In der Hand hielt sie einen leeren Papp-

becher. Neben ihr saß ein Mädchen mit abstehenden Zöpfen, dessen Füße nicht auf den Boden reichten. Mit großen Augen sah sich das Mädchen in der Abflughalle um. Cora hoffte, dass es niemanden gab, der die beiden in Khartum erwartete. In dem nachdenklichen Blick der Frau suchte Cora den Beweis zu sehen, dass sie den Flug ohnehin nicht antreten wollte. Cora nahm ihre Tasche und spazierte durch die Duty-Free-Läden, bis ihr Flug aufgerufen wurde.

Eine Stewardess in blauem Kostüm und mit geknotetem Halsband bot den Passagieren eine Schale Lutschpastillen. Cora nahm dankend an und bog in den Rumpf der Kabine. Sie ließ ihren Blick wie beiläufig über die Sitzreihen streifen und entdeckte die Gruppe am anderen Ende des Flugzeugs. Man hatte die beiden Männer getrennt von den anderen Passagieren einsteigen lassen. Die beiden Zivilpolizisten, die sie begleiteten, saßen auf den Gangplätzen und versperrten ihnen den Weg. Cora versuchte, ihre Blicke einzufangen, doch die Rücken der einsteigenden Gäste schoben sich immer wieder dazwischen. Es war ohnehin klüger, nicht erkannt zu werden. Vor der ihr zugewiesenen Sitzreihe blieb sie stehen und rutschte zum Fensterplatz durch. Sie zog das Bordmagazin aus dem Gitternetz und las einen Beitrag über andalusischen Wein.

Die Kabinentüren schlossen sich mit einer Verspätung von zehn Minuten. Das Flugzeug wurde rückwärts aus der Parkposition gezogen, und die Stewardessen gingen durch die Reihen und schlossen die Ablagefächer. Cora dachte daran, wie sie das Ticket vor zwei Tagen an einem Schalter der Fluggesellschaft gekauft hatte. »Ich brauche nur einen Hinflug«, hatte Cora gesagt und sich gefühlt, als habe sie sich dadurch bereits verraten. Doch der Angestellte registrierte ihre Antwort mit einem kaum merklichen Nicken. Schweigend starrte er auf den Bildschirm, bis ein Drucker die Buchungsbestätigung ausgab. Cora bezahlte in bar. Von der Leichtigkeit des Vorgangs etwas betäubt, aber nicht minder entschlossen, radelte sie nach Hause. Jetzt saß sie hier und wartete auf den richtigen Moment. Sie betrachtete das Terminal, das an ihrem Fenster vorbeizog, die Wartungshallen, die Futtermaisfelder. Sie zählte von Zehn rückwärts und öffnete bei Eins den Gurt.

Sie bat ihre Sitznachbarinnen, ihr Platz zu machen und schob sich an den beiden älteren Damen vorbei. Sie musste sich an den Rückenlehnen der vorderen Sitze festhalten, um nicht umzu-fallen – die Geschwindigkeit, mit der das Flugzeug zur Lande-bahn rollte, war höher als gedacht. Cora trat auf den Gang und setzte sich auf den Boden. Einige Köpfe drehten sich zu ihr um. Cora umschloss zu beiden Seiten die Metallstreben, an denen die Sitzreihen verankert waren. Sie saß entgegen der Fahrtrichtung, blickte den Gang hinunter wie eine Rodelbahn. Mittlerweile hatte sie die Aufmerksamkeit eines guten Dutzends Passagiere erregt. Eine Stewardess, halb versteckt hinter dem Vorhang zur Bordküche, bemerkte das Geschehen. Sie schnallte sich ab und eilte den Gang hinauf. Vor Cora ging sie in die Hocke.

»Madame, haben Sie ein gesundheitliches Problem?«

»In diesem Flugzeug befinden sich Personen, die nicht trans-portiert werden möchten, und ich werde mich nicht bewegen, bis diese Personen das Flugzeug verlassen dürfen.«

Die Stewardess wich zurück. Sie kräuselte die Stirn und blickte um sich, als suche sie Zeugen, die ihr bestätigten, was sie soeben gehört hatte.

»Madame, Sie müssen auf Ihren Platz zurück, sonst können wir den Flug nicht fortsetzen.«

Cora wusste nicht, was sie dem Offensichtlichen entgegnen sollte, und schwieg.

»Madame!«, insistierte die Stewardess und zog schwach und ohne Überzeugungskraft an ihren Handgelenken. Einer der Pas-sagiere fragte laut vernehmbar, was los sei, und lenkte damit wei-teres Interesse auf die Situation. Die Stewardess stand sichtlich ratlos vor ihr und entschied sich für einen vorläufigen Rückzug. Die ältere Dame, die neben Cora gesessen hatte, berührte sie an

der Schulter und fragte, was los sei. Cora begegnete der freundlich gestellten Frage mit derselben Freundlichkeit und erklärte
erneut, dass sich in diesem Flugzeug Personen befänden, die
nicht transportiert werden wollten, und dass sie sich nicht bewegen würde, bis diese Personen das Flugzeug verlassen durften.

Es dauerte nicht lange, bis die Stewardess in Begleitung eines
männlichen Flugbegleiters zurückkam. Sie waren mittlerweile
auf dem Rollfeld zum Stehen gekommen. Auch die beiden Männer in der hintersten Reihe hatten von der Aktion erfahren. Sie
reckten ihre Hälse und verfolgten das Geschehen, blieben aber
ruhig. Es war sicherlich das vernünftigste Verhalten in ihrer
Situation. Der junge Flugbegleiter ging vor Cora in die Hocke.
Er war offensichtlich gerufen worden, um mehr Eindruck zu
schinden als seine weiblichen Kolleginnen. Sein zierlicher Kor-
per strahlte keine Dominanz aus, doch eine gewisse rhetorische
Fähigkeit konnte ihm Cora nicht absprechen. Er sprach von den
rechtlichen Konsequenzen ihrer Aktion, von Strafverfahren mit
hohen Geldbußen, von lebenslangen Flugverboten und Schadensersatzforderungen. Er bekräftigte gleichzeitig die Rechtmä-
ßigkeit ihres politischen Anliegens, doch ihr Aktionismus sei in
diesem Fall aussichtslos. »Sie können diesen Menschen nicht
helfen. Wenn sie heute nicht fliegen, werden sie in die nächste
Maschine gesetzt. Ersparen Sie sich und uns allen den Ärger.
Eine junge Frau wie Sie sollte sich nicht die Zukunft verbauen.«
     Cora starrte an ihm vorbei. Keine Diskussionen, darüber
hatten sie immer wieder gesprochen. Sie schwieg, bis der Flugbegleiter von ihr abließ und sich flüsternd mit seiner Kollegin
beratschlagte. Unter den übrigen Passagieren wurden Stimmen
laut, die das Geschehen kommentierten. Ein Mann in der Reihe
vor ihr beugte sich vor und suchte ihren Augenkontakt. »Ich
weiß nicht, was sie dir über unser Land erzählt haben, Mädchen. In den Tod fliegen diese Leute aber nicht. Der Rest von uns
sitzt doch freiwillig in diesem Flugzeug. Meinst du, wir würden
hier sitzen, wenn es so gefährlich wäre?«

Cora dachte an Faiz, um sich abzulenken. Sie dachte an Faiz und an Nahid, und sie dachte an ihren Bruder, der heute seine Stelle als Assistenzarzt antrat – ein Gedanke an eine gänzlich andere Welt. Die beiden Flugbegleiter verschwanden in Richtung des Cockpits. Ihr Gegenüber setzte gerade zu einer neuen Argumentation an, als sich ein fülliger Geschäftsmann von seinem Platz erhob. Sein grauer Anzug spannte über dem Bauch. Er blickte herausfordernd um sich, als spräche er zu der versammelten Menschenmenge.

»Bringt jetzt endlich jemand die Fotze zur Vernunft?«

Die Luft schien wie eingesogen. Gespräche verstummten und wichen einer abwartenden Stille. Der Zorn saß Cora glühend heiß in der Brust. Sie schnellte hoch, ohne ihren Griff von der Strebe zu lösen.

»Halt's Maul, Arschloch!«

Der Mann drängte sich an seinem Nachbarn vorbei. Seine schwerfälligen, gleichzeitig energischen Bewegungen versprachen eine Hitzköpfigkeit, die ihr nur entgegenkommen konnte. Er ging auf sie zu, drohend den Finger ausgestreckt. Besser konnte es für Cora nicht laufen. Die Situation eskalierte.

»Du kleine Fotze gehst jetzt auf deinen Platz«, sagte er und packte sie an den Beinen. Cora schrie aus vollen Kräften und versuchte, seine Hände abzustrampeln. Ein Raunen schwoll in der Kabine an. Mehrere Passagiere erhoben sich von ihren Plätzen, unschlüssig, ob sie eingreifen sollten oder nicht. Der Hitzkopf versuchte, sie über den Gang zu schleifen, und Cora musste alle Kraft aufwenden, um sich an den Metallstreben zu halten. Von der Hüfte abwärts hing sie in der Luft. Die Männer in der letzten Reihe protestierten lautstark und konnten von ihren Betreuern nur mühsam in Zaum gehalten werden. Stimmen überlagerten sich, immer mehr Menschen drängten sich auf den Gang. Ein Mann mit kahlgeschorenem Kopf kämpfte sich zu ihnen vor. Er packte den Angreifer an den Schultern und redete in dessen Landessprache auf ihn ein. Die beiden führten ein heftiges Streitgespräch, das den Hitzkopf nicht davon abhielt, weiter an Coras Beinen zu zerren. Ihre Muskeln brannten und begannen schwach zu werden. Sie hörte weitere Schritte auf sich zukommen und hoffte auf Unterstützung, doch die Person, die nun hinter ihr kniete, versuchte ihr die Finger von den Metallstreben zu lösen. Cora beschimpfte die Person lautstark, doch es half nichts. Ein Finger nach dem anderen wurde ihr umgebogen, bis sie den Halt ihrer linken Hand verlor und seitlich einknickte. Der Hitzkopf schleifte sie einige Meter über den Gang, bis ihre Hände erneut eine Metallstrebe fanden. Eine herbeigeeilte Stewardess stand hilflos vor der Szene und presste sich die Hand vor den Mund. Cora strampelte mit einem letzten hysterischen Aufbäumen ihrer Kräfte, bis die Hände ihres Kontrahenten von ihr ließen. Ihr kahlgeschorener Helfer und die Stewardess nutzten den Moment und stellten sich schützend vor sie. Der Hitzkopf schnaufte wie ein Stier, seine Brust hob und senkte sich. Er spuckte vor Cora auf den Boden und murmelte einen Fluch. Die Stewardess forderte mit zitternder Stimme alle Beteiligten auf, zu ihren Plätzen zurückzukehren, als sich das Flugzeug mit einem Ruck in Bewegung setzte. Die Stewardess musste sich an einer Stuhllehne festhalten, um nicht zu stürzen, und alle, die sich erhoben hatten, kehrten schwankend auf ihre Plätze zurück. Cora starrte mit weit aufgerissenen Augen zur Decke und ignorierte die schrillen Beschimpfungen, die ihr entgegengeschleudert wurden. Ihre um die Metallstreben verkrampften Finger lockerten sich. Sie nahm ihr klopfendes Herz wahr, das sie bis in die Schläfen hinein spürte. Sie überhörte darüber fast die Durchsage des Kapitäns, der den Passagieren mitteilte, dass der Flug aus Sicherheitsgründen abgebrochen werde und sie nun zum Flugsteig zurückkehrten. Aus der Ferne hörte sie Flüche und leisen Jubel aufbranden. Cora leerte ihre Gedanken, bis sie der grauen Decke über ihr gehörten und der sanften Vibration unter ihrem Rücken.

Cora leistete keinen Widerstand. Nachdem die beiden Männer das Flugzeug verlassen hatten, nahm sie ihren Rucksack und folgte den Polizisten zum Ausgang. Sie passierte dabei den Piloten, der vor seine Kabine getreten war. Er hielt die Arme verschränkt, musterte Cora von oben bis unten und verabschiedete sie mit einem verächtlichen Schnalzen der Zunge. In der Fluggastbrücke wurden ihr Handschellen umgelegt. Cora blickte durch einen schmalen Spalt zwischen Brücke und Maschinenrumpf nach draußen. Einsatzwagen hatten das Flugzeug umstellt, Blaulicht flackerte über das Rollfeld. Die Polizisten nahmen Cora in einen schmerzenden Griff und brachten sie ins Terminal. Sie wurde einen Flur entlanggeführt, der von den wartenden Passagieren nur durch eine Glaswand getrennt war. Hunderte Augenpaare richteten sich auf sie. Cora suchte sich selbst in den Blicken dieser Menschen zu erkennen. Ein blondes Mädchen im Polizeigriff war nicht das, was sie erwarteten. Sie drehte sich ein letztes Mal nach dem Flugzeug um, bevor sie von den Beamten zurückgerissen und weitergeschleppt wurde. Was auch immer jetzt geschah, der Flug würde ohne die beiden Männer stattfinden. Im schmerzenden Griff der Beamten begann sie zu lächeln.

Erster Teil:
Vincent

1

Die Maschine setzte unsanft auf, aber die Passagiere applaudierten trotzdem. Einer pfiff sogar durch die Finger. Er stieß seinem Sitznachbarn den Ellbogen in die Rippen und zeigte ihm, wie man besonders kräftig in die Hände klatschte. Hinter den Fenstern zog sandsteinfarbene Steppe vorbei, mit Stacheldraht von der Landebahn abgegrenzt. Eine Stimme vom Tonband wünschte einen angenehmen Aufenthalt. Vincent konnte es nicht erwarten, das Flugzeug zu verlassen. Er rieb sich die müden Augen und nahm sich vor, in der Wohnung einen Mittagsschlaf zu machen.

Der Flug war um 6:45 Uhr gestartet. Die frühe Uhrzeit hatte manche nicht davon abgehalten, noch vor dem Abflug ihr erstes Bier zu trinken. Vincent hatte zwei Männer beobachtet, die Sombreros trugen und an einem Stehtisch beisammenstanden. Draußen war es noch dunkel gewesen, und die Panoramafenster hatten das hellerleuchtete Terminal gespiegelt. Einer der Männer knabberte Nüsse aus einer Schale, der andere blickte verschlafen vor sich hin. Sein Weißbierglas war noch fast voll.

»Was ist denn mit dir?«, sagte sein Kumpel mit Blick auf das Glas.

»Ist schon bisschen früh, ne …«

»Also Tommi, sag mal.« Er klopfte dem anderen aufmunternd auf die Schulter. »Was muss, das muss. Könnte ja dein letztes sein.«

»Sag so was nicht!«

Tommi bekreuzigte sich und lachte. Er nahm einen demonstrativen Schluck von seinem Bier.

»Wer weiß. Vielleicht hat einer von denen noch ’nen Mörser rumliegen. So lang ist es nicht her. Kriegt ’nen Flashback und schon hast du ’n Loch im Kopf.«

»Bei ’nem Mörser hast du mehr als nur ’n Loch im Kopf.«

»Oder, noch besser, die sehen so ein großes Ding vom Himmel kommen und denken: Oh Scheiße, was kommt da denn runter? Und werfen sich alle zu Boden.«

Er streckte die Hände von sich und bewegte seinen Oberkörper auf und ab, als bete er zu einer Gottheit. Er ließ ein gackerndes Lachen los, das von hartnäckigem Tabakkonsum gezeichnet war, und schob sich den Sombrero zurück auf den Kopf. Vincent saß in der Nähe und notierte die Szene mit.

Ein heißer Wind drückte Vincent ins Gesicht, als er das Flugzeug verließ. Über das Rollfeld liefen sie auf ein heruntergekommenes Gebäude zu. Wirklich neu schien nur der Schriftzug auf dem Dach zu sein: *Thikro International Airport*. Vincent folgte den übrigen Passagieren ins Innere und stellte sich vor das Gepäckband, das sich ruckend in Bewegung setzte. Von einer letzten Schraube gehalten, hing eine Uhr kopfüber von der Wand. Die Batterie war noch intakt, sodass sich der Sekundenzeiger ungeachtet weiterdrehte. Er griff seinen Rucksack und steuerte auf den Ausgang zu.

Unmittelbar nach der Passkontrolle wurden sie von Soldaten in Empfang genommen. Die Männer trugen Tarnmuster und beigefarbene Schirmmützen. Sie zählten je zwanzig Personen ab, die sie unter Waffenschutz zum Ausgang begleiteten. Einer der Soldaten erklärte das Vorgehen, zuerst in gebrochenem Englisch, dann pantomimisch. Er zog mit seinem Gewehrlauf einen Kreis über ihre Köpfe und machte eine Bewegung, als werfe er eine Angelschnur aus. Ein verständiges Nicken ging durch die Menge. Vincent wurde einer Gruppe zugeteilt, in der sich Abiturienten, Senioren in Sandaletten und ein Mann mit Hakenkreuz-Tattoo befanden. Vincent überlegte, ob er bereits einige O-Töne sammeln sollte, aber er war müde und ließ es bleiben.

Der Soldat, nicht älter als achtzehn, führte sie durch die verwaiste Ankunftshalle. Im Gegensatz zu anderen Flughäfen, in denen sich Großfamilien in die Arme fielen und Taxifahrer lautstark ihre Dienste anboten, empfing sie hier lediglich Stille. Bauschutt lagerte hinter den Schaufenstern der Geschäfte, Stromkabel hingen von der Decke. Vincent hörte ihre Schritte widerhallen.

Vor dem Gebäude stand bereits ein Bus mit laufendem Motor, der ebenfalls von Soldaten mit Maschinengewehren bewacht wurde. Ihre Gesichter waren hinter den großen Sonnenbrillen nicht zu erkennen. Sie bildeten einen Korridor, der vom Gebäude zum Buseingang führte und erzeugten damit das wohlige Gruseln, das sich die Touristen von ihrem Ausflug versprachen. Mit nervöser Eile wurden sie in den Bus getrieben. Ein paar Reihen vor ihm gingen Tommi und sein Freund, sie waren an ihren Sombreros leicht zu erkennen. Vincent fragte sich, ob sie die Hüte während des gesamten Flugs getragen hatten.

Vincent rutschte zu einem Fensterplatz durch. Er hatte Lust auf eine Zigarette und schob sich stattdessen ein Pfefferminz in den Mund. Er beobachtete die Soldaten, die sich wie sonnenbebrillte Sphinxen gegenüberstanden und weiterhin Passagiere in den Bus leiteten. Die Bedrohungslage war größtenteils inszeniert. Die Männer waren nicht mal ausgebildete Sicherheitskräfte, sondern Laien-Schauspieler, die aus den naheliegenden Dörfern eingesammelt wurden – das hatte ihm zumindest sein Dolmetscher in einem Vorgespräch berichtet. Vincent warf einen zweifelnden Blick auf die Gewehre. Womöglich waren sie nicht mal geladen.

Als sich die letzten Plätze gefüllt hatten, stiegen zwei der Schauspieler zu ihnen in den Bus. Sie kontrollierten wahllos Handgepäckstücke, bevor sie sich in die erste Reihe setzten und ihre langläufigen Gewehre zwischen die Beine nahmen. Die Hydraulik schnaufte schwer, als der Busfahrer die Türen schloss, und einige Fahrgäste zuckten erschreckt zusammen. Eine Anspannung lag in der Luft, die manche mit ihren Handykameras einzufangen versuchten. Der Bus ließ das Flughafengelände hinter sich und bog auf eine Ausfallstraße, die in gerader Linie nach Thikro führte.

Vincent hatte im Zuge seiner Recherchen mehrere Stunden Filmmaterial gesichtet – es schien ihm, als kehre er nach Thikro zurück, obwohl er noch nie dort gewesen war. Die Stadt lag in einem Talkessel, eingerahmt von leicht geschwungenen Bergen. Die Häuser waren schmucklos und einfarbig und zogen sich in dichten Reihen die Hänge hinauf. Vor dem Krieg hatten etwa dreißigtausend Menschen hier gelebt. Ein Durchlass zwischen den Bergen verband zwei Täler miteinander, und dieses Nadelöhr hatte aus der Stadt eine strategisch bedeutsame Stellung gemacht. Ihre Belagerung und die damit verbundenen Todesopfer waren nicht zuletzt der eigentümlichen Geographie geschuldet.

Seit sich die Rebellen aus der Stadt zurückgezogen hatten und Thikro der Union zugeschlagen worden war, verlief dort eine internationale Grenze. Der Durchlass zwischen den Bergen wurde mittlerweile von einer Mauer versperrt. Sie schnitt durch die Stadt und zog sich in einem teils waghalsigen Winkel die Hügelgrate hinauf. Was sich jenseits der Mauer befand, wurde in einem nicht enden wollenden Bürgerkrieg zerrieben; ganze Städte lagen dort in Schutt und Asche und wurden allmählich vom Wind abgetragen.

Vincent drückte sein Gesicht gegen die Scheibe. Trostlose Hügel und Felder zogen an ihm vorbei, und er dachte daran, nach einer Nachricht von Nina zu sehen. Beim Gedanken an die gestrige Nacht verkrampften sich seine Eingeweide. Er hatte den halben Flug damit verbracht, sich die passenden Worte zusammenzulegen und hatte doch keine gefunden. Unschlüssig hielt er sein Telefon in der Hand, und seine trüben Gedanken lichteten sich erst, als sie die Stadt erreichten.

Mehrstöckige Betonbauten, an denen zerschossene Werbereklamen hingen, säumten die Straße. Die ersten Passagiere entdeckten die Mauer, die sich als grauer Streifen über die Hügel zog, und deuteten mit den Fingern darauf. Die Anspannung, die in der monotonen Vibration der Busfahrt spürbar nachgelassen hatte, regte sich wieder. Manche standen von ihren Sitzen auf, um durch die Windschutzscheibe einen besseren Blick auf die Mauer zu bekommen. Die falschen Soldaten ließen sie gewähren.

An einem Kreisverkehr im Stadtzentrum kamen sie zum Stehen. Die Ankunft des Busses hatte die Aufmerksamkeit fahrender Händler erregt. Noch bevor sich die Türen öffneten, strömten Menschen zusammen, die den Touristen ihre Dienstleistungen anbieten wollten. Einer der Soldaten stieg aus und trieb sie mit dem Gewehr auseinander. Sie wichen um die Länge des Gewehrlaufs zurück, um sich gleich wieder nach vorne und in die erste Reihe zu drängeln. Sie boten Taxifahrten, Unterkünfte oder geführte Touren durch die Grenzanlagen. Auch ein bettelnder Junge war darunter. Er zupfte an den Ärmeln der aussteigenden Besucher und hielt ihnen die offene Handfläche hin. Der Soldat schlug ihm mit dem Gewehrlauf auf die Finger und schrie ihm einen Fluch hinterher, sodass die Sehnen an seinem Hals zutage traten. Vincent verfolgte die Szene mit Befremden und wollte den Soldaten zurechtweisen, wurde aber abgedrängt und mit den anderen Fahrgästen zu den Schaltern der Reiseleiter gelotst. Er scherte aus und zog sich unter den Schatten einer Platane zurück. Die Mittagshitze lag wie ein Bleigürtel auf seinen Schultern.

Vincent zündete sich eine Zigarette an und besah sich die Umgebung. Der Platz wurde von einem Obelisken überragt, der sich inmitten des dreispurigen Kreisverkehrs befand. Ein unansehnlicher Steinpfeiler, der unter den Touristen kaum Beachtung fand. Es war dieser Obelisk, an dem vor fünf Jahren ein Dutzend Jugendlicher festgebunden und erschossen worden war. Den Bewohnern war nicht erlaubt worden, die Leichen zu bestatten. Vincent erinnerte sich an ein entsprechendes Bild in den Zeitungen. Es zeigte Pendler, die mit ihren Einkaufstüten auf den Bus warteten und versuchten, die in den Seilen hängenden Leichen zu übersehen. Das Bild hatte ein französischer Fotograf geschossen, der später selbst in Gefangenschaft geraten und ermordet worden war.

Vincent recherchierte das Original auf seinem Handy und versuchte, den genauen Standort zu finden, von dem aus der Franzose sein Bild geschossen hatte. Er drückte sich durch die

Menschenmenge, die von ihren Reiseleitern mittlerweile auf Kleinbusse verteilt wurde. Als Vincent den Standort gefunden hatte, holte er seine Kamera hervor. Er wartete, bis ihm einige Touristen vor die Linse traten und drückte ab. Das Bild war nicht perfekt, aber es konnte dem Fotografen, der kommende Woche anreiste, eine Orientierung geben. Eine Gegenüberstellung der historischen und aktuellen Aufnahme war sicher ein guter Aufhänger für die Reportage.

Er packte seine Kamera ein und winkte einen Jungen heran, der Wasser aus einem Bauchladen verkaufte. Vincent drückte sich die kalte Flasche gegen die Stirn, bevor er daraus trank. Ein weiterer Bus vom Flughafen fuhr ein. Die fliegenden Händler formierten sich um und lösten sich von der mittlerweile ausgedünnten Touristengruppe. Auch der Junge, der ihm das Wasser verkauft hatte, steckte eilig sein Geld ein und lief zu den Neuankömmlingen.

Vincent hob sich den Rucksack auf den schweißnassen Rücken. Er tastete nach seinem Portemonnaie, um sich zu vergewissern, dass der Junge ihn nicht bestohlen hatte, und ging los.

2

Das Apartment lag in der Altstadt von Thikro. Vincent suchte auf dem Klingelschild nach dem Namen der Haushälterin, konnte aber in dem ihm fremden Alphabet nichts erkennen. Er sah sich nach jemandem um, der ihm weiterhelfen konnte, und war dankbar, als eine Frau auf den Balkon trat und ihm zuschrie, ob er der Ausländer sei. Sie warf ihm einen Schlüssel hinunter und rief, sie würden sich im dritten Stockwerk treffen.

Vincent wurde von einer kleinen Alten und ihrer erwachsenen Tochter durch das Apartment geführt. Die Räume waren nach der Belagerung kernsaniert worden und strahlten die klinische Frische eines Neuwagens aus. Die Tochter erklärte ihm die Bedienung der Klimaanlage, des Flatscreens und des Wasserfiltersystems. Am Ende der Runde zählte sie ihm die Schlüssel in der Handfläche ab. Bei Problemen solle er sich an die Mutter wenden, sie wohne im Erdgeschoss und könne den Google Übersetzer bedienen, Kleidung wasche und bügle sie gegen Gebühr. Sie verabschiedeten sich, und Vincent schloss hinter ihnen die Tür. Sie hatten kein einziges Mal danach gefragt, was er die beiden Monate über in Thikro mache. Womöglich konnte man darauf keine ehrbare Antwort erwarten.

Vincent ging ins Badezimmer und ließ das Waschbecken volllaufen. Er wusch sich im Gesicht und unter den Armen und zog sich ein frisches Hemd an. Er setzte sich auf sein Bett, öffnete die schallisolierten Fenster und ließ den Lärm der Straße eindringen. Die Vorhänge bewegten sich leicht im Wind. Zum ersten Mal, seit er frühmorgens ins Taxi gestiegen war, kam er zur Ruhe. Er hätte nun einen Mittagsschlaf machen können, aber die Neugier drängte ihn an die Mauer. Der Gedanke, dass nur wenige Gehminuten entfernt die zivilisierte Welt endete, faszinierte ihn. Er dachte an mittelalterliche Darstellungen der Erdscheibe, an deren Rändern Schiffe in den Abgrund stürzten und im Schlund eines Ungeheuers verschwanden. Neben einer nahezu rührenden Naivität zeugten diese Stiche gleichermaßen von Abenteuerlust. Sie erzählten von den Grenzen dessen, was dem Menschen bekannt und erfahrbar war, und nichts anderes wurde den Touristen in Thikro verkauft. Die Mauer war eine Weltenscheide, die Frieden und Krieg voneinander trennte. Ein geordnetes Staatswesen traf auf die rivalisierenden Machtansprüche verfeindeter Milizen, die sich gegenseitig unter Dauerbeschuss hielten und in Folterkellern jeder Menschlichkeit beraubten. Vincent wusste, dass es eine Aussichtsplattform gab, die den Blick auf die andere Seite der Mauer bot. Er griff sich die Schlüssel und verließ die Wohnung.

Die Gassen der Altstadt gingen steil bergauf, und Vincent musste sich nach vorn beugen, um die Steigung auszugleichen. Schwitzende Leiber drückten sich aneinander vorbei oder begutachteten die Auslagen der Geschäfte. Eine Reisegruppe zog sich wie ein Bandwurm durch die Gasse, angeführt von einer Frau, die einen Regenschirm in die Höhe reckte, um in der Menge erkannt zu werden. In der Luft hing der Geruch von gebratenem Fleisch, das die Straßenköche in Brot drückten und mit tonlosen, allein durch den Zungenschlag variierten Schreien bewarben.

In den engen Häuserschluchten neigten sich die Wände einander zu, Stromleitungen und Balkone schienen sich wahllos zu kreuzen. Neben ihm gingen zwei Rucksacktouristen, offenbar auf der Suche nach ihrer Unterkunft. »Es ist nicht mehr weit«, raunte der Mann seiner Freundin zu, deren Dreads ihr schweißnass ins Gesicht hingen. Vincent horchte das Paar unauffällig aus, stieß jedoch nicht auf verwertbares Material. Er ließ die beiden zurück, als sie einem Jungen auf der Straße Hasch abkauften.

Es dauerte nicht lange, bis sich die Steigung abflachte und die Mauer in Sicht kam. Vincents Pulsschlag beschleunigte sich. Die Gasse mündete in der neuen Hauptschlagader der Stadt, die parallel zu den Grenzanlagen verlief und *Boulevard* genannt wurde. Mit sichtlichem finanziellem Aufwand war hier eine Amüsiermeile errichtet worden, die aus Bars, Restaurants, Diskotheken und Stripclubs bestand. Die Häuser besaßen nur eine schmale Straßenseite und erstreckten sich schlauchartig nach hinten. Dicht gedrängt, wie mit hochgezogenen Schultern, reihten sie sich aneinander. Gegenüber verlief die Mauer, sechs Meter hoch und gekrönt mit Stacheldraht. Einige Gebäude waren aufgestockt worden, um einen Blick über die Mauer zu ermöglichen. Von den Dachterrassen bot sich freie Sicht ins Kriegsgebiet.

Vincent presste den Rücken gegen eine Hauswand und legte staunend den Kopf in den Nacken. Die Mauer bestand aus unverputztem Beton. Etwa alle zweihundert Meter erhob sich ein Wachturm, der von Stacheldraht und Überwachungskameras umgeben war. Ein schmaler Geländestreifen trennte den *Boulevard* von der Mauer. Zwei Spurrillen zeigten an, wo sich die Geländewägen der Grenzpatrouillen ihre Bahn schlugen. Gegenüber saßen die Menschen in Sonnenstühlen, ihre Stühle zur Mauer ausgerichtet, als betrachteten sie das Meer.

Vincent spazierte den *Boulevard* entlang, ohne den Blick von der Mauer zu nehmen. Innerhalb kürzester Zeit wurden ihm Gras, Hasch, Ketamin und MDMA angeboten sowie weitere Drogen, deren Codewörter er nicht kannte. Die jungen Dealer lehnten an Häuserwänden oder begleiteten ihre Zielgruppe ein Stück des Weges. Manche hielten eingeschweißte blauen Pillen zwischen den Fingern. *Love-Love* zischten sie, rieben das Plastik aneinander und sahen mit ihren eingefallenen Gesichtern und dem ruhelosen Blick nach allem anderen als *Love* aus.

Trotz der Popmusik, die von den Terrassen der Restaurants zu ihm drang, verlor die Mauer nichts von ihrer unerbittlichen Gewalt. Selfie-Sticks wurden aus der Menge gereckt, um den Grenzverlauf durch die Stadt und über die Berge einzufangen. Vincent verfolgte einige Gespräche, die sich zur Existenz der Mauer meist lobend, seltener kritisch, aber allesamt ehrfürchtig äußerten. Unauffällig notierte er sich O-Töne und ging weiter. Er ignorierte die Versuche der Kellner, ihn an einen Tisch zu lotsen, bis sich ihm einer in den Weg stellte. Der Mann deutete auf überbelichtete Fotos von Würstchen mit gebratenen Tomaten und erklärte, dass das Frühstück im *Pork House* noch bis sechzehn Uhr serviert werde. Vincent lehnte ab, doch der Mann versperrte ihm abermals den Weg. Er sprach wie zu einem Freund, um dessen Wohlbefinden er sich sorgte. Ob er lieber ein Bier trinken wolle? In der Bar werde Bier in Gallonen ausgeschenkt. Vincent verzichtete auf eine Antwort und schob sich an ihm vorbei.

Er begann, seinen Spaziergang mit der Handykamera aufzuzeichnen, und sprach seine Eindrücke für seine Follower auf. Zwischen den gastronomischen Angeboten befanden sich Läden, in denen billige Handyschalen, Gürtel, Jeans und Fußballtrikots verkauft wurden. Für wenig Geld konnte man sich Tattoos stechen oder Henna auftragen lassen. An den Büros der Tourismusagenturen hingen Bilder von Tagesausflügen, auch Paintball-Gelände und Schießstände wurden beworben. Vincent nahm einen Flyer entgegen und wurde von einem Agenten in ein Gespräch verwickelt. Der Mann hielt ihm einen Ordner hin und zeigte Fotos von Sturmgewehren und Handfeuerwaffen, die sich auf einem nahegelegenen Schießstand abfeuern ließen. Vorschriften gebe es keine, nur volljährig müsse man sein und zum Zeitpunkt des Besuchs nicht alkoholisiert. Vincent ließ sich die Kontaktdaten des Agenten auf den Flyer schreiben und verabschiedete sich. Mit dem guten Gefühl, einen ersten Ansatz für seine Recherchen gefunden zu haben, setzte er seinen Spaziergang fort.

Die Stadt entsprach recht genau den Vorstellungen, die er von ihr gehabt hatte. Allein die Besucherschichten waren heterogener als angenommen – Partyvolk war hier ebenso vertreten wie urbanes Bildungsbürgertum, was es schwieriger machen würde, seine Kritik eindeutig zu adressieren. Auch Söldner entdeckte Vincent immer wieder unten den Passanten. Sie trugen ihre Uniformen selbst in der Freizeit und präsentierten sich mit kaum verhohlenem Stolz. Die Männer gehörten nicht den Streitkräften der Union an, sondern einer paramilitärischen Einheit, die den Grenzverlauf in und um Thikro kontrollierte. Die *Solidarische Union* – kurz *SU* genannt – war weltweit in Krisengebieten aktiv. Die Finanzierung der Miliz war undurchsichtig und führte in rechtsradikale Milieus. Vincent beobachtete eine Gruppe Söldner und beschloss, ihnen eine Weile zu folgen. Regelmäßig bildeten sich Trauben um die Männer. Passanten klopften ihnen auf die Schulter oder wollten ihnen die Hand schütteln, viele baten um ein Foto. Es schien nicht wenige zu geben, die sich ihretwegen auf den Weg nach Thikro gemacht hatten. Die Präsenz der Miliz in den sozialen Netzwerken war vorbildlich. Sie versorgte eine wachsende Zahl an Followern mit Bildern und Videos ihrer Einsätze. Ihre Beiträge waren patriotisch, mitunter witzig, und strotzten vor heroischen Posen. Die Söldner stammten aus allen Ländern der Welt und rekrutierten sich vornehmend aus Soldaten, die vorzeitig aus dem Militär geschieden waren. Manche der dreihundert Mann starken Truppe waren zu Internetberühmtheiten avanciert, darunter Frédéric Llosa, der sich nicht selten mit nacktem Oberkörper und seiner M60 fotografierte. Seinen privaten Accounts allein folgten beinahe so viele User wie der gesamten Truppe. Es kursierte ein Kartenspiel, das neben Llosa einunddreißig weitere Milizionäre abbildete, ein kurzlebiger Internethype, ausgelöst von einem Fan, dem die Verbreitung nach einem Rechtsstreit untersagt worden war.

Die Söldnergruppe nahm in einer Bar Platz, und Vincent verlor das Interesse an ihnen. Er war mittlerweile vor der Aussichtsplattform angelangt. Eine Treppe führte vom *Boulevard* zu einem der Wachtürme hinauf. Stege bogen links und rechts am Turm vorbei und mündeten in einer Plattform, die in das Kriegsgebiet hineinragte. Vor dem Kassenhäuschen verdichtete sich die Menge, ein Bildschirm wies den nächsten freien Slot in einer Stunde aus. Vincent zupfte an seinem Hemd, das durchgeschwitzt an seiner Brust klebte. Er hatte keine Lust, so lange zu warten. Der *Boulevard* hatte ihn ausgelaugt und die Sinne müde gemacht. Er beschloss, sich nach einem Taxi umzusehen, und sein suchender Blick blieb nicht unbemerkt. Er wimmelte einen Mann ab, der ihm einen früheren Slot für den Plattformbesuch verkaufen wollte, und einen anderen, der ihm *Sugar* anbot, was auch immer das sein mochte. Vincent schob sich durch die Menge und ließ den überfüllten *Boulevard* hinter sich. Zwischen den Hotelanlagen, die am Rande der Flaniermeile in die Höhe schossen, wurde es ruhiger. Er spürte, wie der Lärm in ihm nachhallte und die schmucklosen Zweckbauten der Stadt seine Augen entspannten. In einer Seitenstraße fand er einen Taxi-Fahrer und ließ sich in sein Apartment bringen.

3

Vincent lag im Bett und platzierte sein Smartphone auf Stirn und Nasenspitze. Er starrte auf das dunkle Display, spürte dessen sanften Druck auf seinem Gesicht und wartete auf einen Anruf von Nina, den er wohl nicht mehr empfangen würde. Es war bereits kurz vor Mitternacht, und die Wahrscheinlichkeit, dass sie jetzt noch zurückrufen würde, sank mit jeder Minute. Er nahm das Telefon vom Gesicht und schrieb ihr bei *WhatsApp*, dass er gut angekommen war. Er schickte einige Fotos vom *Boulevard* und von den Grenzanlagen hinterher und wünschte ihr eine gute Nacht. Er legte das Smartphone zurück auf die Stirn und wartete auf eine Antwort. Er sehnte sich nach einem vertrauten Menschen, dem er von seinen Eindrücken erzählen konnte und dessen Worte seine fiebrigen Wangen streicheln würden. Bislang war Nina dieser Mensch gewesen, doch die vergangene Nacht hatte die Risse in ihrem Verhältnis offenbart.

Eine eingehende Nachricht ließ sein Smartphone vibrieren, und Vincent erschreckte sich derart, dass ihm das Telefon von der Nase glitt und auf den Boden fiel. Ninas Antwort bestand aus zwei Emojis: Daumen hoch, Smiley. Sie war direkt nach dem Versenden offline gegangen. Vincent warf das Smartphone seufzend beiseite und zog die Bettdecke über den Kopf.

Niemand kannte ihn und seine beruflichen Ambitionen besser als Nina. Bis zu ihrer Trennung hatte sie all seine Selbstzweifel, seine Rückschläge und Erfolge begleitet. Ihr verdankte Vincent auch sein erstes großes Thema: Geldtransfers von Migranten in ihre Heimatländer, Summen in Milliardenhöhe, die in manchen Ländern ein Drittel des Bruttoinlandsprodukts ausmachten. Nina hatte eine Podiumsdiskussion zu dem Thema organisiert und ihn mit den Rednern in Kontakt gebracht, darunter eine Vertreterin der Weltbank. Schon nach den ersten Gesprächen hinter der Bühne hatte Vincent gewusst, dass das Thema brannte. Er wollte nicht nur den Geschäftspraktiken von Western Union und Moneygram nachgehen, die bei jeder Überweisung bis zu zehn Prozent der Überweisungssumme einbehielten, sondern wollte auch jenen Gesicht und Stimme geben, die am anderen Ende der Überweisung standen. Er legte eine Reiseroute fest und bewarb sich mit der Idee um ein Recherchestipendium. Vincent wartete schon lange auf eine Gelegenheit, seine Festanstellung bei einer Lokalredaktion zu kündigen. Er wollte die Entscheidung vom Erhalt des Stipendiums abhängig machen, und als sein Antrag abgelehnt wurde, kündigte er trotzdem.

Er flog auf eigene Kosten nach Abuja und mietete sich zwei Wochen in einem Hotelzimmer ein. Er nahm sich keine freien Tage, recherchierte tagsüber und schrieb nachts. In den Slums entdeckte er Werbeplakate, die ein Anbieter von Geldtransfers geschaltet hatte, um die Bewohner wenig subtil zur Flucht zu motivieren. *Wir glauben an Menschen, die in Bewegung bleiben, um ihre Träume zu verwirklichen*, man wollte kotzen, wenn man das las, wenn man selbst mit Männern gesprochen hatte, die in ihre Heimatdörfer zurückgekehrt waren, ohne einen Fuß nach Europa zu setzen; die den direkten Augenkontakt mieden, immer zu Boden starrten und nur die Hälfte dessen erzählten, was sie erlebt hatten, von Schmugglern und Polizei misshandelt, vergewaltigt, in der Wüste ausgesetzt, verschuldet. Vincent schrieb mit Wut im Bauch, und seine Reportagen gelangen ihm gut. Er brachte sie in verschiedenen Medien unter, noch während er in Abuja war. In den wenigen freien Stunden saß er in einem Internetcafé und berichtete Nina von seinem Tag. Sie las seine Texte gegen und fand die richtigen Worte, wenn er an ihnen zweifelte. Als er zurückkam, holte sie ihn vom Flughafen ab, mit einem breiten Lächeln und einer Ausgabe der Tageszeitung, in der eine seiner Reportagen erschienen war.

Thikro würde seine zweite große Recherchereise werden, und er hatte im vergangenen Jahr genügend Beziehungsarbeit gepflegt, um seine Texte auch in größeren Blättern unterzubringen. Der *Volxmund* zahlte ihm gar einen Spesenzuschuss, was selten genug vorkam. Vincent spürte dieselbe Aufregung wie damals, dieselbe Gewissheit, dass das Thema einschlagen würde. Da sein Zwischenmieter bereits die Wohnung bezogen hatte, fragte er Nina, ob er in der Nacht vor dem Abflug bei ihr unterkommen konnte. Seine Ex-Freundin um einen Schlafplatz zu bitten, war ihm selbstverständlich vorgekommen. Immerhin hatte er seinen Abschied zu feiern, den hoffentlich nächsten großen Sprung auf der Karriereleiter, und mit wem sollte er das feiern, wenn nicht mit ihr.

»Gern«, schrieb sie zurück, einen Tag, nachdem die Häkchen blau geworden waren.

Sie hatte gekocht, sehr aufwendig. In ihrer neuen Küche staute sich der Dampf, alle Herdplatten waren belegt. Die Zucchini hatte sie in dünne Streifen gehobelt, sodass man sie zusammen mit den Tagliatelle auf die Gabel drehen konnte. Sie demonstrierte es ihm auf einem leeren Teller. Ein flüchtiges Lächeln huschte über ihr Gesicht, bevor sie sich wieder den dampfenden Töpfen zuwandte. Vincent begann, sich unwohl zu fühlen. Er musste an Sartres *Schmutzige Hände* denken, an Olga und ihren ehemaligen Verlobten, der überraschend aus dem Krieg zurückkehrt. Die beiden stehen betreten voreinander, und Olga fragt, ob sie ihm ein Essen richten soll. *Ach*, antwortet der verprellte Verlobte, *es ist so bequem, wenn man etwas geben kann; damit hält man sich die Leute vom Leibe.*

Vincent wurde es kalt, als er an die Zeile dachte. Er hatte Nina selbst in der Rolle der Olga gesehen, eingerahmt von einem kubischen Bühnenbild, das fortwährend über die Bühne geschoben wurde und den Verfall strukturalistischer Weltbilder symbolisierte, wie sie sagte. Wunderschön war sie gewesen, talentiert. Er betrachtete ihre hektischen Bewegungen vor den Herdplatten und fragte sich, ob er sich zum Rauchen auf den Balkon entschuldigen sollte, aber da servierte Nina bereits das Essen. Auch der Wein war sehr teuer, was es nur schlimmer machte – er schmeckte ausgezeichnet.

Vincent erzählte von den kommenden Wochen in Thikro und hörte sich selbst nicht richtig zu. Er blickte sich in der Wohnung um, die er zum ersten Mal sah, seit er ihr beim Umzug geholfen hatte. Die beiden verband weiterhin eine Freundschaft, zumindest tagsüber und an neutralen Orten. Mit einem Mal kam ihm seine Anwesenheit wie ein fürchterlicher Fehler vor. Er hätte seine Selbsteinladung gerne ungeschehen gemacht, aber nun saß er schon hier.

»An was denkst du?«, fragte Nina, ihre geschminkten Lippen am Weinglas. Sie blickte ihn fast schon herausfordernd an, als überließe sie ihm die Entscheidung, ob sie offen miteinander reden sollten oder nicht. Vincent brachte sich zu einem Lächeln.

»Ich denke an Sizilien«, sagte er. Es war ein durchschaubarer Trick, aber sie wollten beide, dass er funktionierte. Mit Anekdoten aus ihrer Vergangenheit brachten sie einander zum Lachen, und als sie mit dem Wein auf den Balkon wechselten, hatten sie gar ein paar Stunden miteinander, in denen alles war wie früher. Sie tauchten unter die Oberflächlichkeit des Smalltalks, erzählten von Freunden und Familienmitgliedern, die der jeweils andere seit der Trennung nicht mehr gesehen hatte, teilten ihre Gedanken der letzten Wochen und stritten über Politik. Es war schön. Sie saßen länger beisammen, als es sein frühmorgendlicher Flug eigentlich erlaubt hätte. Vincent stellte sich gar die Frage, ob Nina noch immer die Pille nahm, bis sie die Weingläser in die Spüle stellten und über seinen Schlafplatz diskutierten. Er hatte bis dahin keinen Gedanken daran verschwendet. Vincent legte sich auf die Couch und stellte fest, dass sie um die entscheidenden Zentimeter zu kurz war. Nina bot an, selbst die Couch zu nehmen – sie sei klein genug, um sich dort ausstrecken zu können. Es war ihm jedoch unangenehm, sie aus ihrem Bett zu vertreiben, also richtete sich Vincent einen Schlafplatz auf dem Boden. Er breitete eine dicke Wolldecke als Unterlage aus und wusste, dass er mit Rückenschmerzen aufwachen würde. Er hatte wohl einen Moment zu lange auf den Boden gestarrt, jedenfalls bat Nina ihn, zu ihr ins Bett zu kommen. Die Diskussion um seinen Schlafplatz hatte bereits mehr Raum eingenommen, als es angenehm war, also warf er sein Bettzeug neben sie und löschte das Licht. Sie hatte ein schweres Kissen neben sich aufgebaut, das oberhalb der Hüfte jeglichen Körperkontakt verhinderte. Vincent wusste selbst nicht, was er sich von dem Abend erwartet hatte – das Kissen war es jedenfalls nicht gewesen.

Vincent lag lange wach und achtete auf Ninas Atemzüge. Sie schlief nicht. Es machte ihn nervös, dass sie nebeneinander lagen und nicht schliefen, aber auch nicht miteinander redeten. Er starrte zur dunklen Decke hinauf, bis er nicht mehr wusste, ob er die Augen geöffnet oder geschlossen hatte. Erst, als er ihre tiefen und regelmäßigen Atemzüge hörte, glitt er in einen leichten Schlaf.

Als sein Wecker um halb fünf klingelte, wachte Vincent mit Rückenschmerzen auf, eingezwängt zwischen Kissen und Bettkante. Die Sonne war noch nicht aufgegangen. Er hatte darauf bestanden, dass Nina liegen bleiben solle, und das tat sie auch. Er putzte sich die Zähne, nahm seinen Rucksack und schloss hinter sich die Tür.

4

Vincent verbrachte den ersten Morgen in Thikro damit, sich ohne einen Plan durch die Nachbarschaft treiben zu lassen. Er gefiel sich als Flaneur, der sich seine Umgebung und damit den Gegenstand seiner journalistischen Arbeit mit einer gewissen Distanz erschloss. Die Möglichkeiten der Recherche waren begrenzt und die besten Geschichten fanden sich immer noch durch Zufall. Er hielt sich vom *Boulevard* fern und stellte fest, dass Thikro abseits dessen eine normale Stadt war. Er blickte in fremde Hinterhöfe und wechselte ein paar Worte mit Kindern, die kichernd ihr Schulenglisch an ihm erprobten. In den Straßen wurden die Rollläden hochgezogen und der Duft von frisch gebackenem Brot hing in der Luft. Vincent suchte nach einem Café, in dem er frühstücken konnte, als sein Telefon klingelte. Es war Héctor, sein Fotograf. Vincent zog sich in eine Häuserschlucht zurück und presste den Finger gegen sein linkes Ohr.

»Du lebst noch!«

»Gerade so«, sagte Héctor und lachte. »Entschuldige, dass ich mich so spät melde. Ich war bis gestern in irgendwelchen Tälern ohne Internetempfang.«

»Wo bist du jetzt?«

»In einem Hotelzimmer in Jammu, und ich habe nicht vor, es so schnell zu verlassen. Ich blättere gerade durch die Flyer der Lieferdienste. Wusstest du, dass es hier *Domino's* gibt?

»Die gibt's doch überall.«

»Gelobt sei der freie Markt, die ganze Welt kommt in den Genuss von Chicken BBQ Pizza. Bist du schon in Thikro?«

»Seit gestern.«

»Dein erster Eindruck?«

»Durchgeknallt«, sagte er und fühlte dem Wort nach, das er gewählt hatte. Er gab sich damit zufrieden. »Ja, durchgeknallt. Vor der Mauer reiht sich eine Bar an die andere, und ein paar Kilometer weiter schlagen Granaten ein. Amgar, die Rebellenhochburg, hast du davon gehört? Du kannst sie von hier aus sehen, es gibt eine Aussichtsplattform dafür. Es ist absurd, aber das Konzept geht auf. Dieses dekorative Elend, ein bisschen Exotik, ein bisschen Gefahr. Aber mit den Annehmlichkeiten eines All-Inclusive-Urlaubs … wann kommst du denn in Thikro an? Ich kann dich von der Busstation abholen.«

»Deswegen rufe ich an«, sagte Héctor in einem unguten Tonfall.

»Sag nicht —«

»Mir täte eine Auszeit gut. Das waren ein paar harte Wochen. Wenig Schlaf, immer auf Hochspannung.« Er setzte kurz ab. »Ich möchte nicht in die Details gehen, aber, naja … ich habe viel Blut gesehen.«

Sie schwiegen eine Weile. Vincent blinzelte zum Himmel hinauf, der sich als schmaler Streifen zwischen den Häuserwänden abzeichnete.

»Brauchst du ausgerechnet mich?«, fragte Héctor. »Der *Volxmund* hat doch selbst gute Leute. Was ist mit Christina?«

Christina war zu anständig – das war der erste Gedanke, der Vincent in den Sinn kam, und diese Tatsache schockierte ihn selbst ein wenig.

»Kannst du dir Christina auf Streife mit den Söldnern vorstellen? Oder bei Recherchen in einer Drogenküche?«

»Klar. Sie ist ein Profi.«

»Christina geht keine Risiken ein.«

»Und ich schon?«

»Du wägst Risiken ab und entscheidest dich dafür oder dagegen, das ist der Unterschied.«

»Was ist mit Liam?«

»Der ist doch ein Depp.«

Vincent lehnte die Stirn an die kalte Wand und schloss die Augen. Er sah bereits seine gesamte Reportage in sich zusammenstürzen.

»Bist du schon an was dran?«, fragte Héctor, um das Thema zu wechseln.

»Nicht wirklich. Ich komme erst mal an, sehe was sich ergibt. Kommende Woche habe ich ein Interview mit Chris Varga, dem Mann, der das ganze Geld in die Stadt pumpt. Aber du weißt ja, wie das ist. Am Ende fliegst du mit völlig anderen Geschichten zurück als erwartet.«

Auf der Straße ratterte ein Obstkarren übers Pflaster, die Warnrufe des Fahrers eilten ihm voraus. Passanten sprangen zur Seite und drückten sich zu Vincent in die Häuserspalte. Es handelte sich um die entscheidenden Minuten ihres Gesprächs, und die Störung erfüllte ihn mit einem kurzen, irrationalen Hass. Er drehte ihnen den Rücken zu und suchte nach den richtigen Worten.

»Héctor, die Bedingungen sind wirklich ideal. Du musst kein Geld für eine Unterkunft ausgeben, du schläfst in meinem Gästezimmer und kannst solange bleiben, wie du möchtest. Und der *Volxmund* zahlt gut, das weißt du. Ich nehme dir ein Video für meine Kanäle ab, und wenn es mit dem *Intruder* klappt, kriegst du auch dort noch Bilder unter. Um die Verwertung musst du dir also keine Gedanken machen. Das sind echte Traumbedingungen.«

Héctor sagte nichts.

»Nimm dir ein paar Tage Auszeit in Thikro. Du musst nicht sofort anfangen, es gibt auch keine Deadline. Ich muss sowieso noch einiges an Recherche erledigen. Du kannst dich in der Zwischenzeit ausruhen und die Sonne genießen, oder ein bisschen Party machen, oder beides. Wenn du soweit bist, starten wir.«

Er spürte der Stille in der Leitung nach. Héctor schien zu überlegen.

»Du bist der beste Fotograf, den ich kenne«, fügte er hinzu, weil er wusste, dass es ihn überzeugen würde, und weil es stimmte. »Komm schon, Héctor, bist du dabei?«

Die Altstadt war ein System an Kapillaren. Es war zu feingliedrig, um den Wegen einen Namen zu geben, und es genügte eine geringe Anzahl an Menschen, um es zu verstopfen. Nur selten traten die Berge zwischen den Häusern hervor und gaben ein wenig Orientierung. Vincent hatte sich verlaufen, aber das war nicht weiter schlimm. In Hochstimmung über die gerettete Reportage lief er einfach weiter, bis er auf eine Straße stieß, die er wiedererkannte. Er deckte sich mit Lebensmitteln ein und traf auf dem Rückweg die Haushälterin bei der Gartenarbeit. Er tippte ihr eine Nachricht in den Google Übersetzer. *Ich bekomme einen Gast. Er reist Mittwoch an.* Die Frau wischte ihre Finger an der Schürze ab und nahm das Telefon entgegen. Sie tippte eine Antwort ein. *Ich beziehe das Bett am Nachmittag.*

Vincent hievte die Einkaufstüten in den dritten Stock, stellte die Klimaanlage auf höchste Stufe und setzte Kaffee auf. Er würde den Tag damit verbringen, alte Texte zu redigieren, Rechnungen zu schreiben und bei Redaktionen nachzuhaken, die ihm eine Veröffentlichung oder zumindest ein Ausfallhonorar schuldeten. Er konnte nun die Rückstände der letzten Wochen abarbeiten, ohne in Zeitdruck zu geraten. Sein Aufenthalt in Thikro war großzügig berechnet. Für die Recherchen hatte er drei Wochen veranschlagt und er hatte einen Monat dran gehangen, als er von den billigen Mieten in der Stadt erfuhr. Das Devisengefälle drückte die Preise zusätzlich. Seine Wohnung hatte er überteuert zur Zwischenmiete ausgeschrieben und tatsächlich jemanden gefunden, der ihm den hohen Preis zahlte. Zu dem Zeitpunkt, als Vincent ins Flugzeug stieg, hatte er bereits mehr Geld verdient als mit dem Schreiben einer Reportage.

Er setzte sich an den Schreibtisch und begann zu arbeiten. Regelmäßig wanderte sein Blick auf sein Smartphone, ob er eine Nachricht von Nina erhalten hatte. Genau das hatte er vermeiden wollen. Er wollte sich nicht durch emotionalen Ballast von seiner Arbeit ablenken lassen, und doch fand er keinen Frieden damit, der Böse in dieser Geschichte zu sein, der kräftig Staub aufwirbelte und dann einfach verschwand. Er durchforstete Ninas Social-Media-Kanäle nach einem Anzeichen für ihre Stimmung und fand heraus, dass sie sein erstes Video von der Grenze retweetet hatte. Vincent nahm es als Beweis dafür, dass es um ihr Verhältnis so schlecht nicht stehen konnte, und wandte sich wieder seinen Texten zu.

Am Nachmittag hatte er den Großteil seiner Arbeit erledigt. Die Haushälterin klopfte, um das Gästebett für Héctor zu beziehen, und Vincent machte eine Pause auf dem Flachdach. Er hob den Aschenbecher auf, der dort auf dem Boden lag, und spazierte über die ungenutzte Fläche. Die Sonne reflektierte unangenehm von den hellen Fliesen. Er stellte sich ans Geländer und schirmte seine Augen mit der Hand ab. Unter dem Halbrund seiner Finger ging der Blick kilometerweit. Er zündete sich eine Zigarette an und wartete vergeblich auf einen erfrischenden Windstoß. Vincent erinnerte sich an einen Sommertag, den er mit Nina verbracht hatte. Sie waren durch einen entlegenen Teil des Stadtparks spaziert, der von Teichen und hüfthohen Gräsern durchzogen war. Sie hatten sich eine Bahn durch das Gras geschlagen und mit ihrem Handtuch eine Liegefläche plattgedrückt. Über ihnen der Himmel, begrenzt von einer Korona aus Schilfrohr. Nina hatte ihm einen geblasen, aber er hatte keine wirkliche Freude daran gehabt. Die Luft hatte sich im Gras gesammelt und auf ihnen gelegen wie eine kratzige Wolldecke.

Er drückte die Zigarette nach der Hälfte aus und ging in die Wohnung zurück. Die Haushälterin war bereits verschwunden. Es war kurz nach sechzehn Uhr, der Tag halb angefangen und nicht zu Ende gebracht. Er nahm die Milch aus dem Kühlschrank und trank direkt aus der Flasche, bevor er sie in eine Schüssel goss. Er setzte sich in Unterhosen auf die Ledercouch, die unangenehm an seiner Haut klebte, aß Cornflakes und verfolgte die Nachrichten auf CNN.

Am Abend gestand er sich ein, dass er sich langweilte. Das Wissen, dass sich in der ganzen Stadt Menschen für den Freitagabend verabredeten, machte ihn unruhig. Er fühlte sich in die Pubertät zurückversetzt, als wartete er auf die Einladung zu einer Party, die er gar nicht besuchen wollte. Er saß am Fenster und blickte auf die Stadt, deren Berge einen rosafarbenen Glanz annahmen. In den dunkelnden Straßen leuchteten Reklamen auf. Er betrachtete einen Berghang, der jenseits der Grenze aufragte. Ein verlorenes Stück Erde, dachte er.

Vincent verließ das Apartment und ließ sich durch die Straßen treiben. Menschen, Gespräche und hellerleuchtete Geschäfte zogen an ihm vorbei. Ihm wurden Armbanduhren und einzelne Taschentuchpackungen angeboten, ein Straßenmetzger köpfte vor den Augen schaulustiger Touristen ein Huhn. Im Gedränge vor einer Straßenkreuzung hörte er ein eilig gezischtes *Hasch*. Er nickte dem Mann zu, der es ausgesprochen hatte, und der Mann deutete an, ihm zu folgen. Vincent wurde aus dem Getümmel der Altstadt zu einem nahegelegenen Mietshaus geführt. Die beiden sprachen kein Wort miteinander. Der Mann schob ein Eisentor auf, das den Zugang zum Innenhof versperrte, und führte ihn an einen Tisch. Leselampen waren auf die Tischplatte gerichtet, um das Sortiment in der Dunkelheit erkennen zu können. Er gab dem Verkäufer ein Zeichen und kehrte wieder um.

»Guten Abend, mein Freund, wie geht es dir?«, sagte der Verkäufer und aschte selbstvergessen in einen Marlboro-Aschenbecher. Vincent murmelte eine Antwort und trat näher. Gras- und Haschsorten lagen in aufgekrempelten Plastiktüten bereit. In einer Schüssel häuften sich kleine Tüten mit bunten Tabletten, daneben wurden Poppers, Viagra und verschieden befüllte Ampullen geboten. Vincent war nicht der einzige Kunde. Neben ihm stand eine Männergruppe in Sommersakkos, die ihren heutigen Rausch beratschlagten. Einer hatte die Hände hinter dem Rücken verschränkt und beugte sich über den Tisch wie über eine Käseplatte. Der Verkäufer scherzte mit ihnen und erklärte die Unterschiede zwischen den Sorten. Er strahlte den Stolz eines Sammlers aus, der seine besten Stücke präsentierte.

Vincent betrachtete das Mietshaus, das sich von allen vier Seiten um den Innenhof schloss. Die Flure waren dem Hof zugewandt, Wäsche hing über den Geländern zum Trocknen. Hinter den Fenstern ging das Leben ungerührt weiter. Aus der Dunkelheit löste sich die Gestalt einer alten Frau, die Tee brachte. Sie stemmte sich das Tablett gegen den Bauch, als sie das leere Teeglas des Verkäufers gegen ein volles tauschte. Sie bot auch Vincent ein Glas, und er griff aus Höflichkeit zu. Der Verkäufer verabschiedete derweil die Männergruppe. Er winkte ihr hinterher, nahm seine Zigarette auf und wandte sich Vincent zu.

»Mein Freund, was kann ich für dich tun?«

Vincent begnügte sich mit zwei Grassorten in geringen Mengen. Der Verkäufer, der sich als Sam vorstellte, beschrieb ihm die Nuancen ihrer Wirkung und schüttelte die Pollen auf eine Grammwaage. Vincent klemmte ihm die Geldscheine unter die Keramikschüssel. Er hätte gleich gehen wollen, aber der Tee zwang ihn, noch eine Weile zu bleiben. Er war zu heiß, um ihn in einem Schluck hinunterzustürzen.

»Bist du alleine unterwegs, mein Freund?«

Vincent nickte.

»Du bist für die Mädchen hier«, sagte er und grinste Vincent zu, in einer Geste der Verbrüderung. »Ich würd's sofort mit zehn Verschiedenen treiben, aber ich darf nicht.« Er hielt ihm seinen Ehering vors Gesicht. Er drückte die Tütchen mit dem Gras zu und schob sie über den Tisch.

»Wo kommst du her?«

Vincent nannte ihm seine Heimatstadt. Sam machte eine Bewegung, als würde er vor Kälte zittern und lachte. Er war in Plauderlaune und Vincent schimpfte sich selbst, dass er das nicht früher genutzt hatte. Er machte sich locker und warf einen zweiten Blick über den Tisch. Er tat, als wolle er etwas Neues ausprobieren, und ließ sich den Inhalt der Ampullen erklären. Er machte Sam ein Kompliment für sein großes Angebot.

»Du hast wirklich alles, oder?«

»Nicht alles, nein, aber ich kann alles besorgen.«

»Du machst die Leute glücklich, so einen Job hätte ich auch gerne.«

Sam lachte. Er war dicklich, sein Gesicht rund und bärtig. Mit seinem College-Pullover sah er aus wie der Kumpel von nebenan. Vincent nahm einen Schluck von seinem Tee. »Baust du selbst an?«

»Wir haben mehrere Fußballfelder, meine Jungs und ich.«

Sam löste sein Smartphone von dem Ladekabel, das an einer Mehrfachsteckdose unter dem Tisch hing, und tippte etwas ein. Er reckte Vincent das Display hin und wischte mit dem Finger durch eine Galerie. Die Bilder zeigten eine Marihuana-Plantage in den Bergen. Inmitten der Plantage stand Sam, die Pflanzen reichten ihm bis zur Brust. Er feixte in die Kamera und hielt die Arme ausgestreckt, als wolle er sagen: *Alles meins.*

»Wir sind ein Familienbetrieb. Wenn wir im Herbst ernten, steht die ganze Familie im Feld, vom Neffen bis zur Großmutter. Wir halten zusammen.«

Er scrollte weiter durch die Bildergalerie, die in leichter Variation dasselbe Motiv zeigte: Cannabispflanzen, dicht gedrängt, meterhoch.

»Ist das hier, in Thikro?«

»In den Bergen, nicht weit von hier.«

Er kam zu einem Bild, auf dem ein schwarzer Land Rover zu sehen war. Sam stand mit Arbeitshandschuhen auf der Ladefläche und nahm geerntete Marihuana-Stauden entgegen. Sie waren mit Schnüren zusammengebunden und erinnerten Vincent an Weihnachtsbäume.

»Der Land Rover ist nur für die Arbeit. Ich habe noch einen zweiten Pick-Up, einen Mercedes.«

Er zeigte ihm noch den Mercedes, dann steckte Sam das Handy zurück an das Ladekabel. Vincent deutete auf die Schüssel mit den Tabletten. »Und was ist damit? Da braucht es doch Maschinen und Labore und so was.«

»Dafür haben wir Leute«, sagte Sam kurz angebunden und Vincent verstand, wo dessen Grenzen lagen. Er überspielte den kurzen Einbruch, indem er Sam mit gefälligen Fragen fütterte, und sie kamen auch auf die Polizei zu sprechen. Sam antwortete bereitwillig und ließ Vincent einen zweiten Tee bringen. Die Polizisten seien wie Brüder und verdarben einem nicht das Geschäft, solange man diskret blieb. Man kenne sich in der Stadt und wisse, womit die Leute ihr Geld verdienten. Eine Krähe hacke der anderen nicht das Auge aus, nicht nach dem Unglück, das über die Stadt hereingebrochen war, nicht nach dem, was sie alle durchgemacht hatten. Die Welt habe im Livestream zugesehen, wie die Rebellen sie als lebende Schutzschilde missbrauchten, jede Familie habe Tote zu beklagen, aber das sei für die Geschichtsbücher. Ihre Zeit sei gekommen, ein bisschen was vom Glück abzuhaben, die Stadt blicke nun in die Zukunft.

»Ich gebe dir noch was mit. Ein Geschenk, zum Ausprobieren.«

Er streckte ihm ein Tütchen hin mit einer einzigen blassgelben Tablette.

»Wenn du mal Party machen möchtest. Hält dich wach, macht dich stark und euphorisch. Wie Hulk. Auch untenrum ist mehr los. Keine Sorge, du läufst nicht automatisch mit einem Ständer rum, aber wenn du's treibst, kannst du länger und öfter.«

Vincent dankte und steckte das Teilchen ein. Sie gaben sich die Hand und Sam hielt den Handschlag aufrecht. Er blickte Vincent in die Augen, als spreche er zu seinem zukünftigen Schwiegersohn. »Wenn du etwas willst, das ich nicht habe, sagst du es mir, ja? Dann besorge ich es.« Vincent nickte. »Klopf das nächste Mal am Tor und frag nach Sam, dann macht dir jemand auf. Mach's gut, mein Freund.«

Sam zog die Hand zurück und legte sie sich auf die Brust. Vincent tat es ihm gleich und verließ den Innenhof.

Die Straßen waren voller geworden. Er wich einem Junggesellenabschied aus, bei dem man den Bräutigam in ein pinkes Tutu gesteckt hatte, und bog auf den *Boulevard*. Vincent schob die Hände in die Taschen und spazierte die Mauer entlang, die in orangefarbenes Scheinwerferlicht getaucht war. Das Gefühl, ein Ausgestoßener zu sein, verschwand nicht. Die anderen waren ihm fremd, aber ihre Geschlossenheit machte ihn eifersüchtig. Vincent fragte sich, was er mit dem Abend anfangen sollte, und ließ sich zu einer Bar navigieren, die er online entdeckt hatte. *The Garden* erhielt in den Reiseforen wenige, aber durchweg positive Bewertungen. Die Bar hatte schon vor dem Krieg existiert. Ein User beschrieb sie als *Oase in der Stadt der Idioten*, und Vincent war ihr verfallen, ohne sie betreten zu haben.

Die Bar lag am anderen Ende der Stadt, wo die Straßen breiter und die Grundstücke großzügiger wurden. Wie von einem Asthma befreit schien die Stadt erstmals zu atmen. *The Garden* lag in einem Hinterhof, in dem der Geruch von Marihuana wie eine Dunstglocke zwischen den Bäumen hing. Sessel und Sofas gruppierten sich um niedrige, aus Paletten gezimmerte Tische. Vincent ließ sich nieder und notierte sich Details aus dem Gespräch mit Sam, bevor er sie vergaß.

Er packte sein Gras aus und drehte es in Ermangelung eines langen Zigarettenpapiers in ein kurzes. Die Bar war angenehm voll, aber nicht überfüllt. Katzen strichen um die Füße der Gäste und bettelten um Essensreste. Er beobachtete ein Pärchen, das zu zweit in einer Hängematte lag und regelmäßig einen Arm herausstreckte, um sich vom Boden abzustoßen. Er war in die Stadt gegangen, um sich weniger einsam zu fühlen und hatte das genaue Gegenteil erreicht. Um ihn herum saßen hippe Mittzwanziger, die sich in Fremdsprachen unterhielten und regelmäßig in Gelächter ausbrachen. Vincent war der einzige, der alleine an einem Tisch saß. Er tröstete sich mit dem Gedanken, dass Héctor in wenigen Tagen kam. Gemeinsam würden sie all den Spaß haben, den seine Mitmenschen gerade hatten.

Er nahm den fertig gerollten Joint auf, gab sich Feuer und ließ langsam den Rauch aus seinem Mund steigen. Das Gras war stark und gut. Er lehnte sich zurück und beobachtete zwei junge

Frauen, die am Nachbartisch saßen. Er schätzte sie auf neunzehn oder zwanzig. Unter einem Vorwand sprach Vincent die beiden an und setzte sich zu ihnen. Die eine trug Federschmuck im Haar, die andere fiel durch ihre anorektischen Handgelenke und eine senkrechte Körperhaltung auf, die auf frühe Ballettstunden hindeuteten. Ihre Namen hatte Vincent bereits vergessen, als er ihre Hände losließ. Sicherlich belächelten sie die untersetzten und sonnenverbrannten Touristen, die Fotos mit den Söldnern schossen, und kamen sich selbst ganz anders vor. Er bot ihnen den Joint, den sie dankend annahmen.

Die beiden waren am Vortag in Thikro gelandet. Sie erzählten ihm von einer Partyreihe, die in wechselnden Bauruinen der Stadt veranstaltet wurde. Nebelmaschinen und Laser setzten die Ruinen aufwendig in Szene. Vincent reichte das Handy zurück, auf dem sie ihm entsprechende Bilder gezeigt hatten. Er fragte sie, ob es nicht ein merkwürdiges Gefühl sei, an solchen Orten feiern zu gehen, zumal wenige Kilometer weiter noch immer ein Krieg tobte. Die Balletttänzerin schüttelte den Kopf. Die Leute würden sich durchaus Gedanken zu diesen Fragen machen, genau deswegen seien sie ja hier. Sie hätten auch nach Barcelona oder Ibiza fliegen können, aber wem wäre damit geholfen? Die Leute hier konnten das Geld gut gebrauchen. Wer in Thikro einen Abend feiern gehe, habe für diese Region mehr geleistet als alle, die jetzt betroffen zu Hause säßen. Diese Antwort schien Vincent gar nicht so dumm, zumindest reflektierter, als er erwartet hätte. Er nahm den Joint auf, der zu ihm zurückgewandert war.

»Bist du alleine hier?«, fragte die mit dem Federschmuck.

»Ich bin zum Arbeiten in Thikro. Ich bin Journalist.«

In jahrelanger Praxis hatte sich Vincent die Worte zurechtgelegt, mit denen er von seiner Arbeit erzählte. Er glaubte, selbst nicht sonderlich interessant zu sein, aber sein Beruf war es zweifellos. Er erzählte von seiner Recherchereise nach Abuja und die beiden schienen durchaus beeindruckt.

»Wie ist denn die Lage in Abuja?«, fragte die Balletttänzerin und lieferte ihm damit eine Steilvorlage. Vincent griff wie beiläufig nach seiner Bierflasche und fällte eine differenzierte, aber durchweg düstere Prognose über die Entwicklung der Region. Er gab sich betont abgeklärt, denn abgeklärt konnte nur sein, wer viel gesehen hatte. Er wählte einfache Beispiele, die im Kleinen die großen Zusammenhänge erklärten, und unterstrich sie mit Details, die nur Ortskundigen bekannt sein konnten. Vincents Wissen wurde selten von seinen Gesprächspartnern geprüft, da kaum jemand über diesen Teil der Welt nachdachte, und so stand sein Urteil stellvertretend für die Realität. Er ging noch auf ein oder zwei Nachfragen ein, bevor er sich in seinen Stuhl zurücklehnte und das Thema wechselte. Er hatte Ahnung von Dramaturgie und wusste, wann die Klimax einer Geschichte erreicht war. Er ließ die Aura des Exotischen über sich leuchten und stellte zufrieden fest, dass die Musik aufgedreht wurde. Gespräche verstummten oder wurden in doppelter Lautstärke geführt. Vincent nutzte die Gelegenheit, um näher an die Balletttänzerin zu rücken und beim Sprechen sanft ihre Schulter zu berühren. Sie warf ihrer Freundin einen Blick zu, den diese fast unmerklich abnickte, und klatschte sich auf den Oberschenkel.

»Wir müssen jetzt weiter«, sagte sie und nahm ihren Longdrink in die Hand. »Schönen Abend noch.«

Vincent hob einen Finger zum Abschied und sah den beiden hinterher. Sie waren schneller verschwunden, als sich sein ohnehin ramponiertes Ego eingestehen mochte. Er blieb noch eine Weile sitzen, als genieße er es, alleine unter den vielen Menschen zu sein, und beglich dann seine Rechnung.

5

Es war acht Uhr am Morgen und die Flaniermeile ausgestorben. Einige junge Leute, die die Nacht durchgemacht hatten, torkelten über die Straße oder saßen in den Frühstücksbars, redeten und lachten zu laut und tilgten ihren Heißhunger. Daneben saßen Rentnergruppen in kurzen Hosen, die ihre Glatzen mit Cappies bedeckt hatten. Vincent lief an ihnen vorbei und suchte nach einem ruhigen Plätzchen, an dem er arbeiten konnte. Er hatte in der Nacht kaum geschlafen. Wirre, schuldbeladene Träume hatten ihn gequält und seit dem Morgengrauen wach gehalten. Wenigstens, so dachte er, blieb ihm jetzt mehr Zeit zum Arbeiten.

Vincent ließ sich in einem der Cafés nieder und bat den Kellner um das Passwort fürs Internet. Mit der Mauer im Hintergrund schoss er ein Selfie, das er in seine sozialen Netzwerke speiste. Er wartete ab, bis die ersten Daumen gereckt wurden, dann steckte er sein Handy weg. Er zupfte ein Stück von seinem Croissant und blickte über den *Boulevard*. Die Bauarbeiten schienen nachlässig und mit großer Eile vonstattengegangen zu sein. Der Asphalt war nicht abgesenkt, und wer den Seitenstraßen folgte, die von der Mauer weg und hinunter in die Altstadt führten, geriet leicht ins Stolpern. Vincent beobachtete einen alten Gemüsehändler, der seinen Holzkarren heranrollte. Der Mann musste den Verkäufer eines Souvenirgeschäfts bitten, seinen Wagen über die steinerne Wulst zu heben. Es war dem Verkäufer anzusehen, dass er Besseres zu tun hatte, aber er schien sich dem Alter verpflichtet. Vielleicht schwang auch Mitleid für den alten Mann mit, der seine eigenen Geschäfte nicht gefährdete. Der Verkäufer rief ins Innere seines Ladens, und ein Junge kam heraus. Gemeinsam hoben sie den Karren an und zogen das Vorderrad über die Schwelle. Der alte Mann stand unbeholfen daneben. Der Verkäufer wechselte an die Rückseite, umklammerte die Griffe und schob den Karren zur Gänze hinauf. Er nahm die Hand des Alten, küsste den Handrücken und drückte ihn sich an die Stirn. Bereits im Umdrehen schrie er den wenigen Passanten wieder seine Preise entgegen und zog sich in seinen Laden zurück, in dem er neben Wasserpfeifen, Tabak und Alkohol auch Kriegs-Memorabilien verkaufte: Medaillen, Wimpel, Karten mit Frontverläufen, leere Patronenhülsen und Postkarten, auf denen halbnackte Frauen ihre Beine um eine Granate schlangen. Einem seiner Nachbarn hätte er nicht geholfen – Männer mit ebenso wuchtigen Armbanduhren, die ähnliche Läden betrieben und sich vor den Touristen gegenseitig schlechtredeten.

Der Gemüsehändler schob indes seinen Wagen an den Straßenrand und richtete die Auslage. Ein über den Karren gespanntes Tuch, das in den Jahren seine Farbe verloren hatte, schützte Obst und Gemüse vor der Sonne. Aus einem der Büsche, die vor der Mauer wuchsen, zog der Mann einen Plastikstuhl. Er klopfte ihn vom Sand frei und setzte sich damit hinter den Karren.

Vincent klappte seinen Laptop auf. Er bereitete das Gespräch mit Chris Varga vor, das er in wenigen Tagen führen würde. Die meisten Bilder, die von dem Geschäftsmann existierten, zeigten ihn bei Spatenstichen in Thikro. Vincent näherte sich dem Bildschirm, bis sich Vargas glatzköpfiges Gesicht in einzelne Pixel auflöste. *Der Gönner*, hatte ein britisches Magazin getitelt und sich über sein arrogantes Gehabe ausgelassen, seine Investments jedoch als konkrete Hilfestellung für das kriegsgeschundene Thikro gelobt. Sein Vermögen beruhte auf Immobiliengeschäften sowie einer Leichtmetallfabrik, die er als junger Mann gegründet hatte. Die Details seines Reichtums blieben ebenso im Dunkeln wie seine Zeit im britischen Exil. Varga schien es erst zu geben, seit er als sechsundfünfzigjähriger, millionenschwerer Geschäftsmann in seine zerstörte Heimatstadt zurückgekehrt war, um sie wiederaufzubauen. Das war zumindest die Geschichte, die über ihn erzählt wurde, und die Leerstelle dahinter war das, was Vincent interessierte.

Er kämmte das Internet nach dieser Lücke durch und ergänzte seine Unterlagen. Bis zum Nachmittag saß er in dem Café und bestellte in höflichem Rhythmus Kaffee. Immer wieder blickte er zu dem Gemüsehändler hinüber. Der Mann wanderte mit dem Lauf der Sonne und rückte seinen Stuhl in den Schatten des Tuches. Ob er begriff, wie sich die Welt um ihn herum verändert hatte? Nur wenige Passanten hielten an, um etwas zu kaufen. Eine Gruppe speckiger Kerle kaufte ihm eine Melone ab. Daraus ließ sich Wodka-Melone machen.

Der Dolmetscher hatte für das Treffen ein Café am Stadtrand vorgeschlagen. Eine halbe Stunde vor der verabredeten Zeit stand Vincent davor und atmete die Abgase ein, die ihm von der vielbefahrenen Straße entgegenwehten. Regelmäßig fuhren Taxis im Schritttempo an ihm vorbei und hupten, Vincent schickte sie mit einer Handbewegung weiter. Nur wenige Touristen verirrten sich in diesen Teil der Stadt. Die Schaufenster der Geschäfte waren verbarrikadiert. Ihre Fassaden wiesen Einschusslöcher auf, von denen nur wenige gespachtelt worden waren. Der graue Putz hing wie Wunden an den Häusern.

Vincent setzte sich auf den Bordstein und beobachtete das Treiben, bis er Milo, seinen Dolmetscher, entdeckte. Er war auffallend klein und trug trotz der Hitze eine gefütterte Weste. Er kam von der anderen Straßenseite hinübergerannt und begrüßte Vincent mit festem Händedruck.

»Wartest du schon lange?«

»Nein, alles gut. Gibt es einen Grund, warum wir uns hier treffen?«

»Damit du etwas anderes siehst als den *Boulevard*. Es ist schrecklich da oben.«

Hier ist es nicht viel besser, dachte Vincent, sagte aber nichts. Ihm fiel auf, dass Milo deutlich jünger war, als es am Bildschirm den Eindruck gemacht hatte. Den Vollbart ließ er sich wohl stehen, um sein jugendliches Aussehen zu kaschieren.

»Wollen wir rein?«, fragte Milo und ging bereits voraus. Das Café war größer, als es von außen den Anschein hatte, und schlecht ausgeleuchtet. Nur Einheimische saßen an den Tischen. Milo begrüßte den Kellner mit Handschlag und Küssen auf die Wange und wechselte einige Worte mit ihm. Der Kellner warf Vincent mehrere kurze Blicke zu.

»Ich habe ihm erzählt, dass du Journalist bist und einige Wochen in der Stadt bleibst«, erklärte Milo. Der Kellner streckte nun auch ihm die Hand hin, aber die Skepsis war ihm ins Gesicht geschrieben. Milo führte Vincent in eine Zwischenetage hinauf, wo sie ungestört reden konnten. Vincent hatte sich noch nicht daran gewöhnt, Aschenbecher auf den Tischen vorzufinden, aber nahm das Angebot gerne an.

»Du bist vor zwei Tagen angekommen?«, fragte Milo.

»Genau. Ich habe nicht viel gemacht, außer mich umzusehen und an die Hitze zu gewöhnen. Ich habe einen Anruf von meinem Fotografen bekommen, es war nicht sicher, ob er's schafft, aber jetzt reist er Mittwoch an. Die Dinge kommen ins Rollen.«

Der Kellner brachte eine Teekanne und verteilte die Gläser. Er schenkte zuerst Milo ein, dann hob er die Kanne in die Höhe und ließ kunstvoll einen dünnen Strahl in Vincents Teeglas schießen, ohne dass ein Spritzer verlorenging. Durch die Fallhöhe schäumte der Tee auf. Vincent dankte und folgte ihm mit Blicken die Treppe hinunter.

»Macht er das, weil ich Ausländer bin oder weil ich Journalist bin?«

»Beides. Mit einem Hauch von Ironie, falls es dir entgangen ist.«

Es war ihm nicht entgangen. Vincent nahm einen Schluck vom Tee.

»Bist du schon mit Leuten ins Gespräch gekommen?«, fragte Milo.

Er zögerte, ihm von Sam zu erzählen. Sein eigentlich privater Besuch dort kam ihm unprofessionell vor, doch sein Interesse an Milos Meinung überwog.

»Gestern Abend bin ich einem Ticker gefolgt. Ich weiß, wie leicht man in Thikro an Drogen kommt, die Stadt ist bekannt dafür, gerade unter den Touristen. Also bin ich einem der Männer gefolgt und er hat mich in den Hinterhof einer Wohnanlage gebracht. Da war ein großer Tisch aufgebaut und der Ticker, Sam, hat seelenruhig sein Zeug verkauft. Er meinte, es gebe in der Stadt einen Ehrenkodex, sich nicht gegenseitig ans Messer zu liefern. Sogar die Polizei würde sich daran halten. Eine Schicksalsgemeinschaft, die sich ein wenig Gerechtigkeit zurückholt.«

Milo lächelte. »Das ist Sozialromantik, nichts weiter. Vor der Polizei muss er tatsächlich keine Angst haben, aber das hat andere Gründe. Die Stadt ist auf den Drogenhandel angewiesen. Noch nie ist so viel Kapital in diese Gegend geflossen, nicht in all den Jahren vor dem Krieg. Behörden und Lokalpolitik haben kein Interesse, dem ein Ende zu setzen. Und selbst wenn, hätten beide nicht halb so viel Macht wie die *SU*-Miliz.«

»Und die Miliz steckt mit drin im Handel?«

»Deren Geschäftsmodell *basiert* auf Drogen. Das ist ein offenes Geheimnis.«

Vincent hob die Augenbrauen. »Interessantes Geschäftsmodell für eine Organisation, die den Grenzschutz der Union koordiniert.«

»Die Union ist weit weg, Vincent. Die interessiert sich nur dafür, dass es niemand über die Grenze schafft.«

»Vielleicht sollte ich Sam um ein Interview bitten. Weißt du, was mich am meisten überrascht hat? Wie bereitwillig er von seiner Arbeit erzählt hat. Er hat mir das Gespräch regelrecht aufgedrückt. Er hat mir auch Bilder gezeigt, von den dicken Autos, die er fährt, und von seinen Plantagen.«

»Diese Leute sind stolz auf ihren Erfolg. Die haben eine Ölquelle gefunden, die so schnell nicht versiegt. Sie müssen nichts verbergen, im Gegenteil: Sie protzen mit ihrem Geld und ihren Kontakten zu wichtigen Männern. Und dann kommt irgendein Ausländer dahergelaufen – no offense, Vincent – und natürlich erzählen sie dir alles, weil sie das Gefühl haben, endlich auf Augenhöhe mit dir zu sein. Wir laufen alle mit Minderwertigkeitskomplexen herum, weil wir in euren Geschichten nur als Kameltreiber und Teeschänke und Opfer eines Krieges vorkommen. Schade nur, dass dir ein Typ vor die Füße läuft, der seine Drogendeals für sozialen Aufstieg hält.«

Milo richtete einen Finger auf den Mann hinter dem Tresen.

»Unser Kellner hier, der hat einen Abschluss als Bauingenieur. Die Leute hier sind gut ausgebildet, aber sie finden keine Jobs. Alle kämpfen um die wenigen gut bezahlten Stellen, aber die bekommst du nur, wenn du Kontakte hast oder in der richtigen Partei bist. Also gehst du weg, ins Kernland der Union oder nach Europa, wo du zwar einen Job findest, für den du drei Mal mehr Lohn bekommst als hier, aber immer der Ausländer bleiben wirst. Das sind deine Optionen. Bleibst du in Thikro, landest du im Tourismus, weil es dort Stellen gibt und weil dort das Geld liegt. Bewirbst dich mit einem Master of Science auf eine Kellnerstelle. Und bist froh, den Leuten für ein gutes Trinkgeld den Mundwinkel abzuwischen.«

Milo starrte vor sich ins Leere, dann musste er plötzlich lachen und hob den Blick. »Entschuldige, Vincent. Das war ein bisschen viel für den Anfang.«

»Schon gut, deine Wut ist ja gerechtfertigt. Du könntest locker drei Billboards aufstellen.«

»Ein großartiger Film!« Milo balancierte sein Teeglas zwischen den Fingern. »Braindrain ist der Anfang dieser Misere und der Grund, warum es eine bleibt. Das Thema verfolgt mich. Ich habe schon mehrere Artikel dazu geschrieben.«

»Du schreibst selbst?«

»Hin und wieder, wenn mich ein Thema interessiert. Es bringt nicht viel ein, aber ich mach's gerne … Wäre traurig, immer nur der Steigbügelhalter für andere zu sein. Am Ende steht euer Name drauf und ihr behaltet den Löwenanteil des Honorars.«

»Beim *Volxmund* nennen wir immer die Namen der Fixer.«

»Danke, aber das ist das Mindeste. Ohne Leute wie mich wärt ihr aufgeschmissen.«

»Du hast ja recht … du kriegst ein viertes Billboard.«

Milo zog einen Mundwinkel nach oben. Vincent mochte ihn auf Anhieb.

»Also Vincent, lass uns konkret werden. Was hast du vor und wie kann ich dir helfen?«

Vincent nickte und zog eine Mappe mit Recherchematerial aus seiner Tasche. Er öffnete sie jedoch nicht, verschränkte nur die Hände darüber und begann zu erzählen.

»Wir haben ja einiges per Skype besprochen, bitte unterbrich mich, falls ich mich unnötig wiederhole. Ich arbeite als fester Freier für den *Volxmund*, das ist eine linke Tageszeitung mit großem Online-Magazin. Mit denen habe ich eine ausführliche Reportage vereinbart, tausend Wörter, im Stil einer kritischen Reisereportage. Ich begleite Touristen durch die Grenzanlagen, an den Schießstand und in die Clubs. Versuche herauszufinden, mit welcher Motivation die Menschen nach Thikro kommen. Sie könnten ja überall Urlaub machen, aber warum entscheiden sie sich für eine zerstörte Stadt am Rande des Kriegs? Das ist die eine Perspektive, die andere ist die der Einheimischen. Was macht dieser neue Tourismus mit ihnen und der Stadt? Wie stark hat sich ihr Leben verändert, und wie gehen sie damit um, aus der eigenen Leidensgeschichte Profit zu schlagen?«

Vincent ließ Raum für Kommentare, aber Milo nickte bloß und deutete ihm an, weiterzuerzählen.

»Ich brauche dich im nächsten Monat vor allem als Kontaktmann, natürlich auch als Dolmetscher. Als Nächstes steht der Ausflug an den Schießstand an, da hätte ich dich gerne dabei.«

Milo zog einen Kalender aus seiner Weste und sie vereinbarten Termine für die kommende Woche. »Ich kann dich einer Freundin von mir vorstellen, Cora. Sie hat die letzten Jahre als Entwicklungshelferin in Thikro gearbeitet. Falls du etwas Kontext brauchst.«

»Kann nicht schaden«, murmelte Vincent und notierte sich ihren Namen. Als sie das Café verließen, sank bereits die Sonne hinter den zerschossenen Fassaden. Nach Stunden in einem stark klimatisierten Raum fühlte sich die Stadt wie ein Backofen an. Vincent betrachtete die Grillhähnchen, die sich in einem nahegelegenen Imbiss am Spieß drehten. Das Fett tropfte von der knusprigen Haut und verdampfte, sobald es auf die heiße Platte traf. Er wollte schnell unter die Dusche.

Milo hob seinen Autoschlüssel in die Höhe. »Ich bring' dich nach Hause.«

»Ich hab's nicht weit, eine Viertelstunde zu Fuß.«

Milo grinste. »Einen Ausländer erkennt man daran, dass er zu Fuß geht. Wir machen hier alles mit dem Auto. Selbst die ärmeren Familien haben ein Auto oder zwei.«

»Varga hat euch doch so schöne Gehwege spendiert!«

»Keine Widerrede«, sagte Milo und klopfte ihm auf die Schulter. Sie stiegen in seinen Wagen und kurbelten die Fenster hinunter, damit die angestaute Hitze entweichen konnte. Um den Rückspiegel war eine Gebetskette geschlungen, die beim Ausparken hin und her schwang.

Milo fädelte sich in den stauenden Feierabendverkehr. Es dauerte nicht lange, bis ein Junge im Grundschulalter an ihre Fensterscheibe klopfte. Rote Pusteln überzogen Hals und Gesicht. Er bot ihnen Taschentücher zum Verkauf. Milo reagierte nicht auf ihn, auch nicht, als er ein drittes und viertes Mal klopfte und seine schorfigen Hände zu einer bittenden Geste zusammenlegte. Als er begriff, dass er keinen Erfolg haben würde, ging er weiter die Wagenreihen ab. Vincent sah dem Jungen hinterher.

»Varga lässt hier ganze Stadtteile und Industrien entstehen, aber wenn ich mir diesen Jungen ansehe, habe ich meine Zweifel, ob das bei den Menschen ankommt.«

»Versteh mich nicht falsch, meine Abscheu gegenüber Varga ist grenzenlos. Aber ohne ihn stünden wir schlimmer da. Der Krieg hat ihm lukrative Geschäfte ermöglicht, aber dabei fallen genügend Krumen für den Rest ab. Auf einmal gibt es einen Flughafen, es werden Häuser und Straßen gebaut, Strom und Internet sind stabiler als zuvor. Ausländer lassen ihr Geld in den Geschäften und bezahlen dich dafür, dein zerbombtes Haus zu fotografieren.« Milo scherte auf eine freie Spur aus und schaltete hoch – Vincent streckte gierig den Kopf in die Zugluft. »Deshalb gibt es einen großen Rückhalt hier, was Varga und die Miliz betrifft. Das hier war eine sterbende Stadt. Zelte zwischen Trümmern, so hat das hier ausgesehen, und das ist nicht lange her. Die meisten profitieren von den Veränderungen – auch Leute wie Sam, der übrigens Samir heißt, ich bin mit ihm zur Schule gegangen. Der Mensch versucht, den größtmöglichen Vorteil aus seiner Situation zu schlagen, das war nie anders. Der Krieg hat niemanden von uns besser gemacht.«

Milo fuhr sie in einem Zickzackkurs, der sich nur Einheimischen erschließen konnte, durch die Gassen der Altstadt. Er trieb Passanten und Mofafahrer vor sich her und hob immer wieder grüßend die Hand, wenn er einen von ihnen kannte.

»Hast du eigentlich eine Freundin?«, fragte Milo, scheinbar zusammenhangslos.

Vincent lachte. »Wieso?«

»Ich habe häufig mit Journalisten und Auslandskorrespondenten zu tun. Viele haben gescheiterte Ehen hinter sich.«

»Tja, das ist wohl Berufskrankheit. Wenn du wirklich erfolgreich sein willst, muss sich dein Privatleben unterordnen«, sagte Vincent und dachte dabei an Nina. Er ging nicht weiter auf das Thema ein, und Milo schien seine eigenen Schlüsse daraus zu ziehen. Vor Vincents Apartment kamen sie zum Stehen.

»Also Donnerstag, neun Uhr dreißig.«

»Der Veranstalter heißt *Thikro Travel & Ammo*, wir treffen uns an deren Schalter.«

»Wenn du Fragen hast, ruf mich an oder schreib mir bei *WhatsApp*.«

Sie gaben sich die Hand, und Vincent verließ den Wagen mit der plötzlichen, warm pulsierenden Zuversicht, dass er in Milo seinen Sherpa gefunden hatte.

6

Wie die Ausläufer einer Welle, die tiefer ins Land züngeln als die Übrigen, schwappte der Krieg nach Thikro. Lange erschien die Stadt zu klein, zu randständig für die Umwälzungen der Zeit. Aus Gefechten, die sich Splittergruppen mit einem schwachen Staatsapparat lieferten, entstand jedoch ein Flächenbrand, der sich weit über dessen Ausgangspunkt erstreckte. Demonstranten versammelten sich in den Straßen der Hauptstadt, Teile des Militärs liefen zu den freien Armeen über. Unterschiedlichste politische, ethnische und religiöse Lager erhoben ihre Ansprüche und bildeten Streitkräfte, die wechselnde Zweckbündnisse miteinander eingingen. Stück für Stück glitt der Staat in die Bedeutungslosigkeit ab, und die Waffen, die die Aufständischen gegen den gemeinsamen Feind erhoben hatten, richteten sich bald gegeneinander. Aus dem Land wurde ein Flickenteppich schraffierter Flächen, die sich wöchentlich verschoben. Die Kämpfe um die neue Vorherrschaft erreichten eine neue Stufe der Grausamkeit – und noch immer blieb Thikro weitgehend davon verschont.

Der Konflikt währte bereits zwei Jahre, als sich eine Rebellengruppe in den Bergen um Thikro verschanzte. Im Städtchen Amgar fanden sie eine ausreichende Zahl an Unterstützern, um deren Übernahme zu sichern, und innerhalb weniger Tage wehten dort die Flaggen der Rebellen. Kämpfer mit ihren Familien, die aus anderen Regionen vertrieben worden waren, wurden mit Bussen nach Amgar gebracht, und die Stadt entwickelte sich schnell zu ihrem größten Stützpunkt. Erstmals rückte der Krieg in die Nähe einer zwanzigminütigen Autofahrt.

Indes hatte die benachbarte Union ein Auge auf Thikro geworfen. Die Union war durch finanzielle und militärische Unterstützung einzelner Gruppen selbst zur Kriegspartei geworden. Im Zuge der sich rapide verschiebenden Grenzen gelang es der Union, ihren Einflussbereich zu erweitern. Mit diplomatischem Geschick (und etwas Korruption) brachten sie die kommunalen Vertreter Thikros dazu, die Aufnahme in ihren Staatenbund zu beantragen. Ein eilig abgehaltener Volksentscheid, der mit nordkoreanischer Deutlichkeit zu einem Ergebnis kam, gab dem Ganzen einen demokratischen Anstrich. Obwohl die Meinungen in der Bevölkerung durchaus differenzierter waren, als das Wahlergebnis vermuten ließ, musste man den Wählern nicht sonderlich auf die Sprünge helfen. Viele versprachen sich von der Eingliederung in die Union einen wirtschaftlichen Aufschwung sowie militärische Stabilität angesichts eines Krisenherdes, der vor ihrer Haustür loderte.

Die Wahl wurde als großes Fest inszeniert. Wimpel in den Farben der Union schmückten die Straßen, schon bevor das

Wahlergebnis feststand. Musikgruppen spielten, Essensbuden und Fahrgeschäfte für Kinder wurden aufgebaut. Dass die Union Gruppen unterstützte, die zu den größten Feinden der Amgar-Rebellen zählten, bereitete nicht Wenigen Sorge, aber das Rad der Geschichte drehte sich bereits und war nicht mehr aufzuhalten. Das Fest dauerte bis in die frühen Morgenstunden. Thikro wurde zum Territorium der Union erklärt und zwei Tage später von den Rebellen angegriffen.

Die ersten Toten waren Bauern, die ihre Felder vor den anrückenden Geländewagen verteidigten. Rebellen zogen in die Stadt, errichteten Barrikaden an allen Ausfallstraßen und verteidigten sie gegen die Union. Zeitgleich kontrollierten die Rebellen wahllos Passanten und befragten sie nach ihrer Wahlentscheidung. Je nachdem, wie plausibel sie ihre Ablehnung gegenüber der Union ausdrückten, wurden sie am Leben gelassen oder erschossen. Einige der Rebellen trugen Aktenordner bei sich. Darin hatten sie Bildmaterial gesammelt, das Fernsehbeiträgen entnommen war und Bürger zeigte, die sich am Wahltag positiv über die Union geäußert hatten. Diejenigen, die sie am Leben ließen, wurden nach den Adressen der abgebildeten Personen befragt. In einer Stadt wie Thikro, in der jeder jeden kannte, war dies ein klarer Beweis der soeben behaupteten Loyalität. Die ersten Lokalpolitiker, die für die Wahl verantwortlich gewesen waren, wurden auf die Straße getrieben. Man kappte die Wimpelketten, die noch zwischen den Häusern hingen, und strangulierte sie damit. Die Ermordungen und Verhaftungen dauerten bis in den späten Abend. Über siebzig Personen wurden in eine Turnhalle gebracht, in der die Rebellen ihre Gefangenen festsetzten. Vincent hatte in der *Times* den Bericht des einzigen Überlebenden gelesen. Er beschrieb die verbrauchte und säuerliche Luft in der Halle; die geflüsterten Gebete; den panischen Blick gefangenen Schlachtviehs. Gegen Mitternacht schlossen zwei Rebellen die Türen auf und traten ein. Sie schossen die Magazine ihrer Maschinengewehre leer, bevor sie Handgranaten ins Innere warfen und die Halle zum Einsturz brachten.

Mit dem Überfall aus Amgar hatte die Union nicht gerechnet. Sie hatte die Rebellen für zu schwach und zu beschäftigt mit dem Aufbau ihrer Strukturen gehalten, um einen Angriff derartiger Größenordnung durchzuführen. Am Tag des Überfalls waren nur wenige Unionssoldaten in der Stadt stationiert, und der Nachschub traf erst ein, als das Stadtgebiet Thikros schon eingenommen war. Die Union errichtete einen Belagerungsring, um ein weiteres Vordringen der Rebellen in ihr Territorium zu unterbinden. Ein schmales Zeitfenster, das zwischen der Einnahme und der Belagerung lag und nur wenige Stunden andauerte, reichte ein paar hundert Bewohnern zur Flucht. Der Rest blieb für die nächsten vierzehn Monate eingesperrt, Gefangene von innen wie von außen.

Auf Tage der Schockstarre, die die Bewohner Thikros in ihren Wohnungen verbrachten und nur für das Lebensnotwendige verließen, kehrte der Alltag zurück. Schulen und Geschäfte wurden geöffnet, der Busverkehr nahm seinen Betrieb auf. Nach der ersten Gewaltspirale wurden die Rebellen zu kalkulierbaren Gefängniswärtern, die den Bewohnern Thikros innerhalb eng gesteckter Grenzen – und unter der Voraussetzung absoluter Loyalität – ihren Freiraum ließen. Auf Tage der vermeintlichen Ruhe folgten regelmäßige Schusswechsel mit der Union. Diese gab sich nicht damit zufrieden, die Stadt den Rebellen zu überlassen. Sie hatte Thikro von allen Seiten eingekesselt, bis auf den schmalen Durchlass zwischen den Bergen, der ihren Feinden jederzeit den Rückzug ins Rebellengebiet garantierte. Die Union verfolgte eine Strategie der ausdauernden Zermürbung, die im gleichen Maße Besatzer wie Zivilisten traf. Durch den Belagerungsring kontrollierte sie den Warenverkehr und steigerte langsam den Druck, indem sie Wasser, Strom, Heizöl und Lebensmittel rationierte oder kappte. Die Versorgung über Amgar war ungleich komplizierter und kaum billiger als Schmugglerware. Die Einwohner Thikros, die weder der Union noch den Rebellen sonderlich zugetan waren, wurden zwischen den Fronten zerrieben.

Der Union lag vornehmlich an der strategischen Bedeutung der Stadt, weshalb sie Kollateralschäden in Kauf nahm. Während sie öffentlichkeitswirksam Hilfspakete in die belagerte Stadt schickte, sandte sie wenige Tage später Schützenfeuer hinterher. Rebellen und Union beschuldigten sich gegenseitig, für die wachsende Zahl an Toten verantwortlich zu sein. Der Beschuss eines Wochenmarktes, bei dem dreiunddreißig Zivilisten starben, sorgte für weltweites Aufsehen. Die Belagerung dauerte da bereits sieben Monate an. Die Rebellen machten die Union für den Beschuss des offensichtlich zivilen Ziels verantwortlich. Die Union warf den Rebellen eine False-Flag-Aktion vor. Einer unabhängigen Untersuchungskommission wurde seitens der Union der Zutritt verwehrt, mit Verweis auf die Sicherheitslage. Die Rebellen sahen dies als Beweis, dass die Union ihre eigene Verantwortung vertuschen wollte und versprachen den internationalen Beobachtern Geleitschutz. Beide Seiten hielten Pressekonferenzen ab, in denen sie Beweise für ihre Sicht der Dinge präsentierten: verwackelte Handyaufnahmen, Satellitenbilder, Zeugenaussagen und Patronenhülsen. Die Kommission nahm nie ihre Arbeit auf, und die Frage, wer für den Beschuss des Wochenmarkts verantwortlich war, geriet zur Fußnote inmitten eines Flächenbrands, in dem Thikro nur das jüngst brennende Scheit war.

Die Belagerung endete schließlich so abrupt, wie sie begonnen hatte. Gerüchte über einen Abzug der Rebellen gab es seit Monaten, bewahrheitet hatten sie sich nie. Erst wenige Tage zuvor waren Aufstände der Bewohner blutig niedergestreckt worden, mit einer Entschlossenheit, die keinen Zweifel daran ließ, dass die Rebellen die Stadt bis zuletzt halten wollten. Selbst einige Kollaborateure hatten von dem Abzug nichts gewusst und wurden von den Truppen der Union, die im Morgengrauen die Stadt übernahmen, festgenommen. Der sterbenden Stadt, in der ein geschmuggeltes Stück Brot zuletzt einen halben Monatslohn kostete, wurde der Abzug der Rebellen über Lautsprecher mitgeteilt. Die *SU*-Miliz, die bereits in anderen Gefahrengebieten für die Union arbeitete, wurde mit dem Mauerbau an der Demarkationslinie beauftragt. Das Flüchtlingshilfswerk und verschiedene NGOs nahmen ihre Arbeit auf und der Lichtkegel medialer Aufmerksamkeit wandte sich ab. Über zweitausendsechshundert Menschen waren durch Schusswechsel, Bombardements, an Mangelernährung oder unzureichender medizinischer Versorgung gestorben. Die verbliebenen Bewohner, gelockt vom aufklarenden Himmel, traten vor die Tür und fanden eine zerstörte Stadt vor.

Das war die Geschichte Thikros, und Vincent kannte sie gut. Er hatte sie damals live verfolgt, in den Nachrichtensendungen und Feeds seiner abonnierten Kanäle, und er hatte seinen Kenntnisstand vor der Reise mit einer vierstündigen BBC-Dokumentation aufgefrischt. Vincent kannte sich aus und war gerade deswegen so gespannt, wie das Kriegsmuseum der *SU*-Miliz die Geschichte darstellen würde. Wer die Aussichtsplattform besuchen wollte, musste sich zuvor an den zahlreichen Schautafeln vorbeiführen lassen. Einem Teil der zwanzigköpfigen Gruppe, der Vincent zugeteilt worden war, war anzusehen, dass sie in ihrem Urlaub – und auch sonst – keinen Wert darauf legten, ein Museum zu besuchen. Sie ließen die Kopfhörer ihres Audio-Guides um die Finger kreisen und warteten nur darauf, endlich einen Blick auf die andere Seite werfen zu können. Der weitaus größere Teil der Gruppe zeigte sich jedoch interessiert. Sie stellten dem Söldner, der sie im Kampfanzug durch das Museum führte, dutzende Fragen und hingen an seinen Lippen, wenn er von den Kämpfen der Unionstruppen erzählte, als sei er selbst dabei gewesen. Vor Beginn der Führung hatte sich Vincent bei ihm vorgestellt.

»Ist lange her, dass ich einem Journalisten begegnet bin«, hatte der Söldner gesagt und ihm die Hand geschüttelt. Er hatte Vincent dabei in die Augen gesehen und gelächelt. Wir sind auf Augenhöhe, sollte dieser Blick sagen – keine Geheimnisse zwischen uns, Buddy.

»Wann kam denn der letzte?«, fragte Vincent.

Der Söldner zuckte mit den Schultern. »Vor einem halben Jahr?«

Sein Lächeln war angenehm und gutmütig, ohne Vorbehalt. Er strahlte eine souveräne Offenheit aus, die antrainiert war wie seine Muskeln. Eine aufgenähte Flagge über der Brust wies ihn als *SU*-Offizier Iversen aus. Buddy Iversen nannte Vincent ihn in Gedanken und später in der Reportage.

Er führte die Gruppe durch die abgedunkelten Museumsgänge, die den *Märtyrern von Thikro* oder den *Helden der Befreiung* gewidmet waren. Eine schmucklose Wellblechbaracke von außen, war das Museum innen aufwendig gestaltet. Buddy Iversen führte sie durch ein multimediales Ausstellungskonzept, vorbei an Exponaten, Videosequenzen und Schaubildern, die mit dezenten Spotlights unterstrichen wurden. Der Angriff auf den Wochenmarkt wurde, wenig überraschend, den Rebellen zugeschrieben, und die vermeintlichen Beweise dafür unter Plexiglas ausgestellt. Mit dem Bau der Grenzanlagen und dem unerschrockenen Einsatz der *SU*-Miliz für die Union endete die Ausstellung. Eine Tafel listete die Namen der Spender auf, mit deren Mitteln das Museum errichtet worden war. Vincent fotografierte sie für seine Recherchen ab.

Durch einen hellerleuchteten Ausgang traten sie ins Freie. Vincents Augen mussten sich erst wieder an die Helligkeit gewöhnen; halb benommen vom Tageslicht stieg er eine Gittertreppe hinauf, bis sie die Höhe der Mauer erreicht hatten. Sie passierten einen mit Stacheldraht bewehrten Wachturm und betraten die Aussichtsplattform, die mehrere Meter ins Kriegsgebiet hineinragte.

Viel zu sehen gab es nicht. Vor ihnen lag ein unbewohntes Tal, vom selben Sandstein geprägt wie die andere Seite. Münzfernrohre standen in einer Reihe, um das Gebiet auszukundschaften. Der Blick ging mehrere Kilometer weit, bis er auf die reflektierenden Scheiben einer Stadt traf; dort lagen die Schachtelhäuser der Rebellenhochburg Amgar.

Ein gespanntes, fast schon ehrfürchtiges Schweigen hatte die Gruppe erfasst. Der Wind zog über die Plattform, heulend und trostlos. Wie auf ein stilles Signal, als erinnerten sich die Besucher daran, dass sie selbst in Sicherheit waren, setzten die Gespräche wieder ein. Kameras wurden hervorgeholt, und ein agil auftretender Rentner, den Vincent einer *Studiosus*-Reisegruppe zurechnete, bat seine Frau um ein Weitwinkelobjektiv. Er wollte das absurde Bild einfangen, das sich auf der Mauer bot: rechts das engbebaute, sich überstapelnde Thikro, links die weite Steppe.

Vincent trat ans Geländer. Er besah sich die mehrstufige Grenzanlage, die zu überwinden seit Jahren keinem Menschen gelungen war.

»Im Frühjahr haben wir mit den Bauarbeiten für einen Wassergraben begonnen«, erzählte ihm Buddy Iversen, den er um eine Erläuterung der Abwehrsysteme gebeten hatte. Dabei hielt er den sonnenbebrillten Blick in die Höhe gereckt, als spreche er nicht zu Vincent, sondern zum Himmel; in seiner Stimme schwang unverkennbar Stolz. Mehrere Besucher traten in Hörweite. »Der Wassergraben wird entlang der zwei Kilometer breiten Talöffnung gezogen. Ende des Jahres wird er fertiggestellt werden und die erste Hürde für potentielle Angreifer bilden. Die Bauarbeiten werden von einem Hochsicherheitsteam überwacht.«

Buddy Iversen wies in eine Richtung, und die Köpfe der Anwesenden folgten ihm. Sie sahen einen aufgerissenen Streifen Erde, aus dem der Arm eines Schaufelbaggers ragte. Vier schwer gepanzerte Wagen flankierten die Baustelle und die Bauarbeiter. »Auf den zukünftigen Wassergraben folgt ein drei Meter fünfzig hoher Drahtgitterzaun, der mit Rasierklingen besetzt ist und bei Bedarf unter Strom gesetzt werden kann. Danach sehen Sie eine Schotterpiste, die wir für unsere Kontrollfahrten nutzen, und letztlich die Stahlbetonmauer, auf der wir gerade stehen – sechs Meter hoch, einsfünfundzwanzig im Durchmesser, mit Stacheldrahtbewehrung und Wachtürmen im Abstand von zweihundert bis achthundert Metern. Nachts werden unsere Männer von Wärmebildkameras und Bewegungsmeldern unterstützt. Es sind aber meist nur wilde Tiere, die den Alarm auslösen.«

»Dürfen Sie auch schießen?«, fragte einer der Besucher.

»Nur in einer Bedrohungssituation. Aber in diesem Fall hat das Gegenüber nichts zu lachen, glauben Sie mir. Unser Waffenarsenal ist immens, und unsere Männer werden in Trainingslagern regelmäßig auf verschiedene Szenarien vorbereitet. Wenn ich offen sprechen darf: Wer so dumm ist, sich mit uns anzulegen, ist selbst schuld. Den meisten ist die Mauer aber Abschreckung genug.«

»Was ist mit Menschen, die flüchten? Sind die auch eine Bedrohung?« Vincent war überrascht, eine halbwegs kritische Frage zu hören. Er sah einige Gesichter einen nachdenklichen, betroffenen Ausdruck annehmen. Andere verschränkten die Arme oder traten peinlich berührt von einem Fuß auf den anderen. Der Fragesteller, ein Rotschopf im mittleren Alter, registrierte den Stimmungswechsel und fühlte sich gezwungen, seine Aussagen zu kommentieren. »Also, da drüben herrscht ja Krieg, natürlich versuchen die, hier durchzukommen, auf die sichere Seite. Das ist zwar nicht erlaubt, aber es ist ja menschlich nachvollziehbar.«

Buddy Iversen antwortete mit einem entwaffnenden Lächeln. »Dafür gibt es Gesetze und Asylverfahren. Wer auf diese Mauer zusteuert, hat nichts Gutes im Sinn.«

Damit war das Thema erledigt. Er fuhr mit der Beschreibung der Grenzanlagen fort, und Vincent ließ ihn inmitten seiner Ausführungen zurück. Er schloss die Hände ums Geländer und blickte ins Tal hinab. Auch Vincent konnte sich des Grusels nicht erwehren, den der Anblick in ihm auslöste. Scheinbar friedlich lag das Tal vor ihm, und doch war er nur einen Steinwurf entfernt von der Hölle des Kriegs. Vincent musste an ein Ungeheuer denken, dessen Fesseln gerade so weit reichten, dass man seinen schlechten Atem riechen konnte, und das man doch auf sicherem Abstand wusste. Er übernahm eines der

Fernrohre und streifte durch die zerstörten Straßen Amgars, bis ihm eine der schwarzen Rebellen-Flaggen vor die Linse kam. Aus einem Land mit jahrtausendealter Geschichte, mit vibrierenden Großstädten und Kulturszenen waren weiße Flecken geworden, die in den letzten Jahren kaum ein Ausländer zu Gesicht bekommen hatte. Trotzdem blieben die dort stattfindenden Gräueltaten in aller Munde, aufbereitet von Nachrichtensendungen, Reportagen und Spendenaufrufen. In der gesamten Welt wuchsen Generationen heran, die das Gebiet mit nichts anderem verbanden als mit Tod und Verderben – und die ihre Heimatländer dafür lieben sollten, ihnen den Frieden geschenkt zu haben.

Mit einem Sonnenbrand im Nacken und fünf vollgekritzelten Notizbuchseiten, auf denen er Gespräche mit Touristen und Buddy Iversen festgehalten hatte, kehrte Vincent in sein Apartment zurück. Er überlegte, einen Abstecher ins *Garden* zu machen, und mischte sich stattdessen ein großes Glas Rum-Cola in der Küche. Er streckte seine müden Glieder unter den Tisch und blätterte in seinen Notizen, auf der Suche nach einer Szene, die er in 280 Zeichen über den Äther jagen konnte. Er blätterte vor und zurück, doch die Sätze verschwammen vor seinen Augen. Er seufzte auf und bettete seinen müden Kopf auf die Tischplatte. An solchen Abenden fragte er sich, warum er sich selbst so unter Druck setzte; warum er sich zum Getriebenen seiner eigenen Geltungssucht machte. Sich als freier Journalist zu etablieren, mehr noch, damit erfolgreich zu sein, kostete unsäglich viel Kraft. Er fragte sich, ob eine Karriere das alles rechtfertigte: ständig dem nächsten großen Thema hinterherzuhecheln, der nächsten gelungenen Schlagzeile, der nächsten fein justierten Provokation, die den Artikel kontrovers machte und in den Feeds nach oben pushte. Letztlich blieben diese Gedankenspiele aber ohne Konsequenz. Sie waren ein bloßes Tribut an seinen selbstkritischen Geist – er würde auch am nächsten Tag aufstehen und seine Steine den Berg hinaufrollen.

Vincent schusterte einen Post zusammen und bestellte Pizza bei *Domino's*. Er verbrachte den restlichen Abend damit, sich einheimische Filme anzusehen, in denen sich Angehörige der Oberschicht unglücklich in ihre Bediensteten verliebten. Er klebte mit der Backe an der Ledercouch und blickte katatonisch auf den Bildschirm. Auch ohne den Text zu verstehen konnte er der Handlung leicht folgen. Das übertriebene Mienenspiel erinnerte ihn an die Laien-Theatergruppe, in der Nina spielte. Er hatte sich immer am Dilettantismus ihrer Gruppe gestört, und noch mehr störte ihn, dass sich Nina damit zufrieden gab. Sie war mit Abstand die beste Schauspielerin, die einzige mit professioneller Ausbildung. Sie hatte aus vernünftigen Gründen den Theaterbetrieb verlassen, aber anstatt sich ein freies Kollektiv zu suchen, hatte sie einen Bürojob angenommen und sich damit begnügt, in ihrer Freizeit zu spielen. Sie sei zufrieden mit diesem zwanglosen Spiel, sagte Nina, zufrieden mit einem Ensemble, von denen manche Mitglieder zu Freunden geworden waren. Vincent glaubte ihr und versuchte, es dabei zu belassen. Wenigstens musste er jetzt nicht mehr in Gemeindesälen sitzen und tiefer in den Sitz rutschen, wenn einer ihrer Kollegen ein Solo hatte.

Er quälte sich vom Sofa und stieg zum Flachdach hinauf, um eine zu rauchen. In der schwülen Nachtluft begann er sofort zu schwitzen. Er blickte über die Lichter der Stadt, ohne etwas dabei zu empfinden, und trank seinen letzten Schluck Rum-Cola.

Er kehrte in die Wohnung zurück und sah sich weiter den Film an. Immer wieder schlief er dabei ein, bis ein Stromausfall alles zum Erliegen brachte. Licht und Fernseher gingen aus, und auch der Rotor des Deckenventilators erlahmte. Vincent sah sich in der plötzlichen Dunkelheit um, ohne etwas zu erkennen. Es musste Mitternacht sein. Milo hatte ihm erzählt, dass um diese Uhrzeit der Strom gekappt wurde – fünf Sekunden würde es dauern, bis das Notstromaggregat einsprang, das Varga der Stadt spendiert hatte. Tatsächlich ging das Licht nach wenigen Sekunden wieder an. Küchengeräte gaben einen kurzen Power-

Sound von sich, und die hellhäutig geschminkte Frau, die ihrem Geliebten eine Affäre vorwarf, kehrte in Großaufnahme auf den Bildschirm zurück. Vincent schaltete alles aus und schleppte sich ins Bett.

7

Auf dem Weg zum Busbahnhof, der bergab durch die engen Straßen der Altstadt führte und den Vincent im Laufschritt hinter sich brachte, weil er fürchtete, zu spät dran zu sein, erhielt er eine Nachricht von Héctor. Sein Flug war mit Verspätung gelandet, er stand gerade erst am Gepäckband. Vincent legte den Rest der Strecke gehend zurück und kam sich ein wenig bescheuert vor.

Er kaufte sich ein Cola-Wassereis und beobachtete die Straßenhändler, die sich um einen einfahrenden Flughafenbus scharten. Neben ihm stand eine alte Frau im Schatten einer Platane. Sie hielt einen Zettel in der Hand, der in Klarsichtfolie geschlagen war und Zimmer für 9 Dollar die Nacht bot. Sie hielt sich von dem Gedränge fern und blickte hoffnungsvoll zu den Touristen, von denen sie weitgehend unbeachtet blieb. Die Frau schien unfähig oder nicht willens, an dem aggressiven Kampf um Aufmerksamkeit teilzunehmen. Sie war sicher neu in dem Gewerbe. Vincent empfand ein unvermittelt starkes Mitleid mit ihr. Er wollte ihr Geld geben, wusste aber, dass er sie ohne Gegenleistung beschämen würde. Er spazierte einmal um den Kreisel und schmiss das zur warmen Cola-Soße zerlaufene Eis in den Abfall. Die Stadt machte es einem schwer, guter Laune zu sein.

Mit dem Erscheinen des nächsten Flughafenbusses wich seine Schwermut jedoch der leisen Vorfreude, nicht mehr alleine zu sein. Er sah Héctors Lockenkopf aus dem Bus steigen und sich nach einem bekannten Gesicht umsehen. Sie trafen sich auf halbem Wege und fielen sich in die Arme.

»Das sind ja richtige Showeinlagen«, sagte Héctor, als er sich von ihm löste. Er deutete auf die falschen Soldaten mit ihren ungeladenen Gewehren. »Wie ein düsteres Disneyland für Erwachsene.«

»Warte ab, ich bringe dich später auf den *Boulevard* zur Wachablösung der *SU*-Miliz. Soll ein großes Spektakel sein.«

Sie folgten dem erstbesten Taxi-Fahrer, der seine Dienste anbot, und ließen sich zum Apartment bringen. Vincent stellte die schwere Kameraausrüstung im Flur ab und öffnete hastig die Fenster, um den Alkoholdunst zu vertreiben. Er zeigte Héctor das Gästezimmer, das nicht viel größer war als das geblümte King-Size-Bett, das sich darin befand. Die Klimaanlage, die an der Außenwand des Gebäudes angebracht war, verdeckte einen Großteil des Fensters.

»Hübsch«, sagte Héctor.

»Es kostet dich immerhin nichts.«

»Die letzten Wochen habe ich auf Lehmböden geschlafen, ich beschwer mich nicht«, sagte Héctor und verabschiedete sich ins Badezimmer. Vincent setzte Nudelwasser auf und spürte, wie die Schwere der vergangenen Tage von ihm abfiel. Er musste an seine Studienzeit denken, als er mit Héctor einige Monate zusammengelebt hatte. Er hatte sich immer mit Menschen umgeben, die interessanter waren als er, oder zumindest zügelloser, was auf dasselbe hinauslief. Selbst heute, mit Anfang dreißig, war das nicht anders. Vincent wusste, dass er die Veranlagung zu einer ausgewachsenen Midlife Crisis in sich trug. Sie konnte schon in den nächsten Jahren ausbrechen, sollte seine Arbeit weiterhin nicht die Aufmerksamkeit erhalten, die er sich wünschte.

Er schob kleingeschnittenes Gemüse in eine Pfanne, als Héctor aus dem Badezimmer kam. Er war nur mit einer Boxershorts bekleidet. Auf dem Kopf trug er einen Turban, den er sich mit einem Frotteehandtuch gebunden hatte. Vincent musste lachen, und einen anderen Zweck schien Héctor auch nicht verfolgt zu haben. Er verschwand in seinem Zimmer, kam angekleidet und bestens gelaunt zurück und aß mit Vincent zu Mittag.

Héctors Aufmerksamkeit waberte beständig an der Oberfläche seines ohne Zweifel scharfen Verstandes. Er hatte das Talent, die Gesprächsfäden seines Gegenübers formal aufzugreifen, nur um sie dann aus ihren Kontexten zu lösen und als Grundlage für die eigenen Gedanken zu nutzen. Wer nicht genau aufpasste, konnte Héctor deshalb für einen aufmerksamen Gesprächspartner halten. Gewöhnlich ließ sich Vincent darauf ein. Die Gespräche glichen dann einem Pingpong-Spiel: schnell, kunstvoll, durchaus amüsant und mit einem hohlen Geräusch beim Aufprall. In der sengenden Hitze konnte er diesem Spiel allerdings wenig abgewinnen. Sie saßen auf der Dachterrasse des *Sparta* und tranken kaltes Importbier.

Wassernebel stob zwischen die vollbesetzen Tischreihen, um sie zu kühlen. Vincent hatte diese Form der Klimatisierung nie verstanden – man fühlte sich kaum erfrischt und hinterher nur klebriger. Héctor band seine schweißverklebten Locken nach hinten und blickte sich nach Motiven um. Mit der Canon, seiner Reservekamera, die er ständig bei sich trug, machte er Aufnahmen von den Nachbartischen. Hinter dem gläsernen Windschutz lagen die Grenzanlagen und das Kriegsgebiet.

»Eins noch«, sagte Vincent, der ihm die Information nicht weiter vorenthalten wollte. »Morgen kann ich eine Reisegruppe an den Schießstand begleiten. Mit dem Veranstalter ist schon alles abgesprochen, die sind richtig glücklich, dass jemand über sie berichtet. Die haben ein großes Stück Land und ein Arsenal halbautomatischer Waffen, auf das sie die Leute loslassen. Schießstände, Hürdenläufe, Schützengräben, wie bei *Full Metal Jacket*. Das wären wirklich großartige Motive ...«

»Morgen?« Héctors Stirn legte sich in Falten. Er legte die Kamera ab.

»Ich weiß, das ist viel verlangt, du bist gerade erst angekommen ...«

»Du hast mir ein paar freie Tage versprochen. Sonst hätte ich auch in Indien bleiben können, ein paar Tage Goa, da hätte ich nichts dagegen gehabt.«

Vincent hob beschwichtigend die Hände. »Nach dem Schießstand hast du deine Ruhe, versprochen. Ich schaufle dir ein paar
Tage frei, eine ganze Woche, wenn du möchtest. Das mit dem
Schießstand ging wirklich nur morgen, der Veranstalter konnte
mir keinen anderen Termin anbieten.« Zumindest nicht mehr in
dieser Woche, aber das war nahe genug an der Wahrheit, dass er
sich selbst von der Unausweichlichkeit seiner Forderung überzeugen konnte.

»Das finde ich nicht cool, Vincent.«

»Ist auch nicht cool. Ich stehe knietief in deiner Schuld. Ich
bin wertlos vor deinem Antlitz. Ich bin Gewürm unter deinen
Schuhen.«

Damit brachte er Héctor zum Lachen.

»Es ist nur ein halber Tag, um fünfzehn Uhr sind wir zurück.«

»In Ordnung.«

»Außerdem schmeckt indisches Bier nach Mist. Trinken die
noch immer dieses *Kingfisher*?«

»Dünnes Argument, Vincent.«

In den nächtlichen Gassen der Stadt hätte er das Haus beinahe nicht wiedergefunden. Zwei Mal musste er umkehren, bis er
plötzlich davor stand. Vincent klopfte am Tor und lehnte sein
Ohr daran. Er hörte das Scharren eines Stuhls, ansonsten blieb
es still.

»Ich will zu Sam«, sagte er.

Das Tor schwang auf, und der Junge, der ihnen geöffnet hatte,
führte sie in den Innenhof. Sam erkannte ihn sofort wieder. Er
prostete Vincent mit der Red-Bull-Dose zu, die er in der Hand
hielt und wünschte ihnen einen schönen Abend.

»Hast du deinen *Wingman* mitgebracht?«

Vincent antwortete ihm lustlos. Sie wollten sich nicht lange
aufhalten; beide waren müde und hatten morgen einen langen
Tag. Héctor trug ein dickes Bündel Scheine bei sich, das er gerade aus einem Bankautomaten gezogen hatte und gleich wieder loswerden wollte. Er deckte sich mit ein paar Gramm Koks,

Gras und größeren Mengen Pep ein. Vincent stand in höflicher Distanz und hielt die Hände hinter dem Rücken verschränkt. Er beobachtete ein paar Kinder, die auf Bobbycars saßen und Wettrennen durch den Innenhof fuhren.

»Für dich nichts, mein Freund?«, fragte Sam, und Vincent winkte ab. Er nahm eine Sprachnachricht für Milo auf, mit dem er mittlerweile auch privaten Kontakt hielt. Er teilte ihm letzte Instruktionen für den morgigen Tag mit und Milo reagierte prompt mit dem bissigen Sarkasmus, den Vincent so sehr an ihm schätzte. Grinsend schob er sein Handy zurück, während Sam den Einkauf über den Tisch reichte.

»Kommt bald wieder vorbei, meine Freunde!«, sagte er und brachte sie zum Tor. Sie teilten sich einen Joint auf dem Nachhauseweg und ignorierten die Straßenköche, die ihre Gasgrills bereits ausgeschaltet hatten und ihre letzten gefüllten Fladenbrote zu Geld machen wollten, bevor sie mit den übrigen Abfällen im Straßengraben landeten.

8

Das Rattern der Maschinengewehre durchbrach die Stille. Er nahm den Finger vom Abzug, wartete einige Sekunden und betätigte ihn erneut. Selbst durch die Ohrenschützer drang das Stakkato des Dauerfeuers. Vincent kauerte auf dem Boden und blickte durch das Visier seiner MG34. Hinter dem Fadenkreuz lag eine Strohpuppe, weiß und gesichtslos. Auch links und rechts von ihm wurde geschossen, das Stakkato schwoll an und hielt sich auf hohem Niveau. Er spielte Szenen aus Actionfilmen in seinem Kopf ab, Filme, die er nie sonderlich gemocht hatte, bis er selbst eine MG34 in den Händen hielt. Er leckte sich über die trockenen Lippen und setzte weitere Schüsse ab. Als er wieder die Augen vom Visier nahm, lag der Schutzwall hinter der Puppe in Wolken – all die Fehlschüsse, die dort eingingen, ließen Staubsäulen in die Luft steigen. Vincent versuchte, sich an die Anweisungen des selbsternannten Sergeants zu erinnern, der in wirschem Tonfall und nachlässigem Englisch zu ihnen gesprochen hatte, doch er erinnerte sich allein an die Mahnung, Pausen zwischen den Feuerstößen zu lassen.

»Du darfst nicht zu lange schießen, sonst –« Mangels Vokabular hatte er abgesetzt und mit den Händen einen Gewehrlauf geformt, der sich verbog. »Sonst wird zu heiß und kaputt.«

Vincent blinzelte sich den Schweiß aus den Augen und setzte von Neuem an. Er nahm seine Puppe ins Visier, deren Kopf bereits in Fetzen hing und massiv Stroh verlor. Er durchlöcherte den Rumpf, bis die Puppe in Einzelteilen da hing. Als seine Finger den Abzug gedrückt hielten, ohne dass etwas passierte, war der Spaß vorbei.

Er stand auf, klopfte sich den Staub von der Hose und sah sich nach Héctor um. Dieser fotografierte gerade ein junges Paar, das bereits mit der Übung fertig war. Sie hatten je eine Hand um die Hüfte ihres Partners gelegt, in der anderen hielten sie ihr Maschinengewehr. Vincent hoffte, dass die Waffen gesichert waren.

Der Sergeant rief indes die Gruppe zusammen. Die Teilnehmer bildeten einen Halbkreis um die Maschinengewehre, die auf Dreibeinen standen und eine lange Reihe bildeten. Milo, der noch nichts zu übersetzen gehabt hatte und deshalb mit verschränkten Armen an der Seite stand, trat neben ihn.

»Und, gefällt's dir?«, flüsterte Vincent.

»Ihr spielt hier Krieg. Man müsste euch eure Privilegien in den Hals stopfen, damit ihr daran erstickt.«

Vincent riss die Augen auf.

»Ich übertreibe«, sagte Milo. »Ein wenig.«

»Héctor und ich sind aus rein journalistischen Gründen hier. Teilnehmende Beobachtung und so.«

»Euch beide nehme ich raus, da bin ich großzügig.«

Der Sergeant demonstrierte indes sein Können, indem er eines der Maschinengewehre nahm, das Dreibein löste und stehend die Puppe eines Teilnehmers ins Visier nahm, die weitgehend unversehrt geblieben war. Mit gezielten Feuerstößen zerstörte er zuerst den Kopf, das Herz und zuletzt den Schritt. Seine fleischigen Wangen zuckten unter dem Lächeln, mit dem er sich wieder der Gruppe zuwandte. Er legte das Gewehr zurück und führte die Teilnehmer zur nächsten Station.

Auf dem weitläufigen Gelände verteilten sich Scheunen und Schießstände, über denen die Luft flimmerte. Einige Teilnehmer tauchten Tücher unter das Wasser einer Pumpquelle, bevor sie sich den nassen Stoff um den Kopf banden. Nach den Maschinen- und Sturmgewehren sollten sie nun die Möglichkeit bekommen, Handfeuerwaffen zu testen. Der Sergeant geleitete sie zu einem überdachten Schießstand, und Vincent nutzte die Zeit, um mit den Teilnehmern ins Gespräch zu kommen. Zwölf Personen befanden sich in ihrer Gruppe, sieben Männer und fünf Frauen. Er steuerte auf ein Ehepaar mittleren Alters zu, das ihn bereits bei der Vorstellungsrunde neugierig und mitteilungsbedürftig angesehen hatte. Der Mann war Schulpsychologe, seine Frau arbeitete für eine Werbeagentur.

»Wir wollten etwas Aufregendes erleben, etwas Einmaliges«, sprach der Mann in Vincents Diktiergerät. »Am Strand rumzuliegen ist nicht unser Ding. Dann haben wir das Angebot für das Schieß- und Überlebenstraining entdeckt.«

»Sie sind explizit für das Training angereist?«

»Genau, wir haben auch Privatstunden hinzugebucht. Ein halber Tag reicht ja nicht, um wirklich was zu lernen.«

»Gefällt es Ihnen?«

»Definitiv. Es ist wirklich beeindruckend, was der Sergeant alles erlebt hat. Auf der Homepage steht seine ganze Geschichte, wie er den Aufstand gegen die Rebellen angezettelt hat, wie er später in der *SU* gedient hat. Dass uns so jemand an der Waffe ausbildet, das ist schon eine Ehre.«

Dann drängte sich seine Frau vors Mikrofon. »Wir kommen selbst aus der Union, da finde ich es gut, unser Geld bei unseren neuen Brüdern und Schwestern zu lassen. Das ist ja auch eine Form von Entwicklungshilfe. Unser Taxifahrer hat mir erzählt, dass die Stadt richtig aufblüht, seit die Touristen kommen, das freut mich, da bin ich gerne ein Teil davon.«

»Werden Sie neben dem Schießtraining noch etwas unternehmen?«

»Natürlich sehen wir uns die Grenze an und klopfen unseren Jungs dort auf die Schulter. Aber dann geht's nach Hause, am Montag müssen wir wieder arbeiten.«

Vincent dankte den beiden und beendete die Aufnahme. Er sah sich nach seinem nächsten potenziellen Interviewpartner um und bemerkte, wie die Blicke der übrigen Teilnehmer zu Boden wanderten. Als Journalist löste er häufig diese Reaktion aus. Dabei warteten die meisten Menschen insgeheim darauf, ihre Geschichte erzählen zu dürfen man musste sie nur richtig anpacken. Er sprach einen jungen Mann mit Kinnbart an, den er eher in einem Hipster-Café als auf einem Schießstand erwartete hätte und der allein deshalb eine Geschichte versprach.

»Ich studiere Politikwissenschaften und Geschichte und beschäftige mich seit Langem mit der Region. Ich bin so froh, endlich vor Ort zu sein und alles mit eigenen Augen zu sehen, nachdem ich Tausende Seiten darüber gelesen habe.«

»Wie lange bleibst du in Thikro?«

»Zwei Wochen. Es sind gerade Semesterferien, und das Leben hier ist ja wirklich billig.«

»Warum bist du heute an den Schießstand gekommen?«

»Wir betrachten Konflikte immer aus einem sehr akademischen Blickwinkel, immer vom Schreibtisch aus. Das verfälscht die Realität. Ich wollte die Gelegenheit nutzen, das zu ändern.«

»Was meinst du damit?«

»Ich wollte wissen, wie sich eine Waffe in der Hand anfühlt. Wie es ist, auf den Feind loszurennen. Den Tod vor Augen zu haben. Und dabei wirklich meinen Schweiß zu spüren, meine Angst, meine Erschöpfung, meine schmerzenden Muskeln. Das muss ich doch mal erlebt haben, wenn ich über den Krieg schreibe, ich muss doch wissen, wovon ich spreche.«

Vincent fragte sich, wie authentisch es war, mit einem Gewehr auf eine Strohpuppe zu schießen, die keinerlei Gegenangriff erwarten ließ. Er wagte gar nicht erst, zu Milo hinüberzusehen, der neben ihm herging und das Gespräch mitanhören musste.

»Also gefällt es dir?«

»Sehr. Die Leute hier machen eine wichtige Arbeit.«

Im überdachten Schießstand bekamen sie eine P30 von Heckler & Koch in die Hand gedrückt. Die Waffe war schwerer, als Vincent gedacht hatte. Sie standen in voneinander abgetrennten Bahnen und wurden von Mitarbeitern eingewiesen, die ihre Körperhaltung korrigierten und die Waffentechnik erklärten. Bei Vincents erstem Schuss war der Rückstoß so stark, dass seine rechte Schulter zurückgerissen wurde. Er erschrak, und der Sergeant, der zufällig in der Nähe stand, lachte trocken auf. Er packte Vincent an den Schultern, drückte ihm die Faust in den Rücken und korrigierte seine Haltung, dann forderte er ihn auf, nochmal zu schießen. Vincent brauchte einige Anläufe, doch dann traf er die inneren Ringe der Scheibe. Das Gefühl, eine todbringende Waffe abgefeuert und das Ziel getroffen zu haben, war überraschend berauschend. Gerade nach dem Wortwechsel mit Milo schämte er sich, so zu denken, aber es war nicht zu leugnen. Auch die Übung mit dem Maschinengewehr hatte ihm Spaß gemacht. Der Sergeant ließ die Zielscheibe mit einem Knopfdruck zu sich fahren und überreichte sie ihm feierlich.

»Die darfst du behalten.«

Er zwängte eine neue Pappe in die Halterung und ließ sie in größerer Entfernung zurückfahren. Seine Schüsse gingen nun allesamt daneben. Vielleicht war das auch besser so, dachte Vincent.

Bei der nächsten Pause bat er den Sergeant um ein Interview. Der Mann entsprach mit seinem aufgepumpten Oberkörper und den kurz geschorenen Haaren jeglichen Militärklischees. Er führte sie aus dem Schießstand und in den Schatten einer nahegelegenen Zeder, wo sie auf Kühlboxen Platz nahmen. Milo übersetzte die Worte des Sergeants in der ersten Person, noch bevor Vincent ihn darum gebeten hatte.

»Die Leute sollen ihren Spaß haben. Das ist das wichtigste, die sind ja in ihrem Urlaub … Aber wir bringen ihnen auch etwas bei. Jeder Mensch sollte mal eine Waffe in den Händen gehabt haben und wissen, wie man damit umgeht … Die Leute werden ja immer weicher, gerade die Männer. Von denen weiß ja kaum einer mehr, wie man schießt … Die lehnen sich zurück und denken, denen passiert schon nichts, jemand anderes wird es schon richten. Aber das kann gefährlich sein und mitunter tödlich … Der Terrorismus lauert überall, das ist bei euch nicht anders als hier. Es geht hier um Selbstverteidigung, nicht um Angriff … Wenn da ein Irrer kommt und deine Frau vergewaltigt und deine Kinder vergewaltigt, vor deinen Augen, oder wenn er eine Bombe zündet, dann stehst du nicht daneben und sagst: *Bitte nicht* … Ich war selbst während der Belagerung in der Stadt, habe von innen heraus die Truppen der Union unterstützt, ich weiß, wovon ich spreche … Ja, den Schießstand habe ich selbst aufgebaut, und die Nachfrage ist wirklich immens … Wir machen auch Seminare, die gehen ein oder zwei Wochen lang, da ist die Gangart schon härter … Schießtraining, Nahkampf, Selbstverteidigung, Überlebenstraining in der Natur, auch Grundlagen asiatischer Kampfsportarten … Dafür kommen Gruppen aus allen Teilen der Welt, die wissen, dass wir hier Expertise haben … Aber das hier, diese Tagesseminare für Touristen, da steht wirklich der Spaß und das Ausprobieren im Vordergrund …«

Nach einer halben Stunde beendete Vincent das Gespräch. Er hatte einige großartige O-Töne aufgenommen, die er im Kopf bereits zu Teasern formte. Er dankte Milo für die Übersetzung und wischte sich den Schweiß von der Stirn. Während des Interviews war die Gruppe zur nächsten Station weitergezogen, und der Sergeant brachte sie in einem Golfwägelchen dorthin.

Die Teilnehmer waren in Teams aufgeteilt worden und probten eine Gefechtssituation. Zwei verwinkelte Rohbauten dienten ihnen als Parcours. Sie jagten sich über das Geländer und schossen mit Farbpatronen aufeinander. Wer getroffen wurde, musste auf dem Boden liegen bleiben und tot spielen.

Milo und Vincent stiegen aus dem Wagen und traten neben Héctor, der die Szene aus der Ferne verfolgte. Sie sahen den Teilnehmern dabei zu, wie sie ihre Paintball-Gewehre schulterten und sich aus dem zweiten Stock des Gebäudes abseilten. Die Mitarbeiter des Schießstands brüllten ihnen Anweisungen zu, während andere direkt aus dem Fenster sprangen und auf Schaumstoffmatten das Abrollen probten. Héctor trommelte mit den Fingern auf seine Kamera und sah zu den beiden hinüber.

»Ich glaube, wir sind hier fertig.«

Vor dem Eingang zum Schießstand warteten sie darauf, dass die Teilnehmer ihr Programm beendeten und der Bus sie zurück nach Thikro brachte. Vincent und Héctor saßen auf dem Bordstein und schirmten das Kameradisplay vor der Sonne ab. Sie gingen die Aufnahmen durch und trafen eine erste Vorauswahl. Beide waren müde, aufgekratzt und glücklich. Sie teilten sich eine Zigarette und spürten das Adrenalin langsam abflauen.

»Habt ihr Zeit für einen kleinen Ausflug?«, fragte Milo, der sich vor ihnen aufgebaut hatte. Die beiden blickten zu ihm auf.

»Wohin soll es denn gehen?«

»Das ist eine Überraschung.« Er hielt die Hände in den Hosentaschen vergraben und grinste. »Journalisten fahren in fremde Länder, um das Schlechte zu finden. Ich zeige euch etwas Schönes, einverstanden?«

Vincent warf einen Blick zu Héctor, dem er eine frühe Heimkehr versprochen hatte, doch Héctor zuckte nur mit den Schultern und nickte. Milo verschwand in den Straßen des Dorfes, das an den Schießstand grenzte, und kam eine Viertelstunde später in einem alten Peugeot Viersitzer zurück. Er saß auf dem Beifahrersitz und kurbelte das Fenster hinunter.

»Ist das ein Taxi?«, fragte Vincent.

»Nein, das ist Josua.«

Der Mann hinter dem Steuer trug einen staubigen Anzug und hob grüßend die Hand. Milo nannte ihnen den Preis, den er ausgehandelt hatte, und Vincent reichte ihm die entsprechenden Scheine weiter. Josua steckte sie in seine Jackentasche, räumte einen Kindersitz und Plastikflaschen von der Rückbank, und sie stiegen ein.

Sie waren erst wenige Minuten gefahren, als Josua den Blinker setzte und am Straßenrand hielt. Milo kurbelte das Fenster hinunter und eine alte Frau streckte ihren Kopf ins Wageninnere. Sie hatte ein fadenscheiniges, weißes Tuch um die Haare gebunden. Nach einem kurzen Wortwechsel löste Milo seinen Gurt. Er kletterte zwischen den Sitzen hindurch und pferchte sich zwischen Vincent und Héctor auf die Rückbank.

»Wir nehmen sie ins nächste Dorf mit. Sie steht schon eine Weile an der Straße.«

»Warum fährt sie denn per Anhalter?«

»Das macht ihr nichts aus. Es ist nicht gefährlich, sagt sie. Schon als junges Mädchen ist sie die Strecke getrampt.«

Vincent drückte seine Beine zur Seite, damit sich Milo anschnallen konnte, und stellte fest, dass das nicht möglich war. »Du hast ja gar keinen Gurt, Milo.«

»Schon okay, solange die beiden Ausländer angeschnallt sind. Ich kann nicht zulassen, dass einer von euch stirbt. Das gibt schlechte Publicity für die Stadt.«

»Wir können tauschen!«, sagte Héctor, der sich noch nicht an Milos Humor gewöhnt hatte, und Milo gab sich keine Mühe, darauf zu antworten. Die alte Frau hatte indes auf dem Beifahrersitz Platz genommen und drehte sich zu ihnen um. Sie hatte kein Gebiss mehr, Ober- und Unterlippe waren eingefallen. Sie streckte jedem einzelnen die Hand entgegen und murmelte einen Dank, den Milo nicht zu übersetzen brauchte. Ihre Hände waren so dünn und leicht wie Hühnerknochen.

Während der Fahrt wurden Vincent und Héctor zu Zaungästen eines Gesprächs, das die Einheimischen untereinander führten. Auch wenn es die zitternde Stimme der Alten nicht vermuten ließ, gab sie anscheinend ein Bonmot nach dem anderen zum Besten. Milo und Josua brachen regelmäßig in Gelächter aus.

»Was erzählt sie denn?«, flüsterte Vincent.

»Sie flirtet mit uns«, sagte Milo. »Sie sagt, sie ist froh, mit vier so hübschen jungen Männern zu reisen, die anderen Großmütter würden sicher eifersüchtig. Daraufhin Josua: ›Muttchen, ich mache mir Sorgen um deine Augen, ich bin doch hässlich wie die Nacht.‹ Daraufhin sie: ›Lass dir nichts einreden, so riesig ist dein Zinken nicht, wie alle immer sagen, und ein Auto hast du auch noch‹ …«

Durch die Flüsterübersetzung erneut auf die Ausländer aufmerksam geworden, drehte sich die Alte zu ihnen um. Ihre Augen waren glasklar und blau wie der Himmel. Sie sagte etwas und blickte Milo in Erwartung einer Übersetzung an.

»Sie möchte wissen, woher ihr kommt«, sagte Milo und übernahm es selbst, die beiden Männer vorzustellen. Héctor zog sich an der Nackenstütze nach vorne und suchte Milos Blick.

»Frag sie mal, wen sie hübscher findet, mich oder Vincent.«

Vincent senkte beschämt die Augen und lachte. »Tu das nicht, Milo.«

»Doch, frag sie mal!«, beharrte Héctor und stieß ihm den Ellbogen in die Rippen. Milo stellte die Frage und die Alte hörte aufmerksam zu. Ihre Antwort brachte die Einheimischen wieder zum Lachen. Milo übersetzte: »Wenn du so fragst, den anderen.«

Als sie das Haus der Alten erreicht hatten, küsste Josua ihren Handrücken und drückte ihn an die Stirn. Alle im Wagen taten es ihm gleich. Sie bogen zurück auf die Straße, die sich immer steiler die Berge hinaufwand, und waren schon bald von dichten Wäldern umgeben. Auf einer gekiesten Fläche mitten im Nirgendwo kamen sie zum Stehen. Über zwanzig Wagen parkten dort bereits.

»Wir haben eine Stunde, dann bringt er uns zurück nach Thikro.«

Es duftete schwer nach Piniennadeln, als sie aus dem Wagen stiegen, und Milo führte sie auf einen Trampelpfad. Durch die Höhenlage und die schattenspendenden Bäume war das Klima angenehmer als unten im Tal. Nach dem Rattern der Maschinengewehre waren die Vogelsänge eine wahre Entspannung, und sie sprachen kaum ein Wort miteinander. Mit einer letzten Kletterpartie, bei der heraustretendes Wurzelwerk als Stufen diente, erreichten sie einen kreisrunden See. Ein dünner Wasserfall ergoss sich darin. In dem Becken, nicht größer als zehn mal zehn Meter, tummelten sich dutzende Menschen. Es war so voll, dass die Badenden ihre Arme nicht hätten ausstrecken können, ohne einander zu berühren. Sie schwammen nicht, sondern tauchten nur unter oder schöpften Wasser mit ihren Händen, das sie sich über die Köpfe gossen. Vincent war von der Schönheit des Ortes berührt und empfand die Menschenmassen gleichermaßen als surreal – es sah aus, als stünden sie in einem Kochtopf. Héctor schien ähnliche Assoziationen zu haben, jedenfalls holte er seine Kamera hervor und entfernte sich wortlos.

»Hast du Hunger?«, fragte Milo und führte ihn zu einem Bretterschlag zwischen den Bäumen. Dort saß eine Frau vor gewölbten Stahlschalen, unter denen ein Feuer brannte und auf deren Oberflächen sie dünne Fladenbrote buk. Während Milo bestellte, wandte sich Vincent wieder dem Becken zu. Das menschliche Suppengrün bewegte sich in konzentrischen Kreisen, als würde es langsam gerührt. Bisweilen verließ eines den Kreis und stakste tropfend das Ufer hinauf.

Milo drückte ihm drei Dosen Fanta in die Hand, und sie setzten sich auf einen flachen Stein ans Wasser. Sie entdeckten Héctor auf der anderen Seite, halb verborgen zwischen Bäumen und Familien, die dort auf Picknickdecken saßen. Héctor und er waren die einzigen Ausländer.

Milo faltete das ölige Papier auseinander und riss die Fladenbrote in dampfende Stücke. Er leckte seine Fingerkuppen ab und nahm einen Anruf entgegen, der sich vibrierend in seiner Westentasche bemerkbar gemacht hatte. Mit dem wachsenden Respekt, den Vincent ihm gegenüber empfand, lauschte er den fremdartigen Klängen von Milos Muttersprache. Dieser beendete das Gespräch und schob das Handy in seine Westentasche zurück.

»Wie kommt es, dass du so gut Englisch sprichst?«, fragte Vincent.

»Filme und Bücher, und ein gewisses Sprachtalent, nehme ich an.«

»Keine Auslandsaufenthalte?«

»Ich habe mein ganzes Leben in Thikro verbracht.«

Ob darin Stolz oder Bedauern mitschwang, konnte Vincent schwer sagen. Milo stupste ihn mit der Schulter an.

»Na, bist du zufrieden mit deinen Interviews?«, fragte er.

»Sehr zufrieden. Ich dachte, auf den Schießständen wären nur Proleten unterwegs, stattdessen habe ich mit klugen, reflektierten Menschen gesprochen. Moralisch fragwürdig, aber nicht dumm. Es ist immer gut, von den eigenen Recherchen überrascht zu werden.«

Milo lachte. »Wenn wir von unseren Recherchen nicht überrascht werden, sollten wir den Job wechseln. Sonst machen wir ja keinen Journalismus mehr, sondern schreiben entlang unserer Vorurteile.«

»Machen wir das nicht alle ein Stück weit?«

»Umso stärker müssen wir dagegen ankämpfen.«

Vincent fand das ein wenig naiv, und er erinnerte sich daran, wie jung Milo noch war. Er hatte kein Interesse, seinen Idealismus auseinanderzunehmen und schob sich stattdessen eines der Brotstücke in den Mund. Sie waren mit Schafskäse und Spinat gefüllt und schmeckten ausgezeichnet.

»Ich gehe morgen auf die Party einer Amerikanerin, für die ich arbeite«, sagte Milo. »Die gesamte Expat-Gemeinde der Stadt wird versammelt sein, Entwicklungshelfer, Menschenrechtler, Wissenschaftler ... falls du noch Kontakte brauchst.«

»Sehr gerne«, sagte Vincent und notierte sich den Termin in seinem Kalender. »Diese Freundin, von der du erzählt hast, Cora. Ist sie auch dabei?«

»Ich kann sie fragen.«

Héctor setzte sich zu ihnen und präsentierte seine Aufnahmen. Vincent gab ihm das Lob, das er hören wollte, und tat sich nicht schwer damit – es waren wirklich großartige Bilder. Sie tauchten die Füße ins Wasser und streckten ihre Gesichter der Sonne entgegen. Der Krieg, die hechelnde Gier der Stadt waren weit weg. Sie saßen beisammen, bis einige Meter entfernt Josua ans Ufer trat. Sie zogen sich die Strümpfe über die nassen Füße und folgten ihm zurück zum Parkplatz.

9

Die Adresse in seinem Notizbuch führte ihn zu einem unauffälligen Bürogebäude. Der Vorgarten war von einem Zaun eingefasst, dessen metallene Spitzen keinen Zweifel daran ließen, wie mit ungebetenem Besuch verfahren wurde. Vincent klingelte und gab der Gegensprechanlage durch, dass er einen Termin mit Mister Varga habe. Er drückte das surrende Tor auf und strich den Kragen seines Hemds glatt, das er heute Morgen aus der Reinigung geholt hatte.

Eine Empfangsdame glich den Namen mit einer bestehenden Liste ab, dann löste sie die Sicherheitskette und bat ihn herein. Er wurde in einen Wartebereich geführt, dessen Boden mit Marmor ausgelegt und dessen Wände mit abstrakter Kunst behangen waren. Vincent setzte sich und spürte eine leichte Nervosität aufsteigen. Er blätterte seine Notizen durch, bis sich eine Tür öffnete und Varga auf den Flur trat. Er trug einen maßgeschneiderten Anzug und mehrere Ringe an den Fingern. Das schüttere Kopfhaar hatte er zurückgekämmt. Er entsprach überraschend genau den Aufnahmen, die im Internet von ihm kursierten. Ein Geruch von Rosenwasser und Pomade ging von ihm aus.

»Schön, Sie zu treffen, Mister Varga.«

»Gleichfalls. Ich hoffe, Sie sind in einem meiner Hotels untergekommen?«

Vincent verneinte. Er stellte sich und seine Redaktion vor und verlor ein paar positive Worte über das aufstrebende Thikro, die Varga schmeicheln sollten. Dieser folgte Vincents Ausführungen mit sichtbarem Desinteresse. Immer wieder schielte er auf eine Tür hinter dem Empfang, bis ein junger Mann im Nadelstreifenanzug dort herauskam und zu ihnen trat. Es war Vargas Pressesprecher. Obwohl Varga passables Englisch sprach, verwies er auf den jungen Mann, der der besseren Kommunikation halber das Gespräch führen würde. Vincent hatte etwas Derartiges befürchtet. Er protestierte, wurde jedoch von Varga mit dem Versprechen vertröstet, dass er am Ende noch für Fragen zur Verfügung stünde. Daraufhin streckte ihm der Pressesprecher die Hand entgegen. Er sprach mit einem bemüht zur Schau getragenen britischen Akzent und stellte sich als Perry vor. Vincent tippte auf ein Studium im Ausland. Dort hatte er sich bestimmt auch den Namen zugelegt.

»Wir sind froh, dass sich Journalisten für unsere Arbeit interessieren. Immerhin tragen wir mit unseren Hotels und Eventlocations ganz wesentlich zum wirtschaftlichen Wiederaufbau der Stadt und der Region bei. Wir allein beschäftigen Hunderte Angestellte, ganz zu schweigen von den sekundär und tertiär Beschäftigten.«

Vincent nickte und löste den Handschlag, den Perry während seiner kleinen Rede aufrechterhalten hatte. Perry wies durch eine geöffnete Tür, und Vincent und Varga folgten ihm. Sie betraten einen abgedunkelten Besprechungsraum, und Vincent nahm vor einem barocken Schreibtisch Platz.

»Darf ich ein Diktiergerät verwenden?«, fragte er und hielt es fragend in die Höhe.

»Sicher doch«, antwortete Perry. Er wandte sich einem Silbertablett zu, das mit einer Flasche Whiskey, einer Karaffe Wasser und Gläsern bestückt war. Perry schenkte ihnen Whiskey ein, aber Vincent wehrte ab.

»Wasser, bitte.«

Perry füllte ihm ein zweites Glas mit Wasser und stellte ihm beide hin. Varga hatte sein Whiskeyglas bereits vom Silbertablett genommen und sich etwas abseits in einen Ledersessel gesetzt. Vincent positionierte das Mikrofon auf dem Schreibtisch. Bevor er zu seiner ersten Frage kommen konnte, unterbrach ihn Perry mit einem erhobenen Zeigefinger.

»Entschuldigen Sie – bevor wir Ihre Fragen beantworten, würde ich gerne die Gelegenheit nutzen, unser Unternehmen kurz vorzustellen. Dabei werden sich bestimmt viele Fragen klären.«

Vincent zog unwillkürlich einen Mundwinkel nach unten, nickte aber. Perry griff sich eine Fernbedienung und richtete sie an die Decke. Ein Projektor sprang an und warf das Varga-Logo an die Wand.

»Wie ich eingangs erwähnte, liegt uns die Entwicklung von Thikro sehr am Herzen. Mister Varga hat seine Kindheit und Jugend hier verbracht und hat auch während seiner Zeit im Ausland nie den Kontakt zu seiner Heimatstadt verloren. Sein Bemühen um das Allgemeinwohl zeigt sich in zahlreichen Infrastrukturmaßnahmen, die er privat finanziert hat. Mehrere Straßen, die nach der Belagerung unbefahrbar waren, wurden instand gesetzt. Damit ist Thikro wieder an den Nah- und Fernverkehr angebunden, eine Grundbedingung für den wirtschaftlichen Wiederaufbau der Stadt. Auch ein städtisches Notstrom-Aggregat geht auf unsere Kosten. Thikro ist vierundzwanzig Stunden am Tag an Strom angeschlossen, solche Bedingungen suchen Sie im weiteren Umkreis vergeblich. Ich habe Ihnen entsprechende Berichterstattung in die Pressemappe gelegt.«

Perry holte einen Hefter aus der Schreibtischschublade und reichte ihn Vincent, der ihn ungesehen in seiner Tasche verstaute. Die erfolgreichsten Despoten, so dachte Vincent, gaben ihrem Volk asphaltierte Straßen.

»Thikro ist ein wirklich außergewöhnlicher Ort. Hunderte tapfere Männer haben diesen Ort vor der Barbarei verteidigt, viele haben diesen Kampf mit ihrem Leben bezahlt. Es ist dem Widerstandswillen der hiesigen Bevölkerung zu verdanken, dass Thikro heute fest an der Seite der Union steht. Von diesem Erbe können sich Besucher hautnah überzeugen, etwa bei geführten Touren durch die historischen Kriegsschauplätze oder durch das neu errichtete Museum. Aber auch die Möglichkeit, das Leben in vollen Zügen und mit allen Freiheiten zu genießen, ist Teil dieser Erfahrung. Unsere Gäste feiern hier ein Fest der Demokratie. Sie feiern den Sieg der Menschenrechte.«

Perry wandte sich der Projektion zu und nahm die Fernbedienung zur Hand. Das Varga-Logo wich einer in Zeitlupe ablaufenden Drohnenaufnahme, die Thikro im Sonnenaufgang zeigte.

»Bei einer durchschnittlichen Tagestemperatur von 28 Grad Celsius und einer Sonnenscheingarantie von April bis Oktober kommen unsere Besucher voll auf ihre Kosten. Wir betreiben mittlerweile drei Hotels, in denen wir weitestgehend Vollbelegung verzeichnen können. Unser Angebot reicht von der einfachen Unterkunft bis ins Luxussegment. Als lukratives Geschäftsmodell hat sich unsere Kooperation mit *SmartFly* erwiesen: Unser Wochenend-Paket beinhaltet Hin- und Rückflug von verschiedenen europäischen Flughäfen, drei Nächte im Mittelklassehotel mit All-Inclusive-Verpflegung, pro Person für unter 200 Euro.«

Perry schob ihm einige Prospekte hin, ohne weiter darauf einzugehen.

»Der Schwerpunkt des Varga-Unternehmens liegt jedoch im Eventbereich. Die wöchentlichen Schaumpartys im *Sunrise@ Eden* sind legendär und haben in diversen Reiseforen hervorragende Bewertungen erhalten. Das *Cactüs* ist etwas kleiner und kann sich mit den Clubs der großen Metropolen messen. Hier wird Goa, Industrial und House aufgelegt. Die Größen der Szene sind bereits unserer Einladung gefolgt, wir legen Wert auf ein internationales DJ-Set. Im Übrigen sind Sie herzlich eingeladen, alle unsere Locations selbst zu besuchen. Ich habe der Pressemappe Eintrittskarten beigelegt, zusammen mit einer Auswahl an Getränke- und Essensgutscheinen.«

Varga hatte mittlerweile sein leeres Whiskeyglas auf dem Boden abgestellt. Er saß etwas verdreht in seinem Ledersessel, das Gesicht formal der Projektion zugewandt. Er blickte ausdruckslos in die Leere. Perry wechselte indes die Aufnahme. Sie zeigte schwerbewaffnete Männer in Uniform, deren Blicke an der Kamera vorbei in die Ferne gerichtet waren.

»Sicherheit wird bei uns groß geschrieben. Wir unterstützen den Einsatz der *Solidarischen Union* ausdrücklich. Dank ihrer Arbeit können wir unseren Gästen einen sorgenfreien Aufenthalt garantieren. Die Reisewarnungen, die manche Botschaften aufrechterhalten, haben mit der Gegenwart nichts mehr zu tun. Das ist ein großes Ärgernis. Viele Menschen haben Angst, nach Thikro zu kommen, aber das brauchen sie nicht. Wir haben in den vergangenen Jahren weder illegale Grenzübertritte noch schwere Kriminalität oder Angriffe erlebt.«

Perry wechselte erneut die Aufnahme.

»Unsere neueste Eventlocation ist das *Grip*. Dort werden wir unserer stetig wachsenden homosexuellen Kundschaft gerecht, mit einem eigens auf ihre Bedürfnisse zugeschnittenen Programm. Wir sind stolz darauf, den einzigen Gay-Club im Umkreis von vierhundertfünfzig Kilometern zu betreiben. In einer Region wie dieser ist das keine Selbstverständlichkeit.«

Vincent blickte zu Varga hinüber. Oberhalb seines geöffneten Hemdsknopfs quoll Brusthaar hervor, die goldberingten Hände hatte er im Schoß verschränkt. Er wirkte wie jemand, der seinem Sohn die Zähne einschlagen würde, sollte dieser mit einem Mann nach Hause kommen. Perry zog indes einen Stapel Magazine aus der Schreibtischschublade und breitete sie vor Vincent aus. Auf den Hochglanzcovern räkelten sich halbnackte Männer mit glänzenden Oberkörpern.

»Es haben bereits verschiedene Medien über das *Grip* berichtet, sehr wohlwollend allesamt. Von einer dänischen Zeitschrift wurden wir als Location des Jahres ausgezeichnet. Ich habe Ihnen Kopien davon in die Pressemappe gelegt.«

Vincent blätterte aus Höflichkeit eines der Magazine durch, bevor er es zurücklegte. Perry verstaute sie wieder in der Schublade.

»Haben Sie jetzt noch Fragen? Ich beantworte sie Ihnen gerne.«

Vincent verließ das Gebäude und zündete sich im Gehen eine Zigarette an. Ohne klares Ziel lief er die Straße hinab. Keine Minute länger wollte er auf Vargas Grundstück verbringen. Die Antwort auf jede kritische Frage war in Perrys Übersetzung weichgelutscht und auf Unternehmenslinie getrimmt worden. Er ärgerte sich, nicht auf Milo als seinen Dolmetscher bestanden zu haben, und ahnte gleichwohl, dass das Gespräch dann gar nicht zustande gekommen wäre. Vincent blickte über die flimmernden Dächer der Stadt und zog sein Telefon aus der Tasche. Milo hob nach dem ersten Klingeln ab.

»Milo? Ich komme gerade aus dem Gespräch mit Varga. Die haben mir nur Scheiße erzählt. Können wir uns treffen?«

Vincent wartete mit verschränkten Armen vor dem Restaurant, in das Milo ihn delegiert hatte. Das Viertel, in dem es sich befand, schien weitgehend verlassen. Ein kleiner Junge rannte über die Felder zwischen den Häusergerippen. Er zog einen Drachen hinter sich her, der sich nur sporadisch und müde in die Luft erhob. Vincent fing das hoffnungslose Spiel mit seiner Kamera ein, als Milo in seinem Wagen vorfuhr.

Der Wirt spielte auf seinem Handy, als sie eintraten. Sie waren die einzigen Gäste im Restaurant. Vincent belächelte die dorischen Plastiksäulen, die dem Garten ein spätantikes Flair verschaffen sollten. Nur auf einem Drittel der Tische war Besteck aufgetragen.

»Hier wurden früher Hochzeiten gefeiert«, sagte Milo, nachdem sie sich gesetzt hatten. Vincent legte seine Tasche ab und streckte den Rücken durch.

»Jetzt nicht mehr?«

»Die Leute haben kein Geld für große Feiern.«

Vincent schob den Aschenbecher heran und zündete sich eine Zigarette an.

»Das Interview war beschissen.«

»Sagtest du bereits.«

»Ich kann nichts davon gebrauchen. Außer die Eintritts-gutscheine, die sparen mir einiges an Geld.«

»Was hast du denn von Varga erwartet?«

»Zumindest einen Kratzer in der Oberfläche. Aber keine Chance. Mit der Show seines Pressesprechers Perry – «, er zog dabei Anführungszeichen in die Luft, »kann ich ein paar Sätze füllen, aber keinen Artikel.«

Der Wirt kam an ihren Tisch, und Vincent bestellte ein Bier.

»Wir haben kein Bier«, sagte der Wirt in gebrochenem Eng-lisch und deutete auf die dorischen Säulen, als würde dies alles erklären. »Weinlokal.«

Vincent bestellte daraufhin ein Glas weißen Hausweins, wurde aber erneut unterbrochen.

»Nur ganze Flasche.«

Vincent stutzte. Er begann mit dem Wirt zu diskutieren, und auch Milo schaltete sich ein. Er sprach mit ihm in dessen Mut-tersprache, erhielt aber, wie Vincent schien, die mit denselben Handbewegungen unterstrichenen Ausflüchte. Vincent bestellte schließlich eine ganze Flasche, und der Wirt zog zufrieden ab.

»Der hat mich gerade verarscht, oder?«

»Ja, das hat er.«

»Immerhin hast du versucht, mir zu helfen.«

»Nur halbherzig.«

Vincent lachte.

»Die Menschen waren früher anders«, sagte Milo. »Wir hatten nicht viele Besucher in der Stadt. Es gab ein Hotel und eine Jugendherberge, und die wurden meist für Familienfeiern benutzt. Aber wenn wir richtige Besucher in der Stadt hatten, wurden sie umgarnt. In den Geschäften hat man ihnen eine Klei-nigkeit geschenkt, selbst wenn sie nichts gekauft haben. Einmal saßen wildfremde Franzosen in unserem Wohnzimmer, da war ich ein kleiner Junge. Meine Tante hatte sie auf der Straße aufge-gabelt. Einer der beiden war schwarz und das hat ihr gefallen, sie kannte Schwarze nur aus dem Fernsehen. Ich wurde geschickt, um meine Schwägerin zu holen, sie hatte ein Gästezimmer, und die Franzosen sollten dort übernachten. Als Fremder wurdest du mindestens auf einen Kaffee eingeladen, jetzt stellen sie dir die Luft zum Atmen in Rechnung.«

»Nun ja, was bleibt ihnen übrig? Sieh dir den Laden an. Wie viele Hochzeiten gab es wohl im letzten Jahr? Wie viele wurden ausschweifend gefeiert? Es ist nie schön, über den Tisch gezogen zu werden, aber die Leute versuchen über die Runden zu kommen, und ich bin der reiche Ausländer.«

»Mach es uns nicht zu leicht. Wir sind nicht nur Opfer eines Krieges, sondern Menschen mit guten und schlechten Eigenschaften. Es gibt immer eine Wahl.«

Der Wirt kam mit der Flasche Wein und zwei Bechern zurück. Vincent wollte ihnen einschenken, doch Milo wehrte ab.

»Du musst mir damit helfen«, sagte Vincent.

»Ich trinke keinen Alkohol.«

»Generell nicht?«

Milo zog eine Kette hervor, die er um den Hals trug. Auf dem Stein war eine arabische Kalligrafie eingraviert.

»Ich bin Muslim.«

»Gehen wir heute Abend nicht auf eine Party?«

»Na und?«

Vincent schenkte sich selbst den zweiten Becher ein. »Wenn ich schon vor der Party betrunken bin, bist du dafür verantwortlich.«

»Ich bin für gar nichts verantwortlich. Warum hast du auch eine ganze Flasche bestellt?«

Vincent holte grinsend sein Notizbuch hervor. »Milo, hilf mir mal kurz beim Denken. Dieses Interview hat mich kalt erwischt. Ich wusste, dass Varga mauern würde, aber ich habe zumindest auf einen Ansatz für meine Recherchen gehofft, einen Geruch in der Luft, nach dem ich die Nase strecken kann. Für die Reisereportage habe ich genug, da grase ich noch ein paar Clubs ab, mache etwas Vox Pop und dann ist gut. Aber das soll nicht der einzige Text bleiben. Ich habe seit Kurzem Kontakte zum *Intruder*. Du kennst den *Intruder*?«

»Natürlich.«

»Ich dachte, diese Varga-Geschichte könnte etwas für den *Intruder* sein, aber im Moment stehe ich zu schwach da. Ich brauche einen besseren Einblick in den Filz zwischen Varga, den Drogenclans und der *SU*. Das ist eine große Kriegsverwertungsmaschine, bei der sich alle gegenseitig in die Hände spielen.«

»Jedem, der sich ein wenig mit Thikro beschäftigt, ist das klar.«

»Aber ich möchte die Details. Welche Absprachen gibt es untereinander? Wer finanziert wen? Wer verdient woran und wie viel?«

»Kein Mensch wird dir davon erzählen. Vincent, was erwartest du?«

»Sam wird plappern, allein schon aus Geltungssucht. Ich brauche keine geheimen Protokolle, keine Nummern von Offshore-Konten. Da komme ich nicht ran, schon klar. Ich brauche nur einen Insider, der mir das grobe System bestätigt. Den ich zitieren kann. Einen Söldner der *SU* vielleicht.«

»Diese Leute sind verschwiegen. Sehr loyal gegenüber ihrem Arbeitgeber. Außerdem ist denen die linke Presse verhasst. Wie willst du unter diesen Umständen jemanden finden?«

»Dafür habe ich ja dich. Kannst du mir helfen?«

Milo blickte ihn argwöhnisch an, aber er dachte nach.

»Es müssen keine hohen Tiere sein«, warf Vincent ein. »Niederes Fußvolk geht auch. Jemand, der genug Einblick hat, um mir ein paar Krumen zuzuwerfen. Den Rest deute ich an.«

»Ich sehe, was sich machen lässt.«

»Danke.«

Vincent packte sein Notizbuch beiseite und schenkte sich großzügig nach. Er lehnte sich zurück und ließ den Blick auf dem Monopteros ruhen, der die Mitte des Gartens zierte. Dort zu sitzen stand sicherlich dem Brautpaar zu. Spatzen hüpften auf dem Tisch herum.

»Wann gehen wir eigentlich auf diese Party?«

Milo zuckte die Achseln. »Neun, halb zehn?«

Vincent hatte keine Lust, die letzten Stunden vor der Party in seiner Wohnung zu verbringen. Er fragte Milo, ob sie bis dahin etwas unternehmen wollten, und Milo lud ihn zu sich nach Hause ein. Vincent steckte die halbvolle Weinflasche in seine Tasche und beglich beim Hinausgehen die Rechnung.

10

Milo führte ihn durch seine Wohnung, die er mit lakonischem Gestus präsentierte: Schlafzimmer, Badezimmer, Einbauküche, Wohnzimmer. Es war die Hälfte einer einstmals großen Wohnung, deren Verbindungsstück zugemauert worden war. Die kahlen Backsteine wurden von einem Wandtuch verdeckt. Man konnte dahinter eine Tür vermuten, die dort tatsächlich einmal gewesen war, und manchmal, sagte Milo, würde er sich den Scherz erlauben und Gäste auf der Suche nach dem Badezimmer hinter das Tuch schicken.

»Warum hast du das nicht mit mir gemacht?«

»Weil ich noch mein Honorar möchte.«

Vincent lachte. Er ließ sich auf dem Sofa nieder, während Milo Tee aufsetzte. Die Wohnung hatte ihm seine Tante nach der Belagerung überschrieben. Er habe eine Wand ziehen sowie eine Eingangstür und ein Bad für die neu entstandene Wohnung bauen lassen. Das Geld für die Bauarbeiten habe er von seiner Tante erhalten, die nach dem Krieg ins Ausland gegangen war. Von den Mieteinnahmen und den Dolmetschereinsätzen könne er in einer Stadt wie Thikro gut leben.

»Wie alt bist du noch mal?«, fragte Vincent.

»Vierundzwanzig.«

Vincent nickte anerkennend. »Für dein Alter bist du ziemlich geschäftstüchtig.«

»Mir blieb nichts anderes übrig.«

»Du warst achtzehn, als sie Thikro eingenommen haben?«

»Ich hatte mich gerade auf meinen Schulabschluss vorbereitet. Sie kamen kurz vor den ersten Prüfungen.«

Vincent setzte ein ernstes Gesicht auf. Ihm lagen Fragen auf der Zunge, die er vorerst zurückhielt. Er streifte durch die Wohnung und entdeckte ein Regal, das vollgestopft war mit Büchern. Sie waren in unterschiedlichen Sprachen verfasst und stapelten sich bis unter die nächst höheren Regalbretter. Vincent zog ein paar Bücher heraus, deren Autoren er wiedererkannte. Khalil Gibran, Arundhati Roy, Harper Lee. Die meisten waren von häufiger Lektüre zerfleddert.

»Liest du?«, fragte Milo, der gerade den Gaskocher ausdrehte.

»Nicht viel«, sagte Vincent. Er stellte die Bücher wieder zurück an ihren Platz. »Die meisten deiner Bücher kenne ich nicht.«

»Ich lese kaum westliche Literatur.«

»Warum nicht?«

»Es ist alles sehr düster. Ihr schreibt nicht mehr über die Liebe, außer sie ist destruktiv. Eure Literatur verliert das Schöne aus den Augen, das Unbeschwerte, das Verspielte. Eure Poesie liegt in der möglichst plastischen Beschreibung eines Scheißhaufens.«

Milo schabte die Unterseite des kleinen Teekessels am großen Teekessel ab, um das Dunstwasser aufzufangen. Er goss den Sud in die Gläser und füllte sie mit heißem Wasser.

»Allerdings ist es schwer geworden, in Thikro an neue Bücher zu kommen. Was ich hier habe, ist aus der Zeit vor dem Krieg.«

»Warum bestellst du nicht übers Internet?«

Milo zuckte mit den Achseln. »Ja, das ist natürlich möglich.«

Er stellte den Tee mit Zuckerwürfeln und Löffeln auf ein Tablett. Er brachte es nicht an den Tisch, sondern blieb damit vor der Haustür stehen.

»Machst du mir auf?«, fragte Milo.

»Wohin gehen wir?«

»Aufs Dach. Ich möchte dir etwas zeigen.«

Milo erklomm die Steintreppe, die an der Außenwand des Gebäudes zu den höheren Stockwerken führte. Sie passierten die Nachbarwohnungen, in denen Familien vor ihren Fernsehgeräten saßen und zu Abend aßen. Das Ende der Treppe wurde durch ein Gittertor versperrt. Milo setzte das Tablett ab, um das Schloss zu öffnen und ließ Vincent den Vortritt.

Auf dem Flachdach befand sich ein Taubenschlag. In einer langen Reihe standen Käfige, deren Türen offen standen. Die Tauben saßen auf dem Dachsims oder zogen spiralförmige Bahnen durch die Luft. Milo stellte den Tee vor einer Sitzbank ab und verschwand in einem hölzernen Schuppen. Er kam mit einer Schüssel zurück, senkte seine Hand hinein und streute Getreidekörner über den Boden. Die Tauben, die sich zuvor über das gesamte Dach verteilt hatten, hüpften auf die Körner zu oder flogen die kurze Strecke. Ihr Gefieder war schneeweiß, rostbraun oder überzogen von gefleckten Grautönen.

»Sie fliegen hunderte Kilometer weit.«

»Woher weißt du das?«

»GPS.«

»Meinst du das ernst?«

Milo grinste ihn an, mit der ruhigen Überlegenheit eines Fachmanns. »Manchmal tauchen fremde Vögel bei mir auf, mit einem Ring am Fuß. Darauf ist eine Nummer, die kann ich im Internet zurückverfolgen. Eine war über tausend Kilometer von ihrem Schlag entfernt.«

»Hast du sie behalten?«

»Ich wollte keinen Ärger. Manche Züchter können ihre Tiere für Tausende Dollar verkaufen. Es werden immer wieder Tauben gestohlen, deswegen hängt bei mir ein großes Schloss vor dem Eingang. Der Handel ist eigentlich verboten, aber der Schwarzmarkt ist groß.«

»Wie trainiert man die Tauben dazu, zurückzukommen?«

»Wenn sie noch sehr jung sind, trennt man ihnen die Hälfte der Flügel ab. Dadurch bleiben sie länger auf dem Dach und gewöhnen sich an ihre Umgebung. Wenn die Flügel nachwachsen und sie zu fliegen beginnen, zieht es sie immer an diesen Ort zurück.«

Vincent hob die Augenbrauen.

»So machen es zumindest manche«, sagte Milo, »ich aber nicht. Wenn sie frisch geschlüpft sind und ihre ersten Flüge machen, bringe ich sie vors Haus. Mit der Zeit vergrößere ich die Abstände, bis sie die Strecke kennen.«

Milo senkte seine Hand ein letztes Mal ins Getreide, dann brachte er die Schlüssel zurück. Er nahm den abgeschnittenen Joghurtbehälter, der den Vögeln als Tränke diente, und kippte das alte Wasser über den Sims. Dann füllte er ihn an einem Wasserhahn auf.

»Bitte, nimm Platz«, sagte Milo und wies auf die gepolsterte Bank. Vincent setzte sich. Er trank von seinem Tee und beobachtete Milo, der seine Handgriffe mit der Geschmeidigkeit jahrelanger Wiederholung tätigte. Nachdem er seine Vögel versorgt hatte, setzte sich Milo zu Vincent auf die Bank. Die Dämmerung setzte ein und hell erleuchtete Gassen zogen sich wie Äderchen zwischen den Häusern. Es war alles sehr friedlich, und zum ersten Mal bekam Vincent das Gefühl, dass man diese Stadt mögen konnte. Sie tranken ihren Tee und unterhielten sich, ohne einander im Dämmerlicht recht zu erkennen. Sie sprachen sehr offen miteinander, teilten Erlebnisse aus ihrer Kindheit und lachten viel. Als Milo sein Glas geleert und abgestellt hatte, schob er sich näher heran. Wie zufällig berührten sich ihre Knie. Vincent dachte sich nichts dabei, doch stellte er fest, dass Milo den Körperkontakt aufrecht hielt. Es wurde merkwürdig still zwischen den beiden, und Milo atmete flacher, als schärfe er die Sinne für jegliche Reaktion, die von Vincent ausging.

Mit einem Mal war Vincent hellwach. Er begriff, was gerade vor sich ging, und fragte sich, wie er das Missverständnis auflösen konnte. Milo linste derweil zu ihm hinüber und sah wieder weg. Von dem selbstsicheren, forschen Mann war nichts übrig geblieben – ein unsicherer Junge saß neben ihm. Milo schien sein Schweigen als Zustimmung zu deuten und schob eine Hand auf sein Knie. Vincent räusperte sich und Milo zog die Hand schnell zurück. Peinlich berührt drehte Vincent sein Teeglas zwischen den Fingern und suchte nach Worten. Als er keine fand, stand er auf und spazierte über das Flachdach. Aufgeschreckt von der plötzlichen Bewegung, stieben die Vögel auseinander, und ihr Flügelschlag durchbrach die Stille. Vincent beobachtete, wie sich ihre Umrisse vor der Nacht abzeichneten, ein Schwarm gespenstischer Kreaturen. Die Tauben ließen sich nieder und rotteten sich an anderer Stelle zusammen.

»Wollen wir jetzt zur Party gehen?«, fragte Milo.

»Gerne«, sagte Vincent und wandte sich bereits der Treppe zu.

Sie zählten zu den ersten Gästen. Die Wohnung lag im zweiten Stock eines Apartmentblocks und gehörte einer Frau aus den Vereinigten Staaten. Sie besaß Universitätsabschlüsse in Psychologie und Geschichte und betrieb eine akademische Zeitschrift für Konfliktforschung. Ihr Name war Barbara. Sie führte die beiden in die Küche, damit Vincent das mitgebrachte Bier abstellen konnte, und er stopfte die Flaschen zu den übrigen in den Kühlschrank.

»Woher kennt ihr beiden euch?«, fragte Vincent die Gastgeberin, nicht zuletzt, um jemand Drittes in ihr Schweigen einzubeziehen.

»Milo? Er hat mir gedolmetscht. Der Junge hat für die halbe Stadt gedolmetscht. Er ist Gold wert, sei froh, dass du ihn hast.«

»Ich stehe neben euch«, sagte Milo.

»Das sollst du ruhig hören, denn es ist wahr.«

Barbara führte sie durch die anderen Räume. Die Wände waren kahl, teilweise sogar unverputzt, und sie sagte entschuldigend, dass sie erst vor wenigen Wochen eingezogen sei. Man könne den heutigen Abend eine Housewarming Party nennen, auch wenn ihr an einer wärmeren Wohnung sicher nicht gelegen war; die Klimaanlage funktioniere nicht, und sie habe wenig Vertrauen in die Handwerker.

»Cheers«, sagte Barbara und prostete ihnen zu. Auf dem Teppichboden im Wohnzimmer saßen Gäste mit Papptellern auf dem Schoß. Einige kamen auf Milo zu, um ihn zu begrüßen, und Milo nutzte die Gelegenheit, um sich von Vincent abzusetzen. Vincent ging in die Küche zurück. Er dachte an die Abfuhren, die er selbst eingefahren hatte und empfand Mitleid für den Jungen. Er wollte ihm die Scham nehmen, aber er wusste nicht wie. Bei dem Gedanken, mit Milo darüber reden zu müssen, durchfuhr ihn ein kalter Schauer.

Der Küchentisch war mit Oliven, Bulgur, Weinblättern, verschiedenen Käsesorten und Blätterteigrollen gefüllt. Vincent häufte sich davon ordentlich auf einen Pappteller und setzte sich ins Wohnzimmer. Er war auf einer typischen Expat-Party gelandet. Die Gäste waren weiß und wohlsituiert. Gespräche kamen unweigerlich auf die politische und soziale Lage im Gastland zurück, das sich aus der teilnehmenden Beobachtung ausländischer Geisteswissenschaftler, Entwicklungshelfer und Wirtschaftsingenieure zusammensetzte. Sah man von der unvermeidlichen Selbstinszenierung ab, waren die Gespräche in der Regel klug und interessant. E-Mail-Adressen und Buchempfehlungen wurden auf kariertes Papier gekritzelt, dazu trank man Bier einer lokalen Marke.

Vincent hatte schon einige dieser Partys besucht. An ihrem Ende stand oft ein heftiger Absturz, der der Kurzlebigkeit der Beziehungen geschuldet war. Manche verbrachten nur wenige Monate in der jeweiligen Stadt. Die Fluktuation der Sexualpartner war immens und kompensierte insbesondere in abgelegenen Gegenden den Mangel an synthetischen Drogen. Die fehlende soziale Kontrolle in der Fremde enthemmte zusätzlich. Vincent musste an einen Mann denken, der ihm kürzlich auf dem *Boulevard* begegnet war. Der Mann, halb besinnungslos vom Alkohol, wurde von seinen Freunden gestützt und trug ein Shirt mit der Aufschrift *Auswärts sind wir asozial*. Die Menschen waren nicht so verschieden, manche wussten nur das Ausleben ihrer Triebe besser zu verpacken.

Im Nachbarzimmer wurde Musik aufgedreht, und der Zirkel, in dem sich Vincent unterhalten hatte, zerstreute sich. Er tastete nach seinen Zigaretten und blickte zu Milo hinüber, der in ein Gespräch mit zwei seiner Landsleute vertieft war. Vincent beobachtete seine Gesten, seine Art zu sprechen. Er nahm für sich genug Lebenserfahrung in Anspruch, um einen schwulen Mann als solchen zu erkennen, aber in Milo hatte er sich getäuscht. Er fragte sich, ob andere auf der Party davon wussten oder ob Milo es geheim hielt. Womöglich ließ sich aus seinen Erfahrungen eine Geschichte machen. Vincent konnte sie von der Reisereportage loslösen und unabhängig verkaufen. Diskriminierte sexuelle Minderheiten im Ausland liefen immer gut. Er ging im Kopf einige Redaktionen durch, denen er die Geschichte anbieten konnte und mahnte sich gleichzeitig, nichts zu überstürzen. Der Junge war Gold wert, damit hatte Barbara schon recht. Vincent notierte sich einige Stichpunkte in seinem Notizbuch und wechselte ans Fenster.

Die Gastgeberin hatte die Wohnung – untypisch für das Land – zu einer rauchfreien Zone erklärt, sodass er den Kopf aus dem Fenster und in die warme Nachtluft strecken musste. Er beobachtete die streunenden Hunde, die im gemächlichen Laufschritt durch die Straße zogen. Kabelstränge durchkreuzten das engbebaute Viertel, eine einzelne Straßenlaterne spendete Licht. Immer mehr Hunde kamen zusammen, steckten ihre Schnauzen in Müllsäcke oder jagten einander in dunkle Seitenstraßen.

Er erinnerte sich an das Rudel, das ihm einst im Viertel seiner Großmutter begegnet war. Sein Bruder und er hatten die Sommerferien dort verbracht. Containerschiffe kreuzten das Meer jenseits der betonierten Uferlinie. Sie verbrachten ihre Tage auf einer Halde mit Metallschrott, auf der sie stundenlang spielten und kleine Roboter bauten. Auf dem Rückweg machten sie Witze über die Großmutter, die immer wieder vor den Hunden in der Hafengegend gewarnt hatte. Noch über die Großmutter lachend, bogen sie um eine Ecke und standen einem Rudel gegenüber. Vincent erinnerte sich an ihre drahtigen Körper, die nur aus einem einzigen aufgerissenen Maul zu bestehen schienen; an ihr Bellen, das in die Knochen drang und die Beine weich werden ließ. Sie retteten sich auf einen Strommast und verharrten dort in Todesangst, bis eine Polizeistreife die Hunde vertrieb und die beiden zum Haus der Großmutter brachte.

Vincent drückte die Zigarette an der Außenwand aus und schnippte sie auf die Straße. Die Hunde vor den Müllsäcken waren verschwunden.

»Was gibt es da zu sehen?«

Eine junge Frau war neben ihn getreten. Sie hatte blonde, halblange Haare und streckte den Kopf durch das Fenster. Vincent war überrascht, seine Muttersprache zu hören.

»Nicht viel. Nur ein paar Hunde.«

Sie erwiderte nichts darauf, also erzählte er von den Straßenhunden seiner Kindheit. Ihr Gesicht hatte einen strengen Ausdruck, und er fürchtete, sie zu langweilen, aber sie setzte sich zu ihm aufs Fensterbrett.

»Bist du welchen in Thikro begegnet?«, fragte sie.

»Noch nicht.«

»Die Hunde wagen sich nicht ins Stadtgebiet. Einzelne vielleicht, aber vor denen musst du keine Angst haben. Nur am Stadtrand und auf den Feldern sind sie im Rudel unterwegs. In dieses Viertel kommen sie auch, die Häuser stehen zum Großteil leer. Keine Ahnung, wer Barbara diese Wohnung angedreht hat. Er meinte es jedenfalls nicht gut mit ihr. Du solltest mit dem Taxi nach Hause fahren.«

Sie umklammerte eine Bierflasche, von der sie das Etikett gepult hatte. Gemeinsam blickten sie zur Straße hinunter. Jetzt erst fiel Vincent auf, dass hinter den Fenstern der Nachbarhäuser kein Licht brannte.

»Gefällt dir die Party?«, fragte er.

Sie rollte mit den Augen und machte ein Gesicht, als müsse sie sich übergeben. »Und dir?«

»Meine Ansprüche sind gering. Ich bin froh um die Gesellschaft von Menschen, deren Sprache ich verstehe und die nicht

Wodka-Bowle aus einem Eimer trinken.« Zum ersten Mal sah Vincent sie lachen. »Ich bin mit Milo hier. Er ist mein Dolmetscher. Kennst du ihn?«

»Milo ist ein guter Freund von mir.«

»Wirklich?«

»Er hat mich überredet, hierher zu kommen. Du bist der Journalist, für den er arbeitet.«

»Der bin ich.«

»Ich heiße übrigens Cora.«

Sie reichte ihm die Hand.

»Ich bin Vincent. Schön dich kennenzulernen.«

Zweiter Teil:
Cora

1

Der Brief wog schwer in Coras Händen. Seit sie ihn aus dem Postfach gezogen hatte, unterdrückte sie eine Wut, die ihr nun die Luft zu sprechen nahm. Schweigend saß sie vor ihrer Gruppe und spürte die Blicke der anderen auf sich lasten. Sie stellte sich ihre Wut als einen Ball vor, den sie unter Wasser hielt und der unweigerlich nach oben drängte. Je tiefer sie ihn drückte, umso höher sprang er auf, wenn sie ihn losließ.

Cora löste den Brief aus dem Kuvert. Sie atmete tief durch, drückte den Ball unter Wasser und begann zu sprechen.

»Sie wollen Schadensersatz. Insgesamt 18 127 Euro.« Cora überflog die entsprechenden Zeilen in dem Brief. »Spritkosten, Landegebühren, Ersatz-Crew, Umbuchungen, Hotel- und Essensgutscheine, Schadensersatzforderungen der Passagiere.«

Sie legte mit zitternden Fingern den Brief beiseite und blickte in die Runde. Die Angst, die ihnen im Gesicht stand, entfachte ihre eigene. Seit jeher war sie dem Angriff mehr zugetan als dem Rückzug, aber vielleicht war Angst gar nicht so verkehrt – eine Geldsumme in dieser Höhe konnte ihr Leben zerstören. Sie gab den Brief weiter und spürte, wie sich etwas in ihr umstülpte, wie sich ihr Innerstes nach außen wölbte und ihr den Schweiß auf die Stirn trieb. Sie blickte zu den Dachbalken hinauf, den einzigen Elementen im Raum, die nicht mit Graffiti überzogen waren, und versuchte, sich zu beruhigen.

»Wann hast du den bekommen?«, fragte Faiz.

»Gestern.«

Die Gruppe war aufgestanden und hatte sich hinter Nahid gesammelt, um den Brief über ihre Schultern zu lesen. Faiz begann zu fluchen und Cora stimmte in die Tirade ein. Diese elenden Fucker. Diese elenden Hurensöhne. Hurensöhne. Hurensöhne.

Sie lasen den Brief zu Ende und setzten sich einer nach dem anderen zurück auf ihre Plätze. Ana sprach davon, dass es keine Paragraphen brauche, um zivilen Ungehorsam zu verhindern, dass das Kapital als Hebel der Repression vollkommen ausreiche und letztlich darüber entschied, wer sich ein Gewissen leisten konnte und wer nicht. Sie zitierte Thoreau und Gramsci und hatte sicher mit allem Recht, was sie sagte, aber es war Cora auch egal; das Wissen, dass der Fluggesellschaft kein Schaden entstehen und sie dafür aufkommen sollte, wog ungleich schwerer. Systemanalysen konnte sich leisten, wer selbst nicht betroffen war.

»Hast du mit Holger gesprochen?«

»Der kommt jeden Moment dazu«, sagte Cora. »Ich wollte erst mit euch darüber sprechen.«

Sie saßen im Dachzimmer des Autonomen Zentrums. Hier hatten sie die ganze Aktion geplant, gewissenhaft und mit dem gebotenen Ernst. Sie waren nicht blindlings in ihr Vorhaben gestürzt, sondern hatten die möglichen Konsequenzen recherchiert. Die Mittel der Strafverfolgung waren begrenzt, und die Fluggesellschaften verzichteten in der Regel auf Schadensersatzforderungen, um keine schlechte Presse zu riskieren. In Coras Fall schien es zunächst nicht anders zu sein. Nachdem man sie aus dem Flugzeug gebracht und einige Stunden festgehalten hatte, konnte sie auf freiem Fuß das Gebäude verlassen. Sie musste ihre Personalien aufgeben und hörte danach wochenlang nichts von dem Vorgang. Um auf Nummer sicher zu gehen, hatte sie sich am Tag nach der Festnahme von ihrem Wohnsitz abgemeldet. Die Vorsicht, die sie damals hatte walten lassen, zahlte sich nun aus. Nachdem sie das Originalkuvert mit dem Dampf des Wasserkochers gelöst und eine Kopie des Inhalts gemacht hatte, schickte sie den Brief mit dem Vermerk *unbekannt verzogen* zurück. Eine Lösung war das nicht – aber es gab ihnen Zeit, die nächsten Schritte zu planen.

Cora stand mit verschränkten Armen am Fenster, das mit schwarzem Panzerband abgeklebt war, und suchte ihre rasenden Gedanken einzufangen, als es an der Tür klopfte. Holger trat ein und hob grüßend die Hand. Er war als Rechtsanwalt ein Urgestein der Szene. Seinen schwindenden Haaransatz kaschierte er, indem er die Haare millimeterkurz hielt. Cora kannte ihn bislang nur vom Sehen. Vor Demonstrationen hatte sie sich häufig seine Nummer auf den Unterarm gekritzelt.

Er schüttelte ihnen nacheinander die Hände und unterhielt sich ein wenig länger mit Nahid, die er noch aus dem Komitee gegen die verschärften Polizeigesetze kannte.

»Danke, dass du gekommen bist«, sagte Cora.

»Klar doch. Habt ihr noch eure Handys?«

»Die sind draußen, im Jutebeutel«, sagte Faiz und deutete in den Flur. Holger legte sein Handy zu den übrigen und setzte sich in den Stuhlkreis zurück. Er war sehr fein gekleidet, trug Anzug, Krawatte und Lackschuhe.

»Ich komme vom Gericht«, sagte Holger, der die Blicke mit einem Lächeln registrierte. Er hing sein Jackett um die Stuhllehne, und noch bevor er sich umdrehen konnte, brach es aus Nahid hervor.

»Können die das wirklich machen?«, fragte sie und wedelte mit dem Brief, als vertreibe sie damit Fliegen. »Wir haben so viele Fälle recherchiert. Wenn überhaupt gab es ein Bußgeld von ein paar Tausend wegen Widersetzung gegen die Staatsgewalt. Aber die Fluggesellschaften haben sich nie eingemischt.«

»Dass sie ihr Recht gewöhnlich nicht in Anspruch nehmen, heißt für den Einzelfall nichts. Ich kann über eine rote Ampel gehen und eine Verwarnung bekommen, oder ich gehe über eine rote Ampel und bekomme ein Bußgeld, beides ist juristisch möglich und liegt im Ermessensspielraum des Geschädigten.«

»Die wollen an Cora ein Exempel statuieren!«

»Sicherlich«, sagte Holger, aber es schien ihm für die Sache nicht weiter relevant. Er zog eine Kopie des Briefes aus seiner Aktentasche. »Sie machen dich als *Unruly Passenger* haftbar. Das bedeutet: Widersetzt sich ein Passagier den Anweisungen der Besatzung und gefährdet dadurch die Sicherheit an Bord, sodass ein Abbruch des Fluges nötig wird, hat die Fluggesellschaft das Recht, Schadensersatz von ihm oder ihr zu fordern. Meist wird das auf betrunkene Passagiere angewandt, aber ob du betrunken bist oder aus politischer Überzeugung handelst, ist juristisch gesehen irrelevant. Meiner Einschätzung nach spricht die Rechtslage klar gegen dich. Mit ein wenig Anstand hätten sie auf ihren Anspruch verzichtet, und wenn nicht aus Anstand, dann zumindest, um sich vor schlechter Presse zu schützen. Aber selbst mit schlechter Presse müssen sie nicht mehr rechnen. Früher hätte man sich solidarisiert mit dir, aber wenn ich mir ansehe, was heutzutage *öffentliche Meinung* ist, bist du der Buhmann.«

Sie schwiegen.

»Entschuldigt, dass ich das so hart sage, ich möchte euch nur eine ehrliche Einschätzung der Sachlage geben.«

»Alles gut, Holger, so muss es auch sein«, sagte Cora.

»Es tut mir sehr leid für dich. Wie mit dir umgegangen wird, ist ein Skandal, da sind wir uns einig. Ich übernehme gerne den Fall, das Zentrum wird die Kosten tragen.«

»Danke.«

»Gegen die Schadensersatzforderung lässt sich Widerspruch einlegen. Ob das allerdings Erfolg hat – und da muss ich ehrlich sein – ist fraglich. Die Sachlage ist ja sehr konkret. Womöglich lässt sich ein Vergleich erreichen, aber ist das Verfahren erst mal ordentlich eröffnet, werden sie nicht mehr als ein paar Tausend runtergehen.«

Cora lachte auf. »Also von achtzehntausend auf fünfzehntausend?« Sie trieb sich den Daumennagel in den Oberarm, bis er eine weiße Stelle hinterließ. »Entschuldigt. Bitte Holger, fahr fort.«

»Unsere juristischen Möglichkeiten sind begrenzt, deswegen ist es ratsam, einen Unterstützerkreis aufzubauen. Ihr solltet also –«, er deutete in die Runde, »– mächtig Ramba Zamba für eure Freundin machen: Presse einschalten, Crowdfunding-Kampagnen starten, Soli-Partys schmeißen, da fällt euch sicher was ein. Wenn ihr das gut macht, ist ein Großteil der Schadenssumme wieder drin. Habt ihr schon mit dem Plenum gesprochen?«

»Das machen wir morgen.«

»Gib mir nochmal die Uhrzeit, ich komme dazu. Ein Transpi hier an der Außenwand wäre jedenfalls nicht verkehrt. Vielleicht klappt es mit dieser sogenannten *öffentlichen Meinung* ja doch.«

Sie alle warteten auf bessere Neuigkeiten, aber es kamen keine mehr. Er legte sein Jackett um, reichte Cora seine Visitenkarte und hinterließ hinter sich ein großes Schweigen.

Einer nach dem anderen verließ den Raum für eine Raucherpause, und Cora war es nur recht – sie wollte einen Moment allein sein. Sie strich ruhelos durch das Zimmer, fuhr mit den Fingerkuppen über die Wände und bemerkte irgendwann, dass sie konzentrische Kreise lief. Sie stellte sich wieder an das abgeklebte Fenster.

Sie hatten alles versucht, um die Abschiebung von Douglas und Tajjeb zu verhindern. Sie hatten mit den Anwälten der Männer in ständigem Kontakt gestanden, hatten sich bereits im Vorfeld an die Fluggesellschaft gewandt. Erst, als diese Bemühungen ergebnislos blieben, kauften sie das Ticket. Einer der beiden Männer, Douglas, lebte seit vielen Jahren hier. Er befand sich in seinem letzten Ausbildungsjahr, sprach fließend ihre Sprache, aber es war ganz gleich, was er geleistet hatte oder nicht – niemand verdiente es, in einen Bürgerkrieg abgeschoben zu werden. Cora wusste, dass sie richtig gehandelt hatte und versuchte, aus dieser Erkenntnis ein wenig Trost zu ziehen.

Dabei war die ganze Aktion noch nicht mal erfolgreich gewesen. Nach dem abgebrochenen Flug hatte man Douglas und Tajjeb wieder in Abschiebehaft genommen und zwei Wochen später in ein gechartertes Flugzeug gesetzt. Jegliche Bemühungen, in letzter Minute Kirchenasyl oder einen einstweiligen Abschiebestopp für die beiden Männer zu erwirken, waren gescheitert. Man hatte sie nachts aus ihren Zellen geholt und im Schutz der Dunkelheit zu einem Regionalflughafen gebracht. Aus dem ganzen Land wurden Menschen für einen Sammelflug dorthin gekarrt. Die Chartermaschine mit sechsunddreißig Passagieren startete planmäßig und landete ohne Zwischenfälle in Khartum.

Faiz hielt mit den beiden über *Facebook* Kontakt. Es ging ihnen den Umständen entsprechend gut.

»Bist du hungrig?«, fragte Nahid, die von ihrer Raucherpause zurückgekehrt war. Sie stand neben ihr und strich ihr durchs Haar. Cora verneinte aus Trotz und schob dann nach, vielleicht doch eine Kleinigkeit essen zu wollen. Ana sammelte von allen Geld ein, außer von Cora, und verschwand zur Tür. Sie setzten sich wieder in den Stuhlkreis, aber niemand hatte etwas zu sagen. Alle starrten ins Leere, während aus dem Stockwerk unter ihnen die Geräusche des Proberaums drangen. Schließlich ergriff Nahid das Wort. Sie versicherte Cora, dass sie füreinander einstehen und das Geld auftreiben würden, dass sie das Richtige getan hatten und diese Drecksfluggesellschaft voller dummer Wichser war – Faiz pflichtete ihr mit Nachdruck bei. Cora dankte ihnen und Ana kam mit der Pizza zurück. Sie aßen schweigend und mit großem Hunger. Sie waren so müde und ausgelaugt von der Situation, dass sie irgendwann albern wurden und sich mit leeren Pizzakartons abwarfen. Ana hatte auch einige Flaschen Rotwein mitgebracht, um die sie niemand gebeten hatte und für die ihr alle dankbar waren. Sie gaben den Wein herum und erzählten sich Blödsinn, den sie in der Zeitung gelesen hatten oder der ihnen selbst widerfahren war. Sie lachten miteinander und einmal weinten sie miteinander, kurz und befreiend, erstickt von gegenseitigen Umarmungen. Gegen Mitternacht verließen sie das Zentrum. Sie warfen ihr Leergut krachend in die Container und holten Nachschub. Sie streiften durch ihr Viertel, ohne konkretes Ziel und ohne Gedanken. Als sie an einem Spielplatz vorbeikamen, war Cora die erste, die über den ausgelegten Kies zur Schaukel lief. Sie schaukelten und rutschten und kletterten den Seilgarten entlang, bis sie auf einer Drehscheibe Platz nahmen. Sie stapelten sich übereinander, damit alle Platz fanden und reichten sich Wein und Zigaretten. Über eine Stunde saßen sie dort, bis Faiz aufsprang, die Drehscheibe anschob und sie kreischend übereinander fielen – die Welt schwankte und zog bunte Fäden vor ihren Augen. Frühmorgens brachten sie einander nach Hause, und Cora stieg ohne weitere Umwege ins Bett, um schlafen zu können, solange der Ball unter Wasser war.

2

Sie waren mit dem Plenum verabredet und Cora traf eine Stunde früher im Zentrum ein, um mit ihrer Gruppe zu essen. Sie drückte sich durch den überfüllten Gemeinschaftsraum und reihte sich in die Schlange vor der Essensausgabe. Aus zwei großen Suppentöpfen wurde Eintopf ausgeteilt, daneben standen Körbe mit Brot, das tagsüber in den Bäckereien nicht verkauft worden war. Während sie in der Schlange stand, bemerkte Cora, wie sich die Menschen nach ihr umsahen. Aus dem gesamten Raum zog sie Blicke auf sich. Sie verschränkte die Arme und starrte zu Boden, bis ihr ein Teller in die Hand gedrückt wurde.

»Macht es bereits die Runde?«, flüsterte Ana, als sie sich setzte. Auch den anderen waren die neugierigen Blicke nicht entgangen.

»Das Plenum konnte seinen Mund nicht halten«, sagte Cora, ohne sich die Mühe zu geben, leiser zu sprechen. Sie schob sich Gemüseeintopf in den Mund und stierte zum Fenster hinaus. Sie hatte schon jetzt keine Lust mehr auf das Treffen.

Nach dem Essen begleitete Cora ihre Gruppe zu einer Raucherpause. Sie trafen auf Holger, der sich heute mit einem Rollkragenpullover und schwarzen Jeans deutlich weniger von seiner Umgebung abhob. Sie umarmten einander und Holger erkundigte sich, wie es ihr ginge.

»Wie jemandem, der plötzlich achtzehntausend Euro Schulden hat«, sagte Cora. Es sollte witzig sein, aber es klang wohl nur verbittert. Sie schob hinterher, dass es ihr ganz gut gehe und dass sie hoffe, heute einen Schritt weiterzukommen. Holger murmelte etwas gleichsam vage Positives und blickte in den sich rötenden Himmel. Es hätte ein angenehmer Abend sein können, ein warmer Sommerabend, den man mit Freunden und einem Kasten Bier im Park verbrachte. Sie rauchten ihre Zigaretten und stiegen gemeinsam zum Plenumszimmer hinauf.

Das Zimmer befand sich unter der Dachschräge, an allen Enden stapelten sich Posterrollen und Infoflyer vergangener Aktionen. Sie schüttelten den vier Plenumsmitgliedern die Hände und nahmen an einem großen Tisch Platz. Marika sammelte ihre Smartphones ein und fragte, ob sie etwas trinken wollten. Alle behandelten einander betont freundlich. Sie kamen auf die vergangenen Kommunalwahlen zu sprechen, bei denen die rechten Parteien abermals an Stimmen gewonnen hatten, und Cora war froh, dass sie ein Thema gefunden hatten, das das angespannte Schweigen überbrückte. Coras Verhältnis zum Plenum war schwierig, ihre Abneigung gegenüber einem seiner Mitglieder war bekannt. Sie hatte Simon nie sonderlich leiden können. Wenige Tage, bevor Cora in das Flugzeug gestiegen war, hatte er als Vertreter des Plenums an einem ihrer Vorbereitungstreffen teilgenommen. Während sie einen Plan entwickelten, der das Schicksal zweier Menschen beeinflussen sollte und auch für Cora mit Risiken verbunden war, hatte sich Simon auf die Couch gefläzt und ein Bier aufgemacht. Cora hatte ihn umgehend hinausgeworfen. Das alles war keine Abendunterhaltung. Wer die Menschen ernst nahm, denen sie helfen wollten, saß nicht halb versunken in der Couch und trank Bier, sondern blieb bei klarem Verstand. Sie hatte keine Lust auf Typen, deren Kampf gegen die bestehenden Verhältnisse darin bestand, sich auf Demos mit Polizisten zu prügeln und ansonsten Bier trinkend auf einer zerrissenen Couch zu lümmeln. Sie konnte nicht verstehen, wie es Simon ins Plenum eines Autonomen Zentrums geschafft hatte und verstand es doch: durch langjährige Freundschaften und Kontakte. Es war dieselbe Vetternwirtschaft wie überall sonst.

Simon ließ sich indes nichts anmerken – er verschränkte die Hände ineinander und hielt sich im Gespräch weitgehend zurück. Cora hätte gerne auf seine Hilfe verzichtet, aber der Brief hatte einiges geändert. Sie konnte sich nicht erlauben, die Unterstützung des Plenums zu verlieren.

Marika ergriff als Erste das Wort. Sie dankte Cora im Namen des Plenums für ihr Engagement und ihren Einsatz gegen das faschistoide Abschieberegime. Die Schadensersatzforderung sei ein weiterer Angriff auf eine linke Widerstandsbewegung, den man unter keinen Umständen tolerieren dürfe und der auf einen kraftvollen Widerstand des Zentrums stoßen würde. Das Plenum sei zuversichtlich, dass sie alle gemeinsam eine wirksame Gegenstrategie entwickeln konnten. Ihre gelockten Haare hüpften bei dieser kleinen Rede auf und ab. Cora fragte sich, ob sie die Namen von Douglas und Tajjeb kannte.

Paul, mit Ende vierzig der Älteste im Plenum, legte ihnen einen Entwurf für eine Stellungnahme vor und zählte verschiedene linke Initiativen auf, die sie unterschreiben wollten. Cora nahm das Papier entgegen und überflog den Text. Sie war dankbar, aber nicht zufrieden. Es waren bislang nur linke Initiativen unter den Unterzeichnenden, dabei hatte sie immer für breite Bündnisse geworben. In einer Welt, die so schreiend verbesserungswürdig war, wurde Pragmatismus zum Gebot der Stunde. Kirchengemeinden und Gewerkschaften mochten bei vielen Themen andere Positionen vertreten, aber das bürgerliche Lager auf der Seite zu haben, konnte in der Praxis mehr verändern als vereinzelte linke Gruppen. Mit dieser Haltung war sie im Zentrum aber nie weit gekommen, und Cora hatte das Gefühl, nun selbst Leidtragende dieser Grabenkämpfe zu werden. Sie steckte den Ausdruck in ihre Tasche.

»Danke. Ich sehe mir den Text an.«

»Ist ein erster Entwurf. Schreibt es um, wenn ihr wollt.«

Ihr Schweigen blies sich wie ein Luftballon auf, der sie an verschiedene Seiten des Zimmers drängte. Paul räusperte sich und schlug vor, dass Holger sie noch mal auf den juristischen Stand der Dinge brachte, bevor sie die weiteren Schritte diskutierten. Holger hatte bis dahin ruhig dagesessen, die Beine übereinander geschlagen und seine Papiere durchgeblättert. Er wiederholte seine Einschätzung von ihrem ersten Treffen: Da die rechtliche Sachlage eindeutig sei, käme es darauf an, außergerichtlich den Druck auf die Fluggesellschaft zu erhöhen. Eine geschickte Öffentlichkeitsarbeit könne dazu führen, dass ihre Anwälte die Angelegenheit schnell hinter sich bringen wollten und sich auf einen günstigen Vergleich einließen. Gleichzeitig könnten Mittel für einen Soli-Topf eingetrieben werden, die die Eigenbeteiligung von Cora weiter schrumpfen ließ. Einhelliges Nicken erfasste die Runde.

»Damit Geld, das sonst in linke Projekte fließen würde, bei einer Fluggesellschaft landet, die an Abschiebungen verdient?«, fragte Cora.

Die Blicke der Plenumsmitglieder verfinsterten sich. Auch Nahid und Faiz, die neben ihr saßen, rutschten unruhig auf ihren Stühlen herum. Sie schienen ihr vor dem Plenum nicht widersprechen zu wollen, taten es dann aber doch.

»Cora, wie willst du denn sonst an das Geld kommen?«

»Auch Holgers Arbeit trägt sich durch Spenden«, sagte Marika, als halte sie ihr die Kosten seines Mandats vor. Holger hob beschwichtigend die Hände und schüttelte den Kopf. Cora lag eine wenig freundliche Antwort auf der Zunge, doch sie entschied sich dagegen. Während die anderen darüber diskutierten, wie sich die Schadenssumme am besten einspielen ließ, zog sich Cora gedanklich an einen Ort zurück, an dem sie einen ganz anderen Plan verfolgte. Sie wartete, bis das Treffen ein Ende nahm und sich alle von ihren Plätzen erhoben.

»Ich würde gerne mit Holger unter vier Augen sprechen«, verkündete Cora und warf ihm einen Blick zu. »Du hast doch noch kurz, oder?«

»Natürlich«, sagte er und setzte sich auf seinen Stuhl zurück. Das Plenum und ihre Gruppe schienen von diesem Alleingang irritiert, konnten aber nichts dagegen einwenden. Cora wartete, bis sich die Tür hinter ihnen schloss und suchte nach einem passenden Einstieg für ihr Anliegen.

»Bevor ich anfange: Darf ich mit dir über möglicherweise illegale Vorhaben sprechen? Oder bist du verpflichtet, das als Anwalt den Behörden zu melden?«

Holger lehnte sich in seinem Stuhl zurück und verschränkte die Hände hinter dem Kopf. Er guckte nicht überrascht, aber ein wenig gequält – er schien solche Gespräche schon häufiger geführt zu haben.

»Stell erst mal deine Frage.«

»Du weißt, ich habe meinen Wohnsitz abgemeldet und den Brief als *unbekannt verzogen* zurückgeschickt. Offiziell habe ich also gar keine Kenntnis von dem Vorgang, weder von der Schadensersatzforderung noch von den folgenden Mahnungen. Wenn ich mich jetzt ins Ausland absetze – kann dann überhaupt ein Verfahren eröffnet werden?«

Holger nickte kurz, als habe er mit dieser Frage gerechnet. »Allgemein ist es so …«, begann er und bestätigte ihr, was sie selbst schon recherchiert hatte: Ohne ihre Kenntnis konnten tatsächlich keine Forderungen durchgesetzt werden. Es war in diesem Fall aber nicht unüblich, Inkassounternehmen oder Detektivbüros hinzuzuziehen, um den Schuldner ausfindig zu machen. Führte auch das zu keinem Ergebnis, blieb nur noch die Möglichkeit, in Abwesenheit des Schuldners Klage zu erheben, was allerdings aufwendig und kostspielig war. Entscheidend würde sein, wie hartnäckig die Fluggesellschaft auf ihren Forderungen beharrte. Blieb sie unbekannt verzogen und unterließ die Fluggesellschaft weitere gerichtliche Anstrengungen, waren nach drei Jahren alle Ansprüche verjährt. Sie könnte in dieser Zeit allerdings keinem Beruf nachgehen, kein Studium aufnehmen, nirgendwo öffentlich in Erscheinung treten – sie müsste untertauchen, wenn sie nicht riskieren wollte, doch noch zur Rechenschaft gezogen zu werden.

Schweigend blieben sie voreinander sitzen. Cora hatte mit mehr Widerstand gerechnet – womöglich hielt es auch Holger für einen gangbaren Weg.

»Danke für die Info«, sagte Cora und verabschiedete sich.

3

Es war Ana, die sie auf die Idee brachte, nach Thikro zu gehen. Sie stand eines Morgens unangekündigt vor der Haustür und fragte, ob sie hereinkommen dürfe. Cora trat beiseite und band ihre ungewaschenen Haare zu einem Zopf – es war ein Sonntagmorgen und sie war gerade erst aufgestanden.

»Sollen wir unsere Handys im Flur lassen?«

»Besser ist es«, sagte Ana. Cora führte sie in die Küche und setzte Kaffee auf. Ana reichte ihr einen Zettel.

»Falls alle Stricke reißen …«, sagte sie, zu einem Zeitpunkt, als schon alle Stricke gerissen waren. Auf dem Zettel waren der Name einer Organisation, Kontaktdaten und ein PGP-Key notiert.

»Ich kenne Nabila persönlich. Sie betreibt eine Hilfsorganisation für Flüchtlinge in Thikro, *Laughter & Olives*, die machen wirklich gute Arbeit. Schulbildung, psychologische Unterstützung, primäre Gesundheitsversorgung. Ich habe Nabila von dir erzählt, über einen verschlüsselten Kanal natürlich. Du bist jederzeit willkommen. Du könntest dort erst mal hospitieren, und wenn es von beiden Seiten passt, gibt sie dir einen Job unter falschem Namen. Sie haben ein Gästehaus für Freiwillige, dort könntest du übernachten.«

Cora starrte auf den Zettel in ihrer Hand.

»Ich habe den anderen nichts davon erzählt«, sagte Ana. »Wenn du dich darauf einlässt, ist es das Beste, es wissen so wenige wie möglich. Nicht mal deine eigene Gruppe.«

Cora fuhr sich über die Lippen und nickte. Mit diesem Angebot wurden ihre Gedankenspiele erstmals konkret.

»Du meinst also, ich sollte untertauchen.«

»Nur falls alle Stricke reißen«, wiederholte Ana. »Du scheinst nicht sehr glücklich mit dem aktuellen Plan, und, nun ja, ich habe bereits vermutet, dass du darüber nachdenkst. Stimmt doch?«

Cora bejahte.

»Thikro ist fernab von allem, da würde niemand nach dir suchen …«

Cora erwiderte nichts darauf und blickte aus dem Fenster. Regenwolken hingen über den Dächern der Nachbarhäuser. Der Kaffee war in der Zwischenzeit durchgelaufen. Sie stellte sich und Ana eine Tasse hin, obwohl Ana bereits alles gesagt hatte, was sie zu sagen hatte.

»Das ist wohl etwas viel gerade«, sagte Ana. »Entschuldige, dass ich dich damit so überfalle.«

Sie nahm einen Schluck von dem Kaffee und stand auf. Als sie einander zum Abschied umarmten, drückte Cora sie länger als sonst. Sie fühlte eine plötzliche starke Zuneigung zu Ana. Sie war erst vor wenigen Wochen zur Gruppe gestoßen und war ihr bislang ein wenig fremd geblieben.

»Das kommt alles sehr plötzlich, aber ich danke dir sehr. Das Angebot klingt gut.«

»Denkst du darüber nach?«

»Ja, das tue ich.«

Ana nickte an ihrer Schulter. Sie nahm Cora das Versprechen ab, sich bei Fragen jederzeit an sie zu wenden, und ging. Cora legte sich in ihr Bett zurück und nahm ein Buch in die Hand, konnte sich aber nicht darauf konzentrieren. Nachdem sie lange genug die Decke angestarrt hatte, zog sie eine Jacke über und verließ die Wohnung.

Draußen roch es nach nassem Laub, das die Bürgersteige bedeckte. Sie schob die Hände in die Taschen ihres Parkas und lief durch ihr Viertel, das sie in den vergangenen Jahren so liebgewonnen hatte – vorbei an den heruntergekommenen Altbauten mit den Graffitis an den Wänden, den Bierbänken vor dem Falafel-Imbiss, eingeklappt und mit einer dicken Kette verschlossen. Sie spürte eine Schwermut in sich aufsteigen und fühlte doch, wie ihre Schritte leichter wurden. Zum ersten Mal seit Tagen war sie keine Getriebene mehr – zum ersten Mal hatte sie die Möglichkeit, den Lauf der Dinge wieder selbst zu bestimmen.

Cora kehrte in ihre Wohnung zurück und schrieb eine E-Mail nach Thikro – schaden konnte es nicht. Nabila antwortete innerhalb einer Stunde und schlug ihr ein Videogespräch für den Abend vor.

Cora lag in ihrem Bett und konnte nicht schlafen. Sie warf einen Gummiball an die Decke, der bei jeder Berührung rot und blau aufflackerte. Der Ball war ein Geschenk ihres Bruders gewesen. Er hatte ihn vor vielen Jahren aus einem Kaugummi-Automaten gezogen. Sie warf den Ball wieder an die Decke und fing ihn auf. Die Leuchtdioden im Inneren flackerten und erloschen Sekunden später in ihrer Hand.

Sie würde ihr Masterstudium abbrechen müssen, aber sie hatte ohnehin keine Kurse belegt und sich nur für das Semesterticket eingeschrieben. Auch um den Kellnerjob war es nicht schade. Sie befand sich an einer Schnittstelle in ihrem Leben, die es leichter machen würde, in die Illegalität zu gehen. Bei dem Gedanken, dass die Fluggesellschaft auf ihren Unkosten sitzen bleiben könnte, durchfuhr sie ein Gefühl der Genugtuung: Es würde nicht nur verdiente Strafe sein, sondern musste dem Unternehmen auch ein finanzielles und damit nachdrückliches Argument sein, zukünftig auf Abschiebungen in ihren Maschinen zu verzichten. Vor allem aber konnte Cora verhindern, sich einen Schuldenberg aufzuladen, den selbst linke Töpfe schwer stopfen konnten.

Nabila hatte zudem bei ihrer Videokonferenz einen guten Eindruck gemacht: freundlich, kompetent und mit klar formulierten Erwartungen. Cora sollte verschiedene administrative und sozialpädagogische Aufgaben bei *L&O* übernehmen, zunächst als Hospitantin bei freier Kost und Logis. Machte sie ihre Sache gut, wurde ihr eine bezahlte Stelle in Aussicht gestellt. Cora stand in Thikro eine verantwortungsvolle, politisch höchst sinnvolle Aufgabe bevor, die sogar im weitesten Sinne ihrer Ausbildung entsprach. Selbst ohne Schadensersatzforderung im Rücken wäre es ein gutes Angebot gewesen.

All das täuschte nicht darüber hinweg, dass sich ein dunkler Graben vor ihr auftat, wenn sie daran dachte, die nächsten Jahre in der Illegalität zu leben und sich von ihrer Stadt, ihren Freunden und ihrem Bruder trennen zu müssen. Vor dem Ablauf der Verjährung war keine Rückkehr möglich.

Sie warf den Ball noch mehrere Male gegen die Decke, bis er ihr beim Auffangen aus den Händen glitt und unter den Schreibtisch rollte. Sie war zu müde, um aufzustehen, und löschte das Licht.

Wenige Tage später besuchte Cora ihren Bruder. Es war ein warmer Tag, eine Nachwehe des vergangenen Hochsommers, und sie steuerten den Stadtpark an. Menschen lagen auf den Wiesen, allein oder in Grüppchen, und vor den Softeis-Ständen bildeten sich lange Schlangen. Sie spazierten durch den Park und sprachen kaum von der anstehenden Entscheidung. Dada hatte sich die Dreadlocks abgeschnitten und trug jetzt pinselkurze blonde Haare. Cora strich ihm über den Kopf.

»Fühlt sich weich an. Wie Babyflaum.«

Er blieb stehen und legte Coras Finger an eine Stelle auf seinem Hinterkopf. »Spürst du das?«

»Eine Narbe. Ist die von dieser Bauklotz-Geschichte?«

»Du hast mir einen deiner Bauklötze auf den Kopf geknallt! Wir mussten ins Krankenhaus und das nähen lassen.«

Cora lachte. »Ich halte das weiterhin für eine Verschwörung von Mama, um dich gegen mich aufzuhetzen.«

»Sicher, und George Soros hatte auch seine Hände im Spiel.«

Sie setzten sich an den Fluss, in den Schatten einer Kastanie. Dada wusste von dem Angebot aus Thikro. Er machte eine entsprechende Andeutung, die Cora ins Leere laufen ließ. Es tat ihr gut, sich mit anderen Dingen zu beschäftigen und sich stattdessen mit Dada Gedanken zu machen, wie er sich als junger Assistenzarzt bei den Schwestern beliebt machen konnte. Sie spielten mehrere Ideen durch und kamen überein, dass er sich nicht auf alle, sondern auf jene Schwester konzentrieren solle, die den meisten Einfluss bei den übrigen hatte. Wenn diese das nächste Mal eine Doppelschicht zugeteilt bekam, solle er Platten mit Fingerfood und Kuchen mitbringen und behaupten, das Essen sei von einer Feier der Nachbarn übriggeblieben. Aus den frisch gekauften Kuchenblechen solle er Stücke herausschneiden, als habe man sich bereits davon bedient. Dada gratulierte zu ihrem Manipulationsgeschick und legte einen Arm um sie. Sie genossen die Sonne, die durch das Blätterdach fiel, und Cora vergaß eine Weile sich und ihre Fragen.

Als sich Dada auf die Toilette entschuldigte, holte sie ihr Handy hervor und loggte sich in ihren E-Mail-Account ein. Sie hatte eine Nachricht von Nabila erhalten. Sie hatte mit der E-Mail ebenso gerechnet wie mit deren Inhalt – eine Zusage. Cora steckte ihr Handy zurück. Sie beobachtete eine Schar Enten, die flussaufwärts an ihr vorbeizogen. Ein Enterich führte sie an, der Rest folgte links und rechts hinter ihm, wie ein loser, aus dem Takt geratener Pfeil. Es war gar nicht zu sehen, wie sie sich fortbewegten – sie glitten vorüber, als würden sie an einer Schnur durch das Wasser gezogen. Cora erschrak, als Dada ihr den Arm um die Schulter legte und sich neben sie setzte. Er hielt ihr ein Softeis vors Gesicht.

»Danke«, sagte Cora und nahm die Waffel entgegen.

»Denkst du darüber nach, ob ich mir die Hände gewaschen habe, bevor ich das Eis gekauft habe?«

»Ich habe eine Zusage aus Thikro bekommen.«

Dada leckte an seinem Eis und blickte sie von der Seite an.

»Das war nur noch Formsache, oder?«

»So ziemlich. Nabila hat mir schon im ersten Gespräch quasi zugesagt.«

Dada nickte. Die Enten waren mittlerweile an Land gegangen – sie liefen durchs Gras und schüttelten ihr Gefieder. Vanilleeis tropfte Cora auf die Finger.

»Lass uns ein paar Schritte gehen«, sagte Dada.

Die Bewegung tat ihr gut. Die sich aneinander vorbei drängenden Körper, die spielenden Hunde, der aufsteigende Sauerstoff in ihren Muskeln lösten ihre Starre, und sie leerte ihre Gedanken vor Dada aus. Ihr Bruder besaß die Gabe, sich auf das

Zusammenführen ihrer Argumentationsstränge zu beschränken und nur wesentliche Rückfragen zu stellen. Sie merkte selbst, welche Argumente sie betonte und welche sie fast schon kleinlaut, mehr der Form halber aussprach. Sie stellte fest, dass sie bereits eine Entscheidung getroffen hatte und damit im Reinen war. Mit jedem Atemzug fühlte sie sich freier, als hätte ihr jemand eine Bleiweste von den Schultern gehoben.

»Ist es sicher dort?«, fragte Dada.

»Auf jener Seite der Grenze, ja.« Sie verschwieg ihm die Reisewarnungen der Botschaften, aber Botschaften waren ohnehin übersensibel.

»Du weißt, dass ich das Geld auftreiben kann. Ich habe mehrere Tausend auf dem Sparkonto, und als angehender Arzt komme ich leicht an einen Kredit. Wir können jetzt gleich zur Bank gehen und du hast die Summe in ein paar Tagen auf dem Konto.«

»Danke für das Angebot. Aber das kommt nicht infrage.«

»Das habe ich vermutet«, sagte Dada und fügte mit einem traurigen Lächeln hinzu: »Leider.«

Sie aßen in einem Hipster-Lokal zu Abend, aber nun, da es ein Abschiedsessen geworden war, lag eine gedrückte Stimmung über dem Tisch. Welchen Gesprächsfaden sie auch aufzugreifen versuchten, er schien der Situation unangemessen und erschlaffte nach kurzer Zeit. Sie trödelten mit der Rechnung, und nachdem sie bezahlt hatten, brachte Dada sie zum Gleis. Sie umarmten einander minutenlang.

»Ich bin so stolz auf dich«, flüsterte er ihr ins Ohr. »Weißt du das?«

Cora nickte, die Stirn fest an seine Schulter gepresst.

»Es ist nicht leicht«, sagte sie.

»Ich weiß. «

Er drückte sie umso fester. Cora wollte ihn nicht loslassen, und als sie sich voneinander lösten, brach sie in Tränen aus. Sie fiel zurück in seine Arme und verpasste darüber ihren Zug. Sie entschieden sich für einen letzten Spaziergang um den

Bahnhof. Möwen segelten im aufkommenden Wind, und trotz des dichten Verkehrs im Bahnhofsviertel musste sie ans Meer denken.

»Ich komme dich besuchen«, sagte Dada.

»Natürlich kommst du mich besuchen!«

»Du wartest nicht ab, was mit dir geschieht, sondern suchst selbst einen Ausweg. Und du handelst nach deinen Überzeugungen. So wie ich dich kenne, wird dich diese Tatsache immer aufrichten, egal was passiert.«

Cora nickte.

»Was wirst du Mama sagen?«

»Darüber denk ich ein andermal nach.«

Sie schlossen die Runde um das Bahnhofsviertel ab und standen wieder auf dem Gleis. Cora zählte die Sekunden, die ihr in den Armen ihres Bruders blieben und wusste, dass sie daraus nichts mehr schöpfen konnte – der nahende Abschied überdeckte alles. Sie löste sich abermals mit Tränen, aber diesmal stieg sie ein. Dada blieb auf dem Gleis, bis er das Fenster fand, hinter dem sie Platz genommen hatte. Er grinste zu ihr hinein, der blonde Flaum überdeckte kaum seine Kopfhaut. Auch ihm standen jetzt Tränen in den Augen. Er ging an ihrem Fenster entlang, winkte und sank mit jedem Schritt ein wenig tiefer, als steige er eine unsichtbare Treppe hinab. Cora lachte, als der Zug anrollte.

4

Die Fahrt nach Thikro dauerte sechs Tage. Sie durfte nicht riskieren, ihren Namen beim Ticketkauf zu hinterlegen oder in einen Iris-Scan zu geraten und verzichtete deshalb auf einen Flug. Sie wählte Busverbindungen, die sie schon früher auf Anzeigetafeln gesehen hatte, damals noch ungläubig staunend, wer solche Verbindungen auf sich nahm: siebenundzwanzig Stunden nonstop Richtung Süden.

Cora stand alleine auf dem Busbahnsteig. Sie hatte niemanden über ihre Abreise informiert, um unnötige Melodramatik zu vermeiden – der Abschied von ihrem Bruder war schwer genug gewesen. Sie hatte mit ihrer Mitbewohnerin zu Abend gegessen und anschließend die letzten Umzugskartons auf den Dachboden gebracht; dort lagerte nun ihr Hausstand für die nächsten drei Jahre. Ihr Zimmer war leergeräumt und gefegt, nur der Lampenschirm hing noch. Cora ging in dem Zimmer umher, ihre Schritte hallten von den kahlen Wänden wider. Es wirkte alles so surreal. Sie setzte sich zu Annika auf den Balkon und trank ein letztes Bier mit ihr, das ihr nicht schmeckte. Sie gingen miteinander die Geschichte von Coras plötzlichem Auszug durch, von dem selbst ihre Mitbewohnerin nichts gewusst hatte, und Cora erinnerte daran, jegliche Briefe, die an sie adressiert waren, mit dem Vermerk *unbekannt verzogen* zurückzuschicken. Annika hatte noch Zeit zu fragen, wie sie sich fühlte, als der Wecker klingelte, den sich Cora für eine rechtzeitige Abreise gestellt hatte. Unter Tränen verabschiedeten sich beide an der Haustür. Cora war schwer bepackt mit einem großen Rucksack und einem kleineren, den sie um die Brust trug – die Essenz ihrer Habseligkeiten befand sich in diesen Taschen. Sie stieg das Treppenhaus hinunter, das in den letzten vier Jahren das ihre gewesen war und dessen knarrende Dielen und Geruch sie kannte. Sie hörte, wie die Haustür hinter ihr geschlossen wurde und wischte ihre Wangen trocken. Der Zorn, den sie in den vergangenen Tagen mit einer dünnen Schicht Zweckoptimismus bedeckt hatte, brach hervor und legte sich nicht. Obwohl sie weiterhin zu ihrer Entscheidung stand, widerstrebte ihr doch, durch Repression zu diesem Schritt gezwungen zu werden. Sie stieg in die U-Bahn und hoffte, dass die Fahrt schnell vorüberging. Sie stierte zum Fenster hinaus und war froh, keinem bekannten Gesicht zu begegnen.

Es war kurz vor Mitternacht, als der Bus einfuhr. Großfamilien luden Sporttaschen und eingeklappte Kinderwägen in den Bauch des Busses. Sie legte ihren Rucksack dazu und suchte sich einen Sitzplatz. Die Lichter waren für die Nachtfahrt gedimmt und sie versuchte zu schlafen, doch es gelang ihr nicht. Stattdessen kam sie mit ihrem Sitznachbarn ins Gespräch. Der Mann erzählte von einem schalldichten Raum, den Wissenschaftler entwickelt hatten. In dem Raum würden null Dezibel erreicht. Selbst in Tonstudios messe man noch vier bis fünf Dezibel. Die Stille in dem Raum sei so absolut, dass den Menschen der eigene Körper in den Ohren dröhnte. Die Produktion der Magensäfte, das Pulsieren des Bluts, der Herzschlag, all das sei so laut und grässlich, dass es kaum ein Proband länger als Sekunden in dem Raum aushalte. Der Mann zog daraus den Schluss, dass Atheisten und Gläubige nicht so verschieden waren, wie man meinte. Stellten sich Atheisten vor, mit dem Tod in ein ewiges Nichts (und damit in eine ewige Stille) einzutreten, entsprach das ziemlich genau der Vorstellung der Gläubigen. Die Gläubigen nannten diesen Ort die Hölle. Cora behielt von ihrem Sitznachbarn nichts in Erinnerung außer dieser Geschichte. Als sie am Morgen aufwachte, den Kopf in der Jacke vergraben, die sie zwischen Fensterscheibe und Sitz gestopft hatte, war er bereits ausgestiegen.

Sie hielten nur für Toilettenpausen sowie mittags und abends eine halbe Stunde, um an einer Raststätte zu essen. Cora nutzte die Zeit, um trostlose Feldwege entlangzuwandern, die von den Autobahnen abgingen. Sie streckte ihre Glieder und legte kurze Sprints ein, bis sie schwer atmend wieder am Bus anlangte. Ihre Geldreserven für die nächsten drei Jahre trug sie stets bei sich. Sie hatte in den vergangenen Tagen mehrmals große Beträge von ihrem Sparkonto abgehoben, bis es leergeräumt war. Das Geldbündel trug sie am Körper, gegen ihren Bauch gepresst und mit Paketband umwickelt. Cora begann darunter zu schwitzen und versuchte, den Juckreiz zu ignorieren.

Die Busfahrt war lang und monoton. Sie formulierte E-Mails, die sie nach ihrer Ankunft in Thikro an ihre Gruppe, an das Plenum, an Holger und an Dada verschicken wollte, und blickte ansonsten gedankenverloren nach draußen. Ihre Schwermut hing wie Nebel über einem Feld, über dem langsam die Sonne aufstieg. Je mehr sich die Landschaft jenseits der Fenster änderte, desto leichter wurde es. Sie begann, sich auf ihre neuen Aufgaben in Thikro zu freuen und kämpfte sich durch ein Buch über den noch immer fortdauernden Krieg, vor dem die meisten Flüchtlinge nach Thikro geflohen waren und in dessen Zuge die Stadt vierzehn Monate lang belagert gewesen war. Cora las so lange, bis sie das Deckenlicht einschalten musste. Weil sie den ganzen Tag nur herumgesessen hatte, wurde sie in der Nacht nicht müde – sie schlief kaum mehr als ein paar Stunden.

Um sieben Uhr morgens erreichte sie ihr erstes Etappenziel. Cora wollte sich gleich nach der Ankunft schlafen legen, obwohl die Stadt unter strahlendem Sonnenschein erwachte. Sie schloss ihren großen Rucksack am Bahnhof ein und kaufte sich Kaffee in einem Pappbecher. Sie hatte hier einen beinahe ganztägigen Aufenthalt. Cora streifte durch die Stadt, unmotiviert, etwas Neues zu entdecken, abgestoßen von den schwarz angelaufenen Fassaden und den Plattenbauten. Sie entschied sich, ein Zimmer zu nehmen, mit einem Bett und einer Dusche und etwas Privatsphäre. Die ersten beiden Hotels, die sie abklapperte, verlangten jedoch eine ID für den Check-In, und sie war zu müde, um sich eine Geschichte auszudenken. Sie schleppte sich weiter durch die Straßen und überlegte, ob sie beim nächsten Hotel nicht doch ihren Ausweis vorzeigen sollte. Sie bezweifelte, dass die billigen Kaschemmen, die sie aufsuchte, ihre Daten in länderübergreifende Datenbanken speisten, aber wissen konnte man es nicht. Cora ahnte, dass die Paranoia in den nächsten Jahren zu einem treuen Begleiter werden würde.

Sie gelangte an einen kleinen Stadtpark, in dem sie sich niederließ. Über den Park verteilt sah sie dunkelhäutige Männer, die auf dem Rasen schliefen und die die Schlaufen ihrer Taschen um ihre Handgelenke gewickelt hatten. Ihre Anwesenheit galt Cora als gutes Zeichen: So schnell würde man sie hier nicht vertreiben. Sie breitete ihren Schlafsack an einer schattigen Stelle aus und schlüpfte hinein. Cora spürte eine tiefe Erleichterung – ausgestreckt zu liegen war ein Privileg geworden. Sie schlief sofort ein.

Einige Stunden später, als die Sonne über die Baumwipfel wanderte und ihr ins Gesicht fiel, wachte sie auf. Sie rollte ihren Schlafsack ein und aß in einem benachbarten Kebab-Imbiss. Sie wusste nicht recht, wo in der Stadt sie sich befand, und konnte nicht einmal eine Karte auf dem Smartphone abrufen – ihr Smartphone lag in einem Umzugskarton auf dem Dachboden. Stattdessen trug sie ein Handy bei sich, das sie *den Knochen* nannte und das zu alt war, um Standortdaten zu sammeln. Auf der Busfahrt hatte sie einige Zeit damit verbracht, *Snake 2* zu spielen.

Sie trieb eine Stadtkarte auf, um später den Weg zurück zum Busbahnhof zu finden, und streifte weiter durch die Stadt, um die Zeit totzuschlagen. Nach Einbruch der Dunkelheit kehrte sie in den Park zurück. Sie wunderte sich, dass die Männer ihre Plätze verlassen hatten und nun auf den angrenzenden Parkbänken schliefen. Cora breitete ihren Schlafsack an derselben Stelle aus wie zuvor und stellte sich einen Wecker. Sie glitt in einen unruhigen Schlaf, aus dem sie ein schnell getaktetes Geräusch riss. Im Halbschlaf dachte sie an einen Angriff und schlug die Arme um ihren Kopf. Sie versuchte, etwas in der Dunkelheit zu erkennen und zuckte vor einer Flüssigkeit zurück, die ihr ins Gesicht spritzte. Sie tastete in der Dunkelheit nach ihren Schuhen und wurde von einem weiteren Schwall Wasser getroffen. Endlich verstand sie, dass es sich um einen Rasensprenger handelte. Sie griff sich Schuhe und Schlafsack und lief barfuß über das Gras, bis sie an einem beleuchteten Weg anlangte. Eine der Männergruppen war noch wach. Sie blickten zu ihr hinüber und ihren Mündern entrang ein müdes, wissendes Lachen. Sie riefen ihr etwas zu, doch Cora ignorierte sie. Sie schlüpfte in ihre nassen Schuhe, kramte die Stadtkarte hervor und lief Stunden zu früh zum Busbahnhof.

Vor dem Grenzübergang zur Union, dem einzigen Grenzübergang, an dem sie eine Kontrolle zu befürchten hatte, stieg Cora aus. Es war der vierte Tag ihrer Reise. Die Landschaft hatte sich gewandelt – Pinienwälder durchzogen trockenes, hügeliges Land. Sie hatte im Vorfeld einen Wanderweg recherchiert, der durch bewaldetes Gebiet bis nahe an die Grenze führte. Einen kurzen Abschnitt würde sie querfeldein durch die Wälder gehen müssen, bis sie auf der anderen Seite wieder auf eine Straße stieß. Von dort waren es zwei Stunden Fußmarsch zur nächsten Stadt mit Busverbindung. Der Umweg über die Berge würde sie einen ganzen Tag kosten. Mit dem Auto hätte die Strecke keine zehn Minuten gedauert, aber sie hatte keine andere Wahl.

Sie stieg an einer namenlosen Bushaltestelle aus und folgte zunächst der Fernstraße, an deren Ende sie die reflektierenden Scheiben der Grenzstation sah. Ihre erste Wegmarke bildete eine Tankstelle, die sie von Google Street View wiedererkannte. Sie deckte sich dort mit einer Tagesration Wasser und Brot ein und folgte einem Pfad, der an der Tankstelle vorbei durch sonnenverbrannte Felder führte. Obwohl der beschwerlichste Abschnitt ihrer Reise bevorstand, mitunter auch der gefährlichste, war Cora guter Laune. Es war ein warmer Spätsommertag, und sie würde die nächsten Stunden in keinem Bus sitzen müssen. Jeder Gedanke an ihren Aufbruch, an ihr leeres Zimmer und an den Brief schien wie eine ferne Erinnerung.

Sie begegnete kaum Menschen. Selbst die Bauernhöfe, die sie passierte, schienen ohne Leben. Allein ein paar Ziegen, die auf den angrenzenden Feldern weideten, trabten von Coras Schritten gelockt an den Zaun und wandten ihr die schielenden Gesichter zu, in stummer Anklage, wie es schien. Cora legte immer wieder Pausen ein, um sich von dem Gewicht auf ihrem Rücken zu erholen, und strafte sich für jeden Gegenstand, den sie unnütz mitgeschleppt hatte. Als sie den Waldrand erreichte und in den ersehnten Schatten eintauchte, war ihr Oberteil vollkommen durchgeschwitzt.

Der Weg stieg langsam bergauf und führte immer tiefer in den Wald hinein. Sie hatte die einzelnen Etappen und Wegkreuzungen auf Karten ausgedruckt, die sie in einem Schnellhefter mit sich führte. Die Wege waren nur spärlich ausgeschildert und kaum voneinander zu unterscheiden. Sollte sie sich verlaufen, hatte sie ein mächtiges Problem.

Auf etwa halbem Wege, nach Stunden der Einsamkeit, begegnete ihr eine Familie: eine Mutter, ihr jugendlicher Sohn und ihre Tochter. Sie trugen normale Straßenkleidung. Mutter und Sohn schleppten große Taschen auf dem Rücken, das Mädchen lief singend neben ihnen her. Als Cora in Sichtweite kam, zog die Mutter das Mädchen zu sich und drückte ihr die Finger auf den Mund. Sie grüßten sich nicht, als sie einander passierten, und blickten in verschiedene Richtungen. Cora bog um die nächste Kurve und musste kurz innehalten nach dieser seltsamen Begegnung. Sie legte ihre Taschen ab und horchte den fremden Schritten hinterher, bis sie sich in der Stille des Waldes verloren – ganz so, als wären sie nie dagewesen.

Coras Herzschlag beschleunigte sich. Wenn die Route, die sie gewählt hatte, populär unter Flüchtlingen war, mochte sie auf dem Schirm der Grenzpatrouillen liegen. Sie hatte bereits eindeutige Spuren auf Baumstämmen und Scheunenwänden entdeckt – mit Lippenstift oder Edding gezogene Pfeile, begleitet von Hinweisen in fremden Sprachen. Cora nahm wieder ihr Gepäck auf und versuchte, sich zu beruhigen: Es würde ihr zugutekommen, dass sie die Route in die entgegengesetzte Richtung lief. Im Zweifel war sie ein weißes Mädchen, das sich beim Wandern verlaufen hatte.

Sie gelangte an jene Stelle, an der der Wanderweg die Grenze streifte und einen Bogen zurück ins Landesinnere machte. In der Theorie war der nächste Schritt leicht – sie musste einen rechten Winkel in östliche Richtung schlagen, rund drei Kilometer durch den Wald, ein einfacher Strich auf der Karte. Blickte sie auf, lag jedoch eine undurchdringliche, schwarzgrüne Wand vor ihr. Sie mahnte sich, nicht weiter nachzudenken, richtete ihren Kompass nach Osten aus und tat den ersten Schritt ab vom Pfad.

Je näher sie der Grenze kam, desto enger schnürte sich ihr der Hals. Sie hatte mit genug Flüchtlingen gesprochen um zu wissen, dass an den Außengrenzen nicht das Recht der fernen

Hauptstädte, sondern das Recht der bewaffneten Männer zählte, die einem gegenüberstanden. Cora stapfte durch das Unterholz und spürte ihre Muskeln brennen. Die Sonne drang seltsam fremd durch die Baumkronen. Cora blickte auf ihre Armbanduhr und unterdrückte eine leichte Panik, als sie begriff, dass sie bereits eine halbe Stunde gegangen war. Sie begann sich zu fragen, ob sie eine falsche Richtung eingeschlagen hatte, als silberne Pfosten zwischen den Bäumen auftauchten. Es war ein einfacher Maschendrahtzaun mit Stacheldraht. Sie kam bis auf wenige Meter heran und betrachtete das Hindernis. Der Zaun war kaum höher als sie selbst, auf beiden Seiten war eine Schneise geschlagen. Sie zog die alte Wolldecke aus ihrem Rucksack und blickte sich um. Kein Mensch war weit und breit zu sehen. Ein schwacher Wind ließ die Blätter rascheln. Vögel zwitscherten.

Cora bohrte ihre Schuhspitzen in die Rhomben des Zauns. Sie zog sich mit ihrer Linken am Pfosten hoch und drückte mit der Rechten die Decke auf den Stacheldraht. Das Gewicht auf ihrem Rücken hätte sie beinahe aus dem Gleichgewicht gebracht, doch sie schwang zurück und schlug ihr Bein über den Zaun. Sie ließ sich auf die andere Seite hinunterfallen und landete mit dem Rucksack voraus auf dem Boden. Wie ein Käfer rappelte sie sich auf und eilte mit schlagendem Herzen den Hang hinunter, der sich hinter der Grenze auftat. Sie rutschte mehr, als dass sie lief, und hielt sich an den jungen Bäumen fest, um nicht zu stürzen. Sand und Piniennadeln rieselten ihr in die Turnschuhe, bis nach einer Weile der Hang abflachte. Kein Sirenengeheul, keine verdächtigen Geräusche waren zu hören. Der Wald zeigte sich unbeeindruckt.

Cora holte den Kompass hervor und justierte die Richtung, die sie einschlug. Sie ärgerte sich, auf der anderen Seite der Grenze keine Pause mehr gemacht zu haben, denn jetzt, da sie sich illegal im Land befand, konnte sie sich eine Pause im grenznahen Gebiet nicht erlauben. Im Gehen tastete sie ihr Bein ab. Sie hatte sich beim Hinüberschwingen die Hose am Stacheldraht aufgerissen, konnte aber keine Wunden ausmachen. Die Decke hatte sie auf dem Zaun vergessen, aber das machte nichts. Ein Kilo weniger, das sie schleppen musste.

Sie trat an einer Stelle aus dem Wald, mit der sie nicht gerechnet hatte, doch ihr Ziel war von Weitem zu sehen. Sie folgte dem Waldrand, bis sich ein Weg hinab ins nächste Dorf öffnete. Bevor sie aus dem Schutz des Waldes trat, setzte sie sich auf einen Baumstamm und trank einen Schluck Wasser. Sie wechselte ihre durchgeschwitzten Klamotten und massierte sich den Nacken; ihr Rücken war gnadenlos verspannt. Sie blieb länger auf dem Baumstamm sitzen, als sie es vorgehabt hatte, und irgendwann merkte sie, dass sie eingeschlafen sein musste – jedenfalls war die Zeit auf ihrer Armbanduhr um eine Dreiviertelstunde fortgeschritten. Sie kippte sich Wasser ins Gesicht und über den Kopf, sodass es ihr unangenehm den Rücken hinunterrann, und stieg in das Dorf hinunter.

Eine Straße verband die Ortschaft mit der benachbarten Kleinstadt, und Cora entschied, dass es nicht auffälliger war, an der Straße zu stehen und den Daumen hinaus zu recken, als in der prallen Sonne am Straßenrand entlangzuwandern. Bereits das zweite Auto hielt an. Sie hievte ihren Rucksack auf die Rückbank und streckte den Kopf in den Windzug, der durch das hinuntergekurbelte Fenster eindrang. Der Fahrer stellte keine Fragen und ließ sie in der Stadtmitte hinaus.

Hinter einem Kreisverkehr, in dessen Mitte stolz die Fahnen der Union wehten, war die Grenzstation zu sehen. Cora wandte sich landeinwärts und folgte der Hauptstraße, an der sich Restaurants, Tankstellen, Hotels und Geldwechselstuben reihten. Sie wirkten schäbig und von den jahrelangen Abgasen zerfressen. Aus einem der Restaurants roch es sehr gut nach gebratenem Fleisch, und obwohl Cora kein Fleisch aß, lockte der Geruch sie hinein. Das schummrige Halbdunkel entspannte ihre Augen. Sie war der einzige Gast, und nachdem der Wirt ihre Bestellung aufgenommen hatte, schaltete er das Radio ein. Cora zog sich Zigaretten aus einem Automaten, obwohl sie seit Jahren nicht mehr geraucht hatte. Sie schob den Kristallaschenbecher über die mit Plastik eingeschlagene Tischfläche und gab sich Feuer. Nach der Hälfte drückte sie die Zigarette wieder aus.

Nur langsam legte sich das Adrenalin in ihrem Blut, und Cora begriff, dass sie es tatsächlich über die Grenze geschafft hatte. Gierig schlang sie das Essen hinunter und trank dazu eine große Limonade. Als der Wirt ihren Tisch abräumte, fragte sie, ob sie auf seinem Dach schlafen dürfe und bot ihm unverhältnismäßig viel Geld dafür. Der Wirt blieb mit den leeren Tellern in der Hand stehen und setzte ein gutmütiges Lächeln auf. Cora wusste, was er gleich sagen würde: Für das Geld könne sie sich ein Zimmer in einem der Hotels leisten. Bevor er antworten konnte, schob Cora hinterher, dass sie unter freiem Himmel schlafen wolle, um die Sterne zu beobachten. Der Wirt kräuselte die Stirn. Er schien selbst nicht recht zu wissen, was er davon halten sollte. Nachdem er ihre Teller abgeräumt hatte, brachte er eine Matratze aufs Dach und ließ sie eine Dusche in seiner Privatwohnung nehmen, die sich im ersten Stock befand.

Cora stand nackt in dem verschlossenen Badezimmer und entfernte das Geldbündel von ihrem Bauch. Sie ließ das Wasser in der Dusche laufen, bis es heiß geworden war, und stellte ihren schmutzigen, zerschundenen Körper unter den Strahl. Sie duschte ausgiebig und massierte sich danach ein Haaröl ein, eines der wenigen Luxusartikel, die sie mitgenommen hatte. Sie trocknete sich ab und klebte das Geldbündel mit neuen Klebestreifen an die andere Seite ihres Bauchs.

Ihre Haut dampfte noch, als sie an die frische Luft trat und auf das Flachdach stieg. Der Wirt hatte ihr in der Zwischenzeit den Rucksack hinaufgebracht; die Matratze war mit einem sauberen Leintuch bezogen, ein Kissen und eine Flasche Wasser lagen darauf. Cora blickte über die Kleinstadt – es waren dieselben kargen Felder wie auf der anderen Seite, umgeben von Hügeln und Funkmasten, die in der beginnenden Dämmerung leuchteten. Der Ruf zum Abendgebet schwoll an und verhallte in der Ferne. Cora schlüpfte in ihren Schlafsack und verschränkte die Hände hinter dem Kopf. Es war eine Ausrede gewesen, aber tatsächlich war es sehr schön, unter freiem Himmel zu liegen und die Sterne zu betrachten. Die Milchstraße war deutlich zu sehen. Viel zu schnell übermannte sie die Müdigkeit – noch im Schlaf öffnete sie die Augen, und die fernen Sternbilder webten sich in ihre Träume.

5

Sie musste noch zweimal umsteigen, bis sie schließlich im Bus nach Thikro saß. Die letzten Stunden der Strecke vergingen schnell. Eine Mischung aus Neugier und Nervosität drängte sie an die Fensterscheiben. Sie passierten den zerstörten Flughafen und bogen auf die lange Gerade, die durch weite Felder auf die Stadt zuführte. Die Straße war in einem miserablen Zustand – der Bus schüttelte sie durch, als würden sie auf einer Schotterpiste fahren. Immer wieder musste der Fahrer abbremsen, um in Schrittgeschwindigkeit über die größten Schlaglöcher zu rollen.

Links und rechts der Straße lagen die Zeltstädte der Flüchtlinge. Der überwiegende Anteil kam nicht aus Thikro, sondern war aus anderen Bürgerkriegsgebieten geflohen, die mittlerweile jenseits der Grenze lagen. Manche Zelte trugen das Logo des UNHCR, andere waren aus PVC-Planen oder Materialien errichtet worden, die die Bewohner selbst zusammengetragen hatten – Cora entdeckte Zelte, die aus alten Werbereklamen für Reifen errichtet waren. Sie wollte sich nicht vorstellen, wie heiß es darunter sein musste. Weit und breit wuchs kein einziger schattenspendender Baum.

Die Bergflanken verengten sich und die Straße wurde eingesogen wie von einem Trichter – schon schossen die ersten Wohnblöcke in die Höhe und sie waren in Thikro angekommen. An einem großen Kreisverkehr kamen sie zum Stehen. Cora erschrak vor der Zerstörung, die sich ungeachtet des geschäftigen

Treibens zeigte. Mehrere Häuser standen nur noch in ihren Skeletten. Es war, als hätten die letzten Granaten nicht vor zwei Jahren, sondern am Morgen eingeschlagen. Ganze Etagen waren auf die darunterliegenden gestürzt und hatten sie unter sich begraben. Wenige Fenster weiter waren Bettlaken zum Trocknen aufgehängt.

Cora stieg aus dem Bus und tat ihre ersten Schritte in der mit ungefilterten Abgasen schwangeren Backofenglut, die sie die nächsten Jahre begleiten sollte. Sie hielt nach einem Mitarbeiter von *Laughter & Olives* Ausschau und entdeckte deren Logo auf einem parkenden Geländewagen. Am Heck lehnte ein blonder, hoch aufgeschossener junger Mann. Er entdeckte sie zeitgleich und winkte ihr zu – sie war die einzige Ausländerin, die dem Bus entstiegen war.

»Du bist Cora?«, sagte er und sprach ihren Namen so ungewöhnlich aus, dass sie kurz darüber nachdenken musste, bevor sie nickte. Sie gaben sich die Hand. »Ich bin Anatolij.«

Er brachte sie in das Gästehaus, in dem auch Anatolij selbst wohnte und in dem sie während ihrer Zeit bei *L&O* ein Zimmer haben würde. Das Haus wurde von verschiedenen Hilfsorganisationen gemietet, die dort ihre Mitarbeiter unterbrachten. Es lag am Ende einer gewundenen Straße, die sich den Hang hinaufschraubte – schon nach den ersten Schleifen lagen die Dächer der Stadt unter ihnen. Anatolij erklärte ihr, dass im ersten Stock des Gästehauses die Männer, im zweiten Stock die Frauen untergebracht waren. Im Erdgeschoss, gegenüber der Gemeinschaftsküche, lebte die Haushälterin. Besuch von außerhalb war ebenso wenig gestattet wie der Aufenthalt im Stockwerk des anderen Geschlechts. Cora fühlte sich ungut an ihre Zeit im britischen Internat erinnert. Ihr Widerwillen schien ihr ins Gesicht geschrieben – Anatolij lachte laut auf.

»Ja, ich weiß, etwas anachronistisch. Das Haus wird kirchlich betrieben.«

Sie parkten vor dem Eingang und Cora wurde durch die angenehm kühlen Räume geführt. Außer der Haushälterin, die sie

mit einem schwachen Händedruck empfing und ihr eine Was-
serflasche in die Hand drückte, begegneten sie niemandem. Es
war später Nachmittag und die übrigen Bewohner waren auf der
Arbeit. Cora war froh darum. Es fiel ihr schon schwer genug,
Anatolijs Ausführungen zu folgen. Die Zunge blieb ihr immer
häufiger am Gaumen kleben, und sie hatte Schwierigkeiten,
selbst einfachste Sätze auf Englisch zusammenzuzimmern. Als
sie die Tür ihres Zimmers hinter sich geschlossen hatte, legte sie
sich ins Bett und schlief vierzehn Stunden durch.

Bevor sie zur Arbeit antreten musste, blieb ihr zumindest ein
freier Tag, an dem sie ausgiebig duschen und schlafen und die
nötigsten Einkäufe erledigen konnte. Sie lernte die anderen Bewohner kennen, die sie alle sehr freundlich begrüßten und in
die Eigenheiten des Hauses einführten. Auf die Frage, wie es
sie nach Thikro verschlagen hatte, hielt sich Cora so nahe an
der Wahrheit wie möglich: Sie habe Anglistik und Sozialwissen-
schaften studiert und wolle nun praktische Erfahrungen in einer
NGO sammeln. Als sich der Frühstücksraum leerte und einer
nach dem anderen zur Arbeit aufbrach, hatte sie ihre blasse Geschichte etabliert. Sie mischte sich eine Schale Cornflakes und
blickte zufrieden in ihren Laptop.

Später unternahm sie einen Spaziergang hinunter in die Stadt.
Sie tauchte in den lärmenden Strom aus Passanten und Fahrzeugen, der sich zwischen den schmucklosen Zweckbauten dahin-
zog. Ladenbesitzer saßen auf den Treppen vor ihren Geschäften,
kauten Sonnenblumenkerne und unterhielten sich mit den Besit-
zern der gegenüberliegenden Läden. Die Trümmer waren teilweise beseitigt worden, aber noch immer lagen ganze Straßenzüge in Schutt und Asche. Sie betrat eines der Häusergeripppe,
kehrte aber um, als sie das struppige Fell von Straßenhunden
zwischen den Steinblöcken auftauchen sah.

Sie spazierte durch das moderne Stadtzentrum, durch die
Altstadt und hinauf bis zur Grenze, noch ein wenig ungläubig,
dass dies die Stadt sein sollte, in der sie die nächsten Jahre

leben würde. Je näher sie der Grenze kam, umso verfallener und zerstörter wurden die Straßen. In den Gassen der Altstadt waren kaum noch Passanten unterwegs. Aus dunklen Häuserschluchten wurden ihr Blicke nachgeworfen, und Cora war froh, als sie die Grenze schließlich erreichte. Es genügte ihr ein kurzer Blick auf den provisorischen Stacheldraht, die gepanzerten Wägen und die Containerbaracken der *SU*-Miliz, bevor sie umkehrte. Sie lief ins moderne Stadtzentrum zurück, um die notwendigsten Dinge zu kaufen: Shampoo, Sonnencreme, Abschminktücher, Schokolade, eine nationale SIM-Karte mit Internetvolumen. In der prallen Sonne stieg sie den Berg zum Gästehaus hinauf. Sie stellte ihre Einkäufe ab, legte sich in ihr Bett und schlief sofort ein; der Schlafmangel hatte sich noch immer nicht abgebaut.

Am nächsten Morgen war sie mit Nabila in der Zentrale von *L&O* verabredet. Es handelte sich um ein unscheinbares Gebäude in einem Wohngebiet. Anatolij parkte den Jeep vor dem Gartentor und führte sie in den Empfangsraum, in dem sich in Plastik verpackte Unterwäsche zu Türmen stapelte. Anatolij schien selbst überrascht. Er sprach mit der Sekretärin darüber – seine Hände zogen immer wieder unsichtbare Striche über die gestapelte Unterwäsche – und übersetzte Cora schließlich bloß, dass es sich um Hilfsgüter für das Camp handle. Er wünschte ihr einen guten Start und verabschiedete sich. Cora nahm den Tee entgegen, den ihr Dîlan, die Sekretärin, brachte, und nahm zwischen der Unterwäsche Platz.

Mit leichter Verspätung kam Nabila. Sie schlängelte sich durch die Unterwäschetürme und warf ihr vom anderen Ende des Raums ein Lächeln zu, das die unfreiwillige Komik anerkannte und zeitgleich entschuldigte. Sie trug wallendes, gelocktes Haar, das ihr wie eine Mähne im Gesicht hing.

»Wir haben Probleme mit unserem Lager. Es ist viel zu klein, und wenn wir mehrere Lieferungen gleichzeitig erhalten, landen sie hier.«

Sie bot ihr einen Rundgang durchs Haus, zeigte ihr die Unterrichtszimmer, die Büroräume und den Veranstaltungsraum mit selbstgezimmerter Bühne. Nabila erklärte ihr alles mit großer Routine, und sie unterbrach ihre Ausführungen nur, um Cora zufällig vorbeikommenden Klienten vorzustellen. Sie endeten in Nabilas Büro, das den Eindruck mühsam aufrechterhaltener Ordnung machte. Cora hatte das Gefühl, als würde sich ein Schwall loser Papiere über den Raum ergießen, stieße sie versehentlich gegen den Aktenschrank oder den Schreibtisch. Nabila nahm ihr das mittlerweile leere Teeglas aus den Händen und füllte es aus einer Thermoskanne nach.

Coras Aufgabenspektrum umfasste die Betreuung der Freiwilligen, Presse- und Öffentlichkeitsarbeit für das englischsprachige Ausland sowie Unterstützung bei der Distribution von Hilfsgütern. Sie würde zudem im mittleren Stundenumfang mit Klienten arbeiten, etwa als Kinderbetreuerin während der therapeutischen Frauengruppe oder als Leiterin von B1- und B2-Englisch-Kursen – womöglich konnte sie auch den EDV-Kurs unterstützen. Nabila legte großen Wert darauf, ihre Klienten fortzubilden und für den Arbeitsmarkt zu qualifizieren. Insbesondere die Frauen von den Feldern und dem prekären Arbeitsmarkt fernzuhalten, konnte sie besser vor Ausbeutung schützen. Nicht wenige Familien verheirateten ihre Töchter aus der Not heraus an wohlhabende Männer; nicht wenige wurden nach ein paar Wochen oder gar nach der Hochzeitsnacht wieder verstoßen. Manche Frauen prostituierten sich, teils unter strenger Geheimhaltung, teils unter stillschweigender Duldung der Familie. Diese Last konnte weite Kreise ziehen und ganze Familien in Depression und Suizid stürzen. Vor wenigen Wochen habe eine alleinstehende Mutter von zwei Kindern den Ofen in ihrem Zelt entfacht und die Abzugsrohre verstopft, bis alle an einer Kohlenmonoxid-Vergiftung gestorben waren.

Nabila setzte ab; sie machte eine Kreisbewegung mit ihrem Zeigefinger, als habe sie sich verrannt und kehre zu ihrem Eingangspunkt zurück.

»Qualifizierung kann den Mädchen und Frauen zu anständigen Jobs verhelfen und den Kreis durchbrechen. Wir müssen uns allerdings bewusst sein, dass wir ein Lagerfeuer mit einer Handvoll Wasser löschen möchten. Das Leid ist allgegenwärtig.«

Im Gegensatz zu den großen Organisationen arbeitete *L&O* noch mit Freiwilligen. Die Freiwilligen waren Nabila eine große Hilfe – sie arbeiteten mit hohem Engagement und verursachten neben Kost und Logis keine Personalausgaben – aber die Fluktuation und die ständige Einarbeitung waren aufwendig. Nabila suchte eine fähige Kraft, die sich auf mehrere Jahre verpflichtete, die Freiwilligen zu betreuen und selbst einige Aufgaben zuverlässig zu übernehmen. Dafür habe sie sogar noch Personalmittel übrig. Wenn sie ihre Sache gut mache, könne Cora die Stelle übernehmen.

»Außerdem …«, sagte Nabila mit einem Blick zur Decke, als müsse sie sich trotz besseren Wissens zu folgenden Sätzen durchringen, »außerdem, und da bin ich jetzt ehrlich zu dir: Deine Aktion im Flugzeug hat mir imponiert. Sie hat Mut und Anstand bewiesen. Ich würde mir so etwas nicht zutrauen. Du hast für Menschen in Not ein Risiko auf dich genommen und sollst jetzt nicht im Regen stehen bleiben.«

Nabila ließ ihren Blick wieder auf Cora ruhen; da es nun einmal gesagt war, würde es fortan kein Thema mehr sein.

»Aber du musst deine Arbeit gut und gewissenhaft machen. Ich werde dir die Stelle nicht aus reiner Solidarität geben.«

»Natürlich.«

»Du hospitierst sechs Wochen lang und danach überlegen wir, ob es passt.«

Cora würde kein großer Spielraum bei dieser Entscheidung bleiben – wie sich die nächsten Wochen auch entwickelten, sie würde zusagen müssen –, aber sie sah keinen Anlass, pessimistisch zu sein. Sie freute sich auf ihre Aufgabe und hatte das Gefühl, einen sinnvollen Beitrag für die Menschen in Thikro zu leisten. Sie schlug mit einem Lächeln ein.

6

In den ersten Wochen begleitete sie Anatolij bei seinen Rund-
gängen und ließ sich von ihm das Camp zeigen, das *L&O* be-
treute. Sie hatte gewusst, dass die Flüchtlinge um Thikro in
prekären Umständen lebten und nur ein Mindestmaß an staat-
licher Unterstützung erhielten, und doch war Cora in ihrer Naivität davon ausgegangen, dass das Ganze irgendwie koordi-
nierter ablief. Sie hatte sich vorgestellt, dass es ein einziges
großes Camp gab, das am Reißbrett entworfen worden war
und aus langen Reihen identischer Zelte bestand – stattdessen
gab es in der Region um Thikro mehrere Dutzend Camps, die
von den Betroffenen in Eigenregie errichtet worden waren,
mit Materialien, die sie selbst aufgetrieben hatten, auf Grund-
stücken, für die sie eine Pacht zahlen mussten. Sie hatte sich
vorgestellt, dass die Flüchtlinge in irgendeiner Form registriert
waren und Schlafplätze zugewiesen bekamen, dabei lebten
manche weder in Camps noch in der Stadt, sondern einfach auf
der Straße – sie hatte während den Fahrten mit dem Jeep genug
davon gesehen. Es gab weder einen strukturierten Schulbesuch
für Kinder noch eine gesundheitliche Grundversorgung, die
der Nachfrage entsprach. Cora begriff, wie naiv sie an eine
geordnete Hilfestellung der Weltgemeinschaft geglaubt hatte.
Selbst Strukturen wie der UNHCR waren bestenfalls Verwalter
des Chaos; was hier eigentlich passierte, war niemandem so
richtig klar.

Cora betrachtete sich selbst im Rückspiegel des Jeeps; das
Fenster war geöffnet, um den Fahrtwind in den überhitzten Wagen einzulassen. Anatolijs Reggaeton-Kassette schepperte aus
den Lautsprechern, was ihn nicht davon abhielt, von seiner Arbeit zu erzählen.

»Nabila, Omid, Dîlan und wir beide. Kannst du dir das vorstellen? Die anderen NGOs haben deutlich mehr Personal, deutlich mehr Klienten, aber besser sind sie deswegen nicht.«

»Kommen denn noch Flüchtlinge über die Grenze nach?«

Anatolij schüttelte den Kopf. Die Union hatte die Grenze rigoros abgeriegelt, und sie war sogar dabei, mit einer massiven Betonmauer die Grenzanlagen zu verstärken. Es galt als das größte Bauprojekt in der Geschichte des Landes, ausgestattet mit modernster Überwachungstechnik, selbstauslösenden Alarmen und Wachtürmen. Die Bauarbeiten sollten in wenigen Monaten abgeschlossen sein. Gleichzeitig wurde der Druck auf jene erhöht, die bereits hier waren. Im Gegensatz zu den Stadtbewohnern, denen als neue Mitbürger der Union finanzielle Unterstützung und Aufbauhilfen gewährt wurden, blieben sie nicht mehr als im Land geduldet. Sie lebten ohne staatliche Unterstützung, ohne Arbeitserlaubnis. Schon seit einer Weile plante die Regierung, einen Großteil der Camps um Thikro zu räumen. Häufig schützten sie Brandschutzbestimmungen vor.

»Du bist noch nicht lange hier, aber eins kannst du mir glauben: Niemand gibt hier irgendeinen Scheiß auf Brandschutzbestimmungen.«

Entschied man sich dazu, die Farce mitzuspielen und die Camps unter größten Anstrengungen brandschutzsicher zu gestalten, wurden andere Paragraphen herangezogen, um eine Räumung zu begründen. Mehrere Hilfsorganisationen hatten Anwälte eingeschaltet, um gegen die Räumungen vorzugehen – auch das Camp von *L&O* war betroffen. Eine Niederlage wäre verheerend. Die Union hielt für die Bewohner keine Alternativen, keine Übergangsstrategien bereit. Sie würden schlicht auf der Straße landen.

»Einige sind schon wieder zurückgegangen. Denen ist der Bürgerkrieg lieber als dieser psychologische Krieg. Zumindest eine Wohnung kriegst du auf der anderen Seite, und auch an einen Job kommst du leichter ran als hier ohne Arbeitserlaubnis.« Anatolij parkte am Seitenrand der staubigen Piste, der sie seit Minuten gefolgt waren. »Wir sind jetzt übrigens da.«

Umgeben von weiten Ackerfeldern lag ein abgezäuntes Stück Land. Die Zelte standen dicht an dicht. Sie stiegen aus und Cora drückte sich unwillkürlich die Armbeuge gegen die Nase. Der

Gestank war beißend. Anatolij deutete auf ein Dorf, das in einigen Kilometern Entfernung lag.

»Im Hochsommer riecht man es bis dort drüben. Wir kriegen immer wieder Beschwerden von den Anwohnern.«

Es gab keine Kanalisation im Camp. Das Abwasser wurde in einen Bach geleitet, der am Rande des Camps lag – eine brackige, dunkle Brühe, die auch zum Bewässern der Felder benutzt wurde. Regelmäßig brachen Durchfallerkrankungen aus, im Sommer hatte es mehrere Fälle von Krätze gegeben. Anatolij wurde nicht müde zu betonen, dass dieses Camp noch eines der besseren war. Derzeit ließ *L&O* ein Drainagesystem und eine Sammelgrube für das Grauwasser errichten sowie die ersten Backsteinhäuser.

Um das Camp betreten zu dürfen, mussten sie sich beim Vorsteher melden. Dieser lebte selbst im Camp und war von den übrigen Bewohnern zu seiner Aufgabe bestimmt worden. Sein Zelt befand sich nahe am Eingang, und es genügte ein kurzer Handschlag, um ihnen Einlass zu gewähren.

Die Zelte waren in Form zwei ineinander liegender Us angeordnet, mit einem äußeren und einem inneren Ring und einer breiten Passage in der Mitte. Es lag eine unangenehme Stille über dem Camp. Die meisten Bewohner waren auf der Arbeit. Nur eine Handvoll Männer und Frauen saßen auf Plastikstühlen und umgestülpten Gemüsekisten vor ihren Zelten. Einige lagen im Schatten eines Palmenkarrees, das dort in unnatürlich mathematischer Anordnung stand.

»Die haben wir gepflanzt«, sagte Anatolij. »Damit zumindest an einer Stelle Schatten fällt. Du merkst ja, wie heiß es ist.«

Cora fühlte sich wie ein Eindringling. Sie versuchte, ihren Blick nicht ins Innere der Zelte wandern zu lassen, die in der Hoffnung auf einen frischen Windzug weit offen standen. Cora wunderte es nicht mehr, dass sich viele Flüchtlinge Wohnraum in der Stadt suchten. Manche zogen gar in Garagen oder in Pferdeställe, die ihnen die Stadtbewohner für lächerlich hohe Summen vermieteten. Viele kehrten in die Camps zurück, sobald ihnen das Geld ausging.

Die Baustelle befand sich am rückwärtigen Teil des Geländes. Eine Handvoll Männer war dabei, Zement anzurühren, während ihn andere auf die hüfthohen Backsteinmauern auftrugen. Schnüre waren gespannt, damit die Mauern gerade wurden. Anatolij nickte den Männern zu und führte Cora zu einem Zelt, auf dem das *L&O*-Logo abgebildet war. Der Eingang war mit Seilen verschlossen, die sich in einem Zopfmuster durch die Ösen schlängelten, und Anatolij löste das Schloss, das sie zusammenhielt. Das Zelt war mit staubigen Teppichen ausgelegt und verfügte über einige provisorische Arbeitsplätze. Anatolij drückte mit dem Schuh den Kippschalter einer Steckdosenleiste um, und ein Ventilator fing ratternd an, sich zu drehen.

Sie verteilten die wöchentlichen Gehälter an die Bauarbeiter, die nacheinander das Zelt betraten. Sie alle lebten selbst im Camp. Cora suchte ihre Namen auf einer Liste und ließ sich eine Unterschrift geben, bevor Anatolij das Bargeld aushändigte. Als blonde junge Frau zog sie einige Aufmerksamkeit auf sich. Manche streckten ihr die Hand hin, stellten sich vor und hießen sie willkommen. Cora warf immer wieder einen Blick zu Anatolij hinüber, der ihr übersetzte und beibrachte, sich in der Landessprache vorzustellen.

Als sie das Zelt wieder verschlossen, wartete bereits der Vorsteher auf sie. Er unterhielt sich mit Anatolij, während er sie zum Ausgang begleitete, und Anatolij notierte sich Stichpunkte in seine Arbeitsmappe. Der Vorsteher führte sie in einen Bereich, in dem Frauen gerade Geschirr in einem Becken wuschen, und deutete auf einen im Boden eingelassen Wassertank. Anscheinend war er leer. Anatolij fügte seiner Liste einen weiteren Punkt hinzu, dann war ihre Arbeit hier erledigt. Sie verabschiedeten sich von dem Vorsteher, der Anatolij die Hand schüttelte und Cora zunickte, und sie gingen zurück zum Wagen.

»Du isst kein Fleisch, richtig?«

Cora schüttelte den Kopf.

»Macht nichts. Kriegen wir hin.«

Sie fuhren zurück in die Stadt und hielten an einem Laden, vor dem eine gehäutete Ziege hing. Anatolij verschwand im Inneren und kam mit einer Plastiktüte zurück, die er Cora durchs Fenster reichte. Sie fuhren zum Lager und setzten sich in den Schatten eines Baums – es war kurz nach dreizehn Uhr und der Boden dampfte in der Mittagshitze. Cora dankte ihm für das Fladenbrot, in dem sich nur gebratenes Gemüse befand. Sie war beeindruckt, mit welcher Selbstverständlichkeit sich Anatolij in der Stadt und in den Camps bewegte. Sie wusste, dass er in Kiew aufgewachsen war.

»Ich wurde zweisprachig erzogen. Mein Vater stammt aus der Gegend, wir haben oft die Feiertage hier verbracht.«

Eher zufällig war er bei *L&O* gelandet. Er hatte eigentlich nur ein paar Wochen helfen, sich einen Eindruck von der Lage verschaffen wollen. Es waren fast zwei Jahre daraus geworden. Er arbeitete für *L&O* als Sozialarbeiter, wollte aber nun eine Ausbildung im Marketing beginnen. Derzeit suchte er nach Stellen in seiner Heimatstadt.

»Ich vermisse meine Familie und meine Freundin, aber der eigentliche Grund ist, dass ich eine Pause brauche. Wir haben ein Schulprojekt, für die Kinder aus den Camps, die nicht auf die öffentlichen Schulen gelassen werden. Ich betreue da eine 6. Schulklasse. Einer der Jungs hat immer wieder den Unterricht geschwänzt, und irgendwann ist er gar nicht mehr gekommen. Also rede ich mit seinem Vater. Stellt sich heraus, dass der Vater ihn arbeiten schickt. Ich bin natürlich entsetzt, obwohl es an sich nicht ungewöhnlich ist. Viele Kinder gehen nicht zur Schule, sondern arbeiten auf den Feldern, um die Pacht für den Boden zu erwirtschaften, auf dem die Zelte ihrer Familie stehen. Der Vater hat Diabetes und Morbus Crohn, ist also schwer krank, kann nicht mehr arbeiten. Die Mutter ist schwer depressiv und verlässt das Bett kaum noch. Sie haben noch zwei Töchter, beide im Vorschulalter. Unterstützung erhalten sie natürlich keine.

Ich habe viele Male mit den Eltern gesprochen, darüber, wie wenig Plätze es in diesen Schulprojekten gibt, wie wichtig eine Schulbildung für die Zukunft ist, und alles, was ich sagte, kam mir blöd und weltfremd vor. Ich habe versucht, sie in unser Camp zu bekommen, da müssen sie wenigstens nicht das Grundstück bezahlen, aber das hat aus verschiedenen Gründen nicht geklappt. Hinzu kam, dass der Junge selbst kaum vom Arbeiten abzubringen war. Er hat zwar häufig geweint, wenn ich mit ihm gesprochen habe, aber er sieht ja, wie schlecht es seiner Familie geht, und als männlicher Versorger bekommt er wenigstens ein Mindestmaß an positiver Bestätigung und Selbstwert ... Wie viele Stunden ich nach meiner eigentlichen Arbeitszeit für diese Familie investiert habe, wie viele Nächte ich wachgelegen habe und doch wieder gegen die gleichen Wände gerannt bin. Letztlich habe ich mich dafür eingesetzt, dass der Junge nicht länger als acht Stunden auf dem Feld arbeitet und längere Pausen machen darf. Kannst du dir das vorstellen? Weißt du, wie gestört das ist?«

Anatolij starrte zu Boden und schwieg.

»Versteh mich nicht falsch, ich hatte viele großartige Begegnungen mit den Menschen hier, viele kleine Erfolge. Ich würde diesen Job jederzeit wieder machen, aber ich brauche eine Pause, also psychisch. Man stumpft ja sowieso ab, aber wenn ich das noch ein Jahr länger mache, reibe ich mich vollends auf.«

Cora nickte. Das Fladenbrot in ihren Händen hatte sie vollkommen vergessen. Sie legte es in die Tüte zurück.

»Keine Sorge, du stehst ja noch ganz am Anfang.«

Cora nickte abermals.

»Lass uns weitermachen«, sagte Anatolij, tippte sie an die Schulter und ging zum Lager vor.

Sie verbrachten den restlichen Tag damit, Säcke mit Zement und Kalk in einen Lastwagen zu hieven. Der Staub, der in der Luft hing, reizte ihre Augen und Schleimhäute. Wenn sich Cora schnäuzte, färbte sich das Taschentuch grau. Sie banden sich Tücher um die Nase und schossen Selfies, auf denen sie wie Gangster aus einem Rap-Video aussahen. Als sie am Abend halb besinnungslos und mit Muskelkater in ihr Zimmer tappte, war sie dennoch zufrieden – sie hatte das Gefühl, ein sinnvolles Tagwerk geleistet zu haben.

Cora zog ihren Laptop heran. Sie wollte nur einen kurzen Blick in ihre E-Mails werfen und war schlagartig wach. Ihre Mutter hatte geschrieben, was selten genug vorkam. Sie starrte die Mail mit der leeren Betreffzeile in ihrem Posteingang an. Es konnte nur bedeuten, dass Dada ihr alles erzählt hatte. Sie hegte keinen Groll gegen ihn – sie hatte gewusst, dass es früher oder später dazu kommen würde. Vielleicht hatte er in der Mittlerrolle sogar die Wogen glätten können. Sie öffnete die Mail.

Obwohl das Verhältnis zu ihrer Mutter unterkühlt war und Cora die Meinung vertrat, dass es genügend Gründe dafür gab, las sie den Brief mit wachsendem Unbehagen. Ihre Mutter schrieb, dass sie von ihrem Bruder habe erfahren müssen, dass sie ein Flugzeug entführt hatte. Sie habe zudem erfahren, dass sie sich ins Ausland abgesetzt habe und die nächsten drei Jahre nicht zurückkehren werde, um der Strafverfolgung zu entgehen. Beide Entscheidungen seien kurzsichtig, um nicht zu sagen dumm gewesen. Sie sei davongelaufen, anstatt sich den Konsequenzen ihres Handelns zu stellen, und habe sich damit ihre Zukunft nachhaltig verbaut. Über Sinn oder Unsinn ihrer Straftat wolle sie nicht sprechen, wenngleich sie sich frage, ob sie aus freien Stücken gehandelt habe oder ob sie von den radikalen Kreisen, in denen sie verkehrte, dazu überredet wurde. Was die Geldbuße betraf, hätte sie die Summe jederzeit vorstrecken, wenn nicht gar übernehmen können. Sie verfügte über genügend finanzielle Rücklagen und Cora wisse das auch. Dass ihre eigene Tochter lieber drei Jahre in der Illegalität lebte und sich von Reis und Bohnen ernährte, anstatt ihre Mutter um Hilfe zu bitten, kränke sie über alle Maßen. Sie wisse noch nicht einmal, wo sich Cora im Moment befand – ihr Bruder gebe vor, es selbst nicht zu wissen. Sie solle sich bitte die Angst vorstellen, mit der sie nun täglich lebte. Ihr sei bewusst, dass ihre Beziehung schwierig sei, aber Coras Verhalten zeuge von tiefgehendem

Misstrauen ihr gegenüber und lege den Schluss nahe, dass sie regelrecht den Bruch mit ihr suchte. Sie wisse nicht, womit sie eine solche Behandlung verdient habe, aber sie biete ihr dennoch ihre Hilfe an, sei sie finanzieller Natur oder auch, sich der Polizei zu stellen. Im Mindesten hoffe sie auf ein Lebenszeichen von ihr. Sie beendete den Brief mit den Worten: *In Liebe, deine Mutter.*

Cora war wie versteinert. Die makellose Rechtschreibung deutete darauf hin, dass ihre Mutter nicht aus einem Impuls heraus, sondern durchaus überlegt geschrieben hatte. Sie las den Brief ein zweites Mal, zog falsche Beschuldigungen, Melodramatik und ein divergierendes Weltbild vom Inhalt ab und blieb dennoch mit einer Nachricht zurück, die ehrliche Verletzung ausdrückte. Sie schloss den Laptop und ging unter die Dusche. Ohne die Liebesbekundung am Ende wäre es leichter gewesen, den Brief als Pamphlet abzutun. Ihre Worte begleiteten sie bis in die Nacht. Als sie am nächsten Morgen aufstand – ausgeschlafen, aber nicht wirklich erholt –, war sie um den anbrechenden Werktag froh. Sie trank einen schnellen Schluck Kaffee in der Gemeinschaftsküche und lief hinaus zu Anatolij, der bereits im Wagen saß und im Takt seiner Reggaeton-Kassette auf das Lenkrad trommelte.

7

Das Leben im Gästehaus erinnerte sie zunehmend ans Internat, mit dem einzigen Unterschied, dass die meisten Bewohner in ihren Dreißigern waren – Cora gehörte mit ihren vierundzwanzig Jahren zu den jüngsten. Der pubertäre Drang, sich über die aufgestellten Regeln hinwegzusetzen, war einem stillschweigenden Konformismus gewichen. Die Küchendienste wurden eingehalten, und zehn Minuten vor der Nachtruhe wurde das Licht in den Gemeinschaftsräumen gelöscht. Geheimen Besuch gab es nicht.

Die Zimmer waren spartanisch eingerichtet – zwei schmale Einzelbetten standen sich gegenüber, ebenso zwei Arbeitstische und zwei Kleiderschränke, als verlaufe eine Spiegelachse durch die Raummitte. Das andere Bett in ihrem Zimmer war nicht besetzt, und Cora hoffte, das würde eine Weile so bleiben. Sie kaufte sich billige Kissen und eine Steppdecke auf dem Markt und richtete dort eine Couch ein. An den Wochenenden saß sie häufig darauf, die Beine über die Lücke zwischen den Betten gestreckt, las ein Buch oder hörte Musik. Der Ausblick entschädigte ein Stück weit die Unannehmlichkeiten – die Stadt lag ausgebreitet vor ihr, dahinter die Berge.

Auch wenn sie sich zunehmend daran gewöhnte, schlauchten sie die vierzig Arbeitsstunden pro Woche und die sengende Hitze, die erst jetzt im Oktober mildere Formen annahm. Bereits beim Abendessen fielen ihr die Augen zu, und außer Anatolij gab es niemanden, der sie nach einem harten Tag zu einem Feierabendbier einlud. Das Verhältnis zu den anderen Bewohnern war freundlich, aber nicht sonderlich eng. Ihre Abwesenheit in den sozialen Medien musste sie mit einer politisch begründeten Abstinenz erklären, die sie gar nicht vertrat und die sie in den Augen der Anderen altbacken und sonderlich erscheinen ließ – zumindest kam ihr das so vor. Sie konnte sich zwar jederzeit auf ein Bier in die Küche setzen, aber die französischsprachigen Bewohner waren in der Überzahl und rutschten häufig in ihre Muttersprache ab. Cora wollte nicht der Grund sein, dass sich alle mehr schlecht als recht auf Englisch abmühten – sie kochte sich meist nur ein schnelles Essen und zog sich damit auf ihr Zimmer zurück.

Selbst in diesen Momenten der Einsamkeit haderte Cora nicht mit ihrer Entscheidung, nach Thikro gegangen zu sein. Im Gegenteil: Jeder neue Tag fühlte sich selbstbestimmt und richtig an. Sie hatte erfahren, dass ihr die Fluggesellschaft tatsächlich eine erste und zweite Mahnung zugesandt hatte und sich jetzt, mangels möglicher Sanktionen, in Schweigen hüllte. Cora zog eine tiefe Befriedigung aus dieser Tatsache. Auch wenn ihr neuer Alltag hart sein konnte, hatte sie doch die richtigen Konsequenzen gezogen.

Regelmäßig hörten sie die Gefechte, die jenseits der Grenze geführt wurden. Die Bewohner Thikros konnten anhand der Geräusche unterscheiden, ob es sich um einfaches Schützenfeuer, Granaten, schwere Artillerie oder um Freudenschüsse handelte, die anlässlich von Geburtstagen und Hochzeiten abgegeben wurden. Coras Puls beschleunigte sich noch immer, wenn sie durch die Straßen lief und Schüsse hörte. Sie lernte, sich auf die Reaktion der Einheimischen zu verlassen, die meist gleichgültig ihren Alltag fortsetzten.

»Wenn sie rennen, rennst du auch«, riet ihr Anatolij, und sie bekam den Eindruck, dass das ernstgemeinter war, als es klang.

Insbesondere in den Nächten schwoll das Grollen der Bombardements an, die das wiedererstarkte Militär auf die rebellischen Städte jenseits der Grenze flog. Blickte sie aus dem Fenster, war nicht viel zu sehen – nur ein schwacher Hall zeugte von dem Grauen, das sich in wenigen Kilometern Entfernung abspielte. Am nächsten Morgen würden sie in den Nachrichten davon lesen.

Eines Nachts waren die Angriffe besonders stark. Cora hatte sich gerade schlafengelegt. Sie starrte in die Dunkelheit und hörte die Luft, die an der fallenden Bombe zog, ähnlich einer Muschel, die man sich ans Ohr hielt – ein Dröhnen, das immer höher und spitzer wurde, bis die Detonation erfolgte. Cora setzte sich auf und suchte nach einer Beschäftigung. Sie zog sich Kopfhörer über und verfasste eine Antwort auf den Brief ihrer Mutter, ein Unterfangen, das ihr seit Wochen misslang und auch in dieser Nacht nicht besser glückte. Sie speicherte den mittlerweile fünften Entwurf und zog ihre Kopfhörer ab. Die Abwürfe dauerten noch immer an, erfolgten gar in kürzeren Abständen. Sie blickte zum Fenster hinaus und sah, wie sich nach jeder Detonation die Wolken erhellten und kurz aussahen wie Blumenkohl. Eine Kälte erfasste sie, die sich tief in ihre Knochen fraß.

Sie stieg hinunter ins Erdgeschoss, und zu ihrer Überraschung drang Licht aus dem Gemeinschaftsraum. Sie traf Frédéric und Tomasz, die in ausgebeulten Shirts und Jogginghosen am Esstisch saßen und Karten spielten. Sie sahen gleichzeitig zu ihr auf – Erleichterung machte sich auf ihren Gesichtern breit.

»Kannst du auch nicht schlafen?«

Cora bejahte. Sie schoben ihr einen Stuhl zurück und legten die Karten nieder. Von der Gemeinschaftsküche gingen lange Fensterreihen auf die Stadt hinaus. Der Himmel flackerte wie bei einem Gewitter.

»Kommt das häufig vor?«, fragte Cora.

»Gelegentlich. Aber selten so stark. Selten so lange.«

Cora nickte. »Wir müssen uns keine Sorgen machen, richtig?«

»Nein, das ist alles jenseits der Berge. Auf dieser Seite sind wir sicher. Niemand hat ein Interesse daran, die Union nochmal mitreinzuziehen.«

Sie unterhielten sich im Flüsterton, um die Haushälterin nicht auf sich aufmerksam zu machen. Die Digitaluhr über der Küchenzeile zeigte zwei Uhr morgens. Sie verfielen in Schweigen.

»Was spielt ihr da?«, fragte Cora.

»Poker, aber ohne Chips ist das Mist. Kennst du ein gutes Kartenspiel?«

»Ja, aber dafür bräuchten wir einen Vierten.«

Cora packte die Karten beiseite und kniete sich vor das Regal, in dem die Gesellschaftsspiele gelagert waren. Die Auswahl war recht dürftig. Sie dachte daran, dass jenseits der Berge gerade Menschen verbrannten und zog ein Mikado-Set hervor.

»Mikado?«, sagte sie und hob das Set in die Luft. Die beiden Männer zuckten mit den Schultern und nickten. Frédéric kochte neuen Tee und setzte sich auf die Arbeitsplatte. Er blickte zum Fenster hinaus und drehte Zigaretten für alle drei, als Anatolij in die Küche hereintapste. Sie riefen seinen Namen aus und brachten sich gegenseitig wieder zum Schweigen. Anatolij stand nur in Unterhosen da und hielt die Augen kaum geöffnet. Er hatte sich lediglich Wasser aus dem Wasserspender holen wollen, wurde aber von Tomasz sofort an den Tisch gebracht. Cora teilte nun doch die Karten aus.

»Wir spielen zu Hause mit anderen Karten, aber das geht auch.«

Die Regeln zu erlernen, erforderte Aufmerksamkeit, die ihnen für die Bomben fehlte. Sie saßen bis vier Uhr morgens beisammen und spielten in Pärchen gegeneinander. In der entscheidenden Partie stand es achtzehn zu zwanzig, und als Cora den entscheidenden einundzwanzigsten Punkt machte, brachen sie und Anatolij in Jubel aus. Frédéric brachte sie mit dem Verweis auf die Haushälterin zum Schweigen und warf ihnen zum Nachdruck die Karten hinterher.

Sie räumten alles auf und setzten sich auf den Vorplatz, um die vorgedrehten Zigaretten zu rauchen. Anatolij war die gesamte Zeit über in Unterhosen geblieben. Er legte sich auf den Boden und rückte seinen schlaksigen Körper in Szene wie ein Adonis. Ein Bein angewinkelt, den Oberkörper mit den Ellbogen abgestützt, führte er sich die Zigarette an die Lippen, als sei sie ein Bund Weintrauben – er brachte damit alle zum Lachen. Es war eine warme Nacht, die im Osten bereits graue Ränder bekam. Die Bombardements hatten aufgehört, nur einzelne Geschosse hallten noch nach. Sie warfen ihre Stummel in den Abfall und verabschiedeten sich auf ihre Etagen. Als Cora im Bett lag, dachte sie seit Langem wieder an Gott. In dieser Nacht würde sie keinen Frieden mit ihm schließen.

8

Sie hatten einander kaum kennengelernt, als Anatolij seinen Abschied nahm. Er hatte ein bezahltes Volontariat bei einem Radiosender in seiner Heimatstadt gefunden. Cora freute sich für ihn, obwohl sie mit Anatolij ihre engste Bezugsperson verlor. Am Morgen seiner Abreise kletterten sie durch das Fenster in der Gemeinschaftsküche auf das Garagendach. Schon seit einer Weile trafen sie sich morgens hier, ließen den Tag über die Berghänge steigen und tranken ihren Kaffee, bevor Anatolij sie hinunter in die Zentrale fuhr. Es war ein kleines, feines Ritual geworden – Cora trauerte ihm schon jetzt hinterher.

Anatolij war bestens gelaunt und war sich wie immer um keinen Witz zu schade. Er erzählte von seinen Plänen nach der Rückkehr, während sich die Dachschindeln in der Morgensonne erwärmten. Cora wäre gern länger geblieben, wie an den Wochenenden, wenn sie hier mit ihren Badetüchern lagen und sich selbst im gleißenden Sonnenschein vergaßen. Schließlich schlängelte sich Anatolijs Taxi den gewundenen Weg zum Gästehaus hinauf. Sie umarmten sich lange und versprachen, einander bald zu besuchen. Anatolij stieg durch das Fenster zurück in die Küche und winkte ihr ein letztes Mal zu, dann war er verschwunden. Cora blieb sitzen und trank ihren Kaffee aus. Noch nie war ihr die Arbeit so sehr wie Arbeit vorgekommen wie heute.

Zum Ende ihrer Hospitationszeit bat Nabila sie in ihr Büro. Sie war mittlerweile der Überzeugung, dass sich ihre Chefin am ersten Arbeitstag nur deshalb verspätet hatte, um ihr Büro aufzuräumen und einen guten ersten Eindruck zu hinterlassen – bei allen folgenden Verabredungen herrschte in ihrem Büro ein gut organisiertes Chaos, dessen zahlreiche Papierstapel mit Steinen beschwert waren, damit sie der Standventilator nicht durcheinander brachte. Cora bahnte sich einen Weg zu ihrem Schreibtisch und setzte sich. Nabila ließ sie von ihren Erfahrungen der vergangenen sechs Wochen berichten, bevor sie ihr die bezahlte Stelle anbot. Die Inhalte blieben größtenteils deckungsgleich mit ihren jetzigen Aufgaben – das Gehalt war gering, selbst für hiesige Verhältnisse, aber sie konnte weiterhin bei freier Kost und Logis im Gästehaus wohnen bleiben. Cora war mit allem einverstanden.

»Ich kann dir logischerweise keinen Vertrag ausstellen«, sagte Nabila. »Laut den Papieren habe ich meine Haushälterin eingestellt und nicht dich.«

»Selbstverständlich.«

»Du musst mir einfach vertrauen. Ich gebe dir meine Hand darauf.«

Nabila streckte ihr die Hand entgegen. Sie kannten einander mittlerweile so gut, dass dieser förmliche Akt Cora schmunzeln ließ, aber Nabila war es durchaus ernst damit, also schlug sie ein.

»Lass uns das feiern«, sagte Nabila und griff sich ihre Autoschlüssel.

Sie hielten nicht weit entfernt vom Obelisken, am unmittelbaren Rand der Altstadt. Cora hatte bereits die anderen Hausbewohner von der Bar sprechen hören – sie befand sich in einem fensterlosen Betonbau, über dessen Tür in zittriger Schrift *Al-Shams* geschrieben stand. Betrat man die Bar, strahlte einem von der gegenüberliegenden Wand eine Sonne entgegen. Sie war mit fluoreszierender Farbe aufgemalt und versank zur Hälfte im Boden – im Halbdunkel des Schankraums zog sie alle Aufmerksamkeit auf sich. Die Möbel waren wild zusammengewürfelt, die Wände streckten sich etwa zwei Stockwerke in die Höhe. Das Gebäude schien zuvor eine Werkstatt oder eine Lagerhalle gewesen zu sein. Solch einen Laden hätte Cora in einem Berliner Szeneviertel erwartet, aber nicht in Thikro. Sie teilte ihren Eindruck mit Nabila.

»So was findest du hier kein zweites Mal«, sagte sie. »Die meisten Läden, in denen Alkohol ausgeschenkt wird, sind zwielichtig und unausgesprochen Männern vorbehalten. Dann hat Youssef vor ein paar Wochen das Al-Shams aufgemacht.«

Sie nahmen an einem der zerschundenen Tische Platz und wurden von Youssef begrüßt, einem jungen Mann mit Ziegenbart. Er schäkerte ein wenig mit Nabila, bevor sie ihn lachend wegscheuchte und sich eine Karaffe Anisschnaps bringen ließ, mit Wasser verdünnt und milchig. Nabila schenkte ihnen ein.

»Auf dich«, sagte sie und hob ihr Glas. Sie erzählte von den aufreibenden Jahren, die sie mit der Gründung von *L&O* zugebracht hatte, den Anfeindungen, die ihr Politiker und Stadtbewohner bis heute entgegenbrachten, dem Kampf um die Fördergelder, der einem Tunnel glich, der mit jedem Schritt länger wurde. Sie sprach sich jedoch einen anerzogenen Drang zu, den Widrigkeiten zu trotzen – immerhin sei sie die Tochter eines überzeugten Kommunisten. Eine ihrer frühesten Kindheitserinnerungen sei die Fahrt auf einem Demonstrationswagen durch die Straßen Bagdads. Sie hatte dabei auf den Schultern ihres Vaters gesessen und eine weiße Taube in den Händen gehalten – ein kleines Mädchen an der Spitze einer tausende Menschen fassenden Demonstration. Sie erzählte, wie sie die Beine fest um den Hals ihres Vaters geklemmt hatte, wie sie die Blicke von der Straße gespürt und die Sprechchöre gehört hatte, die ihren Wagen weiter vorantrieben. Als sie später abstiegen, kamen wildfremde Menschen auf sie zu, gratulierten zu ihrem Auftritt und steckten ihr Süßigkeiten zu. Kurz darauf tauchte ihr Vater in geheimen Fahndungslisten auf. Die Familie musste fliehen und war seitdem nirgendwo länger als ein paar Jahre geblieben – mit Stationen in Berlin, Paris, Damaskus, später Kairo.

»Wir sind Weltbürger«, sagte Nabila mit einem traurigen Lächeln. »Ich spreche sogar Esperanto.«

»Wirklich?«

»Mi nomiĝas Nabila. Kiel vi fartas?«

Cora lächelte und dachte doch, dass es wenig Traurigeres gab, als Esperanto zu sprechen; ein Muff von verlorenen Träumen und Planwirtschaft umgab diese Sprache. Nabila schien es nicht anders zu sehen.

»Ich habe meinem Vater viel zu verdanken. Vielleicht nicht das Esperanto, aber vieles andere. Ich habe häufig Freunde mit nach Hause gebracht, die in linken Jugendzentren abhingen und abgebrochene Mercedes-Sterne mit sich trugen. Sie wollten meinem Vater mit ihren Geschichten imponieren, aber er war keineswegs beeindruckt. *Hört man von euch in den Nachrichten?*, hat er sie einmal gefragt. Meine Freunde haben verneint. Daraufhin mein Vater: *Wenn ihr es nicht in die Nachrichten schafft, meint ihr es nicht wirklich ernst.* Das war natürlich überzogen, aber diese Haltung hat mich auch angespornt. Er hat wirklich einen radikalen Wechsel eingefordert. Zeitlebens hat er das getan, und wir haben alle den Preis dafür gezahlt.«

Als habe sie begriffen, zu persönlich geworden zu sein, wechselte sie abrupt das Thema.

»Hast du von den beiden Männern je wieder gehört? Aus dem Flugzeug?«

»Wir haben versucht, ihnen aus der Ferne zu helfen, aber irgendwann ist der Kontakt abgebrochen. Ich habe die beiden gar nicht richtig gekannt.«

»Nein?«

»Den einen kannte ich aus dem Sprachkurs, den anderen gar nicht.«

»Mein Vater hätte dich wirklich gemocht.« Nabila hob ihr Glas. »Auf deine Zeit bei *L&O*!«

Schon am folgenden Montag stand sie zum ersten Mal ihrer B1-Englischklasse gegenüber, die sie das nächste halbe Jahr betreuen sollte. Fünfzehn Gesichter waren auf sie gerichtet und sahen sie erwartungsvoll an. Cora hatte schon zuvor Sprachkurse geleitet und war dennoch nervös. Der Unterricht sollte ausschließlich auf Englisch stattfinden, was didaktisch sinnvoll war und darüber hinaus unvermeidlich. Da sie die Sprache ihrer Schüler nicht sprach, würde ihnen nichts anderes übrig bleiben, als einander auf Englisch zu verstehen.

»Du kannst dir sicher sein: Du bist qualifizierter als alle, die vor dir diesen Job gemacht haben«, sagte Omid, als sie kurz vor Unterrichtsbeginn im Pausenraum beisammenstanden. Er saugte Eiskaffee durch einen Strohhalm und blickte sie aufmunternd an. Cora glaubte ihm kein Wort.

Das Klassenzimmer glich mit seinen dick ausgelegten Teppichen mehr einem Wohnzimmer. Entlang der Wände gruppierten sich Sofareihen zu einem eckigen Hufeisen. Dort saßen überwiegend Frauen in ihrem Alter und balancierten ihre Lehrmaterialien auf den Knien. Cora versuchte, in ihren Blicken Offenheit oder Misstrauen zu lesen und erkannte weder das eine noch das andere. Sie klammerte sich an ihr Lehrbuch, stellte sich vor und forderte ihre Schülerinnen und Schüler auf, es ihr gleich zu tun. Sie notierte ihre Namen an der Tafel, musste jedoch jedes Mal darum bitten, den Namen zu buchstabieren. Ein Gelächter erhob sich, das einem gemeinsamen Verständnis vorausging: Die Schüler waren fremd in der Unterrichtssprache, Cora war fremd in nahezu allem anderen. In dieser egalitären Grundhaltung fiel es ihr leichter, ihren Unterricht zu halten. Sie verwickelte ihre Schüler in Gespräche und ließ sich alles Mögliche erklären, von der Bedeutung ihrer Namen und deren korrekter Aussprache über die Gemüsesorten auf den Feldern und die ungewohnte Funktionsweise der Wasserhähne in Thikro. Cora half ihnen wiederum, wenn sie sich in ihrem Satzbau verstrickten oder ihnen die Worte fehlten. Am Ende der Stunde hatte sie die Klasse auf ihrer Seite. Als sie nach einer kurzen Pause der B2-Englischkonversation gegenüberstand, wusste sie um den Wert ihrer Arbeit und war froh, dass die Umstände sie hierher geführt hatten – sie fühlte sich in Ort, Zeit und Aufgabe angekommen.

9

An einem Abend im Al-Shams lernte sie Milo kennen. Sein Gesicht war ihr bereits zuvor begegnet. Er war ein attraktiver, etwas schmächtiger Mann mit Vollbart. Sie sah ihn manchmal mit größeren Gruppen im Al-Shams, häufiger aber alleine; dann saß er am Tresen und wartete darauf, dass Youssef seine Gäste versorgt hatte und sich zu ihm setzte. Meist hatten sie ein Schachbrett zwischen sich aufgebaut, das Milo beschäftigt hielt, wenn Youssef hinter den Tresen gerufen wurde. Sein Blick blieb allerdings nie lange an den Figuren hängen; er richtete sich nach innen und wurde erst wieder hell, wenn Youssef zurückkam.

Cora war an diesem Abend mit den anderen Bewohnern des Gästehauses unterwegs. Das Tischgespräch verlief schon eine Weile auf Französisch, als Milo plötzlich vor ihr stand. Er deutete auf den freien Platz neben ihr und fragte, ob er sich setzen dürfe. Cora war überrascht, aber froh um einen Gesprächspartner. Sie nickte.

»Man redet über dich in der Stadt«, sagte er.

»Tut man das?«

»Nichts Schlimmes, keine Sorge. Es gibt einfach wenige blonde, hochgewachsene Ausländerinnen in Thikro.«

»Plant man meine Entführung? Das stand nämlich bei den Reisehinweisen der Botschaft. Es bestehe die Gefahr, als westlich aussehende Person entführt und freigepresst zu werden.«

»Noch haben wir keine konkreten Pläne, aber falls sich das ändert, gebe ich dir einen Hinweis.«

Sie grinsten einander an.

»Ich heiße Milo.«

»Cora.«

Sie gaben sich die Hand.

»Ich habe Sympathie für Leute, die zum Stadtgespräch werden. Das sind meist die interessanteren Menschen. Was machst du in Thikro?«

»Ich habe die letzten Wochen bei *Laughter & Olives* hospitiert, jetzt habe ich eine Stelle bekommen.«

»Du arbeitest also für Nabila.«

»Du kennst sie?«

»Hier kennt jeder jeden. Wie lange bleibst du in Thikro?«

»Wir bekommen nur Jahresverträge, aber wenn alles gut geht, drei Jahre.«

»So lange? Die meisten Ausländer bleiben ein paar Monate und verschwinden wieder. Was hast du zu Hause angestellt?«

Hätte sie in diesem Moment aus der Flasche getrunken, hätte sie sich wohl verschluckt. Cora sah ihn mit großen Augen an – ihre Geschichte war bislang nicht infrage gestellt worden.

»Das war ein Witz«, fühlte sich Milo gezwungen zu sagen. Vielleicht hatte er tatsächlich nur einen Witz gemacht – vielleicht steckte auch eine Ahnung dahinter, ein bewusstes Anstupsen mit dem Stock, um zu sehen, wie sie reagierte. Darüber würde sie sich später Gedanken machen müssen. Cora überspielte die Situation, indem sie ihren Aufenthalt mit ihrem abgebrochenen Studium erklärte. Sein Lächeln deutete jedenfalls an, dass er die richtigen Schlüsse gezogen hatte, aber er ließ es auf sich beruhen.

Auf jede Runde Bier, die am Tisch getrunken wurde, bestellte Milo eine Cola, bis es ihm Cora irgendwann gleichtat. Es überraschte sie selbst, mit welcher Offenheit sie miteinander sprachen. Sie schlugen Bögen von ihren unbekannten Vätern zu ihren noch komplizierteren Müttern und kratzten so nach kürzester Zeit am Kern ihres Innersten. Gleichwohl ahnte Cora, dass sie große Geschichten voreinander zurückhielten. Sie hätte geschworen, dass beide das auch voneinander wussten – als lägen ihre Geheimnisse verhüllt und nur in ihren Umrissen erkennbar auf dem Tisch. Da deren Existenz nicht geleugnet werden musste, konnten sie befreit über alles andere sprechen.

Sie diskutierten gerade ihre Liebe zu Samuel Beckett und dem Absurden Theater, als der Strom ausfiel. Youssef lief mit einer Taschenlampe durch die Bar und hinaus auf die Straße. Einige seiner Gäste folgten ihm, manche blieben im Türrahmen stehen. Als er zurückkam, rief er etwas in den dunklen Schankraum, das wie ein seufzender Witz klang – alle lachten. Milo brach es ihrem Tisch auf die nötigste Information hinunter: Der Strom war in der gesamten Stadt ausgefallen. Youssef ging von Tisch zu Tisch und zündete Kerzen an. Bald lag der gesamte Schankraum im warmen, flackernden Licht. Man konnte das Ganze für romantisch halten, solange man das Privileg genoss, Strom für selbstverständlich zu halten. Cora zündete sich eine Zigarette am Kerzenlicht an und erzählte Milo, welches Sakrileg sie damit beging, zumindest in ihrer Heimat.

»Bei uns stirbt ein Seemann, wenn man das tut.«

»Hast du in Thikro jemals einen Seemann gesehen?«

»Eher Soldaten.«

»Dann zünd dir gleich eine zweite an!«

Cora lachte und hielt ihm die Packung hin. Milo lehnte ab und ließ sich von Youssef eine Wasserpfeife bringen. Noch vor Ende des Abends erwähnte Milo, dass er auf Männer stand, und Cora war froh, dass er es rechtzeitig gesagt hatte. Sie empfand bereits eine tiefe Verbundenheit, die dem Verliebtsein nicht unähnlich war. Noch war es leicht, die eigenen Gefühle in passendere Formen zu biegen. Sie verfielen in Schweigen, und Cora musterte ihn durch den Rauch der Wasserpfeife.

»Du guckst immer so traurig, wenn ich zu dir hinübersehe.«

Milo schien ehrlich überrascht. »Tue ich das?«

Cora deutete auf die fluoreszierende Sonne, die zur Hälfte im Boden versank. »Was meinst du – geht die Sonne auf oder unter?«

Milo drehte sich zur Wand um. Er betrachtete die Sonne eine Weile und zuckte mit den Schultern. »Was denkst du denn?«

»Das kommt darauf an, wessen Augen darauf fallen.«

»Heute geht sie auf«, sagte Milo.

Sie blieben beieinander sitzen, bis die Getränke im Kühlschrank warm waren und Youssef die Bar schloss. Ohne Strom war es stockfinster in der Stadt – sie hielten einander fest und tasteten sich auf die Straße. Allein die beleuchteten Grenzschutzanlagen, die an einem eigenen Stromkreis hingen, waren in der Ferne zu sehen. Milo bestand darauf, sie nach Hause zu bringen, und bahnte mit dem Handylicht den Weg zu seinem Wagen.

»Du musst wohl häufig den Fahrer spielen, wenn du keinen Alkohol trinkst.«

»Das macht mir nichts. Ich fahre gerne.« Milo öffnete ihr die Tür. »Schade nur, dass niemand mehr auf den Straßen ist. Die blonde Ausländerin auf meinem Beifahrersitz. Wir hätten ein wunderbares Gesprächsthema abgegeben.«

10

Cora verbrachte ihr erstes Weihnachtsfest in der Fremde. Ihr Plan war es, die Feiertage zu ignorieren – die Stadt machte es ihr auch nicht schwer. Die Menschen gingen unbeeindruckt ihren Geschäften nach und durch die Straßen fegte ein warmer, fast noch herbstlicher Wind – mehr als eine dünne Jacke war nicht nötig, wenn sie abends nach der Arbeit die gewundene Straße hinaufstieg. Grau war das Licht dieser Tage, und die Bergspitzen lagen meist in den Wolken.

Ihre Mutter hatte sie an solchen Tagen immer vor die Rotlichtlampe gezwungen, mit einem Küchentuch über dem Lampenschirm und ihrem Kopf. Selbst durch die geschlossenen Augen war alles gleißend rot. Cora hatte nie viel gespürt, außer ihrer schweißnassen Stirn und der Angst, sich am Glühdraht zu verbrennen. Ihre Mutter benutzte die Lampe täglich gegen ihre Winterdepression, aber auch bei Erkältungen, Nackenschmerzen oder Mittelohrentzündungen. Es war ihr Hausmittel gegen alles. Dada und sie machten sich regelmäßig lustig darüber; käme Cora jemals ungewollt schwanger nach Hause, würde ihre Mutter sie als erstes vor die Rotlichtlampe stecken.

Cora arbeitete über die Weihnachtstage regulär in der *L&O*-Zentrale. Die Hausbewohner hatten sich Urlaub genommen und gemeinsam ein Ferienhaus am Meer gemietet. Sie hatten auch Cora eingeladen, aber sie war unter einem Vorwand in Thikro geblieben – sie hatte weder das Geld noch die richtigen Ausweisdokumente für eine Reise. Bis auf die Haushälterin war sie allein im Gästehaus. Sie genoss es, in Unterhose in der Küche zu stehen und den Abend mit ihrem Laptop im Aufenthaltsraum zu verbringen, wo das Internetsignal am stärksten war.

Am Weihnachtsabend telefonierte sie mit Dada. Er hatte sich in den Garten zurückgezogen, um ungestört reden zu können. Ihre Mutter war noch immer beleidigt. Coras Antwortmail, die sie viel zu spät, aber immerhin zustande gebracht hatte, hatte sie nicht besänftigen können. Ihre Mutter ließ ihr Grüße ausrichten, wollte aber nicht mit ihr sprechen.

»Gibt es Schnee?«, fragte Cora. Sie lag mit einer Decke im Aufenthaltsraum und blickte zu den grauen Bergspitzen hinunter, die wohl noch nie Schnee gesehen hatten.

»Gibt es. Ich stehe bis zu den Knöcheln drin.«

Dada versuchte, den Schnee mit der Handykamera einzufangen, aber alles, was sie sah, waren schwarze Flächen. Er richtete die Kamera wieder auf sich selbst, sein Gesicht im schwachen Schein des Wohnzimmerlichts. Sein Atem gefror und stieg in kleinen Wolken auf.

»Du weißt, dass ich ganz alleine diesen Abend durchstehen muss.«

»Ist es so schlimm?«

»Maik möchte ständig Schnaps mit mir trinken. Einen auf Kumpel machen. Als ob ich sechzehn wäre und mir etwas darauf einbilde, von ihm wie ein Mann behandelt zu werden.«

»Den Schnaps wollte er mit mir auch trinken, letztes Jahr. In seiner Anbiederung ist er wenigstens emanzipatorisch.«

»Das hilft mir sehr, Cora.«

Er malte den Abend besonders drastisch, obwohl es eigentlich nie so schlimm gewesen war – sie sollte wohl nicht das Gefühl bekommen, etwas zu verpassen. Seine Absichten waren durchschaubar, aber sie liebte ihn dafür. Sie erstellten gemeinsam eine Hitliste der schlimmsten Feiertage, die sie zusammen verbracht hatten, darunter jenes Weihnachten, an dem ihre Mutter einen Mann einlud, mit dem sie erst seit wenigen Wochen ausging (sie waren sich uneinig über den Namen, Fred oder Fritz oder etwas dergleichen), ein seltsamer Typ, der nach Pfeifentabak stank und ihnen Geschenke machte, die er mangels Geschenkpapier in Alufolie geschlagen hatte. Oder jenes Weihnachten, als Cora und Dada einen Winterspaziergang gemacht hatten, um einen Joint zu rauchen, einen Sticky bloß, damit es später nicht auffiel. Natürlich war es aufgefallen.

»Grüß mir alle«, sagte Cora in dem plötzlichen Bedürfnis, das Telefonat zu beenden. Sie verabredeten sich für Neujahr und legten auf. Cora blickte auf die dunkle Stadt hinunter. Sie machte sich eine Wärmflasche, obwohl es nicht kalt war, ließ sich von Sitcoms aus den Neunzigern berieseln und ging früh schlafen.

Für den nächsten Abend lud sie Milo zu einem Weihnachtsessen ein. Nach Einbruch der Dunkelheit stand er vor dem Gästehaus und benutzte wie vereinbart nicht die Klingel, sondern rief auf ihrem Handy an. Cora lief in Socken die Stockwerke hinunter und legte ein Ohr an die Tür der Haushälterin – der Fernseher war dahinter zu hören. Sie ließ Milo ein und deutete ihm, seine Schuhe nicht im Flur stehen zu lassen, sondern mitzunehmen. Im Lichtkegel ihrer Handys stiegen sie die Treppe hinauf und huschten in ihr Zimmer.

Im Keller des Gästehauses hatte Cora eine Kiste mit Weihnachtsdekoration gefunden. Sie hatte sich nach Feierabend einen Spaß daraus gemacht und ihr Zimmer mit barocken Putten, Glitzersternen, Rentieren und einem batteriebetriebenen Weihnachtsmann geschmückt, der auf Knopfdruck seine Hüften schwingen ließ. *Jingle Bells* erklang blechern aus seinem Rücken.

»Ich bin schockiert, Cora.«

»Keine Sorge, es gibt noch mehr«, sagte sie und zog einen Elfen an seinen langen Ohren aus der Kiste. Sie drückte Milo Elfen und Putten in die Hand und dekorierte mit ihm das Zimmer zu einer Karikatur. Milo murmelte etwas von kulturimperialistischem Dreck, während er selbst ein rotes Plüschgeweih auf dem Kopf trug – Cora lachte so heftig, dass ihr Tränen in die Augen schossen. Am Ende sah ihr kleines Zimmer aus wie ein Geschenkeladen. Sie verschwand in die Küche und kam mit zwei dampfenden Tassen Kinderpunsch zurück, den sie nach einem Rezept aus dem Internet gekocht hatte. Milo nahm die Tasse entgegen und dankte.

»Wie geht es dir?«, fragte er.

»Ich vermisse meinen Bruder. Ansonsten ist alles gut.«

»Gehst du später in die Kirche?«

»Ich bin nicht gläubig«, sagte Cora und deutete auf die Dekoration in ihrem Zimmer. »Ich hasse diesen ganzen Scheiß doch auch.«

»Heißt das, ich darf das Geweih abnehmen?«

»Nein.«

Sie richtete Milo wie in einer Puppenstube an, legte ihm Wörter in den Mund, die Dada sagen würde, und spielte ihre Mutter mit einem nasalen Akzent, den sie in Wirklichkeit nicht hatte. Die wechselnden Männer, die ihre Mutter mitbrachte, wurden von ihrem Kopfkissen verkörpert. Es lag zerknautscht in der Ecke und sagte nichts.

Milo lachte. »So sieht Weihnachten bei euch aus?«

»Sei froh, dass es dir erspart bleibt.«

Milo holte sein Smartphone hervor und zeigte ihr ein Video, das er selbst aufgenommen hatte. Es zeigte einen Kreis junger Männer und Frauen, die in einer Privatwohnung standen und zu schneller Musik tanzten. An der Wand hing eine Lichterkette, die zu einer dreieckigen Tanne angeordnet war.

»So habe ich Weihnachten während der Belagerung verbracht.«

Die Tanzenden klatschten in die Hände und sangen den Text des blechern scheppernden Lieds, das scheinbar jeder im Raum kannte. Die Fenster waren mit dicken Vorhängen verhüllt. Auf dem Boden verteilt saßen weitere Gäste, die ebenfalls klatschten und sangen, auch Milo selbst war zu hören. Als der Song zum Refrain anhob, schien der gesamte Raum unter den Stimmen der Partygäste zu beben – Pfiffe und Schreie trieben die Tanzenden weiter an.

»Verrückt …«, murmelte Cora. »Das alles war während der Belagerung?«

»Du kannst nicht immer nur Angst haben, immer zu Hause sitzen. Wir haben uns häufig mit Freunden getroffen, obwohl es lebensgefährlich war, auf die Straße zu gehen. So blöd es klingt, ich habe in dieser Zeit auch sehr schöne Momente erlebt.«

Das Video war hochkant aufgenommen und schwenkte langsam durch den Raum. Vorbei an der tanzenden Gruppe kam eine Küchenzeile ins Bild, vor der weitere Gäste saßen. Nur das Licht über der Spüle war eingeschaltet, um den Tanzenden nicht das Halbdunkel zu nehmen.

»Ist das Youssef?«, fragte Cora und deutete auf ein pixeliges Gesicht mit Ziegenbart. Milo nickte.

»Hast du noch Kontakt zu einigen aus dem Video?«

»Manche leben nicht mehr. Einige sind ins Ausland gegangen.«

Cora nickte und sah ihn über den Rand ihrer Tasse an. Sie hatte noch tausend weitere Fragen, aber sie wollte nicht zu denen gehören, die in den Traumata ihres Gegenübers herumstocherten. Das Video schwenkte zurück zu den Tanzenden und endete.

»Ich habe mehr Videos wie diese auf meinem *YouTube*-Kanal. Mir folgen noch eine ganze Reihe Menschen aus Zeiten der Belagerung, obwohl sich der Kanal seitdem ziemlich verändert hat.«

»Inwiefern?«

»Der Sturm ist vorübergezogen. Jetzt möchte ich darüber sprechen, wie es weitergeht. Ich möchte über intelligente Start-Ups sprechen, über Zusammenschlüsse von Bauern. Oder auch, wie wir einen nachhaltigen Tourismus aufbauen können, der sensibel mit den Menschen und ihrer Geschichte umgeht. Neben dem ganzen Mist passieren ja auch positive Dinge, die die Menschen ermutigen könnten, hier zu bleiben und was zu ändern, aber die wenigsten berichten darüber. Ich schreibe auch für Zeitungen.« Er rief einige Links auf seinem Smartphone auf und zeigte sie ihr. »Ist allerdings ein paar Wochen her, dass ich was veröffentlicht habe. Ich werde jetzt häufiger als Dolmetscher gebucht.«

Cora scrollte durch seinen letzten englischsprachigen Artikel. Er hatte die ersten Schüler interviewt, die nach der Belagerung wieder ihren Abschluss an einer hiesigen Schule gemacht hatten. Ihre Gedanken drehten sich allesamt um die Frage, ob sie in der Stadt bleiben oder ins Ausland gehen sollten. Als Bürger von Thikro besaßen sie Unionspässe, was das Auswandern zwar nicht einfach, aber einfacher machte. Im Gegensatz zu den Flüchtlingen in den Camps mussten sie sich nicht mit Gürteln unter einen Lastwagen schnallen, um eine Grenze zu überqueren. Cora reichte ihm das Smartphone zurück.

»Hast du auch einen Unionspass?«

Milo zückte ein glänzendes Stück Plastik aus seinem Portemonnaie. »Auf dem Schwarzmarkt ist der ein paar tausend wert.«

Cora drehte das Plastik in ihren Händen.

»Denkst du selbst darüber nach, aus Thikro fortzugehen?«

Milo zuckte mit den Schultern. »Nicht wirklich. Ich habe eine Nische gefunden, verdiene gutes Geld. Aber ich kenne viele kluge Leute, wirklich kluge Leute, die sitzen hier auf der Straße und warten, dass ihr Leben anfängt. Sitzen den ganzen Tag vor dem Fernseher und werden depressiv. Jeder zweite ist arbeitslos und lebt von Lebensmittelcoupons. Denen bleibt gar nichts anderes übrig als fortzugehen. Unsere Generation ist wie eine Weizenähre, in die man kräftig hineingeblasen hat – man hat uns in alle Himmelsrichtungen verstreut, bis nur noch der Stängel geblieben ist. Selbst wer bleibt, ist gedanklich an einem anderen Ort. Wir wägen ständig ab, ob es woanders nicht besser wäre. Ich sage dir: Mir geht es gut in dieser Stadt, ich habe Familie und Freunde und ein gutes Einkommen, und trotzdem taste ich regelmäßig diese ausgeschlagene Option ab – wie eine Lücke im Gebiss, an der nie ein Zahn gewachsen ist. Man kann einfach nicht aufhören, mit der Zunge daran herumzuspielen.«

Cora presste die Lippen zusammen und nickte. Ihre Probleme kamen ihr mit einem Mal sehr unbedeutend vor. Sie tippte mit ihrem Finger den batteriebetriebenen Weihnachtsmann an, der daraufhin mit seinen Hüften zu schwingen begann.

»Du darfst jetzt das Geweih abnehmen«, sagte sie.

Milo strich zärtlich über den Plüsch. »Ach, mittlerweile gefällt es mir.«

11

Im neuen Jahr spitzte sich der Konflikt um die Camps zu. Dreizehn Camps um Thikro wurden gewaltsam geräumt, darunter auch mehrere, die von Hilfsorganisationen betreut wurden. Den Menschen wurde gerade genug Zeit gelassen, ihre letzten Habseligkeiten in Sicherheit zu bringen, bevor die Planierraupen anrollten und die Behausungen niederwalzten. Binnen eines einzigen Tages standen über tausend Menschen auf der Straße. Cora war dabei, als *L&O* auf ihrem Grundstück mehrere Notfallunterkünfte aus dem Boden stampfte. Es war ein ungewöhnlich kalter Winter, der viel Regen mit sich brachte – schon bald wurden die Gutscheine, die der UNIICR für Essen und Kleidung verteilte, für Heizöl getauscht. Zwischen den Regenfällen knallte die Sonne herunter und ließ den Schlamm antrocknen. Der Boden begann zu stinken, und zusammen mit dem gelblichen Rinnsal, das sich um das Camp schlängelte und Schaum bildete, wurde es unerträglich. Cora hatte sich das Kopftuch einer *L&O*-Mitarbeiterin um die Nase gebunden, wenn sie in der Nähe der Mülldeponie arbeitete, und sie bekam im Laufe der Zeit weitere abgetragene Kopftücher geschenkt – am Ende hatte Cora eine ganze Sammlung in ihrer Schreibtischschublade.

Die meisten Männer saßen jetzt im Winter zu Hause, denn auf den Feldern gab es keine Arbeit. Omid sammelte sie ein, und sie gingen mit einem brodelnden Topf Pech von Zelt zu Zelt, um die Übergänge zwischen den Plastikplanen abzudichten. Alle warteten darauf, dass das Militär auch vor ihrem Camp erschien. Fragten die Bewohner nach dem Stand der Dinge, konnten sie selbst nur den Kopf schütteln. Die Anwälte kommunizierten mit Nabila, und Nabila hüllte sich in Schweigen.

Auch in den folgenden Wochen wurden weitere Camps geschlossen. Die Behörden holten verstaubte Brandschutzbestimmungen hervor oder verwiesen auf willkürlich gezogene Schutzzonen um Militärstützpunkte, um die Menschen zu vertreiben. Die eigentlichen Gründe lagen laut Omid woanders. Regelmäßig fuhr er Cora nach der Arbeit ins Gästehaus hinauf, obwohl er selbst am anderen Ende der Stadt lebte. Statt Reggaeton schepperte nun wehleidige Saz-Musik aus den Lautsprechern.

»Siehst du das Feld?«, fragte er eines Tages und deutete auf einen unscheinbaren Acker, den sie gerade passierten. Dunkle Rechtecke auf dem Boden verrieten, wo früher Zelte gestanden hatten.

»Was ist damit?«

»Fünfhundert Menschen haben hier gelebt. Dann hat man die Waffen gefunden.«

Cora hatte von dem Depot gehört, das man vor einigen Monaten in einem der Camps entdeckt hatte. Bis heute wurde der Fund von der Presse aufgegriffen, zwei Theorien abwechselnd durchgespielt: Die einen behaupteten, die Waffen seien von Sympathisanten der Amgar-Rebellen gehortet worden, um einen zweiten Angriff auf Thikro vorzubereiten. Andere machten kriminelle Clans dafür verantwortlich. Während für ersteres nie Belege gefunden wurden, war letzteres durchaus wahrscheinlich – tatsächlich rekrutierten die Clans ihre Männer häufig aus den Camps. Anstatt eine Lösung zu suchen, die es der überwiegenden Anzahl der Unbeteiligten ermöglichte, in dem Camp zu bleiben und sie vor Obdachlosigkeit und dem Trauma erneuter Vertreibung zu bewahren, war das gesamte Camp geschlossen worden – und wenn es nach den Behörden ging, sollten möglichst viele folgen.

Von Chris Varga, der sich erfolgreich als Patron der Stadt etabliert hatte, war keine Unterstützung zu erwarten. Der Millionär pumpte enorme Summen in seine Heimatstadt – Baustellen durchsetzten die ramponierten Straßen, trugen den Schutt der Vergangenheit ab und zogen neue Gebäude in die Höhe. Für die Pläne, die er mit der Stadt hatte, waren stabile Verhältnisse und ein sicheres Betätigungsfeld für ausländische Investoren entscheidend – dutzende Flüchtlingscamps vor der Haustür konnten da nur abträglich sein. Mit Unterstützung seitens der Bewohner Thikros war ebenfalls nicht zu rechnen. Selbst zum

Opfer geworden und nun einem wackligen Pfad bescheidenen Glücks entgegensteuernd, waren sie anfällig geworden für jedwede Bedrohungsszenarien. Der Not auf den Feldern stand das ohnmächtige Schweigen der Stadt gegenüber. Es lag an den Hilfsorganisationen, sich für die Flüchtlinge in den Camps einzusetzen, aber ihre Macht war begrenzt.

Wenn Cora nicht damit beschäftigt war, Hygienesets an die Bewohner zu verteilen oder die sich gnadenlos verschlammenden Straßen im Camp mit Sägespänen auszulegen, arbeitete sie in der Zentrale. Sie hielt Kontakt mit ausländischen Journalisten und Presseagenturen und vermittelte Interviews mit Nabila. Schon jetzt stand ihr Camp an seiner Belastungsgrenze. Sie hatten gerade so viele Neuankömmlinge eingelassen, wie es der Platz zuließ, und es dauerte nicht lange, bis Krankheiten ausbrachen. Sie mussten sich regelmäßig die Hände desinfizieren und einen Gesichtsschutz tragen, wenn sie sich mit den Bewohnern unterhielten. Immer häufiger hielten ihnen Mütter die schorfigen Arme ihrer Kinder entgegen. Sie verteilten Benzylbenzoat gegen die Krätze und Olivenöl gegen den Juckreiz. Die Mitarbeiter schoben jetzt Zwölf- bis Vierzehnstundenschichten und trugen ihre Erschöpfung unter den Augen. Cora wurde gebeten, auch am sechsten Tag der Woche zu arbeiten, und wurde im Gegenzug mit dem Wagen abgeholt und wieder ins Gästehaus gebracht. Sie rührten Instantkaffeepulver in kochendes Wasser, und zusammen mit den Desinfektionsmitteln bildete es den Geruch dieser Tage.

Eines Nachmittags wurde Cora losgeschickt, um mit Omids Handy Aufnahmen von den Klärgruben zu machen. Eine der Grubenwände war im anhaltenden Regen eingebrochen und ihr Inhalt sammelte sich nun in einer Lache am Rande des Camps. Im strömenden Regen machte Cora die erste Aufnahme und übersah dabei, dass die Frontkamera ausgewählt war. Anstatt die unzureichenden hygienischen Zustände zu dokumentieren, hatte sie ein Selfie von sich im Flüchtlingscamp geschossen.

Sie löschte das Bild sofort, machte ihre Aufnahmen und kehrte ins Zelt zurück. Als die neue Freiwillige von *L&O* hereinkam, erzählte Cora ihr von dem Vorfall. Die beiden mussten lachen und konnten nicht mehr damit aufhören. Sie schaukelten sich gegenseitig hoch und wurden dabei so laut, dass es noch in den umliegenden Zelten zu hören sein musste. Cora biss sich schließlich in den Finger, bis der Schmerz langsam den Gedanken an die Groteske betäubte. Sie versuchte, die schnappenden Atemzüge ihrer Kollegin zu ignorieren, bis der Anfall abflaute und nur noch ihre Bauchmuskeln zuckten. Die Stille danach war grauenhaft. Cora verzog sich in den hintersten Teil des Zeltes und starrte auf den Laptop, ohne zu arbeiten. Omid war zum Glück im Camp unterwegs. Als er zurückkam, fragte er nach den Bildern und sie wählten mehrere davon für ihren Fördermittelabruf aus. Erst als es dunkelte, traute sich Cora, das Zelt zu verlassen.

Selbst das größte Elend konnte sich der menschlichen Routine nicht erwehren. Alle taten so, als stünde eine Räumung des Camps nicht zur Debatte, und auch die Behörden schienen ihr Interesse an einer Konfrontation zu verlieren. Der Frühling brach an, und die umliegenden Felder wurden für die bevorstehende Aussaat gepflügt. Vor dem Camp hielten wieder die Pickups der Bauern, die die Tagelöhner zu den Feldern brachten. Der Alltag kehrte in die Camps zurück.

Schließlich erreichte sie die Nachricht, dass die Militärfahrzeuge, die sich in stiller Drohung vor einigen Camps positioniert hatten, abgezogen wurden. Die Regierung hatte ihre Pläne, weitere Camps zu schließen, offiziell auf Eis gelegt. Cora setzte eine Pressemitteilung auf und legte sie vor der Veröffentlichung Nabila vor. Sie schob ihre Verwendungsnachweise beiseite und überflog den Text.

»*Vorläufig* erfolgreich«, betonte Nabila und strich die entsprechende Stelle rot an. Sie gab ihr das Papier zurück ohne aufzusehen. »Ansonsten wunderbar.«

Cora kehrte zu einem Achtstundentag zurück, was ihr nunmehr wie Luxus erschien, und sie nutzte die gewonnene Zeit, um die Landessprache zu lernen. Sie ließ sich von Omid die Wörter »Grammatikbuch« und »Wörterbuch« auf ein kariertes Stück Papier schreiben und ging damit auf den Basar, der sich außerhalb des Stadtzentrums befand. Durch die Löcher im Dach fielen harte Sonnenstrahlen, die sich wie bei einer Lasershow kreuzten. An einem Großteil der Stände wurden Lebensmittel verkauft. Cora schlenderte über den Basar und ließ sich vom aufsteigenden Dampf der Garküchen treiben. Dazwischen fand sich ein Bereich, der einem Flohmarkt glich. Auf den Tischen wurde überwiegend Schrott angeboten – verstaubte Schnurtelefone, einzelne Fernbedienungen oder Kartenspiele. Sie hielt den Verkäufern ihre Zettel hin und fand zumindest eine zweisprachige Ausgabe von *Tod eines Handlungsreisenden*, die sie in der Hoffnung kaufte, durch den Vergleich der Kapitel etwas zu lernen. Bald musste sie jedoch einsehen, dass diese Methode bei ihrem jetzigen Kenntnisstand zum Scheitern verurteilt war. Sie ging noch ein zweites Mal auf den Basar, aber es waren die gleichen hageren Gesichter, die die gleichen spärlichen Überreste ihres Lebens anboten. Sie sahen Cora an, als biete sich in ihr die Chance ihres Lebens, und anstatt umzukehren, kaufte Cora eine Hörkassette mit Märchen, einen Zauberstab mit Glitzerperlen, einen Stapel alter Postkarten, einen Rubik-Würfel und einige Spielfiguren aus Zinnblech. Sie verzichtete auf Wechselgeld und verstaute die Gegenstände im Keller des Gästehauses. Ein paar Wochen später kam Omid von einer Geschäftsreise zurück und brachte ihr zwei eingeschweißte Lernbücher mit. Die Preisschilder auf der Rückseite hatte er nicht entfernt. Für den Preis der Bücher hätte sie die Hälfte aller Stände aufkaufen können.

Cora lernte leidenschaftslos, aber mit Überzeugung. Nach einigen Monaten konnte sie Einkäufe erledigen, nach dem Weg fragen und einfache Arbeitsanweisungen entgegennehmen. Zudem konnte sie deutlich machen, dass ihr die handelsüb-

lichen Preise bekannt waren, wenn man ihr den vier- bis fünf-
fach höheren Preis für Ausländer andrehen wollte. Gespräche,
die über dieses Niveau hinausgingen, bereiteten ihr Schwierigkeiten. Cora war nicht begabt darin, Sprachen zu lernen. Ihre
guten Englischkenntnisse hatte sie der Verbissenheit ihrer Mutter zu verdanken, die stellvertretend für ihre kluge, aber lern-
faule Tochter den Abstieg in die Mittelschule befürchtet und
deswegen vorzeitige Maßnahmen ergriffen hatte. Die neunte
und zehnte Jahrgangsstufe musste Cora in Ide Hill, einem britischen Internat, besuchen. Das efeuumrankte Hauptgebäude
entsprach recht genau den Vorstellungen, die sie sich von einem
britischen Internat gemacht hatte. In den ersten Wochen ging sie
zum Weinen unter die Dusche, damit Mitschüler und Lehrer sie
nicht auf ihr aufgequollenes Gesicht ansprachen. Die Jahre im
Internat hinterließen einen bleibenden und tiefsitzenden Riss im
Verhältnis zu ihrer Mutter, aber Cora kam mit glänzenden Englischkenntnissen zurück.

Nach einem Jahr in Thikro schlug der Lerneifer in Frust um.
Sich nicht an Gesprächen beteiligen zu können oder auf die
Gunst einer Übersetzung angewiesen zu sein, empfand sie als
persönliche Unzulänglichkeit. Cora blieb auf dem Niveau einer
Anfängerin und verschanzte sich hinter den knapp fünfhundert
Wörtern, die sie beherrschte, verschanzte sich hinter Hauptsät-
zen, häufig benutzten Redewendungen und der einfachen Ge-
genwarts- und Vergangenheitsform. Cora missfiel ihr eigenes
Verhalten. Sie stand kurz davor, die Sprache aufzugeben und
beschwor angesichts dessen neuen Eifer herauf. Sie studierte
abends wieder ihre Lernbücher und zwang in ihrer Arbeitszeit
den Tee-Jungen in Gespräche.

»Der arme Junge«, scherzte ihr Bruder am Telefon.

»Der arme Junge heißt Ahmed. Er hat zwei Schwestern und
isst gerne Pizza«, sagte Cora.

12

Die ersten Touristenbusse zwischen den Trümmern von Thikro auftauchen zu sehen, verwunderte Cora nicht. Es war die logische Konsequenz ihrer Zeit. Der Krieg jenseits der Mauer dauerte seit sieben Jahren an, und es war nicht abzusehen, dass er jemals enden würde. In den privilegierten Ländern hatte sich die Empathie mit den Betroffenen weitgehend abgenutzt. Cora hatte gesehen, wie immer mehr Nationen das Darwinsche Prinzip zur Staatsräson erhoben; wie sie von Männern regiert wurden, die das Gewalttätige verherrlichten und deren Mitgefühl bis zur eigenen Nasenspitze reichte. Diese Männer – es waren allesamt Männer hatten keine Staatsstreiche begangen, sondern waren durch demokratische Wahlen an ihre Ämter gelangt. Menschen hatten sie an die Macht gebracht. Menschen hatten sie wiedergewählt. Das alles war keine von der Gesellschaft losgelöste Erscheinung, sondern Ausdruck ihrer innersten Verfasstheit. In ihrer Wohlstandsblase wurden die Menschen überheblich, sie wurden egozentrisch und sie wurden dumm. Es war nur eine Frage der Zeit, bis sie ihrer Privilegien überdrüssig wurden und hierherkamen, um sich einen kleinen Adrenalinkick zu holen – einen Bungeejump in den Krieg, den sie sonst nur vom Bildschirm kannten.

Cora hatte nun eineinhalb Jahre in Thikro zugebracht, lange genug, um die Aufregung der Einheimischen zu verstehen. Für viele der Frauen, die sie unterrichtete, war die Aussicht auf eine Zimmermädchenstelle und Trinkgeld in Fremddevisen mehr, als sie sich je erträumen konnten. Niemand begegnete den Touristen, die sich oben an der Grenzmauer betranken und den Söldnern zujubelten, mit Euphorie. Aber sie waren dennoch eine Gelegenheit. Erst kam das Fressen, dann die Moral – Cora wollte ihnen keinen Strick daraus drehen.

Milo ging mit seinen Mitbürgern härter ins Gericht.

»Sie verkaufen unser Leid und unsere Geschichte wie ein billiges Stück Seife. Und ich rede nicht von den Menschen ganz unten in der Kette, ich rede noch nicht mal von Varga, sondern ich rede von allen dazwischen, von der überwältigenden Mehrheit, die den ganzen Zirkus erst möglich macht.« Er hielt das Teeglas schräg, sodass sich der letzte Schluck in der Sonne spiegelte, und stürzte das Glas hinunter. »Jetzt wollen sie entlang der Grenze eine Straße aufschütten, eine Flaniermeile. Du kennst doch die zerschossenen Häuser, die dort oben in erster Reihe stehen. Die werden gerade für irrsinnige Summen verkauft.«

Sie trafen sich noch immer regelmäßig im Al-Shams oder bei Milo zu Hause. Manchmal saßen sie auf seinem Dach und beobachteten die Tauben. Der Taubenschlag war sein Rückzugsraum, ein Ort der Stille und Kontemplation. *Das Yoga des armen Mannes*, hatte er einmal mit erhobenem Zeigefinger doziert. Cora entspannte es selbst, die Vögel in ihrem Auf und Ab zu begleiten, ihren Segelflug vor den flimmernden Dächern der Stadt. Cora, zunächst scheu, die Tiere einfach zu packen und in den Händen zu halten, lernte schnell den Umgang mit ihnen. Sie half Milo, den Jungtieren einen Ring um die Füße zu legen und ließ sich auf seinem Smartphone eine Landkarte mit wimmelnden roten Punkten zeigen. Die Punkte verdichteten sich um Milos Straße, erstreckten sich aber in einem kilometerweiten Radius. Tippte er auf einen der Punkte, öffnete sich in einem blauen Zickzackkurs die Strecke, die die Taube tagsüber zurückgelegt hatte. Es war die erste Karte, die sich nicht an der harten Linie der Grenze schied.

Sie sprachen nicht viel, wenn sie dort oben auf dem Dach saßen, aber manchmal unterhielten sie sich die ganze Nacht. In einer dieser Nächte zogen sie die schwarzen Tücher von ihren Geheimnissen. Cora erzählte von dem abgebrochenen Flug und der Schadensersatzforderung, die sie nach Thikro geführt hatte, und Milo erzählte von Mahmu.

Bereits zweimal hatte ihr Bruder sie in Thikro besucht. Cora führte ihn durch die Stadt mit dem Stolz eines Menschen, der sich sein Wissen hart erarbeitet hat. Nach zähen Verhandlungen mit der Haushälterin durfte Dada das zweite Bett in ihrem Zimmer beziehen, nachdem er mit seinem Reisepass deutlich gemacht hatte, dass sie Geschwister waren. Cora zeigte ihm die Altstadt, die gerade aufwendig restauriert wurde, zeigte ihm die Zentrale von *L&O* und die alten Schützengräben der Union. An einem Abend im Al-Shams spielte eine Live-Band – Tische und Stühle wurden beiseitegeschoben, um einer improvisierten Bühne Platz zu machen, und sie verbrachten eine lange Nacht mit Milo, mit dem sich Dada auf Anhieb verstand. Sie machten ausgiebige Spaziergänge, sahen sich gemeinsam Filme an, und er brachte ihr all die schönen Dinge mit, die sie vermisste: analoge Bücher, Marzipan sowie gute Schokolade, die ausgiebig conchiert war und keine weißen Flocken hatte, wenn man sie öffnete. Dadas Besuche waren, als tauche sie an einem schwülen Tag den Kopf unter kaltes Wasser. Sie fühlte sich noch Tage später erfrischt und verrichtete ihre Arbeit mit einer Leichtigkeit, die sie darüber nachdenken ließ, auch über die drei Jahre hinaus in Thikro zu bleiben.

Bald darauf fehlte Cennet erstmals in ihrem Englischkurs. Cennet hatte einen angestammten Platz in der Sofaecke, den ihr niemand streitig machte. Dort saß sie mit angezogenen Knien, halb liegend und ihre Bücher gegen den Oberschenkel gestützt. Es schien, als lümmle sie gelangweilt herum, gerade da alle anderen aufrecht saßen, dabei gab sie mitunter die besten Antworten. Wie so viele war sie als Kind nach Thikro gekommen und im Lager erwachsen geworden. Sie lernte nebenbei Schwedisch und hatte einen Freund in Göteborg, mit dem sie täglich chattete. Ihr Humor war so trocken, dass Cora ihn häufig nicht vom Ernst unterscheiden konnte. Cennets *Facebook*-Titelbild zeigte einen Schriftzug an einer zersplitterten Wand. *Will you marry me?*, stand dort in weißen Lettern, daneben in Klammern: *(I need a European passport)*.

»Wir machen uns Sorgen um Cennet«, sagten zwei ihrer Freundinnen, die nach dem Ende der Unterrichtsstunde zu Cora kamen. Seit zwei Tagen war sie nicht mehr nach Hause gekommen. Sie sei in der Stadt verabredet, das war das letzte, was sie ihnen geschrieben hatte. Sie zeigten Cora ihre Chatverläufe, in denen seitdem nur einfache Haken erschienen. Die Mutter habe die letzten Nächte nicht geschlafen, ihre Geschwister suchten jetzt mit Autos die Umgebung ab. Ob *L&O* ihnen nicht helfen könnte? Coras Hals schnürte sich zusammen. Sie versprach, sich bei Nabila zu erkundigen, was sie in der Angelegenheit unternehmen konnten. Als sie später bei ihr klopfte, wusste Nabila bereits von dem Vorfall. Sie stand mit den Eltern in Kontakt.

»Wir können nicht viel machen«, sagte sie und bildete mit den Fingern ein Dach. »Wir haben eine Vermisstenanzeige aufgegeben und halten die Augen offen. Wir können nur hoffen, dass sie sich von irgendeiner Tankstelle meldet, auf dem Weg nach Europa.«

»Ihre Freunde meinen, sie wäre nicht gegangen, ohne jemandem Bescheid zu sagen. Sie hat auch nichts eingepackt.«

»Ich weiß.« Nabila ließ das Dach auf- und zuklappen und blickte sie schonungslos offen an. Cora nickte und schloss die Tür hinter sich.

Auch an den nächsten Tagen erschien Cennet nicht zu den Kursen. Man fand sie mit eingeschlagenem Schädel in einem Feld, im Schatten der Mauer. Sie war vor ihrem Tod mehrfach vergewaltigt worden. Die Polizei nahm die Ermittlungen ohne Eifer auf und stellte sie nach wenigen Tagen wieder ein. Nabila musste dem lokalen Polizeikommissar mit ihren Kontakten zu Politik und Behörden drohen, bis die Ermittlungen erneut aufgenommen wurden. Der zuständige Staatsanwalt zeigte sich unbeeindruckt von Nabilas Kontakten, die größtenteils erfunden waren, aber nicht minder überzeugend vorgetragen wurden. Vom Staatsanwalt in ihrem Desinteresse an einem Fahndungserfolg bestätigt, stellte die Polizei zum zweiten Mal die Ermittlungen ein. Von ihrem Besuch bei Gericht kam Nabila erfolglos zurück. Sie sprach kein Wort, als sie die Zentrale betrat, und niemand wagte es, sie anzusprechen. Sie schloss knallend die Tür ihres

Büros, nur um kurz darauf wieder in die Stadt zu verschwinden. Als sie zurückkam, trug sie ein Paket in den Händen. Sie stellte es auf dem nächsten Tisch ab und öffnete es mit einem Teppichmesser. Es waren ein gutes Dutzend Pfeffersprays.

»Mehr habe ich auf die Schnelle nicht bekommen«, sagte Nabila und erklärte ihnen, wie man die Schutzkappe löste.

13

Mit dem neuen Jahr trat ein Gesetz in Kraft, das Obdachlosigkeit verbot. Jeder Flüchtling musste von nun an eine Meldebescheinigung bei sich tragen, die ihm eine Adresse in der Stadt oder in einem der verbliebenen Camps zuwies. Menschen wurden aus den Bauruinen vertrieben, die sie in Beschlag genommen hatten, und auch die wenigen billigen Unterkünfte, die sich Flüchtlinge nur deshalb leisten konnten, weil sie illegal vermietet waren, leerten sich. Die Menschen wurden massenweise in die verbliebenen Camps gedrängt, gleichzeitig wurden die Anstrengungen vorangetrieben, eben jene Camps zu schließen. Es war, als kippe man einen Eimer Wasser über den Fußboden, um den Schmutz besser abzuziehen. Bei jeder Räumung standen Busse des staatlichen Reiseunternehmens bereit, um die Menschen in ein zentrales Sammellager zu bringen, das Hunderte Kilometer entfernt lag. Auf diese Weise hatte man innerhalb weniger Wochen knapp tausend Flüchtlinge aus der Region fortgeschafft.

Sie verlagerten die *L&O*-Zentrale in das Camp und sorgten dafür, dass rund um die Uhr Mitarbeiter anwesend waren. Auch Cora verbrachte mehrere Nächte auf einem der Feldbetten im Orga-Zelt, die Nummer ihres Anwalts ständig im Blick, sollte das Militär spontan eine Räumung vorbereiten. Obwohl sie einen Aufnahmestopp verhängt hatten, strömten mehr und mehr Menschen zu ihnen. Die Kapazitäten in ihrem Camp waren nicht auf so viele Menschen ausgelegt, viele schliefen außerhalb der Grundstücksgrenzen. Krankheiten brachen aus. Cora sprach in ihren Pressetexten von einer humanitären Katastrophe, eine Wortwahl, die sie nicht leichtfertig benutzte. Sie schaffte es, einen belgischen Dokumentarfilmer an Land zu ziehen, der einen Beitrag für einen internationalen Nachrichtenkanal drehte. In Absprache mit den Bewohnern ließen sie ihn sogar im Camp filmen, entgegen der Richtlinien, die sich *L&O* im Umgang mit Journalisten eigentlich gesetzt hatte. Auch Milo war nun häufiger im Camp anzutreffen und führte Interviews mit Coras Schülerinnen. Zusammen mit den Presseabteilungen der anderen Hilfsorganisationen schafften sie es, einige Aufmerksamkeit auf die Situation zu lenken. Doch schon in der Vergangenheit hatte die Information über bevorstehendes Unheil nicht davor bewahrt, es zu verhindern, und es war dieses Mal nicht anders.

Es dauerte nicht lange, bis es in den heillos überfüllten Camps zu Übergriffen unter den Bewohnern kam. Die Umstände machten alle Beteiligten dünnhäutig, zudem hatten die jüngsten Entwicklungen verschiedene ethnische, religiöse und politische Gruppen zusammengeführt, die sonst ihre eigenen Camps gebildet hatten. Ein harmloser Streit an der Wasserverteilung konnte sich in Wellen durch das gesamte Camp schlagen. Jeder Vorfall wurde von den Behörden genutzt, um ein nationales Sicherheitsrisiko zu attestieren und damit die richterliche Räumung zu erzwingen.

In einer milden Sommernacht streiften zwei Jungs durch das Camp, das sie aufgrund der Ausgangssperre nicht mehr verlassen durften. Sie kickten einen Fußball hin und her und wurden von mehreren Bewohnern aufgefordert, ihr Spiel in den engen Zeltgassen zu unterlassen – sie nahmen den Ball aber nur kurz in die Hände, um ihn sich an der nächsten Ecke wieder zuzuwerfen und über den Fußrücken abrollen zu lassen. Der Ball flog durch ein Zelt und stieß einen Topf mit kochendem Wasser um, der die Hand einer Frau verbrühte. Der Ehemann jagte den Jungen hinterher, um sie zu verprügeln, und in kürzester Zeit hatte sich ein Handgemenge gebildet, das die Aufmerksamkeit des gesamten Camps auf sich zog. Die Jungen gehörten einer religiösen Minderheit an, aus deren Reihen sich im Bürgerkrieg eine staatstreue Miliz gebildet hatte – nicht wenige gaben ihr die Mitschuld, einen friedlichen Regierungswechsel verhindert zu haben. Immer mehr Männer kamen zusammen, die sich gegenseitig beschimpften und von der eigentlichen Streitsache nur mit halbem Ohr gehört hatten – einige Halbstarke zückten Messer. Es dauerte nicht lange, bis eine der Polizeipatrouillen einschritt, die regelmäßig vor dem Camp auf- und abfuhren und nur auf eine solche Gelegenheit warteten. Cora erfuhr davon in einer SMS, als sie sich gerade bettfertig machte. Sie war erst wenige Stunden zuvor ins Gästehaus zurückgekehrt und trat gerade aus der Dusche, als sie ihr Handy aufleuchten sah. Die Nachricht war in Blockbuchstaben verfasst.

SIE RÄUMEN DAS CAMP.

Cora lief durch die Stockwerke und schlug mit einem Holzlöffel auf einen Topf – es war ihr Zeichen, falls das eigene Camp oder das einer anderen Organisation geräumt wurde. Wie schon bei den letzten Malen fanden sich einige Bewohner des Hauses, die spontan ihre Hilfe anboten. Innerhalb weniger Minuten saßen sie zu viert eingequetscht auf einer Rückbank und jagten die Serpentinen hinunter. Sie hingen an ihren Handys und teilten sich jede Information mit, die sie bekommen konnten. Kurz vor dem Camp verstummten sie. Auf der Straße kamen ihnen bereits Menschen entgegen, die dicke Plastiksäcke über ihren Schultern trugen. Manche trugen ihre in Einzelteile zerlegten Heizöfen mit sich, die sie für viel Geld erstanden hatten und nicht den Planierraupen überlassen wollten. Schweigend fuhren sie die Schotterstraße entlang. Cora betrachtete die unter der Last ihres Gepäcks gebeugten Gestalten, die in ihr Scheinwerferlicht traten. Tränen der Wut stiegen ihr in die Augen.

Sie hielten vor dem Camp und kämpften sich durch die Menschenmenge, die sich davor gebildet hatte. Der Eingang wurde von Soldaten mit langläufigen Schusswaffen versperrt, im Straßengraben parkten bereits Busse des staatlichen Reiseunternehmens. Cora entdeckte in dem Chaos eine ihrer Schülerinnen – sie stand mit ihrer Mutter und Großmutter sowie ihren Geschwistern beisammen, die einen Kreis um ihre Habseligkeiten bildeten. Layla stand unter Schock. Sie hielt eine Zigarette zwischen den Fingern, hatte aber seit geraumer Zeit nicht daran gezogen – eine Aschesäule wartete darauf, abzufallen. Sie erklärte in knappen Worten, was vorgefallen war, und starrte beim Sprechen an Cora vorbei. Nein, sie wüssten nicht, wohin. Sie würden jetzt warten. Vielleicht würden sie in ein benachbartes Camp ziehen. Vielleicht würden sie in einen der Busse steigen. Vielleicht würden sie hier stehen bleiben, bis aus der Nacht ein Tag und aus dem Tag eine Nacht geworden war, bis sich Wurzeln um ihre Füße schlugen und die Steine wieder zum Leben erwachten. Vielleicht würden sie in einen der Busse steigen, wer wisse das schon. Gott ist groß. Sie schmiss den Stummel auf die Erde und zog sich in das Dunkel zwischen den Scheinwerfern zurück, um alleine zu sein.

Bis zum Morgengrauen blieb Cora im Camp. Aufgrund ihrer fehlenden Sprachkenntnisse blieb sie meist zur Tatenlosigkeit verdammt. Sie richtete eine Kamera auf das Geschehen, um die Vorfälle zu dokumentieren und kam sich dabei erschreckend nutzlos vor. Sie legte die Kamera beiseite und half, die Decken zu verteilen, die Dîlan aus dem Lager geholt hatte. Sie beobachteten aus der Ferne, wie Nabila und Omid mit den Militärs stritten, während hinter ihnen ein Bulldozer Zeltstangen in seiner Schaufel davontrug. Ein Mann, den Dîlan als ihren Anwalt identifizierte, stand daneben und richtete immer wieder seinen ausgestreckten Zeigefinger auf die Männer, als drohe er, sie persönlich für das Geschehen verantwortlich zu machen – diese nahmen das ganze recht teilnahmslos hin und ließen die Hände auf ihren Maschinengewehren ruhen.

Schließlich kam Nabila auf sie zu und gab ihnen die knappe Anweisung, eine friedliche Abreise zu organisieren. Es war das Eingeständnis ihrer Niederlage. Dîlan und Cora standen wie versteinert. Es schien Cora, als habe man ihr einen Betonblock umgebunden, den man nun endgültig ins Meer geworfen hatte – sie konnte noch dabei zusehen, wie sich die Kette abwickelte.

Nabila wandte sich ab, um den Bewohnern persönlich die Botschaft zu überbringen. Nach einem kurzen Moment der Stille schwollen aufgeregte Gespräche und Klagerufe an, die die Nachricht durch die Menschenreihen trugen. Eine Gruppe junger Männer kam auf sie zu und schlug vor, die Zufahrtsstraße zu blockieren, um die Abfahrt der Busse zu verhindern und so Druck auf das Militär aufzubauen. Cora kannte einen der Männer. Oualid war einer ihrer Bauarbeiter und hatte vor dem Krieg Ingenieurswissenschaften studiert, sie hatten sich bei einem Tee länger miteinander unterhalten. Auch Oualid erinnerte sich an die Bekanntschaft und wandte sich direkt an Cora. Sie solle ihren Einfluss geltend machen und Nabila, die dem Vorschlag ablehnend gegenüberstand, von der Blockade überzeugen – wenn *L&O* dazu aufrief, würden die Bewohner ihnen folgen. In seinen Augen stand die Verzweiflung eines Tieres, das in seinem unterirdischen Bau eingeschlossen ist und letzte Maßnahmen ergreift, sich zu befreien. Cora verstand seinen Drang, alles in eine Waagschale zu werfen, aber selbst in ihren Augen war die Sache verloren. Das Camp war bereits zur Hälfte zerstört, und so übellaunig wie die Militärs auftraten, konnten sie es zustande bringen, die Busse leer abfahren zu lassen. Dann stünden alle auf der Straße. Als Oualid begriff, dass Cora ihm nicht helfen würde, lief er zu den anderen Bewohnern zurück. Er klapperte einen nach dem anderen ab, wurde weitergeschickt und begann seine Rede von vorne. Cora ertrug es kaum, ihm dabei zuzusehen. Sie fühlte sich an einen Obdachlosen erinnert, der Passanten nach Kleingeld fragte, nur dass Oualid um Hoffnung bettelte. Irgendwann sah sie ihn auf dem Boden sitzen und in die Leere starren.

Cora und Dîlan trommelten die anderen Helfer aus dem Gästehaus zusammen. Sie gaben ihre Informationen weiter und verteilten hastig einige Aufgaben, als eine der Frauen einen hysterischen Anfall erlitt. Sie stieß in regelmäßigen Abständen einen Schrei aus und wurde von anderen Frauen umringt, die sie in den Armen hielten, aber nicht beruhigen konnten. Der Anfall hielt mehrere Minuten an, und die Militärs mit ihren langläufigen Schusswaffen stierten angestrengt zu Boden. Gefolgt von ihrem rasselnden Atem, gellten ihre Schreie über den Vorplatz, bis einer der Camp-Bewohner zu ihr hinüberkam und ihr ins Gesicht schlug. Sofort bildete sich ein Handgemenge, in dem mehrere Männer den Angreifer zurückrissen. Auch Cora lief in die Menge und stellte sich schützend vor die Frau, während andere die Angehörigen zurückhielten, die an dem Mann Vergeltung üben wollten. Nur mühsam beruhigte sich die Menge, nachdem einer der Militärs mehrmals in die Luft geschossen und mit seinem erhobenen Gewehr eine Schneise durch die Menge geschlagen hatte – die Frau war inzwischen verstummt.

Schon bald war aus dem mehrere Hundert Zelte fassenden Camp ein Trümmerfeld geworden. Immer mehr Menschen bestiegen die Busse, die sie in das Sammellager im Landesinneren bringen würden. Sie verabschiedeten sich hastig von ihren Bekannten und Freunden, die sich über das weitere Vorgehen noch unschlüssig waren, und verstauten ihre Habseligkeiten im Gepäckraum. Bis zum nächsten Morgen organisierten Cora und die anderen Helfer die Abreise der Menschen und steckten ihnen Zettel mit Notfallnummern zu, die sie für diesen Moment vorbereitet hatten. Sie quartierten mehrere Dutzend Menschen in anderen Camps ein und riefen Krankenwagen für jene, die akut psychisch dekompensierten und sich selbst Verletzungen zufügten – sie würden die Nacht im Krankenhaus verbringen, bevor sie am nächsten Morgen auf der Straße landeten. Wiederum andere machten sich selbstständig auf den Weg, um die nächste Bauruine zu beschlagnahmen oder in eine andere Gegend der Union weiterzuziehen. Es war nur eine Frage der Zeit, bis auch sie von der Polizei aufgegriffen und ins Sammellager gebracht würden.

Gegen fünf Uhr morgens verließen die letzten Bewohner das Camp. Eine gespenstische Stille hatte sich breitgemacht. Nur Nabila, Omid, Dîlan und Cora waren noch übrig. Sie streiften über das verwüstete Feld, das einmal ein Camp gewesen war und sich nun im Morgengrauen abzeichnete. Die Rillen der Planierraupen hatten sich tief in die Erde gegraben. Außer dem künstlichen Wald und den Backsteinhäusern war alles weg, zusammengeschoben zu einem großen Sperrmüllhaufen. Gemüse- und Pflanzenkübel, die den provisorischen Straßen ein bisschen Leben eingehaucht hatten, lagen in Scherben verstreut. Sie streiften über das Gelände und nahmen den ein oder anderen Gegenstand auf, der den Schaufeln entglitten war. Niemand hatte etwas zu sagen. Grau hob sich der Himmel über den Bergspitzen, als sie zurück in die Stadt fuhren.

14

Nabila gab ihnen den Rest der Woche frei. Cora brauchte einen ganzen Tag, um den Schlaf nachzuholen, und saß danach stundenlang auf dem Garagendach. Dort hatte sie schon nach dem Tod von Cennet gesessen und versucht, ihre Gedanken zu ordnen oder wenigstens zu glätten. Sie fühlte sich, als habe man ihr sämtlichen Sauerstoff aus dem Körper gepresst. Sie dachte an ihre Schülerinnen, die Cora an ihrer Geschichte und ihrem Leid, aber auch an ihrer Hoffnung hatten teilhaben lassen, die sie unterschiedlich stark ausgeprägt, aber doch alle mit sich trugen. Sie schrieb einer jungen Frau, deren Handynummer sie besaß, und fragte, wie es ihnen im neuen Lager erging. *Wir überleben*, antwortete sie und schickte ein Foto, das ihren kleinen Bruder zeigte, wie er in einem Putzeimer saß und von ihrer Mutter getragen wurde. Das Foto war mit Tränen lachenden Smileys unterlegt.

Die ersten Organisationen hatten angekündigt, ihren Standort in Thikro aufzugeben oder zu verlagern. Es war auch nicht weiter verwunderlich – mit der Schließung der Camps wurde den Hilfsorganisationen zunehmend die Arbeitsgrundlage genommen. Nabila sprach offen über die Situation. Sie sah durchaus eine Perspektive, *L&O* am Leben zu halten. Manche Flüchtlinge rechneten fest damit, im aufstrebenden Thikro einen Job zu finden und blieben trotz fehlender Genehmigung in der Stadt. Sich um diese Menschen zu kümmern, die weiterhin in Garagen und Bauruinen lebten und vor den Razzien der Polizei nie sicher waren, bleibe eine notwendige Aufgabe. Dennoch sei ihr bewusst, dass die Versorgungsstruktur nun heillos aufgebläht war – *L&O* gehöre zu den kleinsten Fischen im Teich und würde im Wettstreit um die Ressourcen womöglich den Kürzeren ziehen. Sie würde alles Mögliche tun, um die nötigen Projektgelder einzuwerben, aber versprechen könne sie nichts.

Von diesem Tag an begann Cora, Geld zurückzulegen. Sie sammelte die Scheine in einer geriffelten Dose, in der sich einmal Tomatenmark befunden hatte, und in der sie die Notreserve aufbewahrte, die sie am Bauch klebend ins Land gebracht hatte. Sie zählte die Summe und wusste, dass es zu wenig war, um allein damit die verbleibende Zeit bis zur Verjährung durchzustehen.

Sie machten eine Bestandsaufnahme der Klienten, die sich noch in der Region befanden, und verkleinerten ihr Angebot. Die verschiedenen Englischklassen wurden zu einer zusammengelegt, und diejenigen, die zuvor auf den Wartelisten für die psychologischen Sprechstunden und die Rechtsberatungen gestanden hatten, erhielten nun endlich Termine. Zu tun gab es also genug, doch die Projektmittel waren nur bis Jahresende genehmigt und eine Verlängerung war noch nicht in Sicht. Nabila nahm zahlreiche Auswärtstermine wahr, um potenzielle Geldgeber zu treffen. Sie sprach scherzhaft von ihren *Betteltouren* und ließ kaum durchdringen, ob sie erfolgreich waren oder nicht.

»Hast du einen Plan B?«, fragte Nabila eines Tages, als sie gemeinsam im Pausenraum standen. Sie wusch gerade Geschirr in der Spüle ab und drehte Cora den Rücken zu. Die Frage hatte etwas gezwungen Beiläufiges. Cora schnürte sich der Hals zusammen.

»Nun ja … eigentlich nicht.«

»Wie lange musst du aushalten bis zur Verjährung? Also ab dem Moment, an dem deine Stelle ausläuft?«

»Genau ein Jahr.«

Nabila nickte und widmete sich wieder dem Geschirr.

»Sieht es nicht gut aus mit den Projektmitteln?«, wagte Cora zu fragen.

Nabila zuckte mit den Schultern. »Es ist immer gut, einen Plan B zu haben.« Sie lächelte Cora aufmunternd zu, stellte die letzten Teller in die Abtropfschale und verschwand in ihr Büro.

Als sie am nächsten Tag Omid beim Rauchen traf, erzählte sie ihm von der Szene. Er nickte wie für sich selbst und wandte sich ab, um ein paar Schritte im Hinterhof auf und ab zu gehen. Cora sah ihm dabei zu. Sie saß gegen die offene Tür gelehnt, für die sie keine Schlüssel hatten und die automatisch zuschnappte, wenn man nicht aufpasste. Das war schon einmal passiert, und sie hatten fremde Grundstücke betreten und Zäune überklettern müssen, um wieder zum Haupteingang zu gelangen.

»Kennst du das Wort für großer, bissiger Hund?«, hatte Omid ihr zugeraunt, während sie durch die benachbarte Hecke stiegen. Sein Humor unterschied sich nicht groß von dem Anatolijs. Sie hatten einander Räuberleitern gegeben und über die Möglichkeit sinniert, gemeinsam mit ihren Klienten Einbrüche als Teambuilding-Maßnahme zu begehen. Diese Klienten saßen nun größtenteils im Sammellager und mussten Elan für einen Neuanfang aufbringen, der das Provisorische nur weiter verstetigen würde; der sie erneut zu Gefangenen der Zeit machte, die in den Camps nicht horizontal, sondern vertikal verlief. Omid und Cora blickten über den Hinterhof, jeder in seine eigenen Gedanken versunken, und kehrten in das leere Haus zurück.

Das Jahr neigte sich dem Ende zu und damit auch ihre Aussichten bei *L & O*. Sie bekamen Nabila immer seltener zu Gesicht. Kehrte sie von ihren *Betteltouren* zurück, sah man sie bis weit nach Feierabend in ihrem Büro sitzen. Tiefe Augenringe hatten sich in ihr Gesicht gegraben. Sie ließ sich das Abendessen in ihr Büro bringen und kommunizierte vorwiegend über E-Mail – nicht selten erhielt Cora Arbeitsanweisungen, die um halb vier Uhr morgens verschickt wurden. Der Dezember hatte bereits begonnen, und noch immer hatten sie keine Auskunft darüber, ob ihre Stellen erhalten blieben oder nicht. Es überraschte niemanden, als Nabila eines Tages alle Mitarbeiter in ihr Büro bat.

»Man muss wissen, wann man aufgeben muss«, sagte sie, mehr zu sich selbst als zu ihnen. Sie würde die letzten Reserven des Vereins dafür aufwenden, *L&O* nahe des Sammellagers im Landesinneren neu aufzubauen. Für dieses Vorhaben durfte sie auf die Unterstützung eines Geldgebers setzen. Die Räume in Thikro würden nun gekündigt, das Inventar vorläufig in einem Lastwagen verstaut, bis geeignete Räumlichkeiten gefunden waren. Zur Abwicklung des Standorts werde Dîlans Stelle als einzige um einen Monat verlängert, danach müsse sie vorerst alleine weitermachen. Falls einer von ihnen gegen Ende des Jahres noch einen Job suche und sich den Umzug ins Landesinnere vorstellen könne, sollten sie ihr Bescheid geben.

Bei aller Enttäuschung war eine gewisse Erleichterung, die mit der Kapitulation einherging, nicht zu übersehen. Aber wer wollte sie ihr verbieten. Alle dankten Nabila für ihren Einsatz, doch Nabila schien der Dank unpassend – sie schüttelte nur kurz den Kopf und griff sich die Autoschlüssel. Sie nahm sich den Rest des Tages frei und überließ es ihren Mitarbeitern, es ihr gleichzutun. Sie verabschiedete sich mit »Gute Nacht«.

Schon am nächsten Tag, nachdem sie ausgeschlafen hatte, schien sie ihre Haltung zu bereuen. Sie machte deutlich, dass sie sich bis zum finalen Abschließen der Tür jede Form der Nachlässigkeit verbat – die Englisch- und EDV-Kurse, die Gruppenangebote und Beratungen würden wie geplant weiterlaufen, bis die letzten Gelder aufgebraucht waren. Immerhin konnte sie ihre Mitarbeiter noch bis zum Ende des Jahres bezahlen, und bis dahin würden sie sich um die Menschen kümmern, die sich ihnen anvertraut hatten.

Die beiden letzten Hilfsorganisationen, die noch Standorte in der Stadt betrieben, waren große und weltweit agierende Organisationen, die weniger der Dringlichkeit als der guten Vermarktbarkeit wegen in der Stadt geblieben waren. Cora hatte keine besonders gute Meinung über deren Arbeit, aber sie sah keine andere Wahl, als sich im Mehrzweckladen gegenüber ihren Lebenslauf drucken zu lassen und die adrette Bluse herauszusuchen, die sie auf ihrem Flug nach Khartum getragen hatte. Nabila hatte dafür gesorgt, dass sie bei beiden Organisationen ein Vorstellungsgespräch erhielt. Beide boten ihr eine halbe Stelle an und beide bestanden auf einer gültigen Arbeitserlaubnis. Cora verließ das Gebäude und kam sich auf einmal sehr dämlich vor. Ohne Arbeitserlaubnis würde sie nur an inoffizielle und damit recht schäbige Jobs gelangen. Sie dachte darüber nach, nach Hause zurückzukehren, aber das war noch gefährlicher als zu bleiben. Selbst wenn sie es unbemerkt über die Grenze schaffte, würde sie weder Arbeitslosengeld beantragen noch einen regulären Beruf ausführen können, ohne sich bei den Behörden zu melden. Womöglich hatte die Fluggesellschaft ihre Versuche eingestellt, sie ausfindig zu machen, aber es war gefährlich, sich darauf zu verlassen. Ihr schien, als täten sich zwei Wege vor ihr auf, die sie beide nicht gehen konnte. Cora versuchte, die aufsteigende Panik zu ignorieren, die ihren Magen zusammenziehen ließ und wie Säure ihren Rachen hinaufkroch. Sie setzte sich auf eine Parkbank, wünschte sich eine Zigarette und beobachtete das Treiben auf der Straße.

Ihr letzter Arbeitstag verlief unspektakulär. Sie verabschiedete sich von den drei verbliebenen Schülern, die sie zuletzt einzelbetreut hatte, leitete wichtige E-Mails an ihre Privatadresse weiter und räumte ihren Schreibtisch. Von Omid und Dîlan hatte sie sich am Abend zuvor im Al-Shams verabschiedet. Die beiden hatten andere Stellen in Aussicht, was für sie den Abschied von *L&O* schmerzlich, aber nicht existenziell machte.

Cora schlenderte selbstvergessen durch die Räume und löste einige Fotos von den Wänden, die sie mit ihrer alten Englischklasse beim Iftar-Essen im Camp zeigte. Sie stieg in Nabilas Büro hinauf, die sie zu einem Gespräch gebeten hatte.

»Du weißt, dass ich alles Erdenkliche versucht habe.«

»Das weiß ich.«

»Kommst du zurecht?«

Nabila standen die Schuldgefühle ins Gesicht geschrieben – mit ihrer Mähne, die sie sich heute hochgesteckt hatte, sah sie aus wie eine traurige Ananas. Cora wollte es ihr nicht unnötig schwer machen. Sie erzählte von dem Soli-Topf des Zentrums, aus dem sie jederzeit Gelder beantragen könne, und erzählte von ihrer Mutter und ihrem Bruder, die ihr ebenfalls unter die Arme greifen könnten. Sie würde jetzt auf Jobsuche gehen und in einem Jahr ohnehin wieder weg sein – alles halb so schlimm. Sie erzählte das mit einer großen Leichtigkeit und einem Lächeln; ein wenig wollte sie auch selbst daran glauben. Sie dankte Nabila für die vergangenen zwei Jahre, für die vielen Erfahrungen und Gespräche, und vor allem für den Vertrauensvorschuss, den sie ihr damals gewährt hatte. Die beiden Frauen lagen sich lange in den Armen.

»Das ist kein Abschied«, sagte Nabila, als Cora ihr Büro verließ.

15

Das Gästehaus war den Mitarbeitern der beteiligten Hilfsorganisationen vorbehalten, und mit dem Ende von *L&O* stand Cora unvermeidlich der Auszug bevor. Nabila hatte ihre schützende Hand über sie gelegt – sie konnte dort wohnen bleiben, bis sie etwas Ansprechendes gefunden hatte. Cora hatte kein Interesse, diese Schonfrist auszureizen, und ging im neuen Jahr auf Wohnungssuche. Es gab genügend freistehende Wohnungen in Thikro, doch solange sie von ihren Ersparnissen lebte, musste es eine möglichst billige sein. In den Trabantensiedlungen der Vorstadt wurde sie fündig. Das Zimmer befand sich unweit des

Obelisken, im fünften Stock eines Hochhauses. Dort hatte man die Zimmer einer ehemals großen Wohnung einzeln vermietet und Küche und Nasszelle unter den Parteien aufgeteilt. Es war keine Wohngemeinschaft, denn eine Gemeinschaft gab es nicht, und die einzelnen Zimmer verfügten über eigene Briefkästen. Es war die billigste aller Unterkünfte, die sie sich angesehen hatte, und die Haushälterin war mit einer Bezahlung in bar einverstanden.

Ihr Zimmer verfügte über eine Klimaanlage und war mit einem Bett, einem Schrank und einem Schreibtisch möbliert. Vier Parteien teilten sich die Nasszelle. An ihrem ersten Tag hatte sie sich zum Duschen Plastiktüten um die Füße gebunden, so verdreckt und fettig war der Boden. Das Waschbecken war nur noch teilweise mit der Wand verbunden, und sie durfte sich nicht darauf abstützen, um es nicht vollständig herunterzureißen. Aus der Wand hing ein dünner Schlauch, mit der sie die Hocktoilette spülen konnte.

Die Gemeinschaftsküche war nicht besser. Niemand hielt sich lange in dem dunklen Raum auf – die Bewohner kochten schweigend ihr Essen und verschwanden damit auf ihr Zimmer. Herd und Arbeitsflächen waren hoffnungslos verkrustet, vergessene Lebensmittel klebten an den Regalbrettern. Cora stellte einige Schälchen mit Essig und Spülmittel auf, um die Fruchtfliegen zu beseitigen, und fragte sich, ob niemand sonst auf diese Idee gekommen war oder ob sich niemand darum scherte. Bereits am nächsten Tag schwamm eine dichte Schicht Fliegen obenauf.

Milo nannte die Wohnung ein Loch. Er hatte Cora vom Gästehaus abgeholt und ihr geholfen, ihren großen Rucksack, eine Umhängetasche sowie einen Wasserkocher und einen kleinen Kühlschrank, die er bei sich im Keller gefunden hatte, in das neue Zimmer zu tragen. Der Umzug hatte nicht länger als eine halbe Stunde gedauert.

»Es ist ein Loch«, sagte er nochmal und lehnte mit verschränkten Armen im Türstock. Cora schob die Vorhänge zurück, die nach dem kalten Rauch des Vormieters rochen, und öffnete die beiden Fenster.

»Es ist eine Lösung«, antwortete sie.

Da Cora noch immer keine Stelle in Aussicht hatte, begann sie, ehrenamtlich für Nabila zu arbeiten, die in den letzten Zügen ihres Umzugs steckte und jede Hilfe gebrauchen konnte. Sie zerlegte mit Dîlan Schränke in ihre Einzelteile und beschriftete die einzelnen Schrauben, damit sie beim Wiederaufbau nicht durcheinander gerieten. Regelmäßig tauchte der Tee-Junge zwischen den Umzugskartons auf und servierte ihnen Tee. Cora winkte ihn zu sich. Sie sagte ihm, er solle in eine der Kisten steigen und sich klein machen – nun sei er dran, eingepackt zu werden. Der Junge stellte sein Tablett mit den klirrenden Teegläsern ab, stieg in einen der Kartons und kauerte sich in Embryo-Haltung zusammen. Er streckte die Hand zu ihr hoch.

»Reichst du mir mein Tablett?«

Es war der erste Witz, den sie in dieser fremden Sprache gerissen hatte, und ihr Gegenüber hatte ihn sogar verstanden.

Sie beluden einen Lastwagen mit der Inneneinrichtung des Zentrums und schickten ihn voraus an den neuen Standort. Als auch der Jeep mit den letzten Umzugskartons beladen war, fielen sich alle in die Arme. Auch Omid war gekommen, um ihnen beim Beladen zu helfen.

»Wir feiern nicht das Ende, sondern den Neubeginn von *L&O*«, sagte er, als sie zusammen einen Kreis bildeten, die Hände um die Schulter des jeweils anderen gelegt, wie eine Fußballmannschaft vor dem alles entscheidenden Spiel. Sie dankten einander für die gemeinsame Zeit, und Cora spürte einen tiefen Schmerz, ein so wundervolles Team zu verlieren. Dann bestieg Nabila den vollbeladenen Wagen. Der Hausmeister, der die Türen verschließen und die Schlüssel dem Besitzer übergeben würde, schüttete eine Schale Wasser hinter dem davonfahrenden Wagen aus und wünschte ihr damit eine schnelle Wiederkehr, von der Cora schon jetzt wusste, dass sie nicht erfolgen würde.

Als sich der Staub auf der Straße legte, hatte Cora noch immer elf Monate in Thikro zu verbringen.

16

Cora kaufte nur noch Kartoffeln, Brot, Tomaten und Zwiebeln. Sie füllte Trinkwasser aus einer öffentlichen Quelle ab und schleppte es in Kanistern in ihr Zimmer zurück. Sie suchte Toiletten in Restaurants auf, in denen sie nichts bestellt hatte, die ihr aber dank ihrer Hautfarbe offenstanden, und klaute Seife und Toilettenpapier. Sie ließ ihre Wäsche nicht mehr von der Haushälterin waschen, die dafür ohnehin einen lächerlich geringen Lohn verlangt hatte, und wusch unter dem beleidigten Blick der Frau ihre Wäsche in einem Zuber, bis ihr der Schweiß auf der Stirn stand und ihre Fingerkuppen von der Seifenlauge verschrumpelt waren. Sie verzichtete auf Alkohol und reduzierte ihren Tabakkonsum auf zwei Zigaretten am Tag, die sie mit zitternden Fingern auf dem Fensterbrett ihres Zimmers rauchte. Es half alles nichts. Das Geld ging zur Neige.

Cora hatte in den vergangenen Monaten genügend gespart, um noch den Februar zu überstehen, und legte sie einen Teil ihrer Notfallreserve dazu, reichte es bis April. Dann begann die Touristensaison in Thikro. Sie wusste, dass es in diesem Sektor genügend freie Stellen gab und die wenigsten davon angemeldet waren. Mit ihren Englischkenntnissen und ihren Erfahrungen im Service würde sie sofort genommen werden. Cora wurde schlecht bei dem Gedanken, Sauftouristen und rechtslastigen Militärfanatikern ihre Biere zu servieren. Wie eine Eisenkugel am Knöchel zog sie den Gedanken hinter sich her. Erneut bat sie ihre einheimischen Freunde und Bekannten, sich nach Jobs umzuhören. Sie erhielt das Angebot, einmal die Woche bei Omids Nachbarn zu putzen, aber der Lohn würde nicht im Ansatz reichen, um davon leben zu können. Sie fragte sogar Youssef, ob er Unterstützung im Al-Shams brauchte, obwohl sie es besser wissen musste. Youssef entschuldigte sich dafür, nicht den Ansatz eines Gehalts für eine zweite Person zahlen zu können, und gab ihr aus Schuldgefühl ein Bier aus. Das war immerhin mehr, als sie vorher hatte.

Die Wintertage wechselten zwischen Wolkendecken und kurzen, starken Sonnenschüben, die die Luft drückend und feucht werden ließen und schnell Kopfschmerzen verursachten. Cora nahm sich vor, wieder ihre Vokabeln und Grammatikbücher zu wälzen, aber nun, da sie die Zeit dazu hatte, fehlte ihr der Antrieb. Sie machte stattdessen lange Spaziergänge, die sie durch die Stadt und über die Stadtgrenzen hinaus führten, hinein in die Ebene, in der es keine ausgetretenen Pfad mehr gab, nur noch unwegsames Land und Geröll. Sie lief die alten Schützengräben entlang, die die Truppen der Union in den Boden geschlagen hatten, und entdeckte all die versteckten Plätze, an die sich pubertierende Pärchen vor den Blicken ihrer Eltern zurückzogen. Sie versuchte, nicht an Dada oder ihre Mutter zu denken, die ihr einen kurzfristigen Ausstieg aus der Misere ermöglichen konnten, und lief immer weiter, bis aufkommende Sandstürme sie zur Umkehr zwangen. Ihr Pfefferspray trug sie stets bei sich.

Wenn sie nicht spazieren ging, verbrachte sie ihre Zeit im Zimmer. Sie hatte sich einen sicheren Hafen inmitten des Drecks geschaffen und mit einer Flasche Allzweckreiniger und einem Eimer Wasser den kompletten Raum geschrubbt, bis der Schwamm in der schwarztrüben Brühe nicht mehr zu sehen war. Einer der wenigen Vorteile der Wohnung bestand in der stabilen Internetverbindung, die auf ihrem Laptop mit zwei von drei Funkwellen dargestellt wurde und sie über Musik, Filme, E-Books und Nachrichtenkanäle mit einer Welt verband, die sie jeden Tag mehr vermisste. Auf ihrem Schreibtisch stand der Wasserkocher von Milo, mit dem sie sich Kaffee und Yum Yum-Nudeln kochen konnte. Sie musste ihr Zimmer nur noch für die Nasszelle verlassen. Das benutzte Geschirr stapelte sie neben der Tür, bis der Stapel so groß geworden war, dass sie ihn abspülen musste.

Sie streifte jetzt immer häufiger über den *Boulevard*, betrachtete die blinkenden Reklametafeln und die frisch hochgezogenen Hotelbauten. Ein paar wenige Touristen saßen bereits in den Bars und hielten nach Söldnern der *SU* Ausschau. Die meisten Tische waren leer, aber schon bald würde es voller werden. Kurz vor Beginn der Saison waren noch immer Stellen ausgeschrieben. Sie musste sich nur überwinden und eine annehmen.

»Du brauchst ein wenig Abwechslung«, schrieb ihr Milo, nachdem er eine Reihe Schlechtwetter-Emojis von ihr erhalten hatte, und brachte sie in die Berge. Der Stadt für ein paar Stunden den Rücken zu kehren, war genau das, was Cora nötig hatte. Sie wanderten einen Trampelpfad entlang, der sich immer tiefer und höher in die Wälder schraubte. Es nieselte ein wenig, aber das störte sie nicht – sie genoss es, die feuchte Luft einzuatmen, die sich zwischen den Baumwipfeln verfing. Cora erzählte von ihrer letzten Wanderung, bei der sie illegal die Grenze zur Union übertreten hatte. Sie scherzten, dass sich daraus hervorragende Erlebnistouren schneidern ließen, bei denen die Teilnehmer die Abenteuer einer echten Flucht nacherleben konnten. Sie kamen jedoch überein, dass der Computerspielmarkt bessere Absatzchancen bot und sich mit *SimCity: Refugee Camp Edition* deutlich mehr verdienen ließe. Milo hatte darin einen Aufhänger für seinen nächsten Tweet gefunden und sprach ein Memo in sein Handy. Manchmal fragte sich Cora, ob er die Kommentare unter seinen Tweets und Artikeln eigentlich las oder ob er sie bewusst ignorierte. Vom Nestbeschmutzer, Terroristen bis hin zum Agenten unterschiedlichster politischer Couleur wurde ihm so ziemlich alles vorgeworfen, was der digitalen Öffentlichkeit einfallen konnte. Ein User hatte bildreich beschrieben, wie er ihn mit einer Eisenstange vergewaltigen wollte.

Über den Bäumen hingen Dunstfetzen, denen man beim Verschwinden zusehen konnte. Cora blieb immer wieder stehen, um sich die Stille der Berge zu vergegenwärtigen, und kam Milo hinterhergelaufen, der an der nächsten Wegmarke auf sie wartete. Sie wechselten sich mit dem Rucksack ab und passierten einen kreisrunden See, in den sich ein Wasserfall ergoss. Auf der Wasseroberfläche bildete sich der Sprühregen ab.

»Im Sommer badet die ganze Stadt hier«, sagte Milo.

Sie umrundeten den See und machten Rast in einem Lokal, von dessen überdachter Terrasse sie auf das Wasser blicken konnten. Sie waren die einzigen Gäste. Die Wirtin brachte ihnen die Karte, und noch bevor sie bestellt hatten, servierte sie ihnen zwei Fruchtcocktails aufs Haus.

»Sie hält uns sicher für ein junges Paar«, sagte Cora.

»Spiel mit, dann kriegen wir auch ein Dessert.«

Als die Wirtin später ihr Essen brachte und noch mehrere Tischreihen entfernt war, nahm Milo wie zufällig ihre Hand. Er strich zärtlich über ihre Finger.

» … Onkel Ahmad hat uns doch immer geholfen. Er wird das mit dem Saal schon regeln, mach dir da keine Sorgen.« Die Wirtin trat an ihren Tisch und Milo zog seine Hand zurück, damit sie die Platten ablegen konnte. »Oh, vielen Dank.«

Die Wirtin zog mit einem Grinsen ab, und Milo hob seine Nase über die dampfenden Platten, als sei nichts gewesen.

»Onkel Ahmad?«, fragte Cora.

»Ich habe tatsächlich einen Großonkel Ahmad, er lebt in Kanada. Wir könnten unsere Flitterwochen bei ihm verbringen!«

Sie schob das Fleisch zu Milo hinüber und schaufelte sich selbst gebratene Auberginen, Weinblätter und vegetarische Kibbeh auf den Teller. Sie hatte lange nicht mehr so gut und so viel gegessen. Sie aß noch weiter, als sie längst satt war und lehnte sich danach zufrieden zurück. Sie rauchte eine Zigarette, die sie sich für diesen Moment aufgespart hatte und blickte zum See hinunter.

»Ich habe gehört, dass du Youssef nach einem Job gefragt hast.«

»Wäre das nicht großartig, wenn ich im Al-Shams arbeiten würde?«

»Ich bräuchte gar nicht mehr nach Hause zu gehen. Ich würde einfach im Lager schlafen. Hast du denn mittlerweile etwas gefunden?«

Cora hatte keine Lust auf dieses Gespräch, gerade nach diesem hervorragenden Essen, aber irgendwann musste sie es schließlich führen. Sie zählte ihm alle Absagen auf, die sie erhalten hatte, alle Branchen und Kontakte, die sie abgeklappert hatte. Ohne Arbeitserlaubnis und ohne ausreichende Sprachkenntnisse war es kaum möglich, eine Stelle zu finden.

»In den Hotels gäbe es viele Jobs.« Sie traute sich gar nicht, ihm dabei ins Gesicht zu sehen.

»Aber du möchtest nicht?«

»Natürlich möchte ich nicht, aber es geht um Notwendigkeiten. Mir geht das Geld aus.«

Cora hoffte, dass er nicht nach ihrer Mutter fragen würde. Es war ihre einzige argumentative Schwachstelle, aber er tat es nicht.

»Na, dann arbeite in einem der Hotels. Nützt auch nichts, wenn du jetzt heimfliegst und sie dich drankriegen.« Milo drückte seine Daumen gegeneinander und blickte in den Wald hinaus. »Du nimmst dir einen Job bei einem Arbeitgeber, der aus dem Krieg einen verdammten Zoo macht. Das ist nicht schön, aber was sollst du machen. Du hast doch alles andere versucht.«

Cora ließ ihre Gabel um die Achse kreisen. »Du denkst nicht schlecht von mir?«

»Sollst du auf der Straße schlafen? Du kollaborierst nicht mit dem Hitler-Regime, also komm mal wieder runter.«

Die Wirtin räumte ihre Platten ab und brachte ihnen Baklava und Pistazieneis aufs Haus. Milo hinterließ später ein großzügiges Trinkgeld, das auch die Cocktails und das Dessert abdeckte. Beim Hinausgehen schlang er einen Arm um Coras Hüfte und drückte ihr einen Kuss auf den Hals. Sie winkten der Wirtin zu, die ihre Hände in ein Küchentuch gewickelt hatte und ihnen selig hinterher sah.

»Dir macht es Spaß, einen auf Hetero zu machen, oder?«

»Das ist wie Urlaub«, sagte er.

Am Abend spazierte Cora wieder den *Boulevard* entlang. In der Stadt war es ein heißer Tag gewesen. Die Wärme dampfte noch aus dem Asphalt, obwohl sich zwischenzeitlich ein Regenschauer darüber gelegt hatte. Kellner wischten ihre Tische trocken, und nur jene, die neu in der Stadt waren, hielten Cora noch für eine Touristin und drängten ihr die Speisekarte auf. Cora wandte sich ab und blickte der glitzernden Skyline aus Hotels, Restaurants und Nachtclubs entgegen. Eine Saison bloß, von April bis Oktober. Die letzten zwei Monate würde sie schon rumkriegen, und danach konnte sie endlich zurück.

17

Die elektrische Drehtür war noch mit Klebebändern abgesperrt, also nahm Cora den Seiteneingang. Die Bauarbeiten an dem Hotelgebäude schienen kurz vor dem Abschluss zu stehen. Handwerker verlegten die letzten Fliesen und montierten Steckdosenleisten, über den Sofagarnituren im Foyer lagen Abdeckplanen. Cora musste eine Weile suchen, bis sie jemanden fand, der sie in Adnan Veenstras Büro führte. Protz ließ sich ihm jedenfalls nicht vorwerfen. Ein einfacher Arbeitstisch, Aktenschränke und eine Zimmerpflanze im Souterrain waren alles, was er zu brauchen schien. Er sprach sie mit ihrem Vornamen an, also sprach sie ihn ebenfalls mit dem Vornamen an, was ihn irritierte, aber auch seine Neugier weckte. Cora stellte sich als Backpackerin vor, die auf ihren Reisen in Thikro hängengeblieben war und jetzt ein wenig Geld verdienen musste, um weiterzukommen. Adnan nickte ihre Geschichte ab und fragte sie nach Erfahrungen im Service. Sie erzählte in geschliffenem Englisch von den Kneipen, in denen sie während des Studiums gearbeitet hatte, und Adnan bot ihr sogleich die

Stelle. Das ganze Gespräch dauerte nicht länger als ein paar Minuten.

Sie würde als Servicekraft in der Poolbar eingesetzt werden. Es gab eine Frühschicht sowie eine Spät- und Nachtschicht, welche in der Regel zusammen vergeben wurden. Es gab einen freien Tag in der Woche, und ihren Urlaub musste sie am Stück nach Saisonende nehmen – während der Saison hatte sie keinen Anspruch auf Urlaubstage. Der Lohn würde zum Monatsende bar in Adnans Büro ausbezahlt. Es war kein guter Lohn, aber knapp über der Untergrenze, die sich Cora gesetzt hatte. Sie hoffte auf gutes Trinkgeld und schlug ein.

In der Nacht träumte sie von einem Saal, der mit schwarzem Tüll behangen war und in dem ein Leichenmahl abgehalten wurde. Die Angehörigen des Verstorbenen, allesamt Frauen, waren an ihren schwarzen Gewändern und Schleiern zu erkennen. Sie standen vor einem reich gedeckten Buffet, aber sie aßen nicht, standen nur da, den Blick von den üppigen Speisen abgewandt. Cora fragte sie, warum sie nicht aßen, und versuchte dabei, ihr Kleid zu verbergen, das sehr farbenfroh und knapp geschnitten war und dem Anlass nicht entsprach. Eine alte Frau trat vor und fragte sie: »Siehst du nicht die Ratten?« Und da sah Cora, dass das Buffet voller Ratten war, die auf dem Tisch wimmelten und ihre Schnauzen in die Schüsseln und Platten steckten. Cora wandte sich angewidert ab, doch die Frauen hielten sie fest und drehten sie zum Buffet. Die Frauen waren plötzlich alle sehr fröhlich und heiter. »Was ist mit dir? Sieh doch, wie es ihnen schmeckt!« Und die Frauen brachten noch mehr Speisen, die sie nicht auf Tellern anrichteten, sondern direkt über dem Tisch ausgossen, Fleischspieße, Eintöpfe, Salate und Baklava, sie brachten so lange Nachschub, bis die ersten Ratten darunter begraben wurden, und sie gossen Joghurt und Honig und Sirup über die noch verbliebenen Ratten, bis sich nichts mehr rührte, und die Frauen hakten sich unter und verfielen in ein hohles, schmerzendes Lachen.

18

Cora holte den Kescher aus dem Geräteschuppen und tauchte ihn ins Wasser. Sie fischte die Kiefernnadeln zusammen, die sich dort über Nacht gesammelt hatten. Dazwischen trieben Schmeißfliegen, Wespen und Hornissen tot auf der Wasseroberfläche. Es war sieben Uhr morgens und die Sonne noch arglos. Cora glitt mit dem Kescher an den nierenförmigen Umrissen des Beckens entlang und löste damit kleine Wellen aus, die den dünnen Teppich in Schwingung versetzten. Ihre Gedanken hingen in einem morgendlichen Nebel. Sie schätzte diese Aufgabe, die ihr am frühen Morgen die Möglichkeit gab, nicht sprechen zu müssen und die Hotelanlage in den letzten Atemzügen ihres Schlafs vorzufinden. Es lag eine Ruhe über der Stadt, die erst in einigen Stunden durch die blecherne Pop-Musik des *Boulevards* gestört werden würde.

Nachdem sie den Unrat an den Beckenrändern abgeschöpft hatte, schob sie den Kescher in senkrechten Bahnen über das Beckeninnere. Die Reinigung des Pools glich einer fast kontemplativen Aufgabe und war der Pflege eines Zen-Gartens nicht unähnlich. Manche Insekten lebten noch, schlugen mit ihren Flügeln und drehten sich sinnlos im Kreis. Wenn Cora genügend Zeit hatte, half sie den Insekten, auf den blauen Plastikrahmen ihres Keschers zu klettern. Manche waren noch kräftig genug und erhoben sich von dort in die Luft. Andere, vom stundenlangen Todeskampf geschwächt, landeten mit dem Unrat im Netz.

Cora hatte bereits Libellen, Eidechsen, Grillen, Frösche, Steine, Zigarettenstummel, eine Münze und mehrere Kondome aus dem Wasser gefischt. Die Münze hatte sie eingesteckt.

Am Ende leerte sie den Inhalt des Keschers über den Zaun, der das Nachbargrundstück abgrenzte. Dort lag eine Ruine, umgeben von einem wild wuchernden Garten. Zwischen dem Gestrüpp waren eine Hollywoodschaukel und die Überreste eines Hochbeets zu erkennen. Jeden Morgen musste Cora ein Blick auf das Haus werfen. Es erinnerte sie an das verlebte Strandhaus, das ihre Großmutter besessen hatte und um dessen Instandhaltung sich ihre Mutter nicht mehr kümmerte, nachdem die Großmutter gestorben war. Hin und wieder, mit einigen Jahren Abstand, hatten sie dort »nach dem Rechten« gesehen, was bedeutete, dass ihre Mutter Rattengift auslegte und sich mit den Nachbarn darüber unterhielt, ob die Grundstücke an der Straße wohl bald als Bauland ausgeschrieben würden. Der Anblick eines Hauses, auf das kein wachendes Auge fiel, war stets derselbe.

Jeden Morgen blickte Cora über die zerfallenen Gemüsebeete und die Hollywoodschaukel und dachte an das Schicksal der ehemaligen Bewohner. Einmal, nach Feierabend, begegnete sie einem älteren Herrn, der gegenüber des verlassenen Grundstücks in einer Erdgeschosswohnung lebte. Er stand im Unterhemd an seinem Fenster und rauchte. Cora grüßte ihn und fragte mit ihren gebrochenen Sprachkenntnissen, ob er wisse, was mit den Nachbarn passiert sei. Der Mann blickte sie verständnislos an, drückte die Zigarette an der Außenwand aus und schloss das Fenster. Cora konnte die Hintergründe letztlich nie erfahren. Sie hing dem fremden Schicksal noch einige Wochen nach, bis das Grundstück zu jenem Ort wurde, an dem sie den Unrat aus dem Schwimmbecken beseitigte.

Die Arbeitszeiten waren grauenhaft und ein einziger freier Tag in der Woche reichte kaum, um den Schlafmangel auszugleichen, den sie über die Woche hinweg ansammelte. Die Poolbar war ein Stück tiefergelegt, sodass sie auf Augenhöhe mit den sitzenden Gästen blieb. Ältere Herren, denen adipöse Männerbrüste wuchsen, saßen dort zusammen und tranken ein Bier nach dem anderen. Cora betrieb die Poolbar meist alleine, sodass sie sich mit den Gästen unterhalten oder schweigen musste. Letzteres war ihr lieber, ersteres nicht zu vermeiden. Es war schwer genug, eine Konversation zu führen, bei der das Gegenüber halbnackt vor einem saß und sich das nassverklebte Brusthaar um die Brustwarzen kringelte. Cora war froh, wenn die Unterhaltungen in Sprachen geführt wurden, die sie nicht verstand. Die Hoffnung auf Trinkgeld hatte sich indes nicht eingelöst. Alle Gäste, die im

Hotel unterkamen, hatten ein All-Inclusive-Paket gebucht. Sie mussten kein Geld mit sich tragen, um Getränke ausgeschenkt zu bekommen, und für die kostenpflichtigen harten Alkoholika genügte es, das Gästearmband an einen Scanner zu halten.

Gelegentlich wurde sie zum Spülen abgeordnet, wenn das Restaurant voll und das Küchenpersonal unterbesetzt war. Sie durfte sich an den Mahlzeiten bedienen, die übrig geblieben waren, und so viel Safranreis mit nach Hause nehmen, wie sie mochte. Jedes Mal füllte sie zwei bis drei Styroporbehälter mit Reis, damit es noch für die nächsten Tage reichte. Vom langen Stehen kam sie häufig mit Rückenschmerzen zurück, die sich über ihre Schultern und den Nacken bis in die Schläfen zogen. Wurde ihr eine Doppelschicht eingetragen, trug sie immer eine Packung Ibuprofen bei sich. In der halben Stunde, die ihr zwischen den beiden Schichten blieb, lag sie auf einer ausrangierten Plastikliege im Personalgarten. Der Garten wurde vom Parkplatz, der Grundstücksmauer und den hoteleigenen Müllcontainern eingefasst. Sie rückte sich die Liege in den Schatten, legte den Oberarm über die Augen und hoffte, dass die Tablette zu wirken begann, bevor sie wieder aufstehen musste.

Von Adnan bekam sie nicht viel mit, außer am Monatsende, wenn sie ihr Geldbündel abholen kam – er zog das Kuvert aus einem mit Haushaltsgummi zusammengehaltenen Bündel, das auch die Umschläge aller anderen illegal Beschäftigten enthielt. Er ließ sich die Scheine jedes Mal vorzählen und die Summe war jedes Mal korrekt. Hin und wieder machte er Spaziergänge über das Gelände, die nicht viel mehr bezwecken sollten, als dass sich die Angestellten seiner Anwesenheit bewusst wurden. Auch an der Poolbar kam er regelmäßig vorbei. Einmal winkte Adnan ihr im Vorbeigehen zu, legte die Zeigefinger an seine Mundwinkel und drückte sie nach oben. Cora hoffte, dass ihr die Verachtung nicht allzu deutlich im Gesicht stand.

Eines Abends erhielt sie einen Anruf aus der Heimat. Cora lag gerade im Bett und ruhte ein wenig die Augen aus. Sie starrte auf den Bildschirm, auf dem Nahids Name erschien und sich fordernd ein Telefonhörer schüttelte. Es wäre der dritte Anruf in Folge gewesen, den sie unbeantwortet ließ, also nahm sie ihn an. Sie erzählte Nahid von ihrem Umzug und schwenkte ihre Kameralinse so schnell durch das Zimmer, dass nicht mehr als ein Rauschen zu sehen war. Sie arbeite jetzt als Kellnerin, bis sie etwas anderes fände. Ja, nur übergangsweise.

Sie versuchte, das Gespräch von sich wegzulenken, und fragte Nahid nach ihren gemeinsamen Freunden. Faiz war mit seinem Freund zusammengezogen und Ana hatte ihr Studium abgeschlossen, beide hatten die Stadt verlassen. Nahid war weiterhin im Autonomen Zentrum aktiv. Sie hatte sich einer Gruppe angeschlossen, die die Arbeit von Technologieunternehmen störte, die Sicherheitstechnik für autokratisch regierte Staaten produzierten. Sie wolle keine Details verraten, auch wenn sie über eine verschlüsselte Verbindung telefonierten, aber es seien einige schlagkräftige Aktionen in Planung. Cora müsse nach ihrer Rückkehr unbedingt zu einem ihrer Gruppentreffen kommen. Die Atmosphäre sei konstruktiv, aber herzlich, und von derselben Entschlossenheit geprägt, die sie an anderen Gruppen oft vermisst hatten. Cora murmelte etwas vage Zustimmendes. Früher hätte sie für ein solches Vorhaben gebrannt. Jetzt fragte sie sich, wie sie dem Ganzen entgehen konnte. Sie war müde.

Die groben Pixelflächen, in die sich Nahids Gesicht aufgelöst hatten, gruppierten sich zu einem Lächeln. Eine Überraschung habe sie noch parat: Sie und Ana hätten endlich einen Termin für ihren Besuch in Thikro gefunden. Ob ihr die letzten Augustwochen passen würden? Cora freute sich über die Geste, winkte jedoch ab. Während der Saison würde sie kaum etwas von einem Besuch haben und danach, im November, bräuchten sie auch nicht mehr zu kommen. Das klang härter als es gemeint war, und Cora konnte den Eindruck nur glattbügeln, indem sie mehr von der Wahrheit durchschimmern ließ. Sie erzählte von dem heruntergekommenen Zimmer, den langen Arbeitstagen ohne

Pausen, von der allgegenwärtigen Hitze und ihren Nacken- und Kopfschmerzen. Sie gebe zurzeit keine gute Gastgeberin ab, aber sie freue sich schon sehr, die beiden im Januar wiederzusehen. Nahid schien enttäuscht, zeigte aber Verständnis. Sie fragte, ob man ihr irgendwie helfen könne, und brachte den Soli-Topf ins Spiel, den das Zentrum für Notfälle bereithielt. Das Plenum habe damals explizit diesen Topf erwähnt, sollte sie jemals in Schwierigkeiten geraten.

»Es ist alles gut«, bekräftigte Cora und setzte ihr Poolbar-Lächeln auf.

19

Auf dem Dienstplan entdeckte Cora den Namen einer ehemaligen Schülerin. Sara, langes glattes Haar und *th*-Schwäche, war noch vor der Räumung des Camps in die Stadt gezogen und hatte zuletzt Einzelunterricht bei ihr erhalten. Gemeinsam hatten sie für den Aufnahmetest einer ausländischen Universität gelernt und an ihrem CV gearbeitet. Cora fragte sich, ob es sich um eine andere Person gleichen Namens handelte, und traf Sara kurze Zeit später im Hotelflur – die olivfarbene Schürze verriet, dass sie als Zimmermädchen arbeitete. Sara schien von der Begegnung mit ihrer ehemaligen Lehrerin gleichsam überrascht. Einander in derselben niedrigen Stellung zu begegnen, war beiden gleichermaßen peinlich. Sie sprachen nur kurz miteinander, mit hochroten Köpfen und ausweichenden Blicken, und es genügte ein Verweis auf die knappe Mittagspause, um sich wieder zu entfernen. Cora fragte sich, ob sie ihren Schülern nur deshalb Englisch beigebracht hatte, damit sie die Wünsche reicher weißer Gäste erfüllen konnten – ob das alles war, was das Leben für sie bereithielt. In Anbetracht der globalen Verhältnisse und der Umstände vor Ort war die Antwort vermutlich: ja. Manchmal hatte Cora die Befürchtung, dass die Jahre in Thikro sie unwiederbringlich verbittern würden.

Sie band sich die Schürze um, die sie in ihrer Pause unter den Tresen der Poolbar gestopft hatte, und löste ihre Vertretung ab. Die Mittagssonne reflektierte in den wogenden, azurblauen Wellen. Die meisten Gäste lagen auf ihren Sonnenliegen und holten sich ihre Getränke an der Landseite der Theke ab. Zwei junge Männer saßen auf der Poolseite und reihten ihre ausgetrunkenen Gläser wie Bowlingkegel auf. Cora versuchte, den Schmerz zu ignorieren, der mit jeder Bewegung gegen ihre Schläfe hämmerte. Sie erinnerte sich daran, bei *L&O* zeitweise über vierzehn Stunden gearbeitet zu haben, mehrere Tage hintereinander. Sie hätte jede dieser Wochen für eine Poolbar-Schicht eingetauscht. Sie überlegte, die andere Hälfte der Tablette zu schlucken, als die Männer mit einem Fingerzeig zwei weitere Biere bestellten. Cora tunkte ihre Gläser in die Seifenlauge und hoffte, sie würden bald verschwinden.

Gegen Ende ihrer Schicht schwamm ein älterer Herr in gleichmäßigen, fast schon konzentrierten Zügen auf sie zu. Tropfend nahm er auf einem im Wasser versenkten Hocker Platz und strich sich das feuchte Haar zurück. Er machte einen Kommentar über das Wetter, den Cora lächelnd abnickte, und bestellte ein Heineken. Cora nannte ihm den Preis und hielt ihm den Scanner hin. Der Mann zog spöttisch einen Mundwinkel nach oben.

»Ich habe ein All-Inclusive-Band, meine Dame.«

Das tragen hier alle, du Depp, dachte Cora. Sie schob ihm die eingeschweißte Getränkekarte hin und erklärte, dass nationale Getränke im All-Inclusive-Preis enthalten seien, internationale Marken wie Coca-Cola oder Heineken sowie harter Alkohol aber nicht. Sie durfte diesen Unterschied beinahe täglich erklären. Sie hätte ihren Gästen gerne einen Schnaps nach dem nächsten serviert, um Adnans Gewinn zu schmälern, doch war sie ebenso wenig den Gästen gewogen, die den Kriegstourismus durch ihre Kaufkraft erst ermöglichten. In solchen Momenten fragte sie sich, wer mehr Verantwortung für diese Groteske trug – der Anbieter oder der Konsument? Sie selbst stand jedenfalls mittendrin und sorgte dafür, dass die Maschine reibungslos funktionierte.

»Das ist ja eine Frechheit …«, murmelte der Mann und drehte ungläubig die Kartenseiten hin und her, die kostenloses und kostenpflichtiges Sortiment voneinander trennten.

»Darf ich Ihnen ein lokales Bier einschenken?«, fragte Cora und hielt bereits ein Glas unter den Zapfhahn.

»Ihr wollt auch bloß Geld machen mit uns, oder?« Sein Ton war scharf und Cora wusste, dass die Situation unangenehm werden würde. Er nahm ein Schälchen mit Chips und wedelte damit in der Luft herum.

»Soll ich dafür auch bezahlen?«

»Nein, Sir.«

»Ich habe das Gefühl, man möchte uns hier für dumm verkaufen. Stellen Sie sich vor, Sie wären an meiner Stelle. Würden Sie sich das gefallen lassen?«

Gestern Nacht hatte man wieder Angriffe auf Amgar geflogen, sie war von den Detonationen aufgewacht. Cora hatte das Gefühl, gleichzeitig lachen und weinen zu wollen. *Über was reden wir eigentlich? Über was reden wir eigentlich? Über was reden wir eigentlich?*

Sie schenkte ihm ein Bier einer nationalen Marke ein und verschwand kommentarlos, um eine Zigarette zu rauchen. Als sie zurückkam, war das Glas ausgetrunken und der Mann verschwunden.

Auf dem Heimweg ging Cora an der öffentlichen Quelle vorbei. Sie trug ihre zwei leeren Kanister bei sich, die sie morgens mit zur Arbeit genommen hatte. Es war früher Abend und auf dem *Boulevard* kamen immer mehr Menschen zusammen, um die Wachablösung der *SU* zu verfolgen. Cora stellte sich vor, die zwei Kanister weit von sich zu strecken und damit eine Schneise durch die Menge zu schlagen.

Sie zweigte vom *Boulevard* ab und Milo kam ihr in seinem Wagen entgegen. Er wendete und fuhr in Schrittgeschwindigkeit neben ihr her.

»Na schöne Frau, was machen wir heute?«

Sie hielt die beiden Kanister in die Höhe. »Wasser holen.«

»Wie willst du die nach Hause bringen?«

»Mit dem Bus.«

»Dem Bus!?« Er imitierte eine hohe, brüchige Stimme. »Kind, wie konnte es nur so weit kommen?«

Er parkte in einer Seitenstraße und begleitete Cora zur Quelle. Der Weg führte durch hüfthohe Gräser auf eine Brachfläche, die von der Mauer begrenzt wurde. Die Sonne stand niedrig und warf lange Schatten über die Halme. Nicht weit von hier hatte man Cennet gefunden.

Cora zapfte das Wasser aus dem Brunnen einer zerstörten Moschee. Steinbrocken mit arabischer Kalligraphie lagen um die Quelle verstreut. Sie drehte den doppelköpfigen Wasserhahn auf und wies Milo an, den Daumen auf einen der Ausläufe zu drücken. Floss das Wasser zuvor gemächlich aus beiden Seiten, schoss nun ein harter Wasserstrahl in den Kanister. Als er zu drei Vierteln voll war, füllte sie den nächsten.

»Und das tust du dir regelmäßig an?«, fragte Milo.

Sie blickte ihn von unten an, den schwerer werdenden Kanister in den Händen balancierend, und pustete sich eine Strähne aus dem Gesicht.

»Alle zwei Wochen. Nicht weiter schlimm.«

Sie trugen die Kanister zu Milos Wagen, und bevor er sie nach Hause brachte, tranken sie einen Tee auf seinem Dach. Cora blickte über die einförmig blassen Schachtelhäuser der Stadt. Sie sehnte sich nach ihrer Zeit bei *L&O*, als sie gewusst hatte, warum sie frühmorgens aufstand und abends gerädert ins Bett fiel – als ihrer Hände Arbeit noch mit der Sache in Verbindung standen. Sie setzte sich zu Milo auf die Bank und faltete ihre Hände im Schoß.

»Vielleicht schmeiße ich den Job. Es ist genauso, wie ich befürchtet habe, und es wird jeden Tag schlimmer.«

Milo nickte unbestimmt mit dem Kopf und ließ den Wind für sich sprechen. »Was ist deine Alternative?«

»Geld von meinem Bruder nehmen. Der hat aber einen Studienkredit laufen und eigentlich auch nichts.«

Sie zuckte mit den Schultern und blickte in eine andere Richtung. Sie erzählte von dem Mann, den sie heute bedient hatte, und von dessen rechtschaffener Empörung. Sie kotzte sich über alles aus, was ihr in den Sinn kam, und fühlte sich danach ein wenig besser.

»Was ist eigentlich mit dir? Hast du mal wieder etwas veröffentlicht?«

»Gerade verhandle ich mit einem Journalisten, einem Landsmann von dir. Er bleibt zwei Monate für Recherchen und ich werde sein Dolmetscher.«

Cora nickte und wünschte ihm viel Erfolg damit. Ihr fehlte es an Konzentration, das Gespräch aufrechtzuerhalten und sie stützte die Stirn in die Hand. »Wird Zeit, dass ich ins Bett komme. Ich muss morgen wieder um halb sechs aufstehen und sowas wie ein Lächeln zustande kriegen.«

Milo fuhr sie nach Hause und half ihr, die Kanister die Treppen hinauf und in ihr Zimmer zu tragen. Beim Hinausgehen legte er eine Taubenfeder auf ihren Nachttisch. Die Feder wechselte in ihrem Verlauf die Farbe, von kastanienbraun zu weiß. Cora griff sie am Kiel und hielt sie sich vor die Augen.

»Die ist wirklich schön«, sagte sie und lächelte.

»Sie bringt dir Glück«, sagte Milo.

»Sagt wer?«

»Sage ich.«

Er küsste sie auf die Stirn und ging.

Cora hievte die beiden Kanister unter ihren Schreibtisch und füllte zwei kleinere Plastikflaschen ab, um sie in den Kühlschrank zu stellen. Das Zimmer hatte sich über den Tag aufgeheizt, trotz geschlossener Fensterläden. Sie versuchte, die Klimaanlage zum Laufen zu bringen, was ihr zunächst glückte, doch schon nach wenigen Umdrehungen gab sie wieder den Geist auf. Sie lehnte resigniert ihre Stirn gegen das Gehäuse und stieg vom Stuhl herunter. Wenigstens war sie zu müde, um die

Hitze großartig zu beachten – sie tupfte sich mit einem Handtuch den Schweiß vom Körper, sank in ihr Bett und war kurz darauf eingeschlafen.

20

Wenige Tage vor Barbaras Party bereute Cora zum ersten Mal, in das Flugzeug gestiegen zu sein. Das war, als sie in der lauwarmen Pfütze der Nasszelle lag und die Schale Safranreis erbrach, die sie vor einer halben Stunde gegessen hatte. Sie hatte sich den Reis aus großem Hunger, aber widerwillig zugeführt. Es war der zwölfte Tag Safranreis in Folge. Cora kauerte auf dem Boden, wischte sich mit dem Handrücken einen Speichelfaden ab und hielt die Augen geschlossen. Die Luft war stickig, heiß und feucht. Erst vor wenigen Minuten musste ein anderer Bewohner der Etage geduscht haben. Der Abluftventilator war von dicken Staubfäden bedeckt und hatte schon bei ihrem Einzug nicht funktioniert. Der Abfluss war verstopft und blieb es trotz regelmäßiger chemischer Behandlung. Nach wenigen Minuten unter der Dusche stand die Nasszelle knöcheltief unter Wasser.

Cora blickte auf die teils unverdauten Reiskörner, die sich in ihrem Erbrochenen befanden, und wusste, dass sie ab dem heutigen Tag nie wieder Reis würde essen können. Sie torkelte in ihr Zimmer zurück, streifte sich die feuchten Klamotten ab, legte sich auf ihr Bett und presste einen Daumen unter ihr Stirnbein. Sie hatte rasende Kopfschmerzen und die Klimaanlage hatte endgültig den Geist aufgebeben. Cora begann lautlos zu weinen.

Ihr Gemüt war seit jeher mehr dem Zorn als der Schwermut zugeneigt, mehr dem Angriff als dem Rückzug, aber als sie am nächsten Morgen das verklebte Leinentuch von ihrer Haut streifte und sich nach dem Wecker streckte, fehlte ihr beinahe die Kraft aufzustehen. Sie suchte nach einem Grund, den Tag zu beginnen, fand aber keinen. Als sie bereits wusste, dass sie zu spät kommen würde, stand sie auf. Wenigstens sollte sie heute in der Küche arbeiten, was die Interaktion mit anderen Menschen auf ein Mindestmaß beschränken würde. Mit ihren letzten Resten Make-up versuchte sie, ihr verquollenes Gesicht zu kaschieren, aber es interessierte ohnehin niemanden. Ihre Kollegen hatten alle ihre eigenen Probleme: Niemand in dieser Küche, in der bereits am Mittag die Luft an der Decke kondensierte und zu Boden tropfte, hatte es sich so ausgesucht. Die Menschen spülten Geschirr, schnitten Kartoffeln und Zwiebeln klein, schlugen den Teig für die Puri-Brote und hüteten sich davor, zu früh einen Blick auf die Uhr zu werfen, um nicht von den Stunden erschlagen zu werden, die sie vom Feierabend trennten. Tränen waren kein Grund, um von der Routine abzuweichen. Sie schoben Cora den Bottich mit dem dreckigen Geschirr zu, das von den ersten Frühstücksgästen zurückgekommen war, und hofften, dass sich die Probleme des Mädchens nicht auf ihre Arbeit auswirkten.

Aus dem fetttriefenden Styroporschälchen, das sie am Abend mit nach Hause brachte, kratzte sie die obligatorische Portion Reis. Sie tunkte die verbliebene Soße mit Brot und blieb abwartend am Tisch sitzen, falls sie schnell in die Nasszelle rennen musste, doch sie behielt alles im Magen. Den Safranreis gab sie den Katzen im Hof.

Ihren nächsten freien Tag wollte Cora ausschließlich im Bett verbringen. Sie hatte sich mit Geld aus der Tomatendose einen Ventilator gekauft, der jetzt neben ihrem Bett stand und ihr regelmäßig einen frischen Schwall Luft entgegendrückte. Sie empfand tiefes Glück dabei, einfach zu liegen und nichts zu tun. Sie zählte ihre Rippen, indem sie den Daumen zwischen die Rippenbögen drückte, und wenn ihre Gedanken zu trübe wurden, griff sie sich den Roman, den Dada ihr geschickt hatte. Sie las *Solaris* von Stanisław Lem, eine uralte Ausgabe, die nach feuchten Kellergewölben roch. Es fiel ihr nicht schwer, eine Bindung zu dem Kosmonauten aufzubauen, der auf einer verlassenen Weltraumstation feststeckte und sich einem feindseligen

Planeten und ebenso feindseligen Erinnerungen ausgesetzt sah. Cora verlor sich gerne in den technischen Details des Romans. Sie las von Gravitationsreglern, abortiven Mimoiden und Symmetriaden, die ihr wie bunte Plättchen eines Kaleidoskops vor den Augen tanzten. Sie legte das Buch beiseite und rollte sich zu einem Mittagsschlaf ein. Sie stellte sich vor, wie sie schwerelos in einer Raumkapsel den Planeten umkreiste und fand in dieser Vorstellung Trost.

Später erhielt sie einen Anruf von Milo und drückte ihn sich verschlafen ans Ohr. Milo hatte ihr bereits von der Hausparty erzählt, auf die er heute Abend eingeladen war. Cora hatte keine rechte Lust dazu, und es brauchte einige Überzeugungskraft, um ihr ein *Vielleicht* zu entlocken. Sie legte das Handy beiseite, drehte sich auf den Rücken und starrte zur Decke hinauf, wo sich seit geraumer Zeit ein schwarzer Wasserfleck bildete. Sie fragte sich, ob der Fleck größer geworden war.

Sie zog sich eine Hose und ein Shirt an, um von der Bäckerei gegenüber Brot zu holen, und zählte ihre Münzen in die Hand der Verkäuferin. Durch das gleißende Sonnenlicht lief sie zurück in ihr Zimmer. Sie tunkte das Brot in Paprikapaste und fragte sich, wann sie das letzte Mal auf einer Hausparty gewesen war – es musste Jahre her sein, in einem anderen Leben. Sie erinnerte sich an eine Party, wenige Tage, bevor sie den Brief erhalten hatte. Weil ihre Freunde schon früher gegangen waren, hatte sie alleine weitergetanzt, bis das Tageslicht durch die Ritzen der abgeklebten Fenster drang. Auf den Stufen vor der Haustür hatte sie sich einen Joint mit einem Fremden geteilt und war dann nach Hause geradelt, ein kleiner Umweg am Fluss entlang, wo der Morgentau über dem Wasser hing.

Cora stellte das ausgelöffelte Glas Paprikapaste zum dreckigen Geschirr und stand unschlüssig in ihrem Zimmer. Am nächsten Tag hatte sie Spätschicht, sie konnte also ausschlafen. Sie trat auf den Flur, um zu sehen, ob die Nasszelle frei war, und zog sich ihre Plastiksandalen über. Sie tippte Milo eine Nachricht. *Schickst du mir noch mal die Adresse?*

Ein Strom aus Menschen und Geräuschen, klirrenden Bierflaschen und Gelächter kam ihr entgegen. Cora drückte sich durch den Flur und hielt nach Milo Ausschau, den sie in einem kleinen Gesprächskreis fand. Sie umarmten einander, und Milo flüsterte ihr zu, dass er froh sei, sie zu sehen. Er schien gerade in ein angeregtes Gespräch vertieft und Cora ging sich erstmal ein Bier holen. Auf dem Weg in die Küche lief sie überraschend Tomasz in die Arme. Sie streckte ihr Ohr seinem biergeschwängerten Atem entgegen und ließ sich erklären, dass er als einer von wenigen seine Stelle bei einer großen Hilfsorganisation behalten hatte. Sie zählten einige Gästehausbewohner auf und berichteten einander, wen es wohin verschlagen hatte – die wenigsten waren noch in der Stadt. Mit dem Abklopfen gemeinsamer Bekannter waren ihre Gesprächsthemen allerdings erschöpft.

»Und wo arbeitest du jetzt?«, fragte Tomasz.

»Ich arbeite für eine Schweizer Stiftung im Home-Office.« Cora fragte ihn, wo die Getränke lagerten, und folgte seinem ausgestreckten Zeigefinger.

Über dem Küchentisch und den Arbeitsflächen breiteten sich Platten mit Käse, Oliven, Blätterteigrollen, Salaten sowie angebratenem und frittiertem Gemüse. Darauf hatte sie insgeheim gehofft. Sie lud sich einen Plastikteller voll, holte ein Bier aus dem Kühlschrank und zog sich in eine ruhige Ecke zurück. Es war eine steifere Hausparty als jene, die sie während des Studiums besucht hatte – statt auf klebrigen Böden zu Techno-Musik zu tanzen, wurden Gespräche über Völkerrecht und Transitional Justice geführt. Als sie für einen Moment unbeobachtet war, schlug sie mehrere Blätterteigrollen in Alufolie ein und steckte sie in ihre Handtasche.

In der Menge machte Cora schnell die Gastgeberin aus. Sie wechselte von Gruppe zu Gruppe, blieb für eine Anekdote oder einen Witz stehen und erinnerte an das Buffet in der Küche. Sie unterstrich ihre Bemühungen um das Wohlbefinden ihrer Gäste mit einer dezenten Berührung der Schulter, die nach dem zweiten Mal penetrant wurde. Cora stellte sich ihr als Freundin von

Milo vor und fragte, ob sie sich gut eingelebt habe. Barbara dankte für die Frage und bejahte. Sie erzählte, dass sie ihren Forschungsschwerpunkt auf Genozid- und Konfliktforschung gelegt und sich jahrelang mit den Geschehnissen in Thikro beschäftigt habe. Sie sei aufgeregt, nun endlich vor Ort zu sein und mit eigenen Augen zu sehen, womit sie sich die letzten Jahre akademisch beschäftigt habe. Sich mit den Menschen zu unterhalten, die Opfer von Krieg und Vertreibung geworden waren, sei eine Bereicherung, da es einen viel unmittelbareren Einblick in das Geschehen gebe als jeder theoretische Text. Ihr Promotionsstipendium ermögliche ihr damit den so notwendigen menschlichen Blickwinkel, der in der Wissenschaft oft verloren ginge. Sie sei jedenfalls dankbar für diese Chance und freue sich auf ihre Zeit in Thikro.

Cora wusste nicht, was sie dazu sagen sollte, und pulte das Etikett von ihrer Bierflasche. Sie hatte kein schlechtes Gewissen mehr, was die Blätterteigrollen in ihrer Handtasche betraf.

Sie geriet von einem Gesprächskreis in den anderen, trank ein zweites und drittes Bier, um das Schweigen auszugleichen, das sich ihr gegenüber den Gesprächsthemen aufdrängte, und begegnete schließlich Milo im Flur. Sie drückten sich an die Wand und neigten die Köpfe zusammen, um einander im Lärmpegel zu verstehen. Cora erzählte ihm von der empirischen Feldforschung, die sie auf der Party betrieb, aber er schien nicht recht bei der Sache.

»Alles in Ordnung bei dir?«, fragte sie nach einer Weile.

»Klar«, sagte Milo und lächelte ein wenig gequält. Er nickte Richtung Wohnzimmer. »Dort drüben sitzt übrigens dein Landsmann.«

Cora warf einen Blick in das Zimmer. Sie erinnerte sich, dass Milo von dem Journalisten erzählt hatte. Er saß auf der Fensterbank, trug ein aufgekrempeltes Hemd und schwarze Jeans, sein Vollbart war akkurat gestutzt. Er konnte nicht viel älter sein als sie.

»Er hat heute mit Varga gesprochen. Lief nicht besonders gut.«

»Warst du dabei?«

»Die kennen mich ja, ich hätte ihm mehr geschadet als genützt.«

Cora nippte an ihrer Flasche. »Für welche Zeitung arbeitet er?«

»Er ist freier Journalist.«

»Ich sag ihm mal Hallo. Kommst du mit?«

»Später«, sagte Milo und deutete in Richtung Küche. Sie drückte seinen Oberarm und ließ ihn ziehen. Cora trank einen weiteren Schluck und trat zu dem Journalisten ans Fenster, der gedankenversunken zur Straße hinunterblickte. Er hörte nicht, dass sie hinter ihm stand. Cora hoffte, ihn nicht zu erschrecken. Er sollte ihr nicht aus dem Fenster fallen.

»Was gibt es da zu sehen?«, fragte sie.

Milo verabschiedete sich früh von der Party, und weil Cora kaum jemanden kannte, blieb sie bei ihrer neuen Bekanntschaft hängen. Es war eine Wohltat, nach langer Zeit wieder ihre Muttersprache zu sprechen. Vincent war ein intelligenter, charismatischer Mann, der sich darauf verstand, sich interessant zu machen, ohne allzu offensichtlich anzugeben. Er erzählte von seinen Recherchen in Abuja, von den Geldtransfers und den Werbekampagnen, die in den Slums geschaltet wurden. Cora erinnerte sich sogar, eine seiner Reportagen gelesen zu haben. Gemeinsam machten sie sich über die Partygäste lustig, obwohl Vincent nie bestritt, dass er einer von ihnen war – er zeigte ihr die Visitenkarten, die er eingesteckt hatte, und zählte nach, wie viele er selbst verteilt hatte.

»Keine Sorge, dieser förmliche Teil ist bald vorbei. Dann werden Lines im Badezimmer gezogen.«

Cora gab vor, ihre Zigaretten vergessen zu haben und bekam prompt welche von Vincent angeboten. Sie setzten sich auf den Boden und ließen ihre Oberkörper über das Fensterbrett hängen.

»Wie hat es dich nach Thikro verschlagen?«, fragte Vincent.

»Ich habe für eine Hilfsorganisation gearbeitet, bevor sie die Camps geräumt haben.«

»Von den Räumungen habe ich gelesen. Da gehen gerade einige Prozesse zu Ende, viele der Räumungen waren illegal.«

»Das hilft jetzt auch niemandem mehr.«

Vincent zuckte die Schulter. »Und was machst du jetzt?«

»Von mir kriegst du keine Visitenkarte«, sagte Cora lachend und hoffte, das Thema damit beenden zu können. Sie band sich die Haare zurück und warf einen unauffälligen Blick auf ihre Armbanduhr. Sie saßen schon über eine Stunde beisammen. Bevor sie ihm auf die Nerven gehen konnte, verabschiedete sie sich auf die Tanzfläche. Vincent wirkte enttäuscht, machte aber keine Anstalten, ihr zu folgen. Er holte sich ein Bier und wünschte ihr viel Spaß.

Der Raum war noch unmöbliert und eignete sich so optimal zum Tanzen. Barbara hatte sogar einen DJ und eine Discokugel aufgetrieben. Obwohl die Musik laut und sehr massentauglich war – Michael Jackson sang *Don't Stop 'Til You Get Enough* – standen nicht mehr als eine Handvoll Gäste im Raum. Cora scherte sich nicht darum. Sie tanzte stets mit geschlossenen Augen, was ihr die Scheu vor leeren Tanzflächen nahm, und da sie schon seit Monaten nicht mehr tanzen war, hatte sie große Lust dazu. Sie hatte auch lange nicht mehr so viel Bier getrunken, wenngleich das erst ihre dritte Flasche war. Sie dankte dem DJ im Stillen für Curtis Mayfield und Sly Stone und freute sich dennoch, als die Musik elektronischer und basslastiger wurde. Als sie kurz durch die Lider blinzelte, sah sie Vincent am hell erleuchteten Zimmereingang stehen. Er lehnte am Türstock und betrachtete Cora beim Tanzen. Cora warf den Kopf herum und tat so, als hätte sie ihn nicht gesehen. Sie legte in ihre Bewegungen einen besonderen Schwung und unterdrückte ein Lächeln. Ihr gefiel das Gefühl, begehrt zu werden und selbst zu begehren.

Sie tanzte so lange, bis ihr Oberteil durchnässt war und ihre Glieder schwer wurden, und sie löste sich aus der mittlerweile angewachsenen Runde nur, um sich ein viertes Bier zu besorgen. Sie zupfte ihr schweißverklebtes Oberteil von der Haut und sah aus den Augenwinkeln Vincent mit anderen Expats zusammenstehen. Als sie zurück in den Flur trat, stand er vor ihr und hielt zwei Zigaretten in die Luft.

»Wollen wir uns ein Taxi teilen?«

»Fährst du schon?«

Sie griff sich eine der Zigaretten und wechselte mit ihm ans Fenster.

»Nun ja, mittlerweile hat jeder auf der Party meinen Namen gehört …«

»Du warst gar nicht tanzen.«

»Ich bin eher der Typ, der still in der Ecke steht und an seinem Bier nippt.«

»Wartest du darauf, dass dir jemand die Hornbrille abnimmt und sagt, wie schön du eigentlich bist?«

Vincent lachte. »So ungefähr.«

Cora schüttelte grinsend den Kopf. Sie hatte eigentlich gar keine Lust mehr auf eine Zigarette. Sie hätte sie gerne ausgedrückt und für später in die Tasche gesteckt.

»Du hast mir noch immer nicht erzählt, was du in Thikro treibst.«

»Es ist eine Party, Vincent.«

»Du weißt, ich bin neugierig. Wenn du mir nichts erzählst, muss ich von organisiertem Organhandel ausgehen.«

»Eine logische Schlussfolgerung.«

»Es sind immer die, von denen man es nicht erwartet.«

»Traust du mir denn eine Straftat zu?«

Sie blickten einander an, einen kurzen Moment seltsam ernst, bevor sie sich wieder einem befreienden Lachen hingaben. Sie leerten gleichzeitig ihre Flaschen, als Cora eine bekannte Tonfolge aufschnappte.

»Hörst du? Sie spielen *Kraftwerk*.« Cora grinste ihn an. »Komm schon, das spielen sie für uns beide. Wir sind die einzigen, die mitsingen können.« Sie schnipste ihren Stummel hinaus. »Ich gehe jedenfalls«, sagte sie und ließ ihm keine Zeit zu antworten. Sie griff sich aus der Küche ein fünftes Bier und lief zurück auf die Tanzfläche. Als sie nach einer Weile die Augen öffnete, tanzte Vincent vor ihr.

Das Taxi wartete bereits, als sie das Treppenhaus hinunterstiegen. Die Luft war schwül und drückend, trotz der späten Uhrzeit. Sie nahmen auf der Rückbank Platz und Cora hielt die Handtasche umklammert, in der sich die Blätterteigrollen befanden. Sie fuhren durch die schlafende Stadt, während der Lärm der Party in ihr nachhallte. Der Wagen quälte sich durch die Gassen der Altstadt, die nur wenig breiter waren als er selbst.

»Ich habe noch ein paar Bier im Kühlschrank …«, sagte Vincent und versuchte, möglichst unschuldig dabei zu klingen.

»Schläft dein Fotograf nicht schon?«

»Der trinkt eins mit, so wie ich ihn kenne.«

Sie blieben vor einem renovierten Apartmenthaus stehen, das Cora gut kannte; es lag auf ihrem täglichen Weg zur Arbeit. Der Fahrer schaltete das Deckenlicht an und entriegelte die Türen.

»Vielen Dank für den Abend, Vincent. War schön mit dir.«

»Immer gerne.«

Er wartete kurz, in der Hoffnung, dass sie doch mit ihm aussteigen würde, dann holte er sein Portemonnaie hervor. »Lass mich bezahlen, ich habe ein Spesenkonto«, sagte er und zahlte auch die verbleibende Wegstrecke für Cora.

»Bekomme ich deine Nummer?«, fragte Vincent und setzte ein einnehmendes Lächeln in seinen Vollbart. Er hielt ihr sein Smartphone entgegen und Cora tippte ihre Nummer ein. Sie umarmten einander lange zum Abschied. Er wünschte ihr eine gute Nacht und schloss hinter sich die Tür.

Die verbleibenden fünf Fahrminuten waren ein Geschenk. Sie sank tiefer in den Rücksitz, kurbelte das Fenster hinunter und roch die warme Sommernacht. In den frühen Morgenstunden trugen die Straßen etwas Verheißungsvolles in sich – als habe ihnen die Nacht jegliche Erinnerung an Vergangenheit oder Gegenwart aus dem Stein gewaschen. Cora streckte erst ihren

Zeigefinger aus dem Fenster, dann die gesamte Hand. Das Licht der Straßenlaternen glitt über ihre Haut und glitt vorüber. In diesem Moment fühlte sich alles sehr leicht an.

Dritter Teil:
Milo

1

Weiße Grabsteine in symmetrischer Anordnung warfen symmetrische Schatten auf die Erde. Das gesamte Blickfeld war damit ausgefüllt. Kein Wind, kein Geräusch war zu hören. In scheinbar endlosen Bahnen zogen sich die Stelen über die Hügel.

Héctor beendete die Aufnahme, positionierte Stativ und Kamera um und winkte Vincent ein paar Schritte zurück, damit sein Schatten nicht ins Bild fiel. Sie befanden sich auf dem größten bekannten Massengrab der Stadt. Wenig symmetrisch lagen die sterblichen Überreste der Menschen unter der Erde – nur die neueren Gräber stimmten mit der Position des Leichnams überein. Die Stelen waren schlicht gehalten, trugen einen Namen und ein Geburts- und Todesjahr. Das Todesjahr war auf allen dasselbe.

Vincent verschränkte die Arme und blickte über das Feld. Ein paar Reihen weiter hoben zwei Männer neue Gräber aus. Es schien eine Weile her zu sein, dass ihr Bagger die oberste Erdschicht abgetragen hatte. Die Sonne hatte den Humus wieder verbrennen und trocknen lassen, die Schaufeln der Männer brachen nur mühsam durch die Erde. Héctor sattelte seine Ausrüstung und Vincent nickte zu den Arbeitern hinüber. Er ärgerte sich, dass er Milo nicht zum Übersetzen dabei hatte, aber wer hätte mit einer solchen Begegnung rechnen können? Er grüßte die Männer mit gedämpfter Stimme und stellte sich als Journalist vor. Die beiden stützten sich auf ihre Schaufeln. Sie wedelten sich mit den Mützen Luft zu und wichen ihren Blicken aus, als sei der Tod den Einheimischen vorbehalten – eine Eigentümlichkeit, die nur Eingeweihte verstanden und die man vor Fremden verbarg. Kürzlich sei ein weiteres Massengrab entdeckt worden, erklärte einer der Männer in gebrochenem Englisch. Vierzehn neue Gräber.

»Zivilisten? Soldaten?«

»Unsere Leute.«

»Wer sind *unsere Leute*?«

Der Mann deutete auf die Stadt und zog einen Kreis durch die Luft. »Unsere Leute.« Vermutlich meinte er Zivilisten.

»Haben Sie auch die anderen Gräber ausgehoben?«

Sein Kollege zog die Mütze tiefer ins Gesicht und wandte sich ab. Er stieß seine Schaufel in die Erde und murmelte etwas in seiner Muttersprache, ohne von seiner Arbeit aufzuschauen. Danach wurde auch der andere schweigsam und schippte stumm Erde. Vincent warf Héctor einen fragenden Blick zu und dieser nickte zur Stadt hin. Vincent stellte den Männern eine weitere Frage, die der Wortführer aber nur noch mit einer ablehnenden Handbewegung abtat, und sie kehrten in die Stadt zurück.

Sie steuerten auf den ersten Laden zu, den sie fanden, und kauften sich kalte Getränke. Vincent setzte sich vor den Laden, nahm seinen Notizblock und beschrieb die Szene, solange er noch die richtigen Sätze im Kopf hatte. Héctor balancierte einen Bordstein entlang, hielt seine Linke ausgestreckt und ging mit der Rechten die Videos auf seiner Kamera durch. Durch eine Schlucht zwischen den Häusern konnten sie auf den Friedhof sehen. Die Schatten der Totengräber tanzten über den Boden.

Héctor verlagerte sein Gleichgewicht und hüpfte auf die Straße.

»Ich gehe noch mal zurück«, sagte er, mehr zu sich selbst als zu Vincent, und trottete den Hang hinunter. Vincent schlug mit seinem Kugelschreiber auf den Block und blickte Héctor hinterher, der in der flirrenden Luft immer kleiner wurde. Er musste an einen Dokumentarfilm denken, den er im Studium gesehen hatte. Der Film begleitete einen Kriegsfotografen bei seiner Arbeit. Die erste Szene spielte in einem zerstörten Dorf, in das die Bewohner zurückkehrten. Der letzte Beschuss konnte nicht lange zurückliegen – Rauchschleier stiegen von den Häusern auf, einige brannten noch. Der Fotograf folgte einer alten Frau, die zielstrebig auf ihr Haus zusteuerte. Auf seiner Spiegelreflexkamera befand sich eine zweite Kamera, die die Szene aufzeichnete – sein suchender Blick nach Motiven entsprach dem Blick des Zuschauers.

Im Haus der alten Frau hatte es gebrannt. Asche und Glasscherben lagen auf dem Boden verstreut. Schweigend stieg die Frau durch die Trümmer und der Fotograf folgte ihr. Jedes Mal, wenn er eine Aufnahme löste, ertönte das Geräusch des Kameraverschlusses. Sie betraten ein Zimmer, dessen Decke teilweise eingestürzt war. An den Wänden hatten einst Bilderrahmen gehangen, die sich nun als helle Abdrücke auf der verrußten Tapete abzeichneten. Die Unterlippe der Alten begann zu beben und der Fotograf nahm sie ins Visier. Schließlich sank sie zu Boden. Ihre Hände schirmten den Blick ab vor ihrem verbrannten Haus, sie zitterte und weinte. Der Fotograf löste mittlerweile im Sekundentakt seine Bilder aus. Er ging auf die Knie, um den Winkel seiner Aufnahme zu verändern und schob sich über den mörtelverkrusteten Boden auf die Frau zu. Das Geräusch des Kameraverschlusses wurde unerträglich, jedes Foto ein Schlag ins Gesicht der wehrlosen Alten.

Vincent hatte den Hörsaal nicht minder schockiert verlassen als seine Kommilitonen, allerdings mit der festen Überzeugung, dass der Fotograf richtig gehandelt hatte. Es war ein Trugschluss, dass sich Journalisten nicht für die Menschen interessierten, von denen sie erzählten. Das Gegenteil war der Fall. Ihr Handwerk erforderte jedoch einen Pragmatismus, der schnell als soziale Kälte missverstanden werden konnte. Vincent hatte gelernt, sich für diesen Pragmatismus nicht zu schämen. Es war nicht ihre Aufgabe, eine tröstende Hand auszustrecken. Eine tröstende Hand half der Frau über den Moment hinweg – eine engagierte Berichterstattung, die erlittenes Unrecht bezeugte und durch Tausende und Abertausende Hände ging, konnte den Krieg beenden. Sie alle webten an einer Erzählung der Welt, die im Handeln der Menschen real wurde. Journalisten trugen mitunter den größten Anteil an dieser Erzählung. Vincent glaubte fest an die Wirkmacht des geschriebenen Worts. Ihm war noch kein Journalist untergekommen, der es nicht tat.

Er nahm einen Schluck von seiner Limonade, die sich in der Sonne schnell erwärmt hatte, und überarbeitete seinen Text. Héctor kam wieder die Straße hinauf.

»Besser?«, fragte Vincent.

»Viel besser.«

Vincent zog sich an seiner ausgestreckten Hand auf die Beine. Sie beschlossen, Feierabend zu machen und traten den Rückweg an. Eine Weile gingen sie schweigend nebeneinander her, jeder in seinen eigenen dunklen Gedanken versunken.

»Wie sieht deine Abendplanung aus?«, fragte Vincent.

»Du möchtest mich aus der Wohnung haben.«

Vincent hob abwehrend die Hände, als würde er nicht im Traum daran denken, konnte sich aber ein Grinsen nicht verkneifen. Héctor richtete seinen Zeigefinger auf ihn.

»Dein Glück, dass ich mir das Manchester-Spiel ansehen will. Im *Sparta* haben sie eine große Leinwand aufgebaut.« Er warf einen Blick auf die Uhr. »Isst du noch mit mir?«

»Ich wollte eigentlich für Cora kochen …«

«Héctor rollte mit den Augen. »So schnell wird man also zur zweiten Wahl.«

Vincent legte einen Arm um seine Schulter und drückte ihn an sich. »Du weißt doch, dass du meine wahre Liebe bleibst.« Er gab ihm einen Schmatzer auf die Wange und Héctor drückte ihn weg.

»Nimm wenigstens meine Ausrüstung mit nach Hause.«

Vincent hängte sich die beiden Kamerataschen und das Stativ über die Schulter und verabschiedete sich an der nächsten Wegkreuzung.

Coras Turnschuhe standen noch immer vor der Haustür und Vincent gefiel es, in eine Wohnung zurückzukehren, in der jemand auf ihn wartete. Er legte die Kameraausrüstung in Héctors Zimmer und suchte nach Cora, fand sie aber nicht. Schließlich hörte er aus dem Badezimmer Musik. Er klopfte an der Tür und Cora bat ihn herein.

Im Inneren staute sich feuchte Luft, die an den Fliesen kondensierte. Kerzen tauchten den Raum in diffuses Licht. Cora saß in der Badewanne und hielt die Augen geschlossen. Aus einem Lautsprecher drangen elektronisch unterlegte Sitar-Stücke. Ein Räucherstäbchen brannte.

Vincent begrüßte sie flüsternd und Cora antwortete ihm in normaler Lautstärke. Er fragte, wie man an einem sonnenverbrannten Ort wie Thikro ein heißes Bad genießen konnte, aber Cora zuckte nur mit den Schultern. Das Wasser schwappte gegen das Becken, als sie sich aufrichtete.

»Wir haben alle so lächerliche Wünsche.«

Vincent setzte sich auf den Beckenrand und blickte sie fragend an. Cora fuhr mit ihren verschrumpelten Fingerkuppen an der Emaille entlang.

»Seit Jahren wünsche ich mir ein heißes Bad.«

»Gefällt es dir nicht?«, fragte Vincent, der befürchtete, ihr mit seiner Eingangsfrage den Spaß verdorben zu haben.

»Eigentlich beobachte ich mich nur selbst dabei, wie ich es schön finde.«

Vincent nickte. Sie folgten einer Weile der Sitar-Musik und schwiegen. Cora drückte sich die Nasenlöcher zu und schob ihren Kopf unter Wasser, tauchte wieder auf und wischte sich die Seifenlauge aus den Augenwinkeln. Vincent fand sie beeindruckend hübsch. Er betrachtete ihren nackten Körper, der unterhalb der Brüste im Wasser verschwand. Der Badeschaum hatte sich größtenteils gelegt. Er tauchte seine Hand ins lauwarme Wasser und strich ihren Unterschenkel entlang.

»Darf ich dazukommen?«, fragte er und löste bereits die Knöpfe seines Hemds. Cora schnaubte spöttisch durch die Nase. Sie hielt es wohl für einen Scherz, und Vincent knöpfte sein Hemd schnell wieder zu.

»Ich mache uns was zu essen«, sagte er und schloss hinter sich die Tür.

»Dein Bruder heißt Dada?«

»Eigentlich Daniel. Aber Dada braucht einen lächerlichen Namen, sonst nimmt er sich zu ernst.«

»Dada heißt *großer Bruder* auf Hindi.«

»Wirklich?«

»Sag mir nicht, du wusstest das nicht.«

Cora lachte. »Ich habe als Kind immer Dada zu ihm gesagt, irgendwie ist es geblieben.« Sie stützte sich auf Vincents Brust ab, um ihr Handy vom Nachttisch zu holen, und tippte ihrem Bruder die kuriose Nachricht.

»Wenn du mir schon die Luft abquetschst, bringst du wenigstens den Wein mit?«

Sie reichte ihm die Flasche und die beiden Gläser und ließ sich auf ihre Seite des Betts fallen. Cora erzählte von dem geradlinigen Lebenslauf ihres Bruders, der kürzlich sein Medizinstudium abgeschlossen hatte. Pubertärer Rebellion, Drogen oder politischem Aktivismus war er fern geblieben, und die wenigen Ausnahmen, die es gegeben hatte, rechnete Cora ihrem eigenen Einfluss zu. Dada war der perfekte Schwiegersohn. Im Gegensatz dazu war Cora das schwarze Schaf der Familie.

»Bist du ein schwarzes Schaf oder ein weißes?«, fragte sie Vincent und sah ihn über das Weinglas hinweg an. Dass sie den Blick so lange hielt, verriet ihr Interesse an der Frage. Vincent lachte auf und dachte kurz nach.

»Ich bin ein weißes Schaf, das lieber mit den schwarzen abhängt«, sagte er und Cora nickte wissend, als habe er damit alles gesagt. Sie trank ihr Weinglas aus und verabschiedete sich ins Badezimmer. Die Wohnung lag nun still da. Vincent nahm sein Handy und öffnete *WhatsApp*. Warum er den Pflock, den er sich ansetzte, willentlich weitertrieb, wusste er auch nicht. Nina hatte schon die vergangene Woche nicht mehr auf seine Nachrichten geantwortet, warum sollte sie es jetzt tun? Er rief ihren Chat auf – immer noch leer. Vincent legte das Handy zurück und starrte zur Decke hinauf.

Als Cora zurück ins Schlafzimmer kam, hatte sie bereits eine Hose angezogen und hielt ihren Rucksack in den Händen. Sie suchte ihre Wäsche vom Boden zusammen.

»Gehst du nach Hause?«, fragte Vincent und konnte die Panik in seiner Stimme nicht ganz verbergen.

Cora nickte. »Bald fahren keine Sammeltaxis mehr.«

»Übernachte doch. Wir frühstücken morgen zusammen.«

»Ich habe Frühschicht.«

»Wie früh ist Frühschicht?«

»Um Viertel nach sechs muss ich aus dem Haus sein. Also, von hier aus zehn vor Sieben.«

Vincent sog lautstark Luft ein. »Okay, vielleicht doch kein Frühstück. Aber du kannst dir ein Frühstück mitnehmen.« Er rutschte an die Bettkante und fing ihren Blick auf. »Außerdem, was soll ich jetzt mit einer halbvollen Weinflasche anfangen?«

»Morgen trinken?«

»Komm, wir gehen damit aufs Dach.« Er griff ihre Hand und blickte sie aus großen Augen an. »Bleib doch noch.«

Cora hielt kurz inne, bevor sie ihr Oberteil überzog. Sie warf ihm seine Jeans und Boxershorts zu, nahm seine Zigaretten und ging lächelnd zur Tür.

2

Milo brach früher auf, als er es musste, und drehte ein paar Extrarunden auf der Straße. Er fuhr den frisch geteerten Flughafenzubringer entlang, in dessen Mitte junge Palmen gepflanzt waren. Schon häufig hatte er sich ausgemalt, die niedrigen Setzlinge zu überfahren – der Motorblock würde sie nacheinander auf den Boden drücken, und wie bei einem Videospiel würden Goldmünzen drehend in die Luft steigen. Auf der leeren Straße konnte er mühelos auf hundertsechzig beschleunigen – mehr gab sein Wagen nicht her, dessen Schaltknüppel und Sitze schon bei hundertvierzig zu zittern begannen. Der Fahrtwind brach durch das offene Fenster und nahm jedem anderen Geräusch, jedem anderen Gedanken den Raum. Der Flughafen zog an ihm vorbei, und kurz darauf endete die Straße in einem Kreisel, der keine andere Ausfahrt bot als die Gegenrichtung. Er bremste herunter, legte sich in den Kreis und fuhr zurück in die Stadt.

Er scheute sich vor der Begegnung mit Vincent. Er kam sich abwechselnd einfältig und schlecht vor und konnte die Erinnerung an seinen missglückten Annäherungsversuch kaum ertragen. Er parkte vor Vincents Apartment und stellte den Motor ab. Das letzte Knistern der warmen Maschine verklang, und Milo kaute nervös auf seiner Unterlippe. Wenigstens konnte er Vincent den Gesprächspartner verschaffen, den er sich gewünscht hatte.

Die Tür ging auf, und Vincent streckte seine langen Beine in den Wagen. Milo reichte ihm etwas hölzern die Hand und wartete, bis er seine Tasche zwischen den Beinen verstaut und sich angeschnallt hatte. Anstatt loszufahren, blickte Milo nur angestrengt zur Fensterscheibe hinaus.

»Ich möchte mich entschuldigen, Vincent. Mein Verhalten war übergriffig und unprofessionell.«

»Milo, bitte entspann dich.« Er schob sich die Sonnenbrille auf den Kopf und blickte ihn gutmütig von der Seite an. »Habe ich denn etwas gesagt, das –«

»Ich dachte, du … na ja, hättest Signale ausgesendet, aber ich lag falsch.«

»Was für Signale denn?«

»Muss ich das jetzt wirklich aufzählen?«

»Nein, musst du nicht. Wobei mich natürlich interessiert, wie meine Chancen beim gleichen Geschlecht so stehen.« Milo warf ihm einen irritierten Blick zu und Vincent lachte auf. »Milo, ich mache Witze! Merkst du nicht, dass es keine große Sache für mich ist?«

Milo startete den Motor. »Es tut mir leid und es kommt nicht noch mal vor«, sagte er und fuhr los.

Er parkte mehrere Straßen entfernt von Abu Khaders Adresse. Es war gerade zum Abendgebet gerufen worden, was Milo nur entgegenkam – die Straßen waren leer, und sie schlüpften durch den vergitterten Torbogen in Abu Khaders Haus, ohne gesehen zu werden. Seine Frau öffnete ihnen die Tür und schob ihnen Pantoffeln zu, die sich Vincent sichtlich überrascht anzog. Sie führte sie durch das Haus in das zweite Wohnzimmer, das

Gästen vorbehalten war und in dem bereits mit Lokum gefüllte Silberschälchen bereitstanden. Milo fühlte sich an seine Tante erinnert, die einen ähnlichen Geschmack für aristokratische Noblesse besaß, auch wenn sie ihn sich – im Gegensatz zu Umm Khader – nicht leisten konnte. Auch Umm Khader schien an seine Tante zu denken. Die beiden waren eng befreundet gewesen. Sie neigte ihre geschminkten Lippen an sein Ohr, erinnerte sich jedoch, dass hier gleich ernste Dinge besprochen wurden, die keinen Raum für Sentimentalitäten ließen, und ging den Kaffee richten.

Das Zimmer hatte große, von Gartenpflanzen umschlungene Fenster, durch die kaum Licht drang. Schon als Kind hatte sich Milo über die sonderbare Einrichtung gewundert. Geschnitzte Holzaffen und Masken zeugten von den vielen Geschäftsreisen, die Abu Khader für die Handelskammer unternommen hatte. Er erzählte Vincent flüsternd, was er darüber wusste, bis sich schwere Schritte durch den Flur schleppten und Abu Khader eintrat – ein älterer Mann mit Halbglatze und großen Brillengläsern, die an einem jungen Menschen hip ausgesehen hätten. Er schüttelte zuerst Milo die Hand und erkundigte sich nach dessen Familie. Milo versicherte dankend ihr Wohlbefinden.

»Wo sind sie denn jetzt?«

»Antwerpen«, sagte er und drückte die fleckigen Hände, auf dass sie ihn freigaben; stattdessen drückten sie fester zu.

»Antwerpen«, wiederholte Abu Khader und schien den fremden Klängen in seinem Mund nachzufühlen. »Aber du bleibst?«

»Ich bleibe«, sagte Milo und schenkte ihm sein bestes Schwiegersohnlächeln.

»Du solltest gehen, solange du dir eine fremde Sprache und eine fremde Kultur aneignen kannst.«

Abu Khader löste den Handschlag und wandte sich Vincent zu, der bislang höflich an der Seite gestanden hatte. Vincent murmelte eine Begrüßungsformel, die er auswendig gelernt hatte, und ließ sich von Abu Khader einen Stuhl weisen. Er lobte die außergewöhnliche Zimmereinrichtung, und Abu Khader, der im

Ausland Französisch und Portugiesisch gelernt hatte und beides erfolglos an Vincent ausprobierte, erzählte von seinen Jahren in Mosambik. Er hatte damals sogar mit Varga zu tun gehabt, obwohl beide einander nicht mochten. Womöglich, so dachte Milo bei allem Respekt für Abu Khader, waren sich Varga und er zu ähnlich, um einander zu mögen.

»Als Kaufmann haben Sie sicher einen ganz eigenen Blick auf das neue Thikro«, sagte Vincent.

»Zumindest keinen so Negativen wie andere«, antworte Abu Khader und grinste Milo zu. Man müsse bedenken, welche Geschichte die Stadtbewohner hinter sich hatten. Viele hätten in Zeltlagern gelebt, nachdem ihre Wohnungen in der Belagerung zerstört worden waren. Ganz unten seien sie gewesen und besäßen jetzt, nach Jahren des Elends, wieder eine eigene Wohnung, eine eigene Dusche. Sie könnten in den Supermarkt gehen und selbst entscheiden, was am Abend auf den Tisch komme. Sie könnten sich wieder Fleisch leisten, Kaffee und Zigaretten seien keine Währung mehr. Wer nicht vom Geld der Ausländer profitiere, betone die schlechten Seiten der Entwicklung, alle anderen sähen auch das Potenzial.

Milo bat ihn darum, längere Pausen für die Übersetzung zu lassen, und Abu Khader hob entschuldigend die Hand. Er sagte, dass Sensationslust nur menschlich sei, und dass es vielmehr darauf ankomme, dass die Touristen ihnen und ihrer Geschichte mit Respekt entgegentraten, was, zugegeben, leider zu selten der Fall sei. Den wenigsten Einheimischen gefalle es, in welche Richtung sich ihre Stadt entwickle, und doch nähmen sie es als notwendiges Übel hin. Er erzählte ihnen die alte Hodscha-Geschichte, in der eine Schar Kinder den Hodscha umringt und ihn um eine Flöte bittet, die er ihnen vom Markt mitbringen soll. Als der Hodscha mit der Flöte zurückkommt, strecken alle Kinder ihre Hände danach aus, doch er überreicht sie dem Jungen, der ihm als einziger ein Geldstück mitgegeben hatte.

»Wer das Geld gibt, spielt die Flöte«, sagte Abu Khader, und nach diesem Flötenspiel tanze die gesamte Stadt, wer also nach

Alternativen verlange, müsse ihnen ein entsprechendes Gegenangebot machen.

Was er von den Söldnern der *SU* halte, ließ Vincent fragen, und Abu Khader zog mit dem Zeigefinger einen Wirbel durch die Luft. Dass dieses Haus nur ein paar Querschläger in der Fassade abbekommen habe und seine Frau und er überlebt hatten, sei reines Glück gewesen. Gebrannte Kinder fürchteten das Feuer, und solch eine Erfahrung ließ die Menschen nach Maßnahmen sehnen, die womöglich ein gesundes Maß überstiegen – das Gefühl von Sicherheit sei eben subjektiv, das Verlangen danach nie zu stillen, und in dieser Hinsicht sei eine Mauer und eine Truppe Männer, die sie beschützten, die eindrücklichste und sichtbarste Maßnahme.

Abu Khader wollte ihm noch einiges mehr erzählen, mit dem er nicht zitiert werden wollte, und nachdem Milo seine Bedingung weitergetragen hatte, verstaute Vincent das Diktiergerät in seiner Tasche. Der Mann rutschte ans Ende seines Sessels und blickte die beiden aus seinen untertassengroßen Brillengläsern an. Wie die meisten in der Stadt wisse er, dass die *SU* gemeinsame Sache mit den Drogenkartellen machte; dass die Kartelle die Gesetzlosigkeit im Kriegsgebiet für ihre Geschäfte nutzten und der *SU* einen lukrativen Wegzoll für ihre Schmuggelwaren ließen; dass die Söldner allesamt aus dubiosen, rechtsradikalen Milieus rekrutiert wurden und von den Einwohnern der Stadt, die sie beschützen sollten, nicht viel hielten; dass die Miliz nicht unwesentlich zur Attraktivität des Tourismusorts beitrug und Varga so ziemlich jeden Politiker geschmiert hatte, um sie weiterhin anstelle der Unionsarmee einzusetzen. Abu Khader erzählte noch einiges mehr von den Geschäften, die sich im Schatten des Krieges abspielten, und Milo blickte immer wieder auf Vincents Notizblock, der auffällig leer blieb. Vincent ließ mehrere Situationen verstreichen, in denen ein aufmerksamer Zuhörer jenen Staub aufwirbeln konnte, den ein Hintergrundgespräch zutage bringen sollte. Er konnte seinem Auftraggeber allerdings nicht erklären, wie er seinen Job zu machen hatte, und so beschränkte sich Milo darauf, zu übersetzen. An einer Stelle aber wurde Vincent hellhörig.

»Sie bringen sogar Touristen auf die andere Seite der Mauer, für viel Geld natürlich.«

»Wer sind *sie*?«

»Verschiedene Armeen, die auf der anderen Seite kämpfen. Die machen kleine Touren durch die umkämpften Gebiete, dorthin, wo es einigermaßen sicher ist … Die Einreise erfolgt am offiziellen Grenzübergang, etwa dreißig Kilometer von hier … danach gibt es eine kleine Rundfahrt, es braucht ja nicht viel, um diese Leute zu begeistern. Allein auf der anderen Seite zu sein, das reicht schon aus … Diese Touren bringen den Kämpfern Devisen und das bei relativ geringem Aufwand.«

Nach eineinhalb Stunden war das Gespräch beendet, und Milo schwirrte vom häufigen Sprachenwechsel der Kopf. Sie blieben noch auf einen Anstandskaffee, und Umm Khader, die genau zum rechten Zeitpunkt dazukam und wohl aus dem Nachbarzimmer gelauscht hatte, setzte sich neben Milo und fragte ihn nach seiner Familie. Er erzählte dieselben freundlichen Anekdoten, die er bei solchen Anlässen immer erzählte, und als sie ausgetrunken hatten, wurden sie von Abu Khader zur Tür gebracht. Er hatte an dem Gespräch sichtlich Freude gehabt und bedankte sich für ihren Besuch. Sie setzten sich in Milos Wagen und kurbelten die Fenster hinunter, um die aufgestaute Hitze zu entlassen. Im Straßengraben zirpten die Grillen, und die beiden genossen eine Weile die Stille.

»Warst du mit dem Gespräch zufrieden?«, fragte Milo, als er den Wagen startete.

»Sehr«, sagte Vincent, blieb aber weitere Ausführungen schuldig. Er massierte sich die Schulter, als habe er dort Schmerzen, und starrte zum Fenster hinaus. Es hatte Milo einige Mühe gekostet, einen so hochkarätigen Gesprächspartner wie Abu Khader aufzutreiben, und er hätte eigentlich ein kurzes Wort des Danks erwartet.

»Gerade zum Ende hat er viele Anknüpfpunkte für ein Thema geliefert …«, sagte Milo.

»Stimmt, aber dafür bräuchte ich mehr Zeit, um mich in die Materie einzugraben. Die Reisereportage soll kommende Woche in den Print, und ich arbeite noch an einer zweiten Geschichte.«

»Und worum geht es in dieser zweiten Geschichte?«

»Dazu würde ich gerne dich interviewen.«

»Mich?«, fragte Milo und blickte zu ihm hinüber.

»Mit den Rechten sexueller Minderheiten steht es in dieser Region ja allgemein schlecht, doch dann wird Thikro plötzlich von zigtausenden Besuchern aus dem Ausland überrannt. Es entstehen ganz neue Freiheiten, und Varga wirbt sogar damit, hier ein ›Fest der Demokratie und Menschenrechte‹ zu feiern. Vielleicht ist das Ganze ja nur eine Farce, vielleicht ist auch etwas dran. Deshalb suche ich eine queere Perspektive auf diese Stadt, jemanden, der lange genug hier lebt, um das Davor und Danach zu kennen. Jemand, der auch von der Zeit der Belagerung erzählen kann.«

Du möchtest jemanden, mit dem du nicht unnötig socializen musst, um an ein gutes Interview zu kommen, dachte Milo und fragte sich, ob er ihn aus persönlicher Kränkung so schlecht beurteilte, oder ob es tatsächlich so war.

»Das wäre natürlich ein sehr persönliches Interview, ich weiß. Aber wir können alles zu deinen Konditionen machen, und du musst natürlich nur so viel erzählen, wie du möchtest. Es muss keine Rückschlüsse auf deine Person geben … Wir behandeln das als Dolmetscherstunden«, fügte er hinzu, als ob das finanzielle Argument einen Ausschlag geben würde.

Milo wusste nicht, was er dazu sagen sollte. »Darüber muss ich nachdenken.«

»Natürlich. Mich würde es jedenfalls freuen.«

Milo setzte ihn vor seinem Apartment ab, und Vincent verabschiedete sich mit einer Umarmung, die deutlich machen sollte, dass sie jetzt wirklich wieder cool miteinander waren. Milo fuhr nach Hause und legte sich ins Bett, obwohl er wusste, dass er so schnell nicht einschlafen würde. Er schlug die Hände hinter den Kopf und betrachtete sein Schlafzimmer, dessen Konturen im Dunkeln kaum zu erahnen waren. Er erinnerte sich an Mahmu, der manchmal seine Brille abgelegt hatte, wenn ihn unbequeme Gedanken quälten. Seine Sehschwäche löste ihm die Umwelt in verschwommene Flächen auf. *Ich sehe es und sehe es doch nicht,* hatte er gesagt, damals, in den ersten Tagen der Belagerung. Milo hatte jedoch keine Sehschwäche – er hatte keine Brille, die er ablegen konnte, um zwischen sich und der Welt einen Abstand zu schaffen. Er zog seinen Laptop heran und ließ sich von *YouTube*-Videos berieseln, bis er eingeschlafen war.

3

Die Männer trugen aufblasbare Beerpong-Hüte und baten Cora, ihnen das Bier in mitgebrachte Plastikbecher abzufüllen, die sie ihr über die Theke reichten. Cora zapfte einen Becher nach dem anderen und musterte die Männer über die Anlage hinweg. Ihre Hüte wurden durch Bänder unter dem Kinn gehalten. Sie setzten sich die vollen Plastikbecher auf den Kopf, wateten damit durchs brusthohe Wasser und stellten sich einige Meter entfernt voneinander auf. Cora verfolgte mit verschränkten Armen ihr Spiel. Sie versuchten, einen Tischtennisball in den Bechern des Gegenübers zu versenken, und als der erste tatsächlich in einem Becher landete, musste ihn sein Besitzer in einem Zug leertrinken. Meist ging der Ball jedoch daneben, und die Männer wateten mit ihren Bieren auf den Köpfen durchs Wasser, um den schwimmenden Ball zurückzuholen. Sollte eines der Biere dabei umkippen, hätten sie eine ziemliche Sauerei im Pool, aber das alles war nicht Coras Angelegenheit. Ohnehin ging das Management zugunsten ihrer Gäste sehr freizügig mit den Vorschriften um. Cora konnte einen Sicherheitsmann rufen, der übergriffige oder allzu betrunkene Gäste entfernte.

Meist starrten sie ihr nur auf die Brüste und zerbröselten die ausgelegten Chips, die sie am folgenden Tag mit dem Kescher wiedereinfangen musste.

Nach Schichtende eilte sie zur Haltestelle, doch nach den wenigen Menschen am Straßenrand zu urteilen, war das Sammeltaxi gerade abgefahren. Sie entschied, zu Fuß nach Hause zu gehen, und lief den *Boulevard* entlang. Ihr Blick blieb an einem Kamel hängen, auf dem Touristen Platz nehmen konnten. Der Tierhalter nahm das Smartphone einer übergewichtigen Dame entgegen, ließ sie aufsteigen und schoss ein Foto von ihr. An den Stellen, an denen das lederne Geschirr wetzte, fiel dem Tier das Fell aus. Kamele waren in der Region um Thikro nicht einmal heimisch.

Cora dachte, sie müsse gleich kotzen, wenn sie weiter den *Boulevard* entlangginge, und nahm den längeren Weg über die Altstadt. Sie passierte dabei das Haus, in dem Vincent wohnte. Sie waren nicht verabredet, und Cora hatte auch keine rechte Lust auf Gesellschaft, aber die Aussicht auf den weiten Fußmarsch durch die Nachmittagshitze war ungleich schlechter. Auf gut Glück klingelte sie bei ihm, und Vincent kam ihr bereits im Treppenhaus entgegen. Er nahm sie mit viel Schwung in die Arme und schien sich zu freuen, sie zu sehen.

»Störe ich?«, fragte Cora.

»Wir arbeiten gerade, aber du störst nicht.«

Er zog sie mit in die Küche, in der eine schwere Rauchglocke hing – Vincent schloss hinter ihnen die Tür und stopfte eine Decke unter den Türschlitz. Héctor saß vor seinem MacBook, umgeben von Tabakkrümeln und den Resten seines Mittagessens; er legte seine glimmende Zigarette auf einer Untertasse ab und stand auf, um Cora zu begrüßen.

»Ich dachte, man darf in der Wohnung nicht rauchen?«, sagte sie, als sich die beiden voneinander lösten. Vincent grinste wie ein Schuljunge, der einen ziemlich klugen Streich ausgeheckt hatte. Er zeigte ihr den Feuermelder, den er getrennt von der Batterie in einer Schublade aufbewahrte.

»Ihr wisst, dass das Haus frisch renoviert wurde?«

»Wir lüften ja, wir lüften«, sagte Vincent beschwichtigend und hielt ihr seine Zigaretten hin, aber Cora winkte ab. Sie schenkte sich ein Glas Leitungswasser ein, das von einem Gerät unter der Spüle gefiltert wurde, und setzte sich zu ihnen an den Tisch.

»Héctor schneidet gerade das Video fertig«, erklärte Vincent. »Und ich arbeite an meinem neuen Artikel.«

Er schob ihr seinen Laptop zu, damit sie einen Blick hineinwerfen konnte. Das Dokument enthielt nicht mehr als ein paar kopierte Textstellen, die von den Rechten sexueller Minderheiten in der Union handelten.

»Ist das der Artikel, für den du Milo interviewen möchtest?«

Vincent nickte und scrollte zu den Überschriften, an denen er arbeitete. Er hatte mehrere Varianten entworfen, die alle mit ähnlichen Schlagwörtern hantierten. Coras Stirn legte sich in Falten.

»Du schreibst deine Überschriften, bevor du die Geschichte recherchiert hast?«

»Nun ja, das sind natürlich nur Entwürfe«, sagte er. »Die Redaktionen haben eigene Leute für die Headlines, aber die vermurksen das regelmäßig. Wenn ich denen was Gutes liefere, übernehmen sie es.«

»Und das kann nicht warten, bis du die Geschichte wirklich kennst?«

Vincent neigte den Kopf, als übertreibe sie ein wenig. Es gehöre nun mal zu seinem Handwerk, die Reizausschläge seiner Leser zu kennen und diese zu bedienen. Headlines und Subheadlines seien das Eingangstor in den Text und müssten der Flut in den *Facebook*- und *Twitter*-Feeds standhalten. Deswegen stünden sie manchmal fest, bevor er mit der Recherche begonnen hatte. Das sei nicht edel, aber sicherlich pragmatisch: Ein guter Text, der ungelesen blieb, helfe niemandem. Vincent minimierte das Fenster, sodass nur noch der Desktophintergrund zu sehen war und klatschte in die Hände.

»Ich mache uns was zu essen«, sagte er, sichtbar um Freundlichkeit und ein Ende der Diskussion bemüht. Er wandte sich dem Kühlschrank zu, und Héctor setzte sich Kopfhörer ins Ohr, um dem angespannten Schweigen zu entgehen. Cora hätte noch einiges mehr zu sagen gehabt, aber sie schwieg.

»Dürfte ich eine Dusche nehmen? Ich komme direkt von der Arbeit.«

»Klar doch«, sagte Vincent, ohne sich umzublicken, und Cora verschwand im Badezimmer.

Später bestand Vincent darauf, sie auf ihrem Nachhauseweg zu begleiten. Er habe Lust auf einen Spaziergang, sagte er, und Cora fiel nichts ein, was sie erwidern konnte, ohne unhöflich zu wirken. Sie machten sich in die Trabantensiedlung auf, die um diese Uhrzeit von übel dreinschauenden Halbstarken dominiert wurde, die um ihre Mofas herumstanden und auf das Abendessen ihrer Mütter warteten. Nur wenige Touristen verirrten sich in diesen Teil der Stadt, und doch begegneten sie einigen jungen Pärchen, die ohne erkennbares Ziel durch die Straßen liefen, vor scheinbar alltäglichen Gegenständen stehenblieben und die Köpfe zusammensteckten. Sie aßen in den Schnellimbissen der Einheimischen und fotografierten eingestürzte Häuser, die fünf Jahre nach Ende der Belagerung noch immer in Schutt lagen. Sie sehnten sich nach dem Authentischen und damit dem Wahren und Guten der Armut. Cora sah in ihnen saturierte Entdecker, die den Rockzipfel heben, am besten gleich unter den Rock kriechen wollten.

»Immer noch besser als die Proleten vom *Boulevard*«, wandte Vincent ein und Cora ließ es dabei beruhen. Vermutlich erkannte er sich selbst in ihnen.

Sie erreichten den Wohnblock, in dem Cora lebte, und Vincent blickte die zerschossene Fassade hinauf. Womöglich hatte er geglaubt, sie würden noch in den besseren Teil des Viertels gelangen – er schien schockiert, dass die junge Frau, die die letzten Tage bei ihm verbracht hatte, an einem so heruntergekommenen Ort lebte.

»Warum tust du dir das an?«, fragte er. »Jede Sozialhilfewohnung bei uns zu Hause ist besser.«

»Das ist ein schwieriges Thema, Vincent.«

Sie sagte es mit einer Bestimmtheit, die keinen Spielraum für Diskussionen ließ, und er hakte nicht weiter nach. Sie rauchten eine letzte Zigarette auf dem Treppenabsatz und blickten über die vom Rost zerfressenen Schaukeln, die vor dem Wohnblock standen. Cora dachte daran, dass sie gleich das Treppenhaus hinaufsteigen musste, in dem es nach dem Urin streunender Katzen stank. Fünf Stockwerke, durch die kein frischer Luftzug ging und an deren Ende man unweigerlich in seinem eigenen Schweiß stand.

»Findest du nach Hause?«, fragte sie.

»Ich halte mir gleich ein Taxi an«, sagte Vincent und linste auf den Flughafenzubringer, der zwischen den Häuserblöcken zu sehen war. »Du kannst gerne wieder mitkommen. Würde mich freuen.«

Cora zuckte mit den Schultern und nahm sich vor, erst auf das Angebot einzugehen, wenn er es wiederholte; als er es tat, sprang sie schnell auf.

»Ich hole mir nur frische Wäsche, dann können wir los«, rief Cora und rannte das Treppenhaus hinauf, bevor er auf die Idee kommen konnte, ihr zu folgen.

4

Vincent blickte durch die Fensterscheibe auf den *Boulevard*. Ein Jeep in Tarnfarben trieb dort die flanierenden Menschen auseinander. Auf der Ladefläche des Jeeps saßen zwei Söldner. Das entgegen der Fahrtrichtung positionierte Kaliber war von einer olivfarbenen Schutzhülle bedeckt. Die Männer ließen ihre Beine von der Laderampe baumeln, rauchten eine Feierabendzigarette und beobachteten den Menschenstrom, der sich hinter ihnen wieder zusammenfügte. Im Schritttempo schob sich der Wagen vorwärts und vertrieb mit der Lichthupe diejenigen, die in ihrem Suff den Trubel nicht bemerkt hatten. Über der sechs Meter hohen Betonmauer lag eine sternlose Nacht.

Héctor kam von der Toilette zurück und warf ihm eines der Bonbons zu, die dort in einer Schale auslagen. »Hast du jetzt eigentlich eine Geschichte für den *Intruder*? Würde echt gerne meine Bilder dort unterbringen.«

Vincent zuckte mit den Achseln. »Ich habe Ideen, aber nichts Konkretes. Dieser Geschäftsmann, mit dem ich gesprochen habe, der für die Handelskammer gearbeitet hat – der hat mir spannende Sachen erzählt, aber ich müsste mich mal für ein Thema entscheiden.«

»Wie bist du eigentlich an diesen Kontakt gekommen?«

»Milo hat das geregelt.«

»Dieser Junge ist ein echter Gewinn, das weißt du hoffentlich? Access ist alles. Du kannst ein großartiger Fotograf sein, oder ein großartiger Journalist, aber wenn du nicht die richtigen Leute kennst, bist du nichts wert.«

Vincent nickte und nahm einen Schluck von seinem Bier. Er überlegte, ob er ihm die folgende Geschichte erzählen sollte oder nicht und entschied sich dafür. »Milo hat sich mal an mich rangemacht.«

»Ernsthaft?«

»Er hat mir die Hand aufs Knie geschoben, ganz verschüchtert. Es war nachts, wir saßen bei ihm auf dem Dach und haben uns die Stadt angesehen.«

»Wie romantisch.«

»Er tat mir leid. Er ist ein guter Kerl.«

»Ja, das ist er. Wundert mich sowieso, dass er auf Männer steht, er sieht gar nicht danach aus. Hast du ihm irgendwelche Signale gegeben?«

»Keine Ahnung, wie er auf die Idee kam, dass zwischen uns was laufen könnte. Aber wir haben das geklärt, sonst hätte ich ihn nicht um das Interview gebeten. Schwul in Thikro, das ist sicher eine interessante Perspektive. Er hat sein ganzes Leben in der Stadt verbracht, auch während der Belagerung.«

»Mach das, er hat bestimmt viel zu erzählen. Er wird froh sein, auf dieser Seite zu leben. Dort drüben würde er am nächsten Baum aufgeknüpft, hier kann er sogar in einen Schwulenschuppen gehen, den gab es zuvor in Thikro sicher nicht. Wird ein gutes Interview. Bringt dir eine andere Farbe in den Text.«

»Ich denke da an eine eigenständige Sache. Wenn das Interview gut ist, muss ich nur transkribieren. Ist gutes Geld für wenig Arbeit.«

»Wäre das nicht etwas für den *Intruder*?«

Vincent tunkte eine Papierserviette in eine Bierlache und beobachtete, wie sie sich vollsaugte. »Eher nicht, dieser Fisch ist zu klein für die. Aber den Text kriege ich schon los, da mache ich mir keine Sorgen. Jede Schwulenzeitschrift nimmt das mit Kusshand, auch jedes linke Magazin. Selbst die rechten würden es nehmen. Dann können sie argumentieren, die Union bringe das Licht der Menschenrechte ins Dunkel der Barbarei.«

»Meinst du, Milo lässt ein Foto von sich machen?«

»Glaube ich nicht.«

»Wir können ja Schattenwand oder Over-Shoulder machen.«

»Lass uns mal abwarten. Er muss noch Ja sagen.«

Héctor zuckte mit den Schultern. Er hob ihre beiden leeren Flaschen in die Höhe. »Noch eins?«

»Wir können weiterziehen. Ich habe noch die Gutscheine von Varga.« Er zog das Bündel aus seiner Tasche und fächerte es auf. Héctor hielt eine Bedienung an, die den Tisch passierte und nahm zwei Schnapsgläser von ihrem Tablett.

»Die beiden noch, dann können wir weiter.«

Stunden später stand Vincent auf dem *Boulevard* und betrachtete eine IceSlush-Maschine. Die Maschine wälzte träge, minzgrüne Masse. Schürhaken rührten das zerstoßene und gefärbte Eis zu einem Brei, bis man es durch einen Strohhalm trinken konnte. In den Kanistern drehte sich blaues, grünes und neongelbes

Sorbet. Die Schürhaken arbeiteten nicht synchron, machten zwei Umdrehungen in der Zeit, in der sie die minzgrüne Masse einmal umstülpten.

Vincent erwachte wie aus einem Traum. Er wusste nicht, wie lange er schon vor der Maschine stand. Er blickte den *Boulevard* hinunter, ein einziger Strom an Farben und Geräuschen, und entdeckte Héctor, der auf dem Boden saß und einen Plastikbecher mit Slush in den Händen hielt. Er führte den Strohhalm wie eine Gabel zum Mund, leckte daran entlang und stieß ihn zurück in den Eisschlamm.

Von irgendwoher erklang die Tetris-Melodie, und Vincent dachte an seine Mutter, die exzessiv Tetris gespielt hatte, als sie mit ihm schwanger war. Sie hatte jeden Tag mehrere Stunden damit zugebracht und manchmal den Game Boy auf ihren runden Bauch gelegt, um zu sehen, ob er auf die Musik reagierte – so erzählte sie es zumindest. Vincent dachte daran, dass er seine Mutter liebte, und dass er sie bald wieder anrufen sollte. Er zog sein Smartphone aus der Hosentasche, um sich *Mama anrufen* in den Terminkalender zu speichern, und war überrascht, dass das Display so grell leuchtete. Es kam ihm vor, als strahlte ihm ein Scheinwerfer entgegen. Er wollte prüfen, ob er versehentlich Änderungen an den Einstellungen vorgenommen hatte, hielt aber das grelle Licht nicht aus. Er richtete das Display in Richtung der Grenzanlagen und prüfte, ob das Licht stark genug war, um den mehrere Meter breiten Geländestreifen zu überwinden. Allerdings zeichnete sich an der Mauer kein Lichtkegel ab. Vincent nahm an, dass sich die Dunkelheit vor der Mauer stärker verdichtete als andernorts, dass sie an der Mauer sozusagen aufgestaut wurde und der Test somit hinfällig war. Er schob das Smartphone zurück in die Hosentasche und spürte, wie der Lichtstrahl durch den Jeansstoff drang. Darauf bedacht, niemanden zu blenden, presste er seine Hand auf die Hosentasche und setzte sich schnell zu Héctor auf den Boden.

Ihnen gegenüber lag ein Club, vor dem sich eine Schlange gebildet hatte. Eine altmodisch blinkende Neonreklame formte den Namen des Clubs. Mit jedem Blinken gewann der Schriftzug ein Wort dazu. *Point. Point of. Point of no. Point of no return, return, return.* Das letzte Wort blinkte drei Mal auf, bevor der komplette Schriftzug wieder erlosch. Vincent legte den Kopf schief und folgte dem Ablauf. Er hatte dabei eine Melodie im Kopf, bekam aber das Gefühl, dass das letzte Wort um eine Silbe zu lang war, und dass es besser klang, wenn man eine wegließ. *Point. Point of. Point of no. Point of no turn, turn, turn.*

Er erinnerte sich, dass sie in dem Club getanzt hatten, und auch, dass sie hinausgegangen waren, um eine Zigarette zu rauchen. Er suchte seine Hosentaschen ab, fand darin aber nur das leere Tütchen, in dem er das Hulk-Teilchen aufbewahrt hatte. Er klopfte Héctors Taschen ab, fand aber auch dort keine Zigaretten. Sie mussten sie verloren haben.

»Lass uns wieder reingehen«, sagte Vincent.

»Ich bleib noch kurz«, sagte Héctor und nuckelte mit halb geschlossenen Augen am Strohhalm. Vincent nahm ihm den Strohhalm ab und schob sich den zerstoßenen Eisbrei über die Zunge, den Rachen, zwischen die Backen und hinter die Zähne. Es war ein eigenartiges, aber irgendwie auch lustiges Gefühl.

»Du kommst gleich nach, ja?«, sagte Vincent und richtete sich auf. Héctor war weiterhin mit dem IceSlush beschäftigt. »Ja?«, wiederholte Vincent, und Héctor nickte lammfromm.

Er streckte den Türstehern seinen gestempelten Handrücken entgegen und glitt zurück in den dunklen Tunnel, der von Leuchtröhren geleitet in einer großen Tanzfläche mündete. Eine fluoreszierende Waldlandschaft erstreckte sich an den Wänden, voller Schlingpflanzen, Lianen, wilden Tieren und großen, strahlenden Pilzen. Er kämpfte sich in die Mitte der Tanzfläche vor, und der Bass war so stark, dass es ihm die Luft aus den Lungen presste. Er schloss die Augen und musste beim Tanzen ans Surfen denken. Es kam ihm vor, als steuere er in Zeitlupe auf den Scheitelpunkt der Welle zu – mit jedem Drop hatte er das Gefühl, den Rücken der Welle hinabzugleiten.

Als er den Club wieder verließ, war bereits die Sonne aufgegangen. Héctor schlief in einem Gebüsch hinter dem Ice-Slush-Stand. Vincent kniete sich neben ihn und klopfte seine Hosentaschen nach Zigaretten ab, fand aber keine. Er zog ihm einen Geldschein aus der Tasche.

»Ich gehe uns Zigaretten kaufen, ja?«, sagte Vincent.

Héctor antwortete nicht.

»Hörst du mich, Héctor?«

Héctor grunzte wohlig und drückte sein Gesicht in den Staub wie in eine Matratze; neben ihm lag der Slush-Becher, aus dem minzgrüne Soße sickerte. Vincent lief den *Boulevard* entlang, über den sich der erste schwache Schatten der Mauer zu strecken begann. Er blinzelte ein paar Mal und glaubte, dass er wieder etwas klarer im Kopf wurde. Er bog in eine der Seitenstraßen und fand sich auf der Rotlichtmeile wieder. Sie bestand aus ein paar Häusern zu beiden Seiten, deren Fenster mit blickdichten Stoffen verhangen waren. Männergruppen schoben sich unter dem wachsamen Blick der Zuhälter von Auslage zu Auslage. Vincent blieb vor einem der Schaufenster stehen, in der sich eine Prostituierte auf einem Stuhl räkelte. Sie trug rote Lackschuhe und einen ledernen Minirock. Vincent dachte, dass Prostituierte nur Karikaturen echter Menschen mit echter sexueller Begierde waren. Und diese Karikatur einer Karikatur machte sie wiederum echt. Er hielt den Gedanken für sehr klug und wollte ihn aufschreiben, doch dann hätte er sein Handy herausholen müssen und er wollte nicht wieder alle Umstehenden blenden. Die Frau hinter dem Schaufenster hatte mittlerweile seinen Blick aufgefangen und lächelte ihm zu. Ihre Brüste wurden durch ein rotes Latexkorsett zusammengedrückt. Sie nickte zu sich herein und ließ ihre Finger, scheinbar schüchtern, in ihren Schritt wandern. Vincent dachte, dass er gerne eine Muschi lecken würde, und dass er es mochte, wenn die Frau dabei seinen Kopf mit den Schenkeln in einem Schraubstock hielt. Bei dem Gedanken bekam er einen Ständer. Er schob seine Hände in die Taschen und begann, unauffällig seine Penisspitze durch den Hosenstoff zu massieren. Die Frau nickte ihn abermals zu sich herein, doch Vincent schüttelte den Kopf.

»No Money«, formte er mit den Lippen und rieb sich weiter. Der Ausdruck der Frau wandelte sich schlagartig. Sie gab jemandem, der hinter dem roten Vorhang sitzen musste, ein Zeichen, und Vincent lief eilig die Straße hinunter, bevor er Probleme mit dem Zuhälter bekam. Über einige dunkle Querstraßen kehrte er auf den *Boulevard* zurück. Er sammelte Héctor ein, der noch immer im Gebüsch neben der IceSlush-Maschine schlief, und gemeinsam schleppten sie einander nach Hause.

5

Der Schlaf war Milo schon lange zum Feind geworden. Er stand ihm jede Nacht erneut gegenüber – ein trojanisches Pferd, das er mit Seilen umschlingen und über sich zum Einstürzen bringen musste, bevor ihm seine Krieger entschlüpfen konnten. Nach dem heutigen Tag hatte er ihm nicht viel entgegenzusetzen. Seine Seile hatten sich kaum verfangen, und schon öffnete sich die Klappe am Bauch des Pferdes. Die Krieger strömten heraus, einer nach dem anderen, und ihre Fackeln erhellten ihm die Nacht.

Milo warf einen Blick auf seinen Wecker. Es war halb drei. Er knipste das Licht an und schlug die Hände hinter den Kopf. Er stellte sich vor, auf der Decke umherzugehen, als sei sie der Boden. Über ihm würde seine Einrichtung hängen, sein Bett, seine Zimmerpflanzen, der Küchentisch und die Stühle; der neue Boden hingegen glatt und schmucklos, in der Mitte eine Kette, die sich in die Luft hob und in einem Lampenschirm mündete. Getrennt von seinen Büchern und seinen Lebensmitteln würde er dem Ganzen jedoch schnell überdrüssig werden. Sehnsüchtig würde er das Bett betrachten, das über ihm hing. Nicht einmal auf Zehenspitzen bekäme er die Bettdecke zu fassen, und außer auf den Lampenschirm, den er unter seinem Gewicht zu Boden drücken würde, konnte er auf keinen Gegenstand steigen, um den Abstand zu verringern. Er würde eine Weile umhertigern und sich schließlich auf dem blanken Boden einrollen müssen – selbst der Lichtschalter würde zu weit oben liegen, um das Licht zu löschen.

Milo stieg unter die Dusche und versuchte, seine wirren Gedanken abzuschütteln. Er zog sich Boxershorts und ein frisches Shirt über und setzte sich an den Schreibtisch. Wenn er schon nicht schlief, konnte er ebenso gut arbeiten – Barbara hatte ihm einen Fragebogen zum Übersetzen gegeben. Er sollte an die Flüchtlinge ausgeteilt werden, mit denen sie arbeitete, und enthielt verschiedene persönliche Fragen. *Welche Rolle spielt Religion in Ihrem Leben? Haben Sie manchmal suizidale Gedanken? Masturbieren Sie regelmäßig?* Die letzte Frage hatte er erfunden.

Milo blätterte zur ersten Seite des Fragebogens zurück. Er schlug seinen Laptop und ein Fremdwörterlexikon auf und lauschte in die stille Wohnung hinein. In der Ferne war eine Sirene zu hören. Sie wurde immer leiser und leiser, bis sie sich schließlich im Zirpen der Grillen verlor.

Einem plötzlichen Impuls folgend, ging Milo in die Küche und öffnete das Regal unter der Spüle. Versteckt zwischen Essigreinigern und Waschmitteln lag eine alte Zigarrenkiste. Als Kind hatte er darin die Matchbox-Autos gelagert, die nicht mit den übrigen Autos in der großen Holzkiste landen durften. Säuberlich aufgereiht wie Pralinen hatte er dort seine Lieblinge aufbewahrt. Nun lag in der Kiste, was er für den Notfall beiseitegelegt hatte: Goldschmuck, mehrere dicke Bündel Geld, ein Klappmesser sowie Bilder von Tante, Onkel, Selma und Mahmu. Vor allem aber befand sich darin seine Einbürgerungsurkunde, die ihm einen Pass der Union und damit eine gewisse Reisefreiheit zugestand.

Er kannte so viele junge Männer, die ihr Leben geben würden für einen solchen Ausweis, und manchmal fragte sich Milo, warum er ihn selbst nicht nutzte; warum er sich dieser Stadt mit ihrem eng geschnürten Korsett und ihren Erinnerungen noch immer aussetzte. Er hielt die Urkunde und seine alten Flüchtlingspapiere in den Händen und betrachtete sein Passbild, aufgenommen im zerstörten Rathaus der Stadt, wenige Tage nach dem Ende der Belagerung. Er betrachtete sein neunzehnjähriges Ich. Die langen schwarzen Haare. Den unnatürlich auf die Kamera fixierten Blick. Er konnte sich nicht daran erinnern, wie dieses Foto entstanden war. Wahrscheinlich hatte er in einer Schlange gestanden, wie sie damals für alles in einer Schlange gestanden hatten, für die Essensausgabe, für das Duschen, für das Scheißen.

Ihm einen derartigen Ausweis zuzugestehen, entsprach dem Mindestmaß an Anstand, aber selbst auf dieses Mindestmaß durfte man sich nicht verlassen, wie man an den Menschen in den Zeltlagern sah. Sie hatten dieselbe Gewalt erlitten wie die Bewohner Thikros, und ihr alleiniges Pech war, im territorialen Kalkül der Union keine Rolle zu spielen. In seinen schwachen Momenten verspürte Milo deshalb Dankbarkeit, und diese Dankbarkeit widerte ihn an. Sie zeigte, wie wenig reichte, um die Menschen zufriedenzustellen; mit welcher Selbstverständlichkeit sie sich mit den Brotkrumen begnügten, anstatt nach dem Laib zu greifen.

Er stellte fest, dass er wieder ins Grübeln gerutscht war, und dass er heute gar nicht mehr schlafen würde, wenn er so weitermachte. Er verstaute die Zigarettenkiste und setzte sich zurück an den Laptop. Als der Interviewbogen fertig übersetzt und seine Augen trocken waren und juckten, kroch er zurück ins Bett. Er versuchte, das heller werdende Licht zu ignorieren und damit die Gewissheit, dass er nun wirklich einschlafen musste, um den nächsten Tag halbwegs zu überstehen. Milo seufzte. Manchmal fühlte er sich wie eine Katze, die an einem Haarknäuel würgte und es nicht herausbekam. Ein leichtes Kratzen im Hals, das einen ständig begleitete. Er würgte und würgte, dass es ihm die Tränen in die Augen trieb, aber es kam einfach nicht heraus.

Er brachte die letzten Stunden in einem seidenen Halbschlaf herum, bis um acht Uhr sein Wecker klingelte. Er steckte zwei

Dosen Energydrink ein, die er in einer Palette im Küchenschrank aufbewahrte, und fuhr zu seinem Termin mit Barbara.

In der Mittagspause war Milo mit Cora verabredet. Er parkte auf dem Hotelparkplatz und stieg durch eine Lücke in der Hecke in den Personalgarten. Cora lag auf einer ausrangierten Plastikliege und sprang auf, als sie ihn sah – sie umarmten sich, und Cora brachte einen Teller Angestelltenessen aus der Küche, das sie gegen Milos Sandwich eintauschte. Sie rückten zwei Plastikliegen in den Schatten und saßen einander im Schneidersitz gegenüber. Cora fragte ihn ungewohnt beschwingt nach seinem Tag und erzählte von einem Spaziergang in die Trabantensiedlung, den sie mit Vincent unternommen hatte. Sie machte einige Scherze auf seine Kosten – ihr Grinsen ließ darauf schließen, dass sie in Milo einen Verbündeten für ihren Spott suchte.

»Was wird das eigentlich zwischen euch beiden?«, fragte er.

Cora zuckte mit den Achseln und Milo antwortete darauf, indem er ihr Achselzucken nachäffte. Cora lachte. »Das wird nichts Ernstes, wenn du das meinst. Wir haben eine gute Zeit miteinander.«

»Aha.«

Er hatte Cora nie erzählt, dass er auf Vincent stand, und Vincent schien es auch nicht getan zu haben. Milo war froh drum. Womöglich hätte sie aus falsch verstandener Loyalität auf Treffen mit ihm verzichtet.

»Hast du ihm erzählt, warum du in Thikro gelandet bist?«

Cora schüttelte den Kopf. »Je weniger es wissen, umso besser.«

Aus der Küche war das Poltern eines fallenden Topfes zu hören, gefolgt von mehrstimmigem Gezeter. Cora hob gar nicht erst den Blick, um zu sehen, was passiert war, und Milo war froh, hier nur seine Mittagspause zu verbringen. Unschlüssig rührte er mit der Plastikgabel in seinem Essen. Er erzählte, dass Vincent ihn um ein Interview gebeten hatte und dass er unsicher war, ob er zusagen sollte oder nicht.

»Was hält dich davon ab?«

»Ich weiß nicht. Es wühlt Einiges in mir auf«, sagte Milo.

»Wenn du dich nicht wohlfühlst, sag ihm ab. Er wird schon jemanden finden dafür.«

»Das ist ja das Problem. Dafür ist das Thema zu wichtig; zum Schluss erzählt ihm jemand, wie dankbar wir der Union für die Darkrooms im *Grip* sind. Als ob ihre Scharfschützen nicht ein ganzes Jahr auf uns geschossen hätten.«

Milo bereute, das Thema überhaupt angeschnitten zu haben – was ihn von dem Ganzen abhielt, konnte er Cora ebenso wenig verständlich machen wie sich selbst. Cora tupfte ihre Finger an der Serviette ab und sah ihn eindringlich an.

»Ich kann dir nur raten, vorsichtig zu sein. Vincent hat sicher die richtige Haltung, das gestehe ich ihm zu. Aber sein persönlicher Erfolg steht immer im Vordergrund, und ich glaube nicht, dass er dabei sehr umsichtig vorgeht. Er ist gut darin, das Nützliche in seinem Gegenüber zu sehen und es sich zu nehmen.«

»Wenn du so denkst, warum schläfst du dann mit ihm?«

Cora wich zurück. Sie wollte ihm etwas entgegnen, schien aber nicht zu wissen, was – sie starrte auf das Sandwich in ihren Händen und sagte nichts mehr. Von da an aßen sie schweigend, unterbrochen von Gesprächsfetzen, die Milo wie an einer Angelschnur auswarf und leer zurückzog. Nach dem Essen hatte sie es eilig, zu ihrer Schicht zurückzukehren – sie umarmten sich, und Cora verschwand in die Küche.

Milo stieg in seinen Wagen, doch anstatt loszufahren, verschränkte er die Hände über dem Lenkrad und bettete seine Stirn darauf. Er bereute bereits, wie er mit Cora gesprochen hatte. Er gestand sich ein, dass sich in seiner Härte auch Eifersucht Bahn geschlagen hatte, was unsinnig war und ungerecht. Er schrieb ihr eine Nachricht, in der er sich entschuldigte, und fuhr nach Hause. Die meiste Zeit der Strecke klebte er hinter einem Melonenlaster, auf dessen Ladefläche zwei verdreckte Jungs saßen; ihre Köpfe wackelten mit jeder Bodenwelle, über die der Laster rollte. Ihr stumpfer Blick erinnerte ihn an seinen eigenen.

Es war fünfzehn Uhr, als er zu Hause ankam, und er hatte bereits Kopfschmerzen von der Müdigkeit. Er wusste, dass er am Abend nicht würde einschlafen können, wenn er jetzt einen Mittagsschlaf machte. Er wusste aber auch, dass wach zu bleiben keine Garantie war, später tatsächlich einzuschlafen. Milo legte sich auf die Couch und stellte sich den Wecker auf eine halbe Stunde, eine halbe Stunde bloß, damit es ihm später leichter fiel, sich dem Kampf mit dem Pferd zu stellen.

6

»Nicht im Keller. Und keine Mitarbeiter, verstanden?«

Der Türsteher hielt seinen Blick auf Héctors Kamera gerichtet – seine polierte Glatze glänzte in den Reflexionen der Discokugel, die sich über ihnen drehte.

»Hast du verstanden?«

»Wir sind nicht bescheuert. Nicht im Keller, keine Mitarbeiter.«

»Du zeigst mir deine Fotos, wenn du rausgehst«, sagte der Türsteher und wies ihnen die Richtung. Héctor hatte bereits den Mund geöffnet, um dagegen zu protestieren, aber Vincent zog ihn schnell weiter. Sie strichen die schweren Vorhänge zurück und standen mitten auf einer leeren Tanzfläche, über die lauter Tech House wummerte. *Grip* stand in leuchtender Schrift an der Decke.

»Sind wir zu früh?«, brüllte er Héctor ins Ohr, der mit den Schultern zuckte und zur Bar hinüberwies. Sie tauschten zwei von Vargas Gutscheinen ein, nahmen ihre Getränke entgegen und lehnten sich mit dem Rücken an den Tresen. Am anderen Ende der Tanzfläche waren verglaste Duschkabinen angebracht. In einer der Kabinen tanzte ein muskulöser Mann, der als Soldat verkleidet war. Er streckte sein Gesicht dem Wasserstrahl entgegen und wrang dabei einen Schwamm über sich aus – weißer Schaum lief ihm an Hals und Uniform hinab. Ein paar Zuschauer standen mit Bier in der Hand vor der Kabine.

»Warum sollte ein Soldat in Uniform duschen gehen?«

»Warum liegt hier Stroh?«

Vincent hatte sich in Gedanken einen *Out-and-Proud*-Artikel zurechtgelegt, aber mit Selbstbestimmung hatte das hier wenig zu tun; der Laden strahlte die zwielichtige Atmosphäre eines Stripclubs aus, und es hätte ihn nicht gewundert, wenn die Männer, die mit einigem Abstand zueinander an der Wand lehnten und über die Tanzfläche sahen, Stricher waren – Vincent fing einen der Blicke auf, und der Mann begann sofort, sich im Schritt zu reiben.

»Wollte Milo nicht mit?«

»Allein die Frage schien ihn zu verärgern. Er meinte, hier wären nur Stricher und Sextouristen unterwegs.«

Jetzt, wo er den Laden von innen sah, wunderte ihn diese Haltung nicht mehr. Sie nahmen ihre Getränke mit auf die Dachterrasse, die im Gegensatz zur Tanzfläche recht voll war – die Gäste schienen die aufziehende, warme Nacht genießen zu wollen, bis es voll genug wurde zum Tanzen. Rattanmöbel waren zu einer Lounge gruppiert, und um das Geländer zog sich eine billige Lichterkette. Durch die Lage am *Boulevard* hatte man einen weiten Blick über die Mauer und ins Kriegsgebiet hinein. Mit dem letzten Tageslicht würden bald auch die grauen Häuserblöcke von Amgar verschwinden – Strom gab es dort drüben schon lange nicht mehr.

Am Geländer entdeckten sie eine Gruppe bärtiger Mittdreißiger, die mit einem Selfie-Stick Bilder von sich schossen – der größte unter ihnen hielt eine Regenbogenflagge über alle ausgebreitet. Bevor Vincent reagieren konnte, stand Héctor schon bei ihnen und verwickelte sie in ein Gespräch. Sie lachten viel miteinander, und erst nach einer Weile schien Héctor seinen Auftrag zu erwähnen. Allgemeines Kopfnicken ergriff die Gruppe.

»Spanier«, flüsterte er, als er neben Vincent trat, um sein Objektiv zu wechseln. »Das erkenne ich aus zehn Meilen.«

Er bat einige Clubgäste, ihm für seine Fotos Platz zu machen, und erregte so die Aufmerksamkeit der gesamten Dachterrasse.

Er verstand sich darauf, die Männer bei Laune zu halten und ihnen natürliche Gesten zu entlocken. Er wählte verschiedene Motive, sodass sich Vincent später entscheiden konnte, ob er die Szene als einen Akt des Empowerments darstellen wollte (Aufnahmewinkel seitlich von unten, die Gesichter teils lachend, teils ernst in die Ferne gerichtet, die Regenbogenflagge vom Wind in Falten gelegt, ein Stück freier Himmel) oder ob er die Szene kritisch belächeln würde (Aufnahmewinkel seitlich von oben, die Männergruppe in der Halbtotalen, sich vor ihrem Selfie-Stick zusammendrängend, im Hintergrund die hellerleuchteten Grenzanlagen).

Am Ende ließ er die Männer einen Blick auf die Bilder werfen. Er winkte Vincent heran und stellte ihn als seine rechte Hand vor. Das Fotoshooting hatte den Männern die Aufmerksamkeit des gesamten Clubs verschafft, und in ihrer guten Laune waren sie leicht zu einem Interview zu bewegen. Sie setzten sich und Vincent stellte die Frage, die er bislang allen seinen ausländischen Interviewpartnern gestellt hatte.

»Warum macht ihr Urlaub in Thikro?«

Die Männer zuckten die Achseln und grinsten einander an. Sie warfen verschiedene Stichpunkte in den Raum: Party, Spaß, Sonne – ein Abenteuer, fügte ein anderer hinzu. Einer der Männer erklärte, dass er einen Bericht über das *Grip* gelesen habe, dass es der erste Gay-Club in der Region sei, und dass sie mit ihrem Besuch ein Zeichen der Unterstützung haben setzen wollen – seine Freunde nickten, als könnten sie sich dieser Erklärung gut anschließen. Ob sie Frédéric Llosa kennen würden, fragte Vincent, den *Instagram*-Star der *SU*-Miliz, und die Männer lachten, als habe er einen Witz gemacht. Ihre Blicke richteten sich auf einen ihrer Freunde, der den Kopf hängen ließ und seine Handgelenke von sich streckte, als bekenne er sich schuldig und werde gleich abgeführt. Schnell hatte er Llosas *Instagram*-Profil aufgerufen und zeigte Vincent dessen letzte Posts. Auf seinem eigenen Account zeigte er ihm ein Selfie, das ihn neben einem finster dreinblickenden Mann in Tarnfarben zeigte.

»Das ist nicht Llosa, sondern Šimečka, aber Šimečka mag ich auch gerne. Wir haben ihn in einer Bar getroffen«, sagte der Spanier, und seine anfängliche Scham war einem kaum zu überhörenden Stolz gewichen. Als die Männer aufstanden und tanzen gingen, klappte Vincent zufrieden sein Notizbuch zu.

»Ich habe dir innerhalb von …«, sagte Héctor und blickte theatralisch auf seine Uhr, »vierzig Minuten quasi den halben Artikel klargemacht.«

Vincent zog einen imaginären Hut. »Chapeau.«

»Die sollten euch mehr Social Skills in der Journalistenschule beibringen. Du hättest noch bis morgen schüchtern in der Ecke gestanden.«

Vincent gab ihm eine Zigarette aus und lehnte sich zurück. Er bezweifelte, dass dieser Stripclub wirklich etwas besser gemacht hatte für die Schwulen der Stadt. Die Ausländer mochten eine gewisse Narrenfreiheit genießen, aber die Einheimischen waren sicherlich anderen Maßstäben unterworfen. Vincent war gespannt, was Milo dazu in ihrem Interview sagen würde.

Sie packten ihr Equipment zusammen, und Héctor löste sein Versprechen ein, noch eine Weile mit den Spaniern zu tanzen – sie ließen sich beide ein neues Bier ausgeben und Héctor machte sich einen Spaß daraus, mit den Spaniern zu flirten, nur um sie dann hart fallen zu lassen.

»Ich hätte einige Nummern einsammeln können, wenn ich gewollt hätte«, sagte Héctor sichtlich stolz, als sie den Club verließen. Sie stahlen sich unbemerkt am Türsteher vorbei und traten auf den *Boulevard*, der sich mit einer neuen Ladung Wochenendbesucher gefüllt hatte. Héctor entdeckte mehrere verpasste Anrufe seiner Agentur und ließ sich ein Stück zurückfallen, um sie zurückzurufen. Vincent lief weiter und spürte den Auftrieb, den die O-Töne in seiner Tasche auslösten. Er hatte große Lust, feiern zu gehen. Er hielt Ausschau nach einem Club und blieb stattdessen vor einem Laden stehen, der Ledergürtel zu Dumpingpreisen bewarb. Er hob einige Gürtel prüfend in die Höhe und sah sich nach Héctor um, der noch immer mit seiner

Agentur telefonierte. Kurz darauf kam er von hinten angelaufen, tippte Vincent auf die linke Schulter und trat an seine Rechte.

»Ich habe einen Auftrag!«

Schon morgen Abend würde er auf eine griechische Insel fliegen, auf der Asylsuchende in großen Lagern interniert waren. Die Insassen hatten Matratzen in Flammen gesetzt und sie den Sicherheitskräften entgegengeworfen, die mit Gummigeschossen und Schlagstöcken geantwortet hatten – dutzende Menschen waren bei den Ausschreitungen verletzt, einer getötet worden. Seitdem war auf der Insel die Hölle losgebrochen. Seine Agentur wollte ihn schnellstmöglich vor Ort haben.

»Was soll ich nur ohne dich machen?«, fragte Vincent mit leichter Panik in der Stimme.

»Klanglos untergehen.«

Héctor wich seinem Ellbogenstoß aus und rannte dabei in einen entgegenkommenden Passanten; er entschuldigte sich lachend und kam ihm hinterhergelaufen. Vincent konnte sich nicht recht für ihn freuen. Die Vorahnung der Einsamkeit kroch ihm unangenehm die Wirbelsäule hoch, und er sah sich schon wieder betrunken auf eine Nachricht von Nina warten. Er würde wohl Cora fragen, ob sie in das freiwerdende Zimmer ziehen wollte.

»Jetzt mach nicht so ein Gesicht und hol die Gutscheine raus«, sagte Héctor. »Das ist mein letzter Abend in Thikro, an den möchte ich mich nicht erinnern können.«

7

Seit dem frühen Morgen war Artilleriefeuer in der Stadt zu hören. Das Militär flog Angriffe auf Amgar, und die Flugzeugmotoren dröhnten so laut, als flögen sie über Thikro selbst. Cora stand hinter der Poolbar und wartete auf Gäste, aber es kamen keine. Erst gegen Mittag stiegen die ersten ins Wasser und setzten sich an ihren Tresen. Sie blickten alle ein wenig ängstlich in den Himmel und fragten nach ihrer Einschätzung – ob wirklich

nicht mit einem Angriff auf Thikro zu rechnen sei? Ob das Hotel
über einen Luftschutzbunker verfüge? Cora erklärte ihnen, dass
es seit fünf Jahren zu keinem Vorfall in Thikro gekommen sei.
Das Militär der Union stünde dennoch in ständiger Bereitschaft,
verschiedene Flugabwehrsysteme sicherten die Stadt. Sobald
ihre Gäste hörten, dass sie selbst nicht in Gefahr schwebten,
änderte sich der Ausdruck auf ihren Gesichtern. Sie wurden
betroffen. Sie unterhielten sich kopfschüttelnd über die vielen
Toten, die der Krieg bereits gefordert hatte, und über die vielen Flüchtlinge, die er zur Folge hatte – wenn man bedenke, in
was für ein Chaos sich die Revolution verwandelt habe, wünsche man den Menschen, sie hätten mit ihren Protesten gar nicht
erst begonnen. Unter dem Präsidenten sei es immerhin sicher
gewesen, und wie man höre, habe das Land eines der besten Bil-
dungssysteme der Region gehabt. Wohin das Ganze noch führen
solle, fragten sie sich, dann glitten sie zurück ins Wasser und
schwammen ihre Bahnen.

Als Cora von ihrer Schicht zurückkehrte, brach Héctor gerade
zum Flughafen auf. Zusammen mit Vincent belud er den Kofferraum seines Taxis. Er grinste ihr aus geröteten Augen entgegen,
umarmte sie zum Abschied und sagte, sie solle gut auf Vincent
aufpassen. Beide rochen nach Gras – wahrscheinlich hatten sie
zusammen einen Abschiedsjoint in der Küche geraucht. Vincent
war die Situation sichtlich unangenehm. Zu oft hatten sie über
die Plantagen auf der anderen Seite der Mauer gesprochen, darüber, wohin die Gelder flossen, wie sie den gesamten Krieg finanzierten – er machte immerhin eine verdammte Reportage darüber. Sie winkten dem Taxi hinterher und Cora fragte sich, was
eigentlich lächerlicher war – dass Vincent bei jenen Drogenclans
einkaufte, gegen die er anschrieb, oder dass sie zu müde war, um
einen Aufstand deswegen zu machen?
Schweigend stiegen sie das Treppenhaus hinauf. Oben angekommen, ging Vincent in die Küche und riss eilig die Fenster
auf. Cora ließ sich auf der Couch nieder und fuhr sich über die

geschlossenen Augen. In ihr schwoll eine Wut, die sich gleichermaßen gegen Vincent wie sich selbst richtete. Sie überlegte, direkt wieder nach Hause zu gehen, als sich Vincent zu ihr auf die Couch setzte.

»Das Gästezimmer ist jetzt frei«, sagte er. »Also wenn du möchtest, zieh doch bei mir ein.«

Damit hatte Cora nicht gerechnet. »Meinst du das ernst?«

»Die nächsten sechs Wochen steht hier ein Zimmer leer, und ich bin froh über Gesellschaft.«

Er tätschelte ihr Bein, was sich der Stimmung nicht angemessen fühlte. Er schien wirklich große Probleme damit zu haben, alleine zu sein. Cora wusste nicht, was sie darauf antworten sollte.

»Ich denke darüber nach«, sagte sie schließlich. Es war nicht die Reaktion, die sich Vincent vor ihr erwartet hatte – anstatt ihren Dank mit einer gönnerhaften Handbewegung wegwischen zu können, musste er sich zu einem höflichen Lächeln durchringen. Er verschwand ohne ein weiteres Wort in die Küche und begann zu kochen.

Sie brachten ein Abendessen hinter sich, das von mehreren Themen überlagert schien, und von denen sie kein einziges ansprachen. Beide waren auf Streit gebürstet und umkreisten einander wie Raubkatzen. Vincent schenkte ihnen Rotwein ein und glitt ins Philosophische ab. Er sprach davon, dass es keinen Altruismus gebe, und dass jedes karitative Handeln einen Eigennutz in sich trage. Letztlich täten die Menschen Gutes, um vor ihren Mitmenschen besser dazustehen, weil sie ein Jüngstes Gericht fürchteten oder weil sie die eigenen Schuldgefühle besänftigen wollten, die sie als Privilegierte angesichts der Zustände in der Welt unweigerlich befielen. Das müssten sich die Menschen mal eingestehen und an ihrer eigenen heroischen Fassade kratzen. Selbst Mitgefühl sei nur die Projektion des fremden Leids auf sich selbst. Mitfühlend zu handeln sei eine Vorsichtsmaßnahme, der entweder der Aberglaube zugrunde lag, dass Gutes mit Gutem vergelten werde, oder eine Vorsichtsmaßnahme, die sich von einer mitfühlenden Gesellschaft einen Vorteil für das eigene Unglück versprach.

Cora spürte, dass es ihm nicht um gedanklichen Austausch ging, sondern um einen konkreten Angriff auf ihre Person und ihre Arbeit bei *L&O*. Sie fragte ihn, was diese Gedanken bezwecken sollten, außer diejenigen zu diskreditieren, die anderen Menschen halfen. Natürlich habe er mit manchem Recht, doch dienten diese Diskurse vielmehr dazu, die eigene Gleichgültigkeit angesichts des täglichen Elends in ein besseres Licht zu rücken. Einen Ertrinkenden, dem die Hand hingestreckt werde, kümmere es wenig, aus welchen Gründen man sie ihm reichte. Diejenigen, die aus den falschen Gründen das Richtige taten, seien ihr immer noch lieber als jene, die ihre Untätigkeit mit philosophischen Spitzfindigkeiten rechtfertigten. Von diesem Taschenspieler-Nihilismus ließen sich höchstens Sechzehnjährige beeindrucken, aber als erwachsener Mensch müsse man Verantwortung für die eigene Rolle im System übernehmen.

Cora trank ihren Rotwein aus.

»Ich schlafe heute in meiner Wohnung«, sagte sie.

Vincent nickte und brachte sie zur Tür.

Am nächsten Morgen fasste sie einen Entschluss. Sie hatte dieses Gespräch lange hinausgeschoben, fast drei Jahre lang, aber es führte kein Weg mehr daran vorbei. Sie wollte sich nicht weiter gegen die Welt auflehnen müssen; sie wollte nicht mehr um fünf Uhr morgens aufstehen, damit sich privilegierte Arschlöcher schon zu Frühstückszeiten ihren Rausch antrinken konnten; sie wollte keine Schmerztabletten mehr nehmen, um den Tag zu überstehen, und dabei noch lächeln müssen; sie wollte sich keine Plastiksandalen mehr anziehen, um duschen zu gehen; sie wollte sich nicht mehr von Soße und Brot ernähren; und vor allem wollte sie nicht mehr auf Vincents Gunst angewiesen sein, um all dem für ein paar Stunden zu entfliehen. Cora war müde. Sie war so unfassbar müde.

»Mama.«

»Cora!«, rief ihre Mutter ins Telefon. Die Überraschung, mit der sie ihren Namen auf dem Handydisplay gesehen hatte, schwang noch in ihrer Stimme mit. »Warte mal kurz, ich bin im Garten und voller Erde«, sagte sie zerstreut. Cora hörte durch die Leitung einige Werkzeuge gegeneinanderschlagen und dann eine Weile nichts mehr. Sie ging jetzt sicherlich in ihr Büro, wo sie immer ihre Telefonate führte.

»Cora, ist alles gut?«

»Ja, es ist alles gut«, sagte sie und achtete darauf, dass ihre Stimme fest und selbstsicher klang. »Und bei dir?«

»Bei mir? Alles gut, alles gut … ich war gerade im Garten, die Beete umgraben …«

Sie schwiegen. Cora schloss die Augen, um sich zu dem folgenden Satz durchzuringen. »Ich wollte fragen, ob du mir ein wenig Geld leihen könntest.«

»Also steckst du doch in Schwierigkeiten?«

»Nein, Mama, ich habe einen Job und mir geht es gut, aber ich habe gerade ein paar Probleme mit meiner Wohnung und würde gerne auf dein Angebot zurückkommen.«

»Wie viel brauchst du denn?«

»Viertausend wären super.«

»Ich überweise es dir noch heute.«

»Danke.«

Sie schwiegen eine Weile.

»Warum ging das nicht früher, Cora?«

»Mama, bitte«, sagte sie und presste ihre Finger gegen das Nasenbein.

»Ich meine ja nur. Seit drei Jahren rede ich auf dich ein. Spätestens seit diese Hilfsorganisation dicht gemacht hat, hättest du das Geld nehmen sollen. Du machst dir das Leben so unnötig schwer. Du kannst so stur sein in diesen Dingen.«

»Ich komme eh schon angekrochen, also lass bitte –«

»Du kommst nicht angekrochen, du bittest um Hilfe, das ist ein Unterschied.«

»Mama!«, schrie sie jetzt fast. Sie ließ das Telefon sinken und versuchte, ihren zitternden Atem zu beruhigen. Ihre Mutter schien erschrocken – sie sagte nichts mehr, sondern wiederholte nur noch ihren Namen. Cora strich sich die Tränen aus den Augenwinkeln und räusperte sich. Sie nahm das Telefon wieder auf.

»Ich zahl's dir zurück. Wenn ich zurückkomme, finde ich einen Job und zahl's dir zurück. Und jetzt lass uns bitte nicht mehr darüber reden.«

»Okay.«

Sie erklärte ihr, wie sie das Geld mit Western Union verschicken konnte und beendete das Gespräch.

Am nächsten Morgen stand sie vor der Filiale, gemeinsam mit etwa zwanzig weiteren Kunden, die denselben gehetzten Ausdruck im Gesicht trugen. Sie gab die Daten ihrer Mutter, die Transaktionsnummer und das vereinbarte Kennwort durch. Die Banknoten blätterten durch die Geldzählmaschine und wurden ihr durch den Schlitz im Plexiglas zugeschoben. Cora trat aus der Filiale, das rettende Geldbündel tief in der Hosentasche vergraben, und spürte die irrationale Angst, auf dem Weg nach Hause überfallen zu werden. Mit rasendem Herzen eilte sie durch die Straßen. Eine Schöpfkelle, die in einer Metzgerei zu Boden fiel, ließ sie erschreckt zusammenzucken. Sie ignorierte die Blicke, die man ihr nachwarf, und fragte sich wieder einmal, was für ein Mensch sie geworden war.

Sie setzte sich auf ihr Bett und breitete die Geldscheine aus. Aus der Tomatenmarkdose nahm sie das übrige Geld dazu und zählte beides zusammen. Sie legte den Anteil beiseite, den sie für ihre Rückfahrt am 1. Januar benötigte, teilte das verbliebene Geld durch fünf und atmete tief aus. Das Geld würde reichen, um die restlichen fünf Monate nicht mehr arbeiten zu müssen und sich ein möbliertes Apartment im Neubaugebiet zu leisten. Sie zählte das Geld ein zweites Mal und ließ sich zurück auf ihr Bett fallen.

8

Milo lief etwas fahrig durch die Wohnung und strich seine Kissen glatt. Alles war ordentlich und sauber, und der Zustand seiner Wohnung offenbarte, was ihm mit seinen Gedanken nicht gelungen war. Schon den ganzen Tag drängten sich ihm Erinnerungen auf. Er hatte keine Ahnung, was er mit ihnen anstellen sollte, also drängte er sie zurück. Mit einem feuchten Schwamm wischte er über die Arbeitsflächen und sah sich in seiner Wohnung um. Ihm blieb jetzt noch eine halbe Stunde, bis er mit Vincent verabredet war und hatte nichts mehr zu erledigen.

Milo wusste in diesem Moment selbst nicht richtig, warum er dem Interview zugestimmt hatte. Die richtigen Fragen konnte er von Vincent nicht erwarten – vielmehr den nächsten mitleidigen Beitrag, der ihn zum Kronzeugen einer rückständigen Gesellschaft machen sollte, die um Befreiung durch den weißen Mann bat. Vielleicht hatte er gedacht, einen Artikel mit großer Reichweite positiv beeinflussen zu können. Vielleicht hatte er Vincent noch immer gefallen wollen. Letzteres war die schlimmste aller möglichen Erklärungen, aber es war zugleich die wahrscheinlichste.

Milo musste noch Tee aufsetzen und er war froh um die Aufgabe. Er brachte das Wasser in der unteren Teekanne zum Kochen und goss damit die Schwarzteeblätter in der oberen auf. Er beließ die Kannen auf der warmen Herdplatte, damit der Tee ziehen konnte, und setzte sich an den Küchentisch, wo er nervös die Kordeln der Tischdecke zwirbelte. Vor ihm lag ein aufgeschlagener Notizblock. Er hatte sich bereits Punkte notiert, über die er sprechen wollte – sie kamen ihm auf einmal lächerlich vor, ein hilfloser Versuch der Selbsttäuschung. Die Seite war voller Schlagwörter, die alle jenen Punkt vermieden, der ihn am meisten beschäftigte. Er legte den Notizblock beiseite und dachte an Mahmu.

Es war in der ganzen Stadt bekannt, dass Mahmu schwul war. Er selbst redete nicht viel darüber, aber wenn man ihn darauf ansprach, leugnete er es nicht. Es gab ein Graffiti auf dem Schulhof, das verkündete: *Mahmu ist eine Schwuchtel.* Milo wuchs mit diesem Graffiti auf. Er sah es jeden Morgen, wenn er durchs Schultor trat. *Mahmu ist eine Schwuchtel.* Es verblasste mit den Jahren, aber es wurde nie entfernt.

Mahmu war sieben Jahre älter als er. Er hatte die weiterführende Schule in jenem Jahr beendet, in dem Milo dort eingeschult worden war. Sie waren einander nie begegnet, aber manchmal sprachen die älteren Schüler über ihn. Milo hörte, wie sie Witze über ihn rissen, aber auch, wie sie ihre Abende planten und jemand einwarf, man müsse noch Mahmu dazu einladen. Mahmu vereinigte das seltene Talent auf sich, dass die Menschen in gleichem Maße gut wie schlecht über ihn sprachen, häufig im selben Atemzug. Als auch die älteren Schüler abgingen, fiel sein Name auf dem Pausenhof nicht mehr. Nur für Milo schien er noch eine Bedeutung zu haben. Vermutlich schenkten seine Mitschüler dem Graffiti nicht so viel Aufmerksamkeit wie er selbst.

Auch die Erwachsenen redeten über Mahmu. Er hatte eine Ausbildung zum Maler und Lackierer begonnen, und es hieß, er gehöre zu den besten Arbeitern des Betriebs. Man begegnete ihm auf den Baustellen der Stadt, und an den Wochenenden sah man ihn mit Freunden in den Teehäusern sitzen. Manchmal saßen Männer an seinem Tisch, die nicht aus der Stadt kamen, was in der Nacherzählung mit einem vielsagenden Schweigen kommentiert wurde. Am Freitagsgebet nahm Mahmu regelmäßig teil, und es war bekannt, dass er von seinem Ausbildungsgehalt den vorgeschriebenen Anteil spendete. Er lebte mit seinen zwanzig Jahren in einer eigenen Wohnung, was ungewöhnlich war, aber allein nicht zum Vorwurf reichte. Es hieß, sein Vater habe ihn rausgeschmissen, als er *davon* erfuhr. An dieser Stelle wurde meist verständig genickt.

Milo war dreizehn Jahre alt und saugte alles auf, was er über Mahmu in Erfahrung bringen konnte. Er spürte eine besondere Verbundenheit mit dem jungen Mann, auf den beim täglichen Durchschreiten des Schultors derselbe Schlag niedergegangen sein musste. Mahmu wurde für ihn zu einer Legende, ein seltenes Wesen, für das es genügend Zeugnisse gab, das man aber nie selbst zu Gesicht bekam.

Einmal hörte er Tante mit ihrer Schwiegertochter über ihn reden, da saßen sie gerade beim Abendessen. Milo legte großen Wert darauf, unbeteiligt zu wirken und schob sich mechanisch Essen in den Mund. Die Schwiegertochter, Maria, erzählte von den Handwerkern in ihrem Haus. Sie wollte zusätzlichen Wohnraum vermieten und ließ um eine Etage aufstocken. Mahmu hatte sie für die Streicharbeiten beschäftigt.

»Ein richtiger Mann ist er geworden, Mahmu, ich kenne ihn ja noch aus dem Unterricht. Anstatt *Frau Lehrerin* hat er einmal *Mama* zu mir gesagt, aus Versehen. Er ist ganz rot angelaufen und hat den Mund nicht mehr aufbekommen, ja, so kenne ich Mahmu noch, jetzt hat er einen Bart und streicht meine Wände. In seiner Mittagspause habe ich ihm Kaffee gebracht, und wir haben uns ein wenig unterhalten. Eine Schande, er hätte eine tolle Frau abbekommen.«

»Hat er beim Trinken den kleinen Finger abgespreizt?« Tante machte es mit ihrem Wasserglas vor.

»Darauf habe ich auch geachtet! Hat er nicht.«

»Vielleicht wird es doch noch was mit ihm.«

»Seine Arbeit macht er jedenfalls gut. Und er ist fleißig und anständig, nicht wie dieser Esel von Fliesenleger. Nein, Mahmu kriegt ein gutes Trinkgeld von mir.«

Am Tag darauf kochte Tante ein aufwendiges Gericht. Sie stand frühmorgens auf, machte Tee und bereitete eine Arbeitsfläche auf dem Küchenboden vor. Dort saßen später vier Frauen im Kreis, hackten Gemüse und Kräuter und kneteten Teig, den sie in dünnen Bahnen auf Blechen ausrollten. Sie füllten gleich mehrere Platten auf einmal, und Milo bot an, eine davon Maria zu bringen. Tante lobte ihren Neffen vor ihren Freundinnen und drückte ihm eine in die Hand.

Milo trug die noch dampfenden Schichten aus Hackfleisch, Auberginen und Blätterteig durch die Straßen und spürte, wie sein Herz klopfte. Er klingelte bei Maria und wurde freudig empfangen. Sie ließ ihn die Platte in der Küche abstellen und steckte ihm einen Schein zu.

»Willst du ein Stück zu Mahmu raufbringen?«, fragte sie und lud bereits eine großzügige Portion auf einen Teller. Milo stieg die Treppe zum Rohbau hinauf. Der Boden war mit Plastikfolie ausgelegt und die Luft roch nach frischer Farbe. Er zögerte eine Weile, bevor er die letzte Treppenwindung nahm, und begegnete dann Mahmu, der gerade eine Farbrolle gegen die Wand presste. Er trug einen weißen Schutzanzug, der nur sein rundes Gesicht freiließ. Milo beobachtete ihn eine Weile. Als Mahmu sich zu ihm umdrehte, stellte Milo ihm den Teller hin und machte kehrt. Er sprach kein Wort mit ihm und erwiderte nicht dessen Gruß. Im Haus seiner Familie wäre das zu auffällig gewesen.

Milo fand heraus, auf welcher Baustelle Mahmu die nächsten Wochen arbeiten würde. Sie lag in einer ruhigen Gegend, außerhalb des Stadtzentrums, wo die Sonne bereits am späten Nachmittag hinter den Bergen verschwand. Um den Neubau zogen sich noch Gerüste, und Mahmu war der einzige Arbeiter auf dem Gelände. Er trug mit einer Bürste die Grundierung an den Außenwänden auf. Milo stellte sein Fahrrad ab und trat auf ihn zu.

»Hallo«, sagte er mit zitternder Stimme. »Ich heiße Milo.«

Mahmu drehte sich zu ihm um. Er wischte sich über die schweißnasse Stirn. »Hallo Milo. Ich bin Mahmu.« Er tauchte die Bürste in den Eimer und sah ihn fragend an. »Bist du einer der Nachbarsjungen?«

Milo schüttelte den Kopf. Als er nichts weiter erwiderte, drehte sich Mahmu um und trug weiter die Grundierung auf. Milo setzte sich auf eine Mauer vor dem Haus, sah ihm bei der Arbeit zu und warf Kieselsteine in die Einfahrt. Mahmu wusste nicht, was der Knirps von ihm wollte, und scheuchte ihn weg.

Am nächsten Tag kehrte Milo auf die Baustelle zurück. Er fuhr mit seinem Fahrrad Kreise auf der Straße und sah zu Mahmu hinüber. Nach einer Weile legte er sein Fahrrad ab und blickte ihm beim Streichen über die Schulter. Die Farbe machte ein schmatzendes Geräusch, wenn sie aufgetragen wurde.

»Kann ich dir helfen?«, fragte Milo.

Mahmu lachte. »Geh lieber nach Hause und hilf deiner Mutter. Die wartet auf so einen Satz von dir.« Als er keine Anstalten machte, sich zu bewegen, musterte Mahmu ihn von oben bis unten. Er schien sich einen Reim auf den Jungen machen zu wollen. »Du kannst den Eimer ausspülen«, sagte er schließlich.

»Die Pinsel auch?«, fragte Milo und deutete auf die Pinsel, die an altem Zeitungspapier festklebten.

»Ja, die auch«, sagte Mahmu und runzelte die Stirn. Milo griff sich Eimer und Pinsel und rannte los.

Auch in den folgenden Tagen ging Milo ihn auf der Baustelle besuchen. Er half ihm dabei, Pinsel auszuwaschen und Farbe anzurühren. Er trug den Abfall zu den Müllcontainern und begnügte sich ansonsten damit, neben ihm in der Sonne zu sitzen und ihm bei der Arbeit zuzusehen. Irgendwann schien Mahmu zu begreifen.

»Ich lad' dich auf eine Cola ein«, sagte er eines Tages, als Milo wieder mit seinem Fahrrad die Einfahrt umkreiste, und streckte ihm einen Geldschein hin. Er ließ ihn vom nächsten Laden die Getränke holen, und sie setzten sich damit an einen windschiefen Zaun hinter der Baustelle. Vor ihnen lagen weite, brache Felder.

Mahmu kramte seine Zigaretten hervor. Er zog mit den Lippen eine heraus und hielt die Packung auch Milo hin. Milo zögerte. Er griff nach einer Zigarette, aber Mahmu zog die Packung rechtzeitig zurück. Er gab ihm einen Klaps auf den Hinterkopf.

»Dummkopf. Du bist viel zu jung dazu.«

Milo lachte.

»Wie alt bist du denn?«

»Dreizehn.«

Mahmu nickte. Sie sahen sich nicht direkt an, sondern blickten über die Felder und zu den Bergen. »Du bist anders als die anderen Jungs, stimmt's?«

Milo lief rot an. Er sah zu Boden und nickte.

»Es ist nicht leicht, was du durchmachst, aber es wird leichter«, sagte Mahmu und begann zu erzählen. Milo konnte sich nicht mehr erinnern, was Mahmu ihm an diesem Tag erzählt hatte, und er vermischte es mit Dingen, die er ihm Jahre später sagte – aber er wusste, dass er sich nach diesem ersten Gespräch einen halben Kopf leichter fühlte. Sie zerknüllten ihre Cola-Dosen und spielten damit Fußball, bis Mahmu sagte, er müsse sich wieder an die Arbeit machen. Sie gingen zurück, kickten die Dosen bis zur Brücke, die über den Kanal führte, und schoben sie mit der Schuhspitze über den Abgrund. Milo nahm sein Fahrrad und fuhr mit doppelter Geschwindigkeit nach Hause.

9

Milo wartete in den folgenden Jahren darauf, dass es leichter wurde, aber es wurde nicht leichter, sondern nur schwerer. Er verbrachte ganze Tage in seinem Bett und fühlte, wie er durch die Mitte der Matratze gezogen wurde. Er platzierte stets ein aufgeschlagenes Buch neben sich, das er schnell greifen konnte, wenn es an seiner Tür klopfte. »Ich lese«, konnte er dann sagen, und die Tür wurde ohne weitere Fragen geschlossen. Gerade jetzt, da er sich auf seinen Abschluss vorbereitete, fiel es ihm besonders leicht, seine Schwermut zu verschleiern. Er tauschte Mahfuz gegen Algebra – »Ich lerne«, konnte er sagen, und Tante, die ihm einen Stapel frischer Wäsche brachte oder ihn zum Essen rief, verließ mit einem stolzen Lächeln das Zimmer. Zum Glück brauchte er kaum zu lernen, um passable Noten nach Hause zu bringen.

Auch an jenem bedeutenden Probentag, an den er später oft zurückdachte, lag Milo in seinem Bett. Durch einen Spalt, der sich durch die Vorhänge nicht schließen ließ, blendete ihn die Sonne. Er streckte die Arme in die Höhe, um seinen Kreislauf in Gang zu bringen – er wusste, dass er jetzt aufstehen musste, wollte er noch halbwegs pünktlich kommen. Er betrachtete den sanften Flaum, der sich über seine Oberarme zog und sich im Licht der Sonne glühendrot färbte. *Schuld* und *Scham*, so hatte er seine beiden Arme einmal getauft, weil sie ihn auf Schritt und Tritt begleiteten. Er konnte sie noch so sehr schütteln, aber sie waren durch Muskeln, Fleisch und Knochen mit seinem restlichen Körper verwachsen. Er fand in dieser Vorstellung auch einen gewissen Trost, denn für seine Arme konnte niemand etwas, so wie der Nachbarsjunge, der mit einer Gaumenspalte geboren war, und über die Tante sagte, dass eine Gaumenspalte nichts Schlimmes sei und dass Gott sie gegeben habe, und was von Gott komme, dafür könne man sich nicht schämen. Allerdings konnte man eine Gaumenspalte operieren, dachte Milo, nur was sollte man an zwei gesunden Armen operieren? Er begann, den Nachbarsjungen um seinen offensichtlichen Schaden zu beneiden.

Eine Nachricht schreckte ihn auf – sie kam von Anael, natürlich. *Nimm die Hände aus der Hose und komm zur Abwechslung mal pünktlich.* Milos Mundwinkel verzogen sich widerwillig zu einem Lächeln. Er tippte eine Antwort.

Arbeite mal an deinem Ton, Arschloch. Und dann, hinterher, *Ich komme.*

Er hievte sich auf die Beine und blieb kurz auf der Bettkante sitzen, bis sich sein Schwindel gelegt hatte. Er schlüpfte in die Turnschuhe, die er zum Widerwillen seiner Tante erst in seinem Zimmer ausgezogen hatte, und stahl sich aus der Wohnung, bevor er mit irgendjemandem reden musste.

Sein Freund Anael hatte die Leitung des Schultheaterclubs übernommen und dringend Mitglieder gesucht. Milo hatte kein Interesse an der Schauspielerei, aber er las gerne Stücke und suchte nach Ablenkung – ohne recht zu wissen, welche Aufgaben er übernehmen sollte, war er zu den letzten beiden Treffen gekommen. Sie trafen sich in der Schulbühne, einer altmodischen

Guckkastenbühne mit bestuhltem Zuschauerraum, die vornehmlich für Abschlussfeiern verwendet wurde. Milo betrat keuchend den Raum und warf einen Blick auf sein Handy – er war keine zehn Minuten zu spät. Die Jungs saßen bereits auf dem Bühnenboden, und Milo drückte jedem zur Begrüßung zwei Küsse auf die Wangen, auch Anael, der ihm einen Stapel Blätter reichte und etwas säuerlich zu ihm hochblickte.

»Wir machen gerade ein paar Stimmübungen«, sagte er.

Milo stöhnte innerlich. Sie hatten bereits das letzte Treffen damit verbracht, auf dem Bühnenboden zu fläzen und sich Szenen aus fotokopierten Stücken vorzulesen. Er setzte sich gerade in den Kreis, als die Tür ein weiteres Mal aufging und ein junger Mann mit Ziegenbart den Raum betrat. Er hatte die Hände in seine Jackentaschen gestopft und lief zielstrebig auf die Bühne zu.

»Youssef!«, rief Anael aus.

Youssef hob selbstvergessen die Hand und lief an ihnen vorbei. Er machte dabei breite Ausfallschritte, als schien er die Größe der Bühne auszumessen. Er drehte sich um die eigene Achse und blickte in den Zuschauerraum, dann schob er den Vorhang zurück und verschwand hinter der Bühne. Mohamed und Yasha, die beiden anderen Jungs der Gruppe, neigten sich zu Anael, der den Fremden als einziger zu kennen schien. »Er hat vor ein paar Jahren im Theaterclub gespielt«, flüsterte er und zuckte mit den Schultern. Als habe er gehört, dass über ihn gesprochen wurde, kam der junge Mann wieder hinter dem Vorhang hervor.

»Eure Technik ist noch immer lächerlich ausgestattet. Ihr müsst mehr Druck auf den Rektor machen.«

»Youssef, was machst du denn hier?«

»Euch eine Idee bringen, deren Zeit gekommen ist.« Er sprang vom Bühnenboden und wandte sich ihnen zu. »Kümmert sich der Rektor weiterhin einen Dreck um den Theaterclub?«

»Er lässt uns ›unseren kreativen Freiraum‹, wie er sagt.«

»Sehr gut. Habt ihr schon ein Stück?«

Sie schüttelten den Kopf.

»Na seht ihr. Jetzt habt ihr eins.«

Er zog ein Buch aus seiner Gesäßtasche und legte es ihnen hin – *Warten auf Godot* von Samuel Beckett. Er hielt kurz inne, bis alle einen Blick darauf geworfen hatten, und baute sich dann vor ihnen auf.

»Existiert der Staat, in dem wir leben, noch?«

Er blickte sie der Reihe nach an.

»Das ist keine rhetorische Frage. Bekommen eure Großeltern noch ihre Renten? Bekommen eure Lehrer noch ihre Gehälter? Niemand weiß doch so genau, ob es diesen Staat noch gibt, und es wird nicht lange dauern, bis das jemand für sich nutzt. Ihr wisst, was mit Amgar passiert ist.«

Seit Tagen wurde in Thikro über nichts anderes gesprochen. Zum ersten Mal hatte sich eine der Kriegsparteien bis in diesen Teil des Landes gewagt und sogleich die Nachbarstadt Amgar unter ihre Kontrolle gebracht. Obwohl Tante die eiserne Regel hatte, dass der Fernseher erst am Abend eingeschaltet wurde, lief er nun bereits am Morgen, wenn Milo zur Schule aufbrach. Tante schälte nebenbei Kartoffeln und tat so, als liefe das Nachrichtenprogramm nur im Hintergrund. Tausende waren bereits aus Amgar geflohen und in die notdürftigen Zeltstädte gezogen, die am Stadtrand von Thikro entstanden.

»Wie lange dauert es noch, bis wir an der Reihe sind?«, fragte Youssef. »Wollen wir dann wirklich unser Schicksal in die Hände der Vereinten Nationen legen? Auf die Reaktion einer empörten Weltöffentlichkeit vertrauen? Sie alle werden zusehen, so, wie sie jetzt in Amgar zusehen und in den vielen anderen Städten davor. Unser Leid und unsere Klage werden ungehört bleiben, vertröstet auf den nächsten Sondergipfel, den nächsten Sondergipfel, den nächsten Sondergipfel.« Youssef griff sich das Buch und hielt es ihnen vor die Augen. »Wir erleben denselben absurden Traum, den Beckett beschrieben hat. Diese Stadt braucht dieses Stück«, endete Youssef, »Und wenn wir jeden einzelnen am Schopf hier reinziehen müssen.«

Er schob die Hände in seine Jackentaschen zurück und starrte auf den Boden, um seine Rede wirken zu lassen. Seine Mundwinkel zuckten nervös, während er auf eine Reaktion wartete, und Milo vermutete, dass er seinen Auftritt schon zu Hause geprobt hatte. Er belächelte dieses gespielte Selbstbewusstsein, diese arrogante Künstlerpersönlichkeit, die ihre eigene Aufgesetztheit nicht verbergen konnte – und dennoch zeugte dieser Auftritt von einem unbedingten Willen, der Milo faszinierte. Er war Youssef und seinem Vorhaben sofort verfallen.

»Du bist doch kein Schüler mehr, Youssef, was willst du mit dem Theaterclub der Schule?«

»Wen kümmert das«, sagte er und wischte den Einwand mit einer Handbewegung beiseite. »Ihr habt den Raum und die Möglichkeiten.«

Anael warf den anderen einen Blick zu, um ihre Meinung abzufragen. Jeder schien auf seine Weise von dem Schauspiel beeindruckt.

»Du meinst also, das taugt was?«, sagte er und deutete auf das Buch.

»Es taugt nicht nur, es ist schlicht notwendig. Wer sind eure Schauspieler?«

Yasha und Mohamed hoben die Hand.

»Gut. Den Wladimir mache ich, wir brauchen noch einen Estragon, einen Pozzo und einen Lucky. Ich übernehme die Regie.«

»Du kannst nicht Regie *und* Hauptrolle machen. Das hier ist unser Abschlussstück und nicht dein Privatprojekt. Ich übernehme die Regie«, sagte Anael. Er hatte ihm erstmals Widerworte gegeben und doch im selben Atemzug eine Zusage erteilt.

»Gut, wir machen die Regie zu zweit. Und du, was machst du?«, sagte Youssef, um schnell abzulenken, und deutete mit dem Kinn auf Milo.

»Technik«, war das erste, was ihm in den Sinn kam.

»Kriegst du uns eine Videoprojektion auf die Bühne?«

Milo hatte keine Ahnung davon, aber er nickte.

»Perfekt«, murmelte Youssef, und sein Blick wurde kurz

stumpf, als richte er ihn bereits auf die Premiere und nicht auf eine leere Bühne.« »Ihr trefft euch immer Dienstagabend?«

Sie nickten.

»Dann lasst uns ein zweites Mal die Woche treffen. Welcher Tag passt euch?«

In dieser Nacht konnte Milo nicht schlafen. Er war die ganze Stadt abgelaufen, um sich ein Exemplar des Theaterstücks zu besorgen, und hatte es in einem Zug durchgelesen. Jeder Gedanke sprühte Funken, und er beschrieb ein Notizbuch voller Ideen für die Inszenierung, die er mit Anael besprechen wollte. Erst, als schon zum Morgengebet gerufen wurde, legte er das Buch beiseite und löschte das Licht.

10

Die Bewohner von Thikro kannten das Theater nicht. Es gab einen Kinosaal in der Stadt, in dem schnulzige Liebesfilme und Hollywood-Produktionen gezeigt wurden sowie ein Pornokino, das nach einem Jahr abgebrannt war. Youssef wollte von alledem nichts wissen.

»Sie werden uns zuhören«, sagte er und drückte dabei das Buch in seiner Faust zusammen, als sei es eine Zeitung. »Sie werden uns zuhören, aber wir müssen wissen, was wir ihnen sagen wollen.«

Sie brachten Stunden auf dem Bühnenboden zu und diskutierten, was das Stück mit ihnen und den Umwälzungen im Land zu tun hatte. Sie alle waren der Überzeugung, dass der Präsident abtreten musste, doch sie alle fürchteten gleichermaßen die Opposition – eine Zwickmühle, die das Land lähmte und den Status Quo ins Unendliche zu verlängern drohte. Nun, da sich Opposition und Staat tatsächlich gegeneinander erhoben hatten, sollte niemand glauben, dass die Weltöffentlichkeit sie vor den schlimmsten Stufen der Eskalation bewahren würde – mit diesem Gedanken stellten sie das Textbuch zusammen, und zu

Beginn der nächsten Probe konnte Milo die ersten Szenen durch den Fotokopierer jagen. Er verteilte die noch warmen Bögen, als in Begleitung von Youssef ein junger Mann den Bühnenraum betrat – er musste ein zweites Mal hinsehen, bis sein überrumpelter Verstand begriff, dass es sich um Mahmu handelte.

Freude und Panik fluteten gleichzeitig seine Gedanken. Er freute sich, Mahmu wiederzusehen, und doch stand ihm sein eigenes Geheimnis gegenüber, mit einem fremden Mund, den er nicht am Reden hindern konnte. Mahmu ließ sich indes nichts anmerken – er begrüßte ihn wie jeden anderen mit Handschlag und kurzen Küssen auf die Wangen, bevor er einen Schritt zurücktrat und sich vorstellen ließ.

»Mahmu wird uns einen neuen Bühnenprospekt malen. Alles bereits mit dem Rektor abgesprochen.«

Die Jungs waren natürlich begeistert. Der alte Prospekt zeigte eine Szene aus dem vorrevolutionären Frankreich und war sicherlich an irgendeinem europäischen Theater aussortiert und als gut genug für eine Schulbühne in Thikro befunden worden.

»Er wird zudem für das Bühnenbild zuständig sein.«

»Natürlich in Abstimmung mit euch«, schob Mahmu dazwischen. Er hatte sich in den letzten fünf Jahren kaum verändert – das bärtige Mondgesicht, die Brille, sein gutmütiger Tonfall. Seit ihrer Unterhaltung auf der Baustelle hatten sie nicht mehr miteinander gesprochen. Nur hin und wieder, wenn sie sich auf der Straße begegnet waren, hatten sie einander mit einem wissenden Lächeln zugenickt.

Anael klatschte in die Hände, und die Schauspieler wechselten auf die Bühne, wo sie mit einigen Aufwärmübungen begannen. Obwohl Milo mit den Proben nicht viel zu schaffen hatte und er mühelos hätte Mahmu Gesellschaft leisten können, setzte er sich vor die Bühne. Mohamed, der die zweite Hauptrolle spielte, lief schon bald der Schweiß in langen Bahnen den Hals hinab. Anael hatte ihm aufgetragen, Liegestützen und Hampelmänner zu machen, während er die erste Szene spielte. Ob Anael auf der Suche nach neuen Ausdrucksformen war oder sich einen

Spaß mit seinem Freund erlaubte, konnte er schwer sagen – vermutlich beides gleichzeitig. Milo machte sich einige oberflächliche Notizen und blickte immer wieder zu Mahmu hinüber, der sich im Requisitenraum eine Arbeitsfläche schuf.

Sie beendeten die Probe später als geplant, und als sie die Bühne verließen und in das grelle Tageslicht traten, stupste Mahmu ihn an. Er deutete auf sein Mofa, das er vor dem Schuleingang abgestellt hatte.

»Soll ich dich nach Hause bringen?«, fragte er. Milos Stirn wurde glühend rot, aber Mahmu sah ihn bloß an, als wäre es die natürlichste Frage der Welt. Auch die Jungs waren stehengeblieben. Sie mussten sich wundern, woher die beiden einander kannten – sie waren sich doch heute scheinbar zum ersten Mal begegnet.

»Klar, danke«, sagte Milo und setzte sich hinten auf sein Mofa. Er scheute sich davor, sich an Mahmu festzuhalten, und wurde eines Besseren belehrt, als sie anfuhren und er beinahe hinten überkippte. Mit einer Hand krallte er sich an Mahmus Jacke fest.

»Bis morgen«, rief er den Jungs möglichst beiläufig hinterher, dann waren sie endlich um die Ecke gebogen. Sie fuhren schweigend und Milo wartete darauf, dass einer von ihnen etwas sagte.

»Wollen wir einen Tee trinken, bevor ich dich absetze?«

Mahmu brachte sie in ein Teehaus, das im Garten eines Hinterhofs lag und bei jungen Leuten beliebt war. Er erzählte Milo, dass es sein liebstes Teehaus sei, weil es wie eine grüne Lunge inmitten der Stadt liege, und weil das Licht in vielen kleinen Strahlen geteilt durch die Palmenblätter dringe. Er schüttelte sogleich die Hände einiger Stammgäste, und auch Milo wurde in die kurzen Unterhaltungen miteinbezogen. Er fühlte sich wie Mohamed, der seinen Text aufzusagen hatte, während er Liegestützen und Hampelmänner machte, und kam den seichten Gesprächen kaum hinterher. Endlich lösten sie sich von Mahmus Bekanntschaften und setzten sich an einen freien Platz.

»Wie verrückt, dass wir uns so wiederbegegnen«, sagte Mahmu und zündete sich eine Zigarette an.

»Ja, verrückt.«

»Wie ist es dir ergangen, die letzten Jahre?«

»Gut«, sagte Milo und nickte. Er blickte sich unauffällig nach ihren Tischnachbarn um und schätzte die Entfernung zu ihnen ab.

Mahmu beugte sich vor. »Du weißt, dass auch Heteros mit mir gesehen werden?«, flüsterte er ihm zu; dass er so verschwörerisch flüsterte, schien ihn selbst zu belustigen.

»Ja, klar, natürlich«, stammelte Milo, aber daran erinnert zu werden, half ihm tatsächlich. Er legte einen Arm über die Stuhllehne und versuchte, sich zu entspannen. Mahmu musterte ihn durch den Rauch seiner Zigarette. Er deutete auf das Shirt, das Milo trug – es zeigte Comicversionen von Kafka, Shakespeare und Poe, die mit Knüppeln bewaffnet waren und auf der Ladefläche eines Geländewagens standen, der von Virginia Woolf gefahren wurde.

»Wer sitzt da neben Virginia Woolf?«

Milo zog sein Shirt straff und sah an sich herunter.

»Ich glaube, das ist Simone de Beauvoir. Für sie war immer der Beifahrersitz reserviert.«

Mahmu lachte. »Man könnte meinen, es können nur Weiße gut schreiben. Was ist denn mit der schwarzen oder der südamerikanischen Literatur? Was ist mit der großen persischen Dichtung? *Komm, komm, wer immer du bist / Wanderer, Götzenanbeter –*«

»*Du, der du den Abschied liebst / Dies ist keine Karawane der Verzweiflung ...* Kenne ich genauso. Aber ja, du hast recht.«

Der Kellner brachte ihnen den Tee, und als er verschwunden war, beugte sich Milo gleich wieder vor.

»Wie bist du denn zum Theaterclub gestoßen?«

»Youssef hat mich gefragt. Er ist mein bester Freund.«

»Aber er ist nicht …?«

Mahmu schüttelte den Kopf. »Seit Youssef das Stück gelesen

hat, haben wir über nichts anderes mehr gesprochen. Er hatte ziemlich Schiss davor, dass er bei euch abblitzt.«

»Das dachte ich mir.«

»Für das Bühnenbild wollte er von Anfang an mich. Ich streiche ja nicht nur Wände, sondern male und zeichne.« Er erzählte ihm von seinen künstlerischen Projekten und seinen Ideen für den Prospekt, und Milo berichtete von der vergangenen Probe, von der Mahmu nicht viel mitbekommen hatte. Anael und Youssef, die seit dem ersten Tag miteinander harmonierten und sich in ihrer Arbeit gut ergänzten, hatten sich heute wie Steinböcke ineinander verhakt. Youssef drängte darauf, das Stück stärker religionskritisch zu lesen, was Anael unbedingt vermeiden wollte. Entbrannt war der Streit an der Frage, inwiefern Godot auch ein Sinnbild für Gott darstellte.

»Ich teile Youssefs Interpretation nicht«, sagte Mahmu schlicht. »Und ich glaube, dass kein einziges Wort an Gott verschwendet ist.«

Es überraschte Milo, ihn so sprechen zu hören, doch er erinnerte sich daran, was man über Mahmu erzählte: dass er jeden Freitag zum Gebet gehe und zu den Feiertagen die vorgeschriebenen Spenden entrichte. Milo wurde sich des Irrsinns dieser Information bewusst. Von niemand anderem in der Stadt war bekannt, ob er oder sie spendete oder nicht – nur Mahmus Spende war dem Stadtgerede eine Nachricht wert, als zeige sich darin ein bemerkenswerter Widerspruch. Nicht alle schienen darin eine Überzeugungstat ohne Hintergedanken zu sehen.

Sie tranken noch eine zweite Runde Tee, bevor Mahmu ihn nach Hause brachte. Er hielt einen Straßenblock von Milos Haus entfernt, um ihn nicht in Verlegenheit zu bringen – Milo war es unangenehm, dass sich Mahmu seinetwillen versteckte und war doch froh darum. Er stieg vom Mofa, blieb etwas unschlüssig stehen und suchte nach den richtigen Worten. Ihm fiel eine Frage ein, die er schon den ganzen Abend hatte stellen wollen.

»Hast du eigentlich einen Freund?«

Mahmu lächelte, als käme ihm etwas sehr Schönes in Erinnerung. Er zog sein Smartphone heraus und zeigte ihm das Bild eines jungen Mannes, der etwas spöttisch und doch liebevoll in die Kamera grinste – *Warum musst du mich ständig fotografieren?*, schien er zu fragen, während er sich eine braune Haartolle aus der Stirn strich. Milo versuchte, sich die beiden nebeneinander vorzustellen. Es war ihm fremd, sich zwei Männer als Paar zu denken, aber er hatte ein gutes Gefühl bei den beiden und freute sich für sie.

»Erzähl mir das nächste Mal von ihm.«

»Mach ich«, sagte Mahmu lächelnd, drehte seine Maschine um die Achse und verschwand in den Straßen.

11

Er hatte kein sonderlich enges Verhältnis zu seinem Onkel, der den Großteil seiner Zeit im Wohnzimmer verbrachte – dachte er an ihn, sah er ihn in der altbackenen Sofagarnitur versunken, den Blick auf den Röhrenfernseher gerichtet, hinter sich ein Bild der *Kaaba* an der sonst kahlen Wand. Sie hatten einander nicht viel zu sagen, und doch war es dieser Onkel, der ihn in die Kunst der Taubenzucht eingeführt hatte. Schon als kleiner Junge war er ihm in den Schlag gefolgt. In seltenen Momenten der Überschwänglichkeit hatte Onkel ihn auf die Schultern genommen, sodass er über das Dachgeländer blicken und die Hände zu Flügeln ausstrecken konnte – mehr noch brachte er ihm bei, den Tauben mit einem feierlichen Ernst entgegenzutreten. Er lernte, alle Tauben beim Namen zu unterscheiden, und schleppte freiwillig die schweren Kübel Vogelfutter aufs Dach. Erdem, Onkels leiblicher Sohn, hatte sich nie für die Tauben interessiert, und wenn Onkel von seinem Neffen erzählte, klang in seiner Stimme unverkennbar Stolz mit. Milo zog dafür manch Prügel von Erdem auf sich, aber nicht allzu lange – niemand fand Gefallen daran, einen Jungen zu schlagen, dessen Mutter ihn bei der Tante zurückgelassen hatte.

Abends schickte Onkel ihn hinauf, um die Gittertür zum Dach abzusperren. Schon lange vor der letzten Treppenwindung klimperte Milo mit den Schlüsseln, um möglichen Dieben die Flucht zu ermöglichen – nicht, weil er Mitleid mit ihnen hatte, sondern weil er Onkel vor dem Gefängnis bewahren wollte. »Wen ich dabei erwische, meine Tauben zu stehlen, den schlage ich tot«, sagte Onkel oft. Obwohl Milo ihn vorwiegend kannte, wie er auf der Sofagarnitur saß, neben sich die Fernbedienung und seine Insulin-Spritzen, hatte er keinen Anlass, an seiner Aussage zu zweifeln. Versteckt hinter einem Stoß Feuerholz, das auf dem Dach lagerte, hielt Onkel für den Ernstfall eine Eisenstange bereit.

Auch als Jugendlicher stieg Milo noch immer gern zu den Vögeln hinauf, und wenn sich Onkel seinen Vorabendserien widmete, von denen er behauptete, sie sich nur Tante und Selma wegen anzuschauen, hatte er das Dach für sich allein. Dort saß er dann mit angezogenen Beinen und sah zu, wie sich die Stadt in der untergehenden Sonne orange färbte. Er drehte kurze Videos mit seiner Handykamera, auf denen er den trippelnden Gang einer einzelnen Taube verfolgte und dazu kurze Gedichtzeilen einsprach, die ihm in den Sinn kamen. Eines davon schickte er Mahmu, begleitet von einem selbstironischen Kommentar, auf den er sich im Zweifel zurückziehen konnte. Mahmu antwortete jedoch sehr ernsthaft und schrieb, dass ihm das Video gefalle und dass er sich auf das nächste freue. Er schickte ihm ein eigenes Video hinterher – *Die Radikalität der Arbeiterklasse* zeigte ihn eine halbe Minute dabei, wie er eine weiße Innenwand rot überstrich.

Sie trafen sich nun immer dienstags und freitags zu den Proben, und es wurde schnell zur Gewohnheit, dass sie am Freitagabend alle zusammen ausgingen. In jenen Tagen gab es nichts, was Milo lieber tat, als mit den Jungs nach einer anstrengenden Probe durch die Straßen zu ziehen – Mahmu schob sein Mofa im Leerlauf mit sich, während die anderen links und rechts nebenher trabten, von der Schule hinunter zu den Teehäusern im Osten der Stadt.

Sie entwickelten in kürzester Zeit eine Dynamik, die ihnen vorauszueilen schien. Schnell sprach sich herum, dass die sechs jungen Männer an einem Theaterstück arbeiteten, und Youssef erzählte jedem davon, der ihm nur lange genug zuhörte. Youssef konnte auch ausschweifende politische Diskussionen führen und schien sich mit jenen zu umgeben, die ihm am härtesten widersprachen. Versammelt wie Jünger vor einem Propheten, zog er sein Publikum stets auf seine Seite, auch wenn es selbst nicht zu wissen schien, ob es mit oder über ihn lachte und ob es ihn überhaupt verstand. Häufig schmuggelte er Schnaps ins Teehaus und schenkte jedem, der ihm sein Getränk entgegenstreckte, davon ein – selbst mit halb geschlossenen Augen und einem deutlichen Seitendrall auf der Zunge konnte er eine perfekte Abhandlung über den Existenzialismus ihrer jungen, von der Revolution enttäuschten Generation halten.

Milo und die anderen Jungs saßen dann etwas abseits, die Arme über die Stuhllehnen gelegt, und unterhielten sich nicht minder aufgeregt. Hin und wieder spielte eine Band, und wenn sie nicht selbst zwischen den Tischreihen tanzten, mussten sie einander zurufen, um sich im Lärmpegel zu verstehen. Die Teehäuser waren voll, und sie alle hatten das Gefühl, dass sie seit dem Überfall auf Amgar noch voller geworden waren.

Wenn die Teehäuser schlossen oder Youssef vorzeitig hinausgeworfen wurde, weil er mit seinem Flachmann aufgeflogen war, traten sie den Heimweg an. Vor dem Schlafengehen hatten die Anwohner ihre Höfe feucht ausgekehrt, und sie sprangen über die Pfützen, die sich nun in den Rinnsteinen bildeten. Auf ihrem Heimweg passierten sie regelmäßig das *Apollo*, das einzige Kino der Stadt, und eines Nachts blieb Youssef davor stehen. Zum Kinostart von *Avatar* war ein übermannsgroßer, blauer *Na'vi* an der Fassade angebracht worden. Seitdem hing er dort und hatte im jahrelangen Sonnenschein seine Farbe verloren. Youssef legte den Kopf in den Nacken und verlor darüber fast sein Gleichgewicht.

»Billige Unterhaltung«, rief er und streckte drohend den Finger aus. »Wir machen *Theater!*«

Anael drückte ihm den Mund zu und zog ihn schnell weiter. Die Jungs lachten, nur Mahmu maulte ihn an, er solle sich gefälligst zusammenreißen.

»Alles gut, Baba«, antwortete Youssef mindestens in derselben Lautstärke. Schnell bogen sie in eine der Seitenstraßen, und Milo suchte die Fensterreihen nach neugierigen Blicken ab. Er konnte sich gut vorstellen, was man hinter den Seidenvorhängen über sie dachte, aber es war ihm überraschend egal.

»Ich habe die Stimme meiner Tante im Kopf«, sagte Milo, der neben Mahmu herging.

»Und, was sagt sie?«

»Wenn du zu viel Zeit mit den Schweinen verbringst, suhlst du dich irgendwann selbst im Dreck.«

»Kluge Frau.«

»Meinst du das ernst?«

»Natürlich. Wir sind nur Produkte unseres Umfelds.«

Milo deutete auf Youssef, der so taumelte, dass er mittlerweile von den Jungs gestützt werden musste. »Und warum bist du dann mit Youssef befreundet?«

Mahmu lachte. »Das weiß ich auch nicht. Wir sind seit dem Kindergarten die besten Freunde und würden alles füreinander tun. Er hat mir sehr geholfen, als ich zu Hause rausgeflogen bin.«

Sie ließen sich etwas zurückfallen und brachten Abstand zwischen sich und den Rest der Gruppe. Mahmu senkte die Stimme.

»Hast du es schon jemandem erzählt?«, fragte er, und Milo wusste natürlich, was gemeint war – er schüttelte den Kopf.

»Überlegst du, es zu tun?«

Bei dieser Frage spürte Milo jedes Mal denselben Berg über sich aufragen – eine Steilklippe ohne Halt, die sich in einer wolkenverhangenen Spitze verjüngte und über ihn neigte.

»Ich weiß nicht …«

»Ich stell dich mal ein paar Leuten vor«, sagte Mahmu und lud ihn zu einem Abendessen ein, zu dem er sich regelmäßig mit anderen jungen Männern und Frauen traf. Dass es keine sichtbare Szene gab, bedeutete nicht, dass sie nicht existierte – sie spielte sich allein im Flüsterton ab, verlagert in den Schutz von Privatwohnungen und *WhatsApp*-Gruppenchats. Milo dankte ihm für die Einladung, lehnte aber ab. Seine Anwesenheit wäre einem öffentlichen Eingeständnis gleichgekommen, zu dem er noch nicht bereit war. Dass die meisten Gäste selbst nicht geoutet waren und deswegen wie selbstverständlich Stillschweigen über die Anwesenden gewahrt wurde, konnte ihn nicht überzeugen.

»Du würdest Fayaz kennenlernen.«

»Wen?«

»Meinen Freund. Er kommt zu unserem nächsten Treffen in die Stadt.«

»Das ist Erpressung«, lachte Milo.

»Es ist eine Handreichung. Lass dir lieber von mir die Szene zeigen, bevor du alleine aufbrichst. In der Anonymität tummeln sich die sonderbarsten Leute. Ich bin schon einige Male in Sexpartys gestolpert.«

»Hier in Thikro?«, fragte Milo ungläubig – es war das Absurdeste, das er seit Langem gehört hatte.

»Ja, hier in Thikro.«

»Was hast du getan?«

»Ich bin gegangen.« Mahmu zuckte die Achseln. »Drück einen laufenden Gartenschlauch ab und sieh zu, was passiert, wenn du ihn freigibst – statt einem Strahl kommt ein ganzer Schwall heraus. Soziale Kontrolle muss nichts Schlechtes sein, sie ist es nur, wenn die Gesellschaft die falschen Maßstäbe ansetzt. Und das tut sie, zumindest was Homosexualität betrifft; das war im Westen bis vor wenigen Jahren nicht anders. Unter diesen Umständen fällt es schwer, ein normales Verhältnis zu Sexualität und Beziehung aufbauen, geschweige denn zu Religion und Gott … Aber unsere Gruppe ist anders«, fügte Mahmu hinzu und nannte ihm noch mal den Termin ihres nächsten Abendessens. Milo versprach, darüber nachzudenken und wusste doch, dass er letztlich absagen würde.

»Ich bewundere dich sehr«, sagte Milo und ärgerte sich, dass seine Stimme dabei so zitterte. »Ich meine: Du gehst so selbstverständlich damit um.«

»Ich bin auch sieben Jahre älter als du. Die Schleifen, die du gerade drehst, habe ich auch gedreht.« Mahmu legte einen Arm um seine Schulter und drückte ihn an sich. »Ein guter Mensch zu sein, entscheidet sich nicht an dieser Sache. Das entscheidet sich jeden Tag in Hunderten Situationen aufs Neue. Du bist nur verantwortlich für deine Taten, alles andere ist gottgegeben.«

Ein paar Meter vor ihnen war Youssef in den Straßengraben gefallen – Yasha stieg ihm bereits hinterher und versuchte, ihn an den Armen auf die Beine zu ziehen. Erst, als auch Mohamed und Anael die schmale Böschung hinunterstiegen, konnten sie ihn auf die Straße zurückbringen. Dort stand er nun schwankend und mit halb geschlossenen Augen – die anderen standen um ihn herum, als betrachteten sie eine außergewöhnliche Skulptur in einem Museum.

»Komm, ich bring dich jetzt nach Hause«, sagte Mahmu und schob einen Arm unter Youssefs Achsel. Er fügte sich ohne Widerworte. »Kannst du dir vorstellen, mit welchen Kopfschmerzen du morgen aufwachen wirst?«, fragte er ihn, erhielt jedoch keine Antwort. »Wie fühlt sich das eigentlich an, wenn einem der Alkohol beim Kotzen wieder durch die Nase steigt? Ist das unangenehm?«

»Du bist ein Sadist«, stieß Youssef hervor.

»Und du bist betrunken. Schande über dich und deine Familie.« Sie bogen in die Straße, in der Youssefs Wohnung lag. »Sei mir gefälligst dankbar, dass ich dich nach Hause bringe. Wenn mich jemand aus meiner Gemeinde sieht, ist mein Ruf ruiniert.«

»Dein Ruf ist ruiniert, weil du deinen Schwanz dort hinsteckst, wo er nicht hingehört.«

Mahmu stellte Youssef ein Bein und brachte ihn zum Stolpern – kurz bevor er zu Boden stürzte, zog er ihn am Kragen wieder hoch. »Oh, sei vorsichtig«, sagte Mahmu trocken.

12

Ihre Proben wurden jäh durch den Überfall der Rebellen unterbrochen, so, wie jede Angelegenheit in dieser lärmenden, schwitzenden, gemächlich dahintreibenden Stadt zum Stillstand kam. Im Morgengrauen waren die ersten Schüsse gefallen, seitdem blieben die Straßen verwaist und die Geschäfte geschlossen. Die Rebellen verstellten die Zugangsstraßen mit Fahrzeugen und eilig herbeigebrachten Sperrgütern. Sie zogen sich in strategisch günstig gelegene Wohnungen zurück, aus denen sie die Bewohner vertrieben, und eröffneten das Feuer auf die wenigen Soldaten der Union. Eine unangenehme Stille lag über der Stadt, die immer wieder von Schüssen und Schreien unterbrochen wurde. Milo saß mit Tante, Onkel und Selma im Wohnzimmer zusammen, wo sie sich mit dem Ladekabel abwechselten. Sie hielten sich in sozialen Medien auf dem Laufenden und verfolgten parallel die Nachrichten im Fernsehen. Niemand konnte recht glauben, was gerade geschah, und doch genügte ein Blick aus dem Fenster, um ihnen das Gegenteil zu beweisen. Aus dem Badezimmer konnten sie einen der Männer sehen, der mit der Wimpelkette der Union stranguliert und dann über der Straße aufgehängt worden war. Aus der Entfernung erkannte man nicht mehr als einen schwarzen Schemen, der dort baumelte. Es war der erste Tote, den Milo in seinem Leben sah.

Sie blieben den gesamten Tag über im Wohnzimmer und telefonierten regelmäßig mit Erdem und dessen Frau, die sich ein paar Straßen weiter in ihrem Haus verschanzt hatten. Auf *Facebook* kursierten mittlerweile Videos, die die nachrückenden Unionstruppen dabei zeigten, wie sie einen Ring um die Stadt errichteten. Viele riefen dazu auf, die Stadt zu verlassen, solange es noch möglich war. Wegbeschreibungen zu angeblichen Lücken im Belagerungsring machten die Runde. Onkel machte klar, dass sie entweder alle gehen oder alle bleiben mussten. Sie schalteten Erdem und Maria zur Diskussion dazu, konnten sich aber letztlich nicht entschließen, den Gerüchten mit ihrem

Leben zu trauen. Bereits am nächsten Tag war die letzte Chance zur Flucht vertan. Sie konnten selbst dabei zusehen, wie sich die Truppen der Union auf die umliegenden Berghänge verteilten, Gräben in den Boden schlugen und Waffen auf die Stadt richteten, die sie zu ihrem Besitz erklärt hatten. Die Angriffe galten vornehmlich den Rebellen und ihren provisorischen Einrichtungen, doch wurden Kollateralschäden bewusst in Kauf genommen. Scharfschützen der Union hatten sich in den Hochhäusern am Stadtrand verschanzt und schossen wahllos auf Passanten, um die Bevölkerung zu zermürben und gegen ihre neuen Besatzer aufzubringen. Jeder Schritt auf der Straße wurde unter Lebensgefahr getätigt, und jeder Schritt, der sich vermeiden ließ, wurde vermieden.

Immer wieder ging schwerer Granatenbeschuss auf die Stadt nieder. In den Tagen nach diesen Angriffen füllte sich das Straßenbild mit Todesanzeigen, die an den hölzernen Strommasten angebracht wurden und je nach Religionszugehörigkeit grün oder gelb umrandet waren. Je dichter die Strommasten behangen waren, desto verheerender war ein Angriff gewesen. Manche Straßenzüge lagen binnen Stunden in Schutt und Asche, und viele Menschen zogen zu Fuß und mit schweren Taschen bepackt in Milos Viertel. Auch Anael und seine Familie mussten ihr Haus verlassen und wohnten bald ein paar Straßen weiter. Sie konnten sich von ihren Fenstern aus zuwinken und mit Spiegeln Zeichen geben. Sie legten sich ein Morsealphabet zu, und nachdem sie es einmal ausprobiert hatten und sich *SOS, Hallo* und *Fuck Off* gemorst hatten, kehrten sie zu *WhatsApp* zurück.

Als erste in der Familie begann Selma wieder zu arbeiten. Sie brachte jeden Tag Medikamente aus der Apotheke mit und bunkerte sie unter der Spüle – Antibiotika, Schmerzmittel, Anästhetika und einen großen Vorrat Insulin für Onkel. Wie unter einem Brennglas bündelte sich das Leid der Stadt an ihrem Tresen; Geschichten von Wundbränden, Amputationen und in der Badewanne entbundenen Kindern. Eine ihrer Kundinnen verlangte nach einem Mittel gegen Übelkeit und klagte über den

Gestank, der von dem Leichnam vor ihrem Fenster ausging. Die Leichen an den Wimpelketten durften unter Androhung von Todesstrafe nicht abgenommen werden. Seit der Belagerung habe sie ihre Wohnung nicht mehr lüften können. Nachts würden die Straßenlaternen die Umrisse des Toten an die Wand werfen – sie schlafe jetzt mit ihrem Mann im Wohnzimmer. Selma kam nicht selten mit bleichem Gesicht von der Apotheke zurück. Nachdem sie die Geschichten ihrer Kunden anfangs sehr ausführlich wiedergegeben hatte, als wolle sie sie schnell wieder loswerden, erzählte sie irgendwann gar nichts mehr.

Das Sterben bekam eine Alltäglichkeit, auch wenn es nie zum Alltag wurde. Die Namen der Toten wanderten zwischen den Mündern der Hausfrauen umher, die sich beim Wäscheaufhängen im Hof trafen, und die Jüngeren verbreiteten die Neuigkeiten von Gruppenchat zu Gruppenchat. Auch Milo hielt ständig Kontakt mit seinen Jungs – allen ging es den Umständen entsprechend gut. Mit beängstigender Geschwindigkeit gewöhnten sich die Menschen an die Schlinge um ihren Hals, und der Schock der ersten Wochen wich einer angespannten Normalität. Tante begann wieder in der Buchhaltung zu arbeiten, und auch die Schulen öffneten wieder. Milo musste für seinen Schulweg nun einem komplizierten Zickzackkurs folgen, um den Scharfschützen der Union auszuweichen. Die Stadt ging mit der Belagerung um, als mache sie einen Ausfallschritt um eine große Pfütze – und unter den scharfen Blicken der Besatzer setzte sich ihr lärmender, schwitzender, aber nicht mehr gemächlicher Gang fort.

13

Der erste schwere Granatenbeschuss in ihrer Straße überraschte sie in der Nacht. Milo verwebte die Detonationen zunächst mit seinen Träumen – sie unterschieden sich kaum von den kleinen Erdbeben, die in der Region häufig auftraten. Erst, als die Detonationen so nahe kamen, dass sie seine Bettpfosten zum Wackeln brachten, wachte er endlich auf. Er überlegte gerade, ob er aufstehen und alle zusammentrommeln sollte, als Tante bereits in seinem Zimmer stand. Sie versuchte vergeblich, das Licht anzuknipsen – der Schalter bewegte sich nutzlos hin- und her.

»Milo«, rief sie und streckte ihre Hand nach ihm aus, bis sie seine Schulter zu fassen bekam. Sie zog ihn aus dem Bett und hinaus in den Flur. Sie stolperten durch die Dunkelheit und trafen auf Onkel und Selma, die sich an der batteriebetriebenen Lampe zu schaffen machten, die seit Wochen neben der Haustür bereitstand – ihre Gesichter waren in gelbes Licht getaucht, als erzählten sie eine Gruselgeschichte. Tante zog ihn an den beiden vorbei zum Wohnzimmerschrank, und die nächste Detonation zerriss die Luft, so laut, als habe das Geschoss im Nachbarhaus eingeschlagen.

»Hilf mir mit dem Yorgan«, sagte Tante und riss die untere Schranktür auf. Sie besaßen einen alten Yorgan gefüllt mit Schafswolle, den sie nur an besonders kalten Wintertagen hervorholten. Die Decke war so groß und schwer, dass sie alleine kaum zu tragen war, und sie schleppten sie zu zweit zu Onkel und Selma. Es war zu gefährlich, über das offene Treppenhaus drei Stockwerke tiefer in den Keller zu gehen, also blieben sie an jener Stelle der Wohnung, die am weitesten von den Außenwänden entfernt war. Sie sammelten sich unter der Decke, dicht an dicht gedrängt. Milo spürte den warmen Atem seines Onkels im Nacken.

»Mach das Licht aus«, flüsterte er seiner Tochter zu, und die Last ihrer angsterfüllten Blicke verschwand. Sie wurde ersetzt durch eine Dunkelheit, die ihre Ohren für die einschlagenden Granaten schärfte – Milo wusste selbst nicht, was ihm lieber war.

»Und jetzt warten wir einfach ab?«, fragte er und wusste sogleich, dass die Frage niemandem weiterhalf. Er spürte den bohrenden Blick seiner Tante, ohne ihn in der Dunkelheit erkennen zu müssen. Mit etwas Abstand, ganz so, als würde sie diesem stumpfsinnigen Einwand keine Antwort beimessen und eine vollkommen unabhängige Aussage tätigen, sagte sie: »Die Decke wird uns vor Scherben und Splittern schützen.«

Der Einschlag der nächsten Granate war so laut, dass es ihr eigenes Haus getroffen haben musste. Der Boden unter ihnen schwankte und sie hielten sich aneinander fest. Mit zitternder Stimme fragte Tante, ob alle in Ordnung seien, als das nächste Geschoss durch die Luft zischte und definitiv das Haus traf. Diesmal prasselten Gegenstände auf den Yorgan nieder, und Selma entwich ein lauter Schrei. Es musste wohl ihre Fensterscheibe gewesen sein, die explodiert war – das wurde Milo jedoch erst Sekunden später bewusst, als ihm sein eigener stoßweiser Atem versicherte, dass er noch lebte. Selma stellte das Licht wieder an, und Tante tastete alle ab, um sicherzustellen, dass sie unversehrt waren. Auf ein langgezogenes Zischen folgte die nächste Detonation, wieder sehr nahe, und im Stockwerk über ihnen war ein schweres Poltern zu hören, als hätten man dort Steine auf den Boden fallen lassen. Sollte die Zimmerdecke über ihnen einstürzen, würde ihnen der Yorgan auch nichts nutzen, dachte Milo. Ob die Helfer, die in den Trümmern nach Überlebenden suchten, über den naiven Versuch lachen würden, sich mit einem Yorgan vor dem tonnenschweren Stockwerk zu schützen? Milo wunderte sich über seine eigenen Gedanken.

Die Detonationen bewegten sich langsam von ihrer Straße weg, und mit der Zeit schienen sie nicht mehr als ein fernes Feuerwerk. Bis zum frühen Morgen saßen sie noch unter dem Yorgan zusammen, und erst, nachdem eine Stunde ohne einzige Granate vergangen war, schlugen sie die Decke zurück. Sie saugten gierig den Sauerstoff ein, der unter dem Yorgan nur in gerade ausreichendem Maße und nach kurzen Stoßlüftungen vorhanden gewesen war. Ihre Augen mussten sich an das Tageslicht gewöhnen, das mittlerweile durch das Fenster fiel und die verwüstete Wohnung deutlich zeigte. Es konnte nicht mehr als ein Querschläger gewesen sein, der ihre Wand getroffen hatte, und doch war die Scheibe gesprungen und einige Brocken aus der Wand gerissen. Sie kehrten die Scherben zusammen und inspizierten die Löcher, die sich in die Außenwand geschlagen hatten und durch die sie ins Freie blicken konnten. Die Löcher waren so groß wie Unterteller.

»Die haben wir in einer halben Stunde gefüllt«, murmelte Onkel zerstreut, während Tante mit einem Kehrblech den Staub von der Sofagarnitur entfernte. Selma stand mit verschränkten Armen neben ihrer Mutter und rauchte eine Zigarette.

Sie gingen nacheinander auf die Toilette, wünschten sich eine gute Nacht und kehrten in ihre Zimmer zurück, um noch ein paar Stunden Schlaf nachzuholen. Der Himmel stand bereits blau und wolkenlos über der Stadt, und Milo schloss die Vorhänge. Trotz der Müdigkeit konnte er nicht schlafen. Er schwitzte am ganzen Körper, und als er sich die Hand vors Gesicht hielt, merkte er, wie stark seine Finger zitterten. Er stand noch einmal auf, verrichtete das Morgengebet und spürte, wie er danach ein wenig ruhiger wurde. Es brauchte noch eine ganze Weile, bis er eingeschlafen war, und wenige Stunden später wurde er von den klagenden Schreien seiner Tante geweckt. Onkel hatte im Schlaf einen Herzinfarkt erlitten.

Erdem war binnen einer halben Stunde bei ihnen und brachte seinen Vater mithilfe eines Nachbarn zur Totenwaschung. Milo hörte ihre gedämpften Stimmen durch die geschlossene Wohnzimmertür. Die beiden zählten von drei hinunter und ächzten kurz, als sie Onkels Körper auf die Bahre hievten – all das kam Milo sehr unwirklich vor. Selma hatte ihrer Mutter eine Tavor-Tablette in einem Glas Wasser aufgelöst und selbst einen Schluck davon genommen. Sie hielten einander in den Armen, als wiegten sie sich gegenseitig in den Schlaf, und murmelten leise die Suren mit, die Milo aus dem aufgeschlagenen Koran vor seinen Füßen rezitierte. Jenseits der Fenster trübte noch immer keine Wolke den Himmel. Nur einzelne Rauchsäulen stiegen über den Dächern auf, die nicht viel anders aussahen, als wenn die Bauern im Sommer ihren Müll verbrannten.

Sie erhielten nun von morgens bis abends Besuch. Verwandte, Nachbarn und Freunde seiner Tante saßen im Wohnzimmer, brachten selbstgemachte Aufläufe in Tupperware mit und erzählten sich Geschichten aus der Vergangenheit. Milo saß meist schweigend in der Runde. Er starrte das Bild seines verstorbenen Onkels an, das in einem Rahmen auf dem Fensterbrett stand. Er dachte an all die Geschichtsbücher, die einen Krieg an den unmittelbar Getöteten maßen. Er fragte sich, wie viele Menschen nicht an der Kugel, sondern am Windzug der Kugel starben und durch sämtliche Raster der Statistik fielen. Er fragte sich, ob seinem Onkel jemals als Opfer eines Krieges gedacht würde.

Das zerschossene Fenster war behelfsmäßig mit einer Styroporplatte verdichtet worden. Es war das einzige Fenster in dem Raum, und so mussten sie auch tagsüber das Deckenlicht eingeschaltet lassen. Allen Besuchern stand der Stress der vergangenen Wochen ins Gesicht geschrieben, und das dunkle Zimmer erweckte den Eindruck, als wären sie die letzten Überlebenden in einem Bunker. Viele Menschen waren in jener Nacht gestorben, und häufig verabschiedeten sich ihre Gäste schon nach der zweiten Runde Tee mit dem Hinweis, noch weitere Hinterbliebene besuchen zu wollen. Dennoch nahmen die Trauerbesuche kein Ende. Der schmale Mund seiner Tante und ihre akkurat auf den Oberschenkeln platzierten Hände ließen darauf schließen, wie viel mehr sich in ihrem Inneren abspielen musste. Sie sprach nicht viel bei diesen Besuchen, und so kam es häufig ihren Kindern und Milo zu, die Gespräche am Laufen zu halten. Nur im Beisein ihrer engsten Freundinnen entrang ihr manchmal ein leises, herzliches Lachen, das an die Frau erinnerte, die sie eine Weile nicht sein würde. Milo hatte sich oft gefragt, ob Tante den schweigsamen Mann, der am liebsten bei seinen Tauben saß, wirklich geliebt hatte; ob sie eines der Ehepaare waren, die aus Vernunft und Sympathie zusammengekommen waren, zusammenblieben und in derselben unaufgeregten Weise auseinandergingen. Der ohnmächtige Schmerz seiner Tante, den sie mit jeder Körperregung ausstrahlte, bewies ihm das Gegenteil.

Milo war dankbar um jede Aufgabe, die ihm einen Anlass gab, den Trauerkreis zu verlassen. Das Haus war voller Menschen, die sicherlich gut für seine Tante, ihm aber fremd waren und nichts von dem auffangen konnten, was in seinem Kopf und in seinem Herzen vorging. Er genoss die kurzen Unterbrechungen, wenn er hinauf zu den Tauben steigen konnte, deren Versorgung er wie selbstverständlich übernommen hatte. Er blieb immer länger auf dem Dach, als er musste, obwohl es dort selbst in den Feuerpausen nicht sonderlich sicher war. Er setzte sich dann auf den Boden, lehnte den Kopf an die Schuppentür und genoss die kurzen Momente der Ruhe – die Tauben flogen, als sei in den vergangenen Wochen nichts Bemerkenswertes in der Stadt geschehen.

Milo spürte das starke Bedürfnis nach einem Menschen, vor dem er jede falsche Schutzschicht ablegen konnte, und er schrieb Mahmu, was passiert war. Vorsichtig fragte er, ob er vorbeikommen dürfe.

Natürlich, antworte Mahmu. *Komm sofort, es ist gerade Feuerpause und ich mache Dolma.*

Milo kehrte in die Wohnung zurück und warf im Vorbeigehen einen Blick ins Wohnzimmer. Es war genug Familie im Haus, die sich um die Gäste kümmern konnte, und er zog Selma beiseite, um zu fragen, ob er sich für den Rest des Tages verabschieden dürfe – sie drückte schlicht seine Schulter und versprach, ihm einen Teller vom Abendessen im Kühlschrank aufzusparen. Milo zog sich Schuhe und Jacke über, bevor jemand groß Aufhebens um ihn machen konnte, und verschwand zur Tür hinaus.

Mahmu lebte nicht allzu weit entfernt in einem mehrstöckigen Apartmenthaus, das dem ihrigen zum Verwechseln glich – was nicht allzu schwer war in einer Stadt, in der beinahe jedes Gebäude aus demselben nichtssagenden Block geschnitten schien. Milo zog sich seine Kapuze über und eilte durch die Straßen – die kühle, klare Luft tat ihm gut, und er versuchte darüber die allgegenwärtige Gefahr zu vergessen, die jeder Schritt auf der Straße bedeutete. Außer einigen Hunden und Katzen und ebenso zügig vorbeieilenden Gestalten begegnete er niemandem. Noch immer lagen grobe Steinbrocken auf den Straßen, die aus den Häusern gesprengt worden waren. Niemand schien sich dafür verantwortlich zu fühlen oder das nötige Gerät für ihren Abtransport zu besitzen – der spärliche Verkehr auf der Straße, hauptsächlich Geländewagen der Rebellen, war ständig zum Abbremsen und Umfahren gezwungen. Milo hatte schon seit einigen Tagen nicht mehr das Haus verlassen. Mit Entsetzen betrachtete er seine Heimatstadt, die mehr und mehr in sich zusammenfiel. Ein ausgebranntes Auto stand am Straßenrand, als gehöre es zur Requisite eines Endzeitfilms.

Als Mahmu ihm die Tür öffnete, nahm er ihn sofort lange in die Arme – er murmelte sein Beileid und führte ihn ins Wohnzimmer. Milo war zum ersten Mal in Mahmus Wohnung; eine Zimmerecke war seinem Bücherregal und seinen Staffeleien vorbehalten, und Milo hatte gute Lust, sich davor niederzulassen und nie wieder aufzustehen. Er ließ den Blick über das Regal wandern und bekam ein Geschicklichkeitsspiel in die Hände, das zwischen den Büchern lag. Mehrere Rechtecke waren ineinander verhakt und ließen sich nur durch eine geschickte Kombination der Winkel auftrennen. Er probierte sich ein wenig daran, hatte aber keine Geduld dafür. Sein Leben war kompliziert genug, als dass er sich freiwillig weitere Probleme aufdrückte.

Mahmu kam mit Tee aus der Küche zurück. Er hatte die ersten Tage der Belagerung bei seinen Eltern verbracht und war erst vor Kurzem wieder in seine Wohnung zurückgezogen – sie hatten glücklicherweise keine Toten in der Familie zu beklagen. Er schenkte den Tee ein, und Milo erzählte von Onkel und von der Nacht, in der er gestorben war. Er erzählte von den großen und kleinen Momenten, die er mit seinem Onkel geteilt hatte, auch von der Distanz, die ihre Beziehung gleichsam geprägt hatte, und er sprach von Onkels Bereitschaft, ihn als kleinen Jungen in seinem Haus aufzunehmen, als seine Mutter zu ihrem neuen Ehemann ins Ausland zog. Milo erzählte seine gesamte Lebensgeschichte, der Mahmu sehr aufmerksam folgte, und er war ihm umso dankbarer, als er zum richtigen Zeitpunkt auf die Dolma zu sprechen kam und auf den Film, den er sich heruntergeladen hatte. Mit Tellern auf dem Schoß streckten sie sich auf dem Sofa aus. Dabei zuzusehen, wie Susan Sarandon und Geena Davis in einem Ford Thunderbird durch die Wüste fuhren, war so herrlich weit weg von ihrer Realität, dass Milo sie eine Weile vergessen konnte. Nach dem Abspann saßen sie noch lange in der Dunkelheit zusammen, und erst gegen Mitternacht machte sich Milo auf den Heimweg. Er musste sich eine Taschenlampe leihen, da die Straßenlaternen seit einigen Tagen außer Betrieb waren. Mahmu begleitete ihn ein Stück des Weges, um sich die Beine zu vertreten, wie er sagte. Erst als Tantes Haus in Sichtweite kam, umarmten sie einander eilig, und die Kegel ihrer Taschenlampen wanderten in entgegengesetzter Richtung davon.

14

Mahmu besaß eine passable Internetverbindung, was in der belagerten Stadt von unbestreitbarem Wert war. Die Verbindung wurde dank einer Parabolantenne aufrechterhalten, die er an die Außenwand montiert hatte, und sie lagen stundenlang auf Mahmus Couch und durchforsteten seinen *Netflix*-Account. Die Ablenkung war unendlich und hochwertig produziert. Mahmu mochte *Breaking Bad* und *Friends* am liebsten, Milo dagegen *House of Cards* und *BoJack Horseman*. Sie sahen sich auch Serien an, die erst am Ende der Suchergebnisse erschienen, und sie sahen sich Serien an, die sie gar nicht mochten und deren Szenen sie auseinandernahmen. Sie legten dann keinen Wert darauf, den Dialogen zu folgen, sondern sprachen mitten hinein, erzählten sich gegenseitig, was sie an den Figuren oder der Handlung auszusetzen hatten, oder stellten die Lautstärke aus, um den Figuren ihre eigenen Dialoge zu geben. Häufig drifteten sie dabei ab, gerieten von einem Thema zum nächsten und kehrten nur sporadisch zur Episode zurück, um auf einen besonders schlechten Plot-Twist hinzuweisen. In gewisser Weise mochte Milo die schlechten Serien am liebsten.

Mahmu war dieser Tage von seiner Arbeit freigestellt. Für einen Maler bestand in der ständig beschossenen Stadt kein Bedarf. Wenn er sich nicht mit Hilfsarbeiten auf einer der vielen Baustellen verdingen konnte, war er arbeitslos.

»Ich beneide dich um die Schule«, sagte Mahmu, der in Jogginghosen am Küchentisch saß. Er schabte säuberlich die Samen aus dem Gemüse, das er für hohe Summen auf dem Markt erstanden hatte, und pflanzte sie in Blumenkästen. Seit der Belagerung zog er auf seinem Balkon Lauchzwiebeln, Tomaten, Zuckerschoten und Paprika; bis auf einen schmalen Durchgang hatte er den gesamten Balkon mit Töpfen und Blumenkästen vollgestellt. Er hoffte, in den letzten Zügen des Herbsts noch einige Pflanzen hochziehen zu können.

Milo goss sich Tee ein, der auf der Herdplatte bereitstand, und setzte sich zu ihm. Er hatte die vergangene Nacht auf Mahmus Couch verbracht. Sie hatten sich *Matrix* angesehen, als der Beschuss bis an ihr Viertel herangekommen war, und es war sicherer gewesen, bei ihm zu übernachten. Er beobachtete Mahmus dreckige Fingerkuppe, die einen der Paprikasamen aufnahm und in die feuchte Erde drückte.

»Was sind deine Pläne für heute?«, fragte Milo.

»Mich selbst bemitleiden. Ich habe gerade mit Fayaz Schluss gemacht.«

Milo setzte sein Teeglas ab. »Was? Warum?«

»Wir hatten unterschiedliche Vorstellungen von Partnerschaft.«

»Was heißt denn unterschiedliche Vorstellungen von Partnerschaft – hat er dich betrogen?«

Mahmu drückte weiter Paprikasamen in die Blumenerde – er widersprach nicht.

»Nein! Was für ein Arschloch.«

Mahmu zuckte die Achseln. »Warum sollte ich jemanden halten, den es in eine andere Richtung zieht? Es wird auch nicht besser werden, solange ich hier eingesperrt bin, also lasse ich es lieber bleiben. Jetzt bekomme ich ständig reumütige Anrufe, also bleibt das Handy erst mal aus.«

»Oh Mahmu, das tut mir sehr leid.«

»Tja«, sagte er, »the show must go on.«

Er zeigte keine sonderliche Lust, darüber zu reden, und brachte den Blumenkasten auf den Balkon. Milo blieb alleine am Tisch zurück. Er überlegte, wie er ihm helfen konnte, und warf einen Blick auf die Uhr – er war bereits spät dran. Er zog das Shirt aus, das er sich von Mahmu zum Schlafen geliehen hatte, wusch sich über dem Waschbecken und schrubbte sich mit den Fingern die Zähne. Etwas zerzaust trat er an die Haustür.

»Sehen wir uns nach der Schule?«, fragte er Mahmu.

»Du solltest mal wieder einen Abend bei deiner Tante verbringen. Sie braucht eure Gesellschaft.«

Milo wusste, dass er Recht hatte. »Morgen also?«

»Gerne.«

Sie lagen sich lange in den Armen, und als sie sich voneinander lösten, konnte er Mahmus geschlagenen Blick kaum ertragen. Er hätte Fayaz gerne noch mehr Beleidigungen an den Kopf geworfen, aber er wusste, dass Mahmu nicht der Typ war, dem so etwas half.

»Ich bringe dir *Knefeh* mit«, sagte Milo, ohne groß darüber nachzudenken. Es war Mahmus Leibgericht.

Mahmu lachte. »Wo möchtest du denn *Knefeh* auftreiben?« Mit der Belagerung kamen nur die nötigsten Lebensmittel in die Stadt, und das zu horrenden Preisen – Süßspeisen waren aus den meisten Auslagen verschwunden.

»Das wirst du schon sehen«, sagte Milo und freute sich, dass er ihn mit einem Lächeln in der Tür zurücklassen konnte – schon auf dem Weg die Treppe hinunter wusste er jedoch, dass er sich in Schwierigkeiten gebracht hatte. Er schwänzte die letzten beiden Stunden Unterricht und klapperte die Bäckereien und

Süßwarengeschäfte der Stadt ab, von denen die meisten geschlossen oder dazu übergegangen waren, nur noch einfache Sorten Brot herzustellen. Seine Nachfrage wurde mit Blicken bedacht, die ihm abwechselnd Naivität oder Dekadenz unterstellten, und doch wurde er immer an eine nächste Adresse verwiesen, an der das Gesuchte möglicherweise zu finden war; schließlich landete er in einer dunklen Bäckerei, in der er noch nie gewesen war und die mit Heiligenbildchen und dünnen Wachskerzen vollgestellt war. Die Jungfrau Maria sah mit betrübtem Blick auf die leeren Auslagen hinunter.

»Wir haben nichts«, sagte die alte Bäckerin, die es gewohnt zu sein schien, ihre Kunden wegzuscheuchen – sie war halb von ihrem Schemel aufgestanden, doch als Milo von den *Knefeh* sprach, leuchteten ihre Augen auf, als habe er das geheime Zauberwort gesprochen. Sie machte ihm ein Zeichen, ihr in die Backstube zu folgen, und Milo kam es vor, als wolle er Drogen kaufen. Er bestellte eine Schale und bestellte noch eine zweite hinterher, die er Tante mitbringen würde; sie mochte *Knefeh* mindestens genauso gerne wie Mahmu. Er handelte den Preis noch etwas hinunter und wurde dennoch ein kleines Vermögen los; das alles war nicht sonderlich vernünftig gewesen, dachte er auf dem Rückweg, aber nicht alles, was unvernünftig war, war auch falsch.

Er knüpfte eine Tüte *Knefeh* an Mahmus Türklinke und schrieb ihm eine Nachricht, die ihn auf die Überraschung aufmerksam machte. Zufrieden lief er die Treppe hinunter, doch sein Hochgefühl schwand mit jedem Straßenblock, dem er sich seinem Zuhause näherte. Er drehte den Schlüssel im Schlüsselloch und horchte auf die Geräusche der Wohnung – es waren wohl keine Trauergäste im Haus, denn er konnte den Fernseher hören. Milo schob sich die Schuhe von den Füßen. Es schien, als hätten sich die Räume mit einer dunklen Flüssigkeit vollgesogen, als wären sie schwer und tropfend geworden und müssten nun kräftig ausgewrungen werden. Milo begrüßte seine Tante, die im Schein des Fernsehlichts saß und mit leerem Blick das

Programm verfolgte. Die *Knefeh*-Tüte in seiner Hand kam ihm mit einem Mal lächerlich und unpassend vor; er legte sie auf den Küchentisch, ohne sie zu erwähnen, und setzte sich zu ihr. Über ihren Füßen lag eine Decke, noch zusammengefaltet, als habe sie sich ihretwegen den Aufwand nicht machen wollen. Sie fragte ihn nach der Schule, und Milo saugte sich ein paar harmlose Geschichten aus den Fingern, auf die sie nicht weiter einging.

Als Selma von der Apotheke zurückkam, stellte Tante den Fernseher aus und wechselte in die Küche, um das Abendessen vorzubereiten. Milo erinnerte sich an die *Knefeh* und kam ihr hinterher; Tante hatte bereits die rote Plastiktüte zurückgeschlagen und die in Alufolie verpackte Schale entdeckt.

»Was ist das?«

»*Knefeh*.«

Tante zog eine Augenbraue nach oben. »Wie viel hast du dafür bezahlt?«

»Nicht viel.«

Sie wusste, dass er log, und er fürchtete, dass Tante ihn ausschimpfen würde – doch sie holte drei Gabeln aus der Küchenschublade und schob die *Knefeh*-Schale in den Ofen. Sie rief Selma zu sich, und als das Fett auf der Kruste zu brutzeln begann, teilte sie die Stücke auf, sodass der süße Käse seine Fäden zog. Tante schien keine sonderliche Freude an dem Gericht zu haben, und doch war ihr ein kurzes Lächeln über die Lippen gehuscht, als sie die Teller verteilte – allein dieses Lächeln, dachte Milo, war die Aktion wert gewesen.

15

Lasst uns wieder mit den Proben starten, schrieb Youssef eines Abends in ihren Gruppenchat. Milo hatte gerade den Abwasch erledigt und mit dem feuchten kleinen Finger die Nachricht angeklickt – sie traf ihn vollkommen unerwartet. Er trocknete schnell seine Hände ab und zog sich mit dem Handy in sein Zimmer zurück. Nacheinander gingen die übrigen Gruppenmitglieder online.

Ihre letzte Probe lag mehrere Wochen zurück, überschattet von tausend anderen Fragen des täglichen Überlebens. Es würde sicher nicht leicht, unter diesen Bedingungen ein Stück auf die Beine zu stellen, doch Milos Zweifel sanken im Wirbel aufsteigender Vorfreude schnell zu Boden. Mehrere von ihnen tippten gleichzeitig, und Mohamed antwortete als erster auf die Nachricht: *Unbedingt.* Milo zog mit einem *YAAAS!* hinterher, und nachdem sich zwei weitere Daumen reckten, schrieb Youssef erneut.

Perfekt. Ich liebe euch, Leute. Dienstag 17 Uhr in der Schule?

Während ihrer ersten Probe seit der Belagerung sprachen sie kein einziges Mal über das Stück. Sie saßen auf dem Bühnenboden und erzählten sich, wie sie den Tag des Überfalls erlebt hatten und wie die Tage und Wochen danach. Sie berichteten, in welchen Vierteln der Strom noch funktionierte, wem die Flucht durch den Belagerungsring gelungen war und wer sich den Rebellen angeschlossen hatte und nun wie ein stolzer Gockel in seiner neuen Uniform die Straßen patrouillierte. Sie zählten die Toten auf, die sie in ihren Familien und unter ihren Freunden zu beklagen hatten, und es gab niemanden, der bei dieser Frage schweigen konnte. Sie berichteten einander wenig Hoffnungsvolles und gingen doch mit neuer Luft in den Lungen nach Hause.

Erst bei der folgenden Probe warfen sie wieder einen Blick in ihr Textbuch. Sie sprachen darüber, welche Änderungen sie am Stück vornehmen mussten, um weder die Vergeltung der Rebellen zu riskieren noch ihre Botschaft zu verlieren. Gleichzeitig drängten sich ihnen neue Szenen und neue Texte auf, die sie spontan erprobten und die Milo hastig mitskizzierte; einige der besten Textpassagen entstanden auf diese Weise, und sie überzogen regelmäßig ihre Treffen, bis sie vom Hausmeister hinausgeworfen wurden. Vor jeder Probe verhüllten sie die Fensterreihe unter der Decke, damit kein Tageslicht auf die Bühne fiel. Der größere Mohamed machte dem kleineren Yasha eine Räuberleiter, bis dieser den Gardinenstab zu fassen bekam, und gemeinsam zogen sie den Vorhang der Länge nach zu. Wenn sich die hellerleuchtete Bühne aus der Dunkelheit erhob, schien es ihnen, als wären sie nicht mehr in Thikro, sondern an einem gänzlich anderen Ort.

»Ich bin so froh, dass wir wieder proben«, flüsterte Milo. »Ich habe das Gefühl, das hält mich am Leben.« Er saß neben Mahmu auf dem Boden des Requisitenraums und sah ihm dabei zu, wie er am Prospekt arbeitete. Mahmu war die Brille bis zur Nasenspitze gerutscht – er hatte sich weit über die Leinwand gebeugt und konzentrierte sich auf die Stelle, an der er gerade arbeitete.

»Das ist nicht nur ein Gefühl«, murmelte er. »Es hält uns alle am Leben.« Er setzte den letzten Pinselstrich und schob sich die Brille mit dem Handrücken zurück. Er kramte nach seinen Zigaretten und zog ein Einweckglas heran, das ihm als Aschenbecher diente. Sie blickten durch die offene Tür auf die Bühne, wo Anael gerade über den Boden kroch und den neuen Monolog probte, den sie geschrieben hatten. Er schrie und jammerte und wandte sich wie unter Höllenqualen, nur um mittendrin aufzustehen und mit den anderen Jungs seine Performance zu besprechen. Mahmu gab sich Feuer, und Milo nahm ihm die Zigarette aus der Hand, um einen Zug zu nehmen. Er verschluckte sich am Rauch und musste husten und lachen gleichzeitig; er reichte ihm die Zigarette zurück.

»Depp«, murmelte Mahmu und wandte sich wieder dem Prospekt zu.

In jener Nacht träumte Milo, auf einem Salzsee zu treiben. Das Wasser war schwer, fast schon stofflich und hielt ihn an der Oberfläche. Der Salzanteil im Wasser war so hoch, dass darin kein Leben existierte. Die Umgebung des Sees war karg und wüst, und am Ufer schlugen sich rosafarbene Salzkrusten.

Dunkle Gewitterwolken standen am Himmel, und Milo spürte einen sanften Wind anheben. Er trieb ihn langsam in die Mitte des Sees hinaus, und nun bemerkte Milo zum ersten Mal, dass er sich in dem Wasser nicht bewegen konnte. Seine Glieder waren steif wie Holz, und so hatte er dem schwachen, aber beständigen Abtrieb nichts entgegenzusetzen. Panik brach in ihm aus. Er blickte hektisch um sich, auf der Suche nach Rettung, und plötzlich stand Mahmu neben ihm. Er stand bis zur Hüfte im Wasser, sein Oberkörper war frei. Er blickte zu Milo hinunter und schenkte ihm ein ruhiges Lächeln. *Wovor hast du Angst?*, fragte er. Er schob eine Hand zwischen seine Schulterblätter und stoppte den Abtrieb. Milo trieb gänzlich nackt auf dem Wasser, aber er schämte sich nicht vor Mahmu, und auch Mahmu schien sich nicht daran zu stören. Er drehte Milo um dessen Achse und führte ihn sanft in Ufernähe zurück. Mit klopfendem Herzen wachte Milo auf – er stützte sich auf seine Ellenbogen und wartete, bis sich seine Atmung wieder normalisierte. Sein Penis drängte hart gegen die Matratze.

Es war, als hätte er zu lange in die Sonne gesehen – das Negativ des Traumes tanzte ihm noch tagelang vor Augen, und er konnte Mahmu nicht mehr auf dieselbe Weise begegnen wie zuvor. Seine Gegenwart machte ihn nervös. Jede Berührung, die sonst unter Freunden üblich war, schien ihm aufgeladen – die Küsse auf die Wangen zur Begrüßung, der Griff um seine Hüfte, wenn sie mit dem Mofa nach Hause fuhren. Milo kam sich selbst lächerlich vor und konnte sein Gefühle doch nicht abstellen. Einmal hatte er Mahmu zu lange angesehen, während er am Bühnenprospekt arbeitete, und es war ihm aufgefallen. Anstatt seinen Blick ruhig zu erwidern, hatte Milo den Kopf schnell abgewandt – und damit womöglich alles schlimmer gemacht.

Es schien Milo, als habe der Traum etwas zutage gebracht, das in den Tiefen seines Unterbewusstseins geschwommen war – ein Fisch, der nun vor seinen Beinen zappelte und an Land nicht mehr atmen konnte. Er wusste nicht, was er damit anstellen sollte. Dieser Fisch war zu groß und zu schwer, um ihn ins Wasser zurückzuziehen, und ihm den Kopf einzuschlagen brachte er nicht übers Herz. Milo blieb nichts übrig, als abzuwarten und zu hoffen, dass dem Fisch die Kräfte von alleine ausgehen würden.

16

Youssef hatte zu einer Weihnachtsfeier geladen. Die dicken Vorhänge waren zugezogen, um möglichen Scharfschützen kein Ziel zu bieten, und im Inneren drängten sich die Gäste. Waren die Christen der Stadt in vergangenen Jahren mit viel Tanz und Musik durch die Straßen gezogen, gestaltete sich der Feiertag während der Belagerung zwangsweise ruhiger. Youssef wollte dennoch nicht auf eine gute Party verzichten und sammelte Stühle und Tische von seinen Nachbarn zusammen. Er räumte im Wohnzimmer eine Fläche zum Tanzen frei und formte einen Tannenbaum aus einer Lichterkette. In der Küche stand ein Buffet, das sich aus mitgebrachten Speisen der Gäste zusammensetzte und das trotz der Mangelwirtschaft sehr üppig ausfiel. Schnell füllte sich die Wohnung, und über den ganzen Abend gesellten sich weitere Gäste hinzu. Anael und Youssef fanden eine Gruppe, der sie noch nicht von ihrem Stück erzählt hatten. Beide ergänzten sich in ihren Ausführungen, und Anael, der sich den Respekt des älteren Youssef erarbeitet hatte, sonnte sich sichtlich in dessen Anerkennung. Nichts schien ihm bedeutender, als wenn Youssef ihn zu sich zog und von *seinem Regisseur* sprach. Die Jungs beobachten die beiden aus der Ferne. Sie amüsierten sich über die Szene, und Mohamed schoss ein Foto mit einer App, die ihnen aufsteigende Herzchen über die Köpfe legte. Milo saß neben Mahmu und hoffte, dass die beiden anderen Jungs ihren Kreis nicht so schnell verließen. Solange sie in Gesellschaft waren, konnte er den zappelnden Fisch besser aushalten.

Schon früh wurde die Musik aufgedreht. Es wurde getanzt und gelacht, und die Stimmung war sehr ausgelassen, bis sich die ersten Gäste zur Christmette verabschiedeten. Alle wussten, welche Gefahren mit dem Ereignis verbunden waren. Rücksichtnahme auf religiöse Anlässe war von keiner der Kriegsparteien zu erwarten – auch zum Mawlid-Fest vor einigen Wochen waren Schüsse gefallen, und Menschenansammlungen boten den Scharfschützen der Union immer eine passende Gelegenheit. Ein gutes Dutzend Gäste sammelte sich im Flur und zog ihre Schuhe an, auch Yasha und Anael waren darunter. Sie diskutierten mit gedämpften Stimmen, welcher Weg zur Kirche der sicherste sei, und verabschiedeten sich betont beiläufig von den Partygästen – bis später, bis morgen, wir sehen uns, dann waren sie zur Tür hinaus. Mahmu murmelte ein Gebet, das ihnen Schutz vor den drohenden Gefahren wünschte, und Milo tat es ihm gleich.

»Zurück bleiben die Muslime und die Gottlosen«, sagte Youssef und setzte sich an ihren Tisch. Viele hingen ab diesem Zeitpunkt an ihren Smartphones, um die Entwicklungen in der Stadt zu verfolgen, und jedes zweite Gesicht war in blaues Licht getaucht. Mahmu verschwand auf den Balkon, um zu rauchen, und Milo mischte sich unter die Gäste. Die Party hätte sich zu diesem Zeitpunkt auflösen können, und doch teilten die Verbliebenen ein banges Gefühl, das sie die Nähe anderer Menschen suchen ließ.

Es war kurz nach ein Uhr morgens und auf *Facebook* und *Twitter* waren noch immer keine Vorkommnisse gemeldet, als lautes Stimmengewirr im Treppenhaus hallte und es an Youssefs Haustür klingelte. Mehrere Gäste, die zur Messe gegangen waren, strömten in die Wohnung, und aus ihren Gesichtern sprach die Gelöstheit eines friedlich verlaufenen Fests. Noch während sie die Schuhe auszogen, schilderten sie die Gesänge, die vielen Lichter und die geschmückten Bäume vor der Kirche. Die Angst fiel von allen ab, und die Musik wurde wieder aufgedreht, lauter als zuvor. Youssef schob hastig Möbel beiseite und klatschte in die Hände, bis sich ein großer Kreis gebildet hatte. Mahmu zog

Milo mit auf die Tanzfläche und hielt seine Hand, während sie *Dabke* tanzten. Auch ihre Hüften berührten sich mehrmals unbeabsichtigt – Milo versuchte, ihm zuzulächeln, und wandte seine zuckenden Mundwinkel schnell ab, bevor er sich blamieren konnte. Getränke wanderten in einer Kette von der Küche ins Wohnzimmer, und nach einer Weile löste sich der Kreis auf und setzte sich neu zusammen. Mit einer fremden Hand und der steigenden Geschwindigkeit der Musik konnte sich Milo besser fallen lassen. Sie löschten das Licht, bis nur noch der Tannenbaum an der Wand strahlte, und übertönten den blechernen Sound der Lautsprecher mit ihren Stimmen. Allen stand der Schweiß auf den Stirnen, und sie mussten die Tür zum Balkon öffnen, um ein wenig Frischluft in den Raum zu lassen.

Erst nach vielen Runden *Dabke* löste sich Milo aus der feiernden Menge und ging auf die Toilette. Die Musik drang dumpf durch die geschlossene Tür, und er wippte mit den Füßen zum Takt. Er wusch sich die Hände und das Gesicht, und als er die Tür öffnete, stand ihm Mahmu gegenüber. Sie sahen sich direkt in die Augen, seltsam ernst. Milo trat beiseite, doch anstatt ihm den Weg gänzlich freizugeben, machte er nur einen halben Schritt zurück. Mahmu musste sich an ihm vorbeidrücken, wenn er an ihm vorbeiwollte, und das tat er. Einen kurzen Moment lang streiften sich ihre Körper, Bauch an Bauch, Gürtelschnalle an Gürtelschnalle, und es schien, als verharre er an dieser Stelle einen winzigen Augenblick, dann war Mahmu an ihm vorbei und schloss die Tür.

Milo fühlte sich von der kurzen Berührung wie elektrisch aufgeladen. Er sank gegen den Türstock und fragte sich, was hier gerade passiert war, bis sein umnebelter Verstand begriff, dass Mahmu jederzeit wieder aus dem Badezimmer kommen konnte. Schnell lief er ins Wohnzimmer und hinaus auf den Balkon, wo er sich im Dunkeln zwischen den Rauchern versteckte und zum Mond hinaufsah.

Er begegnete Mahmu wieder auf der Tanzfläche, und sie behandelten einander, als sei nichts gewesen. Gegen fünf Uhr morgens stiegen sie mit den letzten Gästen das Treppenhaus hinunter. Der Himmel war noch dunkel, und die kühle Luft kündigte einen neuen Tag an – keine Schüsse durchbrachen die morgendliche Stille, und es dröhnte einem fast in den Ohren, so friedlich lag die Stadt vor ihnen. Mahmu startete den Motor und sie fuhren durch die leeren Straßen, ohne ein Wort miteinander zu sprechen. Als er Milo vor dem Haus seiner Tante herausließ, wünschte er ihm eine gute Nacht, drückte ihm eilig Abschiedsküsse auf die Wangen und fuhr davon.

17

Bis zur nächsten Probe sahen sie einander nicht wieder, und Milo war froh, ihm dort auf neutralem Boden zu begegnen. Sie schienen zur Übereinkunft gekommen, kein Wort über die Weihnachtsfeier zu verlieren. Sie brachten eine harmonische Probe hinter sich, und der kurzzeitig verwaiste Chat mit Mahmu füllte sich wieder mit spöttischen Kommentaren, selbstgedrehten Videos und Bildern von Katzen, die ihr Gesicht durch Toastbrot steckten. Sie verabredeten sich für einen Filmabend, und weil das Ganze so harmlos war, erzählte er sogar Tante, mit wem er verabredet war.

»Mahmu«, murmelte sie abwesend und gab ihm einen Beutel gerösteter Kichererbsen mit. »Der Junge hat das Haus von Erdem und Maria gestrichen, wusstest du das?«

Milo hatte sich betont nachlässig gekleidet, trug ein verwaschenes Shirt und eine Jogginghose. Er redete sich ein, zu einem ganz normalen Filmabend aufzubrechen, doch in dem Moment, da Mahmu ihm die Tür öffnete, wusste er, dass überhaupt nichts normal war. Mahmu nahm ihm dankend die Kichererbsen ab und führte ihn auf den Balkon. Er präsentierte sein Gemüsebeet, das angesichts der milden Wintertemperaturen zu sprießen begonnen hatte. Einige Pflanzen waren derart in die Höhe geschossen, dass er die Stängel mit einem Faden an Bambusstiele geknüpft hatte. Mahmu schob einige Blätter zurück und zeigte Milo eine rot glänzende Paprika, die einzige, die nicht von grünen Flecken übersät war. Milo stand neben ihm und wünschte sich nichts mehr, als dass er einen Arm um seine Schulter legte und ihn an sich drückte. Ihr Schweigen lud sich merkwürdig auf, und Mahmu löste die Paprika vom Stiel und ging zurück in die Küche.

Es hatte lange gedauert, bis er Mahmu für das koreanische Kino begeistern konnte. Sie hatten einen leichten Film ausgewählt, doch Milo konnte sich nicht darauf konzentrieren. Neben Mahmu im Dunkeln zu sitzen, machte ihn rasend nervös. Er spürte dessen Körper neben sich, auch wenn sie einander nicht berührten. Immer wieder wurden seine Blicke von ihm abgelenkt. Mahmu hielt die Hände über dem Bauch verschränkt, und Milo betrachtete seine behaarten Oberarme, die sich mit jedem Atemzug hoben und senkten. Er stellte sich vor, wie Mahmu unter seinen Klamotten aussehen musste, und bekam prompt eine Erektion. Er hätte sie verstecken können, indem er die Beine anzog, aber ein wilder Impuls hinderte ihn daran – er wollte, dass Mahmu seine Erektion sah. Schweiß brach ihm am ganzen Körper aus. Er wusste, dass er gerade seiner *Nafs* nachgab, seiner Triebseele, die jedem Menschen innewohnte und fernab der Vernunft lockte, wollte und verleitete, aber er fühlte sich außerstande, ihr zu widerstehen. Eine grelle Tageslichtszene hob das Zimmer aus dem Dunkeln, und nun war seine Erektion deutlich zu erkennen. Sein Puls beschleunigte auf eine Frequenz, bei der er fürchtete, ohnmächtig zu werden, und doch hielt er weiter die Beine ausgestreckt, ein stummes Eingeständnis seiner Begierde.

Mahmu hatte bis dahin einzelne Szenen kommentiert und an den witzigen Stellen gelacht, doch nun war er verstummt. Milo traute sich nicht zu bewegen, und nach einer Weile warf er einen zaghaften Blick zu Mahmu hinüber. Auch in Mahmus Hose zeichnete sich jetzt eine Erektion ab. Die Pointen rauschten ohne Widerhall an ihnen vorbei, und irgendwann stoppte Mahmu den Film. Sie lagen nebeneinander und wagten nicht zu sprechen.

»Das ist nicht richtig«, flüsterte Mahmu irgendwann. Sie hatten schon so lange geschwiegen, dass seine Worte wie Donner schallten, und nur langsam drang ihr Inhalt zu Milo durch. Er wusste, dass Mahmu Recht hatte, und dennoch … er fixierte das Standbild, als könne es seine rasenden Gedanken beruhigen. Er wusste jetzt, dass sein Verlangen erwidert wurde, und dieses Wissen wirkte wie Brandbeschleuniger auf einer Glut. Sie wussten beide, dass sie es wollten.

Milo berührte zögerlich Mahmus Hand, und Mahmu ließ es zu. Er versenkte die Finger zwischen den seinen, spürte seine raue und warme Haut. Er musste an den Traum im Salzsee denken und an Mahmus Hand unter seinem Schulterblatt. Er streichelte über seine Haut und dann – ihm schien nun endgültig das Herz aus der Brust zu springen – nahm er Mahmus Hand und schob sie unter den Bund seiner Jogginghose. Er hatte Angst, Mahmu könne seine Hand zurückziehen, aber er tat es nicht. Seine Finger schlossen sich um Milos steifen Penis, und Milo stellte mit unsäglicher Aufregung fest, dass sie sich von alleine bewegten. Er drückte die Stirn gegen Mahmus Oberarm und fühlte ein starkes Gefühl der Geborgenheit. Er schob nun seinerseits die Hand in Mahmus Hose und Mahmu knöpfte seine Jeans auf, um ihm Platz zu machen. So lagen sie beieinander und spürten den warmen Atem des anderen, der immer schneller ging, bis sie sich kurz nacheinander zum Höhepunkt brachten. Beiden entfuhr ein tiefes Stöhnen und sie zogen ihre klebrigen Hände aus der Hose des anderen.

Milo kannte die Scham, die ihn nach dem Höhepunkt für gewöhnlich ereilte, doch dieses Mal sprengte sie jedes Maß. Sie konnten nicht lange so tun, als raube ihnen der abflauende Orgasmus die Stimme – schnell wurde die Stille unangenehm, und Milo überkam der drängende Wunsch zu weinen. Er hoffte, dass Mahmu etwas sagen würde, doch Mahmu knöpfte sich nur die Hose zu, stand auf und tastete sich ins Bad. Er hörte, wie im Inneren das Wasser auf- und zugedreht wurde, und dann war es lange still.

Milo schob sich die Jogginghose über die Hüfte und setzte sich auf. Er suchte panisch nach Sätzen, die er sagen konnte, wenn Mahmu wieder herauskam, bekam allerdings nichts zu fassen. Er ging in die Küche und wusch sich gerade die Hände über dem Spülbecken, als Mahmu herauskam. Er klopfte die Jacken in seiner Garderobe ab, nahm eine davon vom Haken und wechselte auf den Balkon, ohne ein Wort an Milo zu richten.

Milo hätte den Lichtschalter umlegen können, aber er fürchtete sich vor der Helligkeit. Er tastete sich durch die dunkle Wohnung und hinaus auf den Balkon; dort saß Mahmu, eine Silhouette, die sich kaum von den übrigen Schatten abhob, eine glimmende Zigarette in der Dunkelheit.

»Lass mich bitte allein«, sagte Mahmu sofort.

Milo drehte um und setzte sich zurück ins Wohnzimmer. Ihn überkam die Gewissheit, einen grauenvollen Fehler begangen zu haben – sein panisch schlagendes Herz pumpte sein schlechtes Gewissen in jede Vene seines Körpers. Womöglich brauchten sie jetzt ein wenig Abstand, bevor sie wieder miteinander sprechen konnten – er trat noch mal auf den Balkon.

»Ich gehe kurz die Tauben füttern«, sagte er und wartete auf eine Reaktion, doch Mahmu saß nur stumm da. Er drehte um, griff sich Mahmus Schlüssel und verließ die Wohnung.

Milo weinte den gesamten Weg über, stumm und verbissen. Er ärgerte sich bereits, Mahmus Schlüssel mitgenommen zu haben, weil er damals – es kam ihm schon wie eine Ewigkeit vor – wie selbstverständlich davon ausgegangen war, dass er in die Wohnung eines engen Freundes zurückkehren würde, eines *großen Bruders*, wie er ihn manchmal genannt hatte, nur zum geringeren Teil aus Spaß, vielmehr, weil es sich genauso angefühlt hatte. Wie ein großer Bruder war Mahmu jetzt nicht mehr – dieses Band hatte er unwiederbringlich zerstört. Er zog sich in eine Seitenstraße zurück und setzte sich auf den Bordstein; er drückte sein Gesicht in die Hände und gab sich dem lauten Schluchzen hin, das ihm im Hals drängte. Als er das erste Licht angehen sah, stand er auf und lief weiter.

Er wollte weder Selma begegnen noch Tante, die in letzter Zeit immer bis weit nach Mitternacht wach blieb und verbissen in den Fernsehapparat starrte – er stieg die Treppe hinauf aufs Dach und füllte die noch halbvollen Schalen der Vögel. Er setzte sich auf die Bank und bemerkte, dass er noch immer Mahmus Schlüssel umklammert hielt; die Zähne hatten tiefe Abdrücke in seiner Haut hinterlassen. Er legte den Schlüssel ab und blickte mit leerem Blick über die schlafende Stadt; er wusste nicht, wie lange er da saß und seine Welt in Trümmern lag.

Irgendwann vibrierte sein Telefon.

Kommst du wieder zurück?

Der Fernseher war ausgeschaltet und die Wohnung aufgeräumt; das Geschirr vom Abendessen stand gewaschen in der Abtropfschale. Milo blieb im Flur stehen, verlegen seinen Unterarm haltend. In allen Räumen brannte Licht und auf dem Küchentisch stand frischer Tee bereit; womöglich hatte Mahmu gedacht, dass sie sich für ihre Aussprache dorthin setzen würden, aber nun standen sie beide im Flur und starrten zu Boden.

»Es tut mir leid«, murmelte Milo.

»Was tut dir leid?«

Milo wollte antworten, aber sein Hals schnürte sich schon wieder zu, und er hätte nicht sprechen können, ohne in Tränen auszubrechen.

»Es gehören immer zwei dazu«, sagte Mahmu und fuhr sich seufzend durchs Haar. Er ging ein paar Schritte auf und ab, blickte zum Fenster hinaus und kehrte wieder zurück. Er schien es nicht auszuhalten, Milo wie ein Häufchen Elend an die Wand gesunken zu sehen. Er legte ihm eine tröstende Hand auf die Schulter und zog ihn schließlich an sich. Sie hielten sich in den Armen, und es schien Milo, als fänden sie in ihrem Schweigen wieder zueinander. Sein Körper entkrampfte sich, und sie hielten die Umarmung aufrecht, bis ihm die Beine schwer wurden. Milo wollte sich an den Küchentisch setzen, um ihre Aussprache zu führen, doch Mahmu hielt ihn zurück und küsste ihn. Milo wandte schnell das Gesicht ab und schüttelte den Kopf.

»Was wird das?«, stammelte er.

»Ich weiß nicht«, flüsterte Mahmu und drückte erneut die Lippen auf die seinen – nun küssten sie sich richtig, und sie küssten sich lange. Als sie sich voneinander lösten, behielt Mahmu die Hand an Milos Wange; er streichelte mit dem Daumen zärtlich darüber und lächelte. Sie wussten beide, dass es sein erster Kuss gewesen war.

»Lass uns ein wenig hinlegen«, flüsterte Mahmu. Er nahm Milos Hand und führte ihn ins Schlafzimmer, das Milo bislang nur durch den Türspalt gesehen hatte. Sie legten sich in ihren Klamotten ins Bett und zogen die Bettdecke über sich. Es wurde schnell warm darunter. Sie hielten einander eng umschlungen, bis sich ihre Herzschläge angeglichen und sie sich beide beruhigt hatten.

»Geht es dir gut?«, flüsterte Mahmu und Milo nickte. Die vielen emotionalen Wendungen hatten ihn müde gemacht, und er wäre sofort eingeschlafen, wenn nicht Mahmu neben ihm gelegen hätte. Er spürte dessen warmen Atem auf der Haut, den festen Griff um seine Schulter, und es kam ihm nicht verkehrt vor, als Mahmu ihm die Jogginghose herunterstreifte, zumindest nicht so verkehrt wie vorhin.

18

Es fühlte sich seltsam an, sich für einen anderen Mann hübsch zu machen, aber er tat es. Er zog sich seine blaue Nike-Jacke an, die einzige Markenjacke, die er besaß, und befreite seine Turnschuhe vom Dreck der Straße. Er tat es schnell und in einer dunklen Ecke des Hofs, damit Tante nicht fragen konnte, was in ihn gefahren sei.

Sie hatten sich zu einem Spaziergang verabredet, was in einer belagerten Stadt nicht einfach war. Sie trafen sich vor einem ehemaligen Straßencafé, hinter dessen Schaufenstern mittlerweile Menschen aus den zerstörten Stadtteilen lebten, und drückten sich unverfängliche Küsse auf die Wangen. Es war ein warmer, wolkenverhangener Tag, der recht genau ihre Stimmung widerspiegelte, und sie liefen ziellos die Straßen ab, die einigermaßen sicher waren. Sie kamen bis zum Obelisken, wo die Ausfallstraße in die Trabantensiedlung führte. Hier hatten sich besonders viele Scharfschützen der Union verschanzt. Es hieß, die Anwohner nähmen auf ihren Versorgungsgängen Babys oder Kleinkinder auf den Arm, damit sie von den Schützen verschont blieben.

»Lass uns umdrehen«, sagte Milo und schlug vor, ihm den Taubenschlag zu zeigen. Sie stiegen an Tantes Wohnung vorbei zum Dach hinauf, ohne seiner Familie oder den Nachbarn zu begegnen. Zwischen den schweren Wolken kam immer wieder die Sonne zum Vorschein, und er füllte den Tauben ein Becken, in dem sie baden konnten. Der Wasserstrahl traf hart auf den Plastikbottich und er warf einen Blick zu Mahmu hinüber. Er stand am Geländer und suchte offensichtlich nach dem Haus, in dem er wohnte. Milo trat neben ihn und half ihm beim Suchen, bis sie es gefunden hatten – sie blieben nebeneinander stehen, jeder in seinen eigenen Zweifeln versunken. Eine Schwere lag über ihrer heutigen Begegnung, und Milo fühlte sich dafür verantwortlich. Er hatte die beiden über diese Grenze gezogen, und von dieser Seite gab es kein Zurück mehr. Er hatte noch im selben Moment gewusst, dass es falsch war. Trotz besseren Wissens das Falsche zu tun, ließ ihn einen Blick in seine eigenen Abgründe werfen, vor denen ihm schwindelte.

Nun standen sie hier, und im besten Fall hatte er einen Partner gefunden, aber einen großen Bruder verloren. Die romantische Liebe war nur eine von vielen Spielarten der Liebe und der platonischen nicht überlegen. Selbst wenn sie größere Ausschläge verursachte, war sie in ihrem Kern viel fragiler, und angesichts der Gesellschaft, in der sie lebten, und des täglichen Überlebenskampfs der Belagerung noch viel angreifbarer. Sie hatten einen starken Stamm für einen dünnen eingetauscht und das wussten sie beide.

Mahmu seufzte tief und blickte zu ihm herüber – er hatte wohl keine Lust mehr, trübsinnig zu sein. Er zog Milo an sich und lehnte den Kopf an den seinen. So blieben sie eine Weile stehen, bis sie das Dach wieder versperrten und zu Mahmu nach Hause gingen.

Sie führten ihre Beziehung nachts und bei geschlossenen Vorhängen. Obwohl diese neue Nähe Milo mit tiefer Zufriedenheit erfüllte, befiel ihn regelmäßig ein schwermütiger Schatten. Das Gefühl der Schuld verschwand nicht. Sie legte sich wie ein schwacher Film über ihn und verband sich mit älteren Schichten Schuld, die sich in den vergangenen Jahren angesammelt hatten. Mahmu schien es nicht anders zu gehen. Sie stritten nun auch hin und wieder, was in den Zeiten ihrer Freundschaft niemals geschehen war. Dass ihre Bindung nicht zerbrach, war letztlich dem Umstand geschuldet, dass sie einander wirklich zu lieben begannen; dass sich ihre Schuldgefühle und Zweifel mit jeder Woche weiter abnutzten, ein Selbstschutz des Geistes, der um seine Unversehrtheit kämpft; und dass vor den Fenstern ein Krieg tobte, der das Surreale alltäglich werden ließ und das Vertrauen und die Intimität eines anderen Menschen zur Lebensnotwendigkeit machte.

»Glückwunsch, Kleiner«, sagte Youssef bei einer ihrer nächsten Proben, drückte ihm zur Begrüßung doppelt so viele Küsse auf die Wangen und umarmte ihn fest. »Willkommen in der Familie.«

»Du hast es ihm erzählt?«, fragte Milo später, als er sich während einer Stellprobe kurz zu Mahmu in den Requisitenraum stahl.

»Wem?«

»Youssef.«

»Hat er merkwürdig reagiert?«

»Nein … Nein, er war eigentlich ganz süß.«

»Na siehst du. Was hast du auch von Youssef erwartet.« Er zog ihn am Hemdsaum auf seine Höhe herunter und gab ihm einen schnellen Kuss. »Er wird es niemandem erzählen, keine Sorge.«

Milo wollte noch etwas erwidern, aber ihm fiel nichts Passendes ein; er verschränkte die Arme und kehrte in den Bühnenraum zurück.

Sie konnten stundenlang gemeinsam im Bett verbringen, wie es für junge Paare üblich war. Milo schätzte jede Minute, die er mit Mahmu teilen konnte, und er legte sich einen Fundus an Lügen zurecht, die ihnen mehr Zeit ermöglichte und die ihn abwechselnd an Anael, Youssef, fiktive Lerngruppen oder an den Probenraum entschuldigten. Tante zeigte sich angesichts seiner Erklärungen nie misstrauisch; nur in Selmas Augen flackerte manchmal ein Zweifel, den sie in stiller Solidarität nie aussprach. Vermutlich dachte sie, er ginge mit einem Mädchen aus.

An jenem Abend war er angeblich in der Schule verabredet, um Probleme an der Lichtanlage zu beheben – er lag neben Mahmu im Bett, zählte die Sommersprossen auf dessen Oberarm und ließ ihn die Zahl schätzen.

»Dreizehn?«

»Dreiundvierzig.«

Er wälzte sich auf die Seite und schob die Beine zwischen die seinen. Er linste zu seinem Freund hinüber.

»Wie haben es eigentlich deine Eltern erfahren?«, fragte Milo. Er hatte die Frage schon lange stellen wollen.

»Du kennst die Geschichte nicht?«

»Nur, dass euch die Polizei erwischt hat.«

Mahmu nickte. Er schien kurz ungewiss, ob er die Geschichte erzählen wollte oder nicht, doch dann seufzte er und verschränkte die Hände hinter dem Kopf. »Ja, die Polizei hat uns erwischt. Wir waren beide erst siebzehn und hatten kein eigenes Zimmer, konnten nirgendwo allein sein. Aber mein Freund konnte schon fahren, also hat er den Wagen seines Bruders genommen und wir sind stundenlang damit herumgefahren. Es war eine Zwecklösung, aber es hat auch viel Spaß gemacht – wir haben uns etwas zu essen und zu trinken geholt, und wenn es dunkel wurde, haben wir uns einen abgelegenen Feldweg oder einen Parkplatz gesucht. Das ging auch lange gut. Ich kann bis heute nicht begreifen, wo dieser Streifenwagen plötzlich herkam. Vielleicht sind sie uns gefolgt, haben gedacht, wir würden Pot rauchen oder so was. Jedenfalls standen wir irgendwo im Wald, haben die Rückbank umgelegt und, naja … wir waren gerade mittendrin, als sie an die Scheibe geklopft und mit der Taschenlampe zu uns hereingeleuchtet haben. Mit der Rückseite seines Schlagstocks hat er an die Scheibe geklopft, zwei Mal, ich höre das Geräusch noch ganz deutlich. Mir gefriert noch immer der ganze Körper, wenn ich daran denke.« Er zeigte ihm seinen Oberarm, auf dem sich tatsächlich die Härchen aufgestellt hatten. »Wenn wir zu zweit waren, war das alles schön und normal, aber als wir in diesem verrauchten Streifenwagen saßen und uns die Witze von diesen Arschlochpolizisten anhören mussten, da war das so, als käme die echte Welt wieder zurück; als spreche aus ihnen die Stimme der Vernunft, und wir wären nur einfältig genug gewesen, uns diese Perversion schön zu reden. Wir saßen auf der Rückbank, beide so entfernt voneinander wie irgend möglich, und haben zum Fenster hinausgestarrt.

Mein Vater musste aufs Revier kommen und das Schmiergeld zahlen. Ich habe nicht gehört, was sie ihm erzählt haben, welche Witze sie über ihn gerissen haben, aber ich kann es mir vorstellen. Eine solche Mischung aus Scham und Wut hatte ich noch nie auf seinem Gesicht gesehen. Ich habe ihn angefleht, dass er auch das Schmiergeld für meinen Freund zahlt, aber er hat mich nur angesehen, als sei ich völlig verrückt geworden. Ich musste selbst zum nächsten Bankautomaten rennen und so ziemlich alles Geld abheben, das ich auf dem Konto hatte, während mein Vater in seinem Wagen saß und alles vollgeraucht hat. Ich wusste, er würde mir jede Sekunde nachtragen, die er vor diesem Revier verbringen musste, also bin ich gerannt. Wir sind dann nach Hause gefahren, und meine Mutter hat bereits in der Küche auf uns gewartet. Allen war klar, dass morgen die ganze Stadt Bescheid wissen würde und dass es auf die Familie zurückfallen würde. Ich glaube, wir haben nur aufgehört uns anzuschreien, weil wir irgendwann zu müde wurden – um fünf Uhr morgens sind wir ins Bett gegangen, und ein paar Stunden später stand mein Vater in meinem Zimmer und sagte, ich solle aufstehen und meine Sachen packen. Er hatte seit Ewigkeiten ein kleines Büro am Stadtrand, das er nicht wirklich benutzte – dorthin hat er mich gebracht. Zehn Quadratmeter voller Aktenordner, mit einer Ausziehcouch und einer portablen Herdplatte. Die Herdplatte habe ich heute noch.«

»Was ist mit deinem Freund passiert?«

»Er ist aus der ganzen Sache irgendwie rausgekommen. Er kam aus dem Dorf, man kannte ihn in der Stadt nicht, über ihn wurde nicht geredet. Ich habe genügend Schmiergeld bezahlt, dass sein Bruder ihn noch in derselben Nacht abholen konnte. Er ist einfach nach Hause gefahren, in sein altes Leben zurück. Allen hat er erzählt, dass er beim Fahren ohne Führerschein erwischt wurde. Sie haben ihm bestimmt noch auf die Schulter geklopft.«

»Habt ihr noch Kontakt?«

»Er hat mittlerweile geheiratet.«

Es war der Tiefpunkt einer Geschichte, die keine Gewinner kannte. Mahmu war still geworden und starrte zum Fenster hinaus. Milo fuhr mit dem Finger seine Sommersprossen entlang und suchte nach einer positiven Wendung des Ganzen.

»Wenn du bedenkst, in welche Lüge sich dein Freund verfrachtet hat – bist du nicht auch froh, dass es so gekommen ist?«

»Ich wurde mit siebzehn Jahren aus dem Haus geworfen. Die ganze Stadt hat über uns gesprochen, und ein Jahr lang hatte ich keinen Kontakt zu meiner Familie. Also nein, ich bin nicht froh, dass es so gekommen ist«, sagte Mahmu. »Ich führe jetzt ein ehrlicheres Leben, aber das heißt nur, dass ich einer schlechten Sache auch positive Folgen abgewinnen kann. Ich bin diesen

Schritt nicht selbst gegangen, sondern wurde über die Linie gezogen, zu einem Zeitpunkt, als meine Familie und ich definitiv nicht bereit waren. Das alles war höchst traumatisch.«

Milo spürte, wie Mahmus Hände zu zittern begannen; er nahm sie auf und küsste sie schnell hintereinander. Er hatte in Mahmu bislang nur Selbstbewusstsein gesehen, aber das war illusorisch gewesen – er entschuldigte sich für die Frage und hielt ihn fest umschlungen, bis sich seine Widerstände gelöst hatten und er wieder ruhig an seiner Brust atmete.

Tante und Selma saßen vor dem Fernseher, als er nach Hause kam, und mehr noch als ohnehin wurde ihm bewusst, dass er die beiden belog. Er setzte sich zu ihnen aufs Sofa, in einer verwirrenden Gemengelage aus Liebe und Schuld. Beide warfen ihm einen kurzen Blick zu – gewöhnlich verschwand er abends sofort in seinem Zimmer. Tante schenkte ihm aus der Teekanne ein, die über einer Kerze warm gehalten wurde, und streichelte seinen Fuß.

»Alles gut, mein Schatz?«

»Klar«, sagte Milo und starrte auf das Fernsehbild. Sie sahen eine beliebte Serie, die in Istanbul spielte. Die atmosphärischen Stadtaufnahmen, die Abstand zwischen den Szenen schaffen sollten, waren aus welchem Grund auch immer herausgeschnitten worden. Die Kamerafahrten über den Bosporus, die flanierenden Fußgänger der *Istiklal Caddesi* waren verschwunden, übrig blieben schnell aufeinanderfolgende Szenen voller Verrat und Intrige, die das Auge ermüdeten. Sie blickten stumm auf den Fernseher und tranken ihren Tee, und als die Folge zu Ende war, erhob sich Tante vom Sofa. Sie schlüpfte in ihre Pantoffeln und schleppte sich wortlos ins Badezimmer.

»Ich muss noch lernen«, sagte Milo und ging auf sein Zimmer.

19

Milo begann, kurze Videos zu drehen, die den Alltag der Belagerung dokumentierten. Sie zeigten zersprengte Spielplätze, überfüllte Notaufnahmen oder minutenlange Aufnahmen von Beinen in einer Warteschlange. Auch wenn sie mit ihrem Stück das Gegenteil aussagten, hatte Milo die Außenwelt doch nicht gänzlich aufgegeben. Es war ihm ein Bedürfnis, das Unrecht aufzuzeigen und festzuhalten – im Mindesten konnten seine Aufnahmen dabei helfen, die Kriegsverbrechen in einer nahen Zukunft aufzuarbeiten. Die Union trocknete die Stadt zunehmend aus und ließ immer weniger Hilfslieferungen durch den Belagerungsring zu. Der einzige offene Versorgungsweg über Amgar und das Rebellengebiet war nicht viel aussichtsreicher – vielmehr als aufgeblähte Hungerbäuche war aus dieser Richtung nicht zu erwarten. Wie unter einem klappernden Topfdeckel kochte in der Stadt die Wut darüber, in Geiselhaft zweier rivalisierender Gruppen zu stehen, die in Thikro gleichermaßen fremd waren – nur wenige solidarisierten sich mit einer Seite, auch wenn sie brav die Grüße erwiderten, mit denen sie den patrouillierenden Rebellen zu begegnen hatten.

Milo legte sich neue *Facebook-, YouTube-* und *Twitter-*Accounts an, die keinen Rückschluss auf seine Person zuließen, und veröffentlichte seine Videos. Er verbrachte immer mehr Zeit mit den Filmen, die er mit nichts als seinem Smartphone und einem Stativ drehte. Um sie zu bearbeiten, holte er sich Hilfe von Anael, der sich mit Videoschnittprogrammen auskannte. Er saß in dessen neuem Zimmer, das er bei Verwandten bezogen hatte und das er mit seinem Bruder und seiner kleinen Schwester teilte. Drei schmale Einzelbetten und ein Schreibtisch füllten den Raum vollständig aus; ihre Klamotten mussten sie aus Umzugskartons beziehen, die im Flur standen und an denen man sich nur seitlich vorbeischieben konnte. Milo dachte an das Haus, in dem Anael mit seiner Familie gewohnt hatte, bis ein Granatenbeschuss es unbewohnbar gemacht hatte; ein

Springbrunnen hatte in der Einfahrt gestanden und eine Haushälterin sich um Garten und Haus gekümmert. Es musste eine ziemliche Umgewöhnung bedeuten, dachte Milo, als Anael seine kleine Schwester aus dem Zimmer vertrieb, die lachend zwischen den Betten umhersprang, als befände sich in den Lücken dazwischen Lava. Anael schloss die Tür und entschuldigte sich für die Unterbrechung. Er zog eines von Milos Videos in die Bearbeitungsleiste und zeigte ihm, wie sich der Ton schärfen, Störgeräusche ausblenden und die Farbsättigung optimieren ließ. Milo saß auf der Bettkante, sodass er über Anaels Schultern in den Laptop blicken konnte, und schrieb auf einem Notizblock mit.

»Hast du eigentlich mal Mahmus Ex-Freund kennengelernt?«, fragte Anael, während er eines der Videos exportierte.

»Wieso?«

»Mich hätte interessiert, was das für einer ist. Er ist nicht von hier, oder?«

»Nein, der kam von weiter weg. Ich habe ihn auch nie kennengelernt«, sagte Milo mit versteinertem Blick, und dann, von seinem eigenen Mut überrascht: »Findest du das falsch?«

»Was?«

»Na ja, also *gay* zu sein.« Es war leichter, in einer fremden Sprache davon zu sprechen als in der eigenen.

Anael zuckte mit den Schultern. »Ich habe nichts gegen Schwule. Ich habe eher Mitleid mit denen.« Milo nickte und spürte Erleichterung. Er nahm auch gern Mitleid, solange es eine Haltung war, die ihm zu- und nicht abgeneigt war. Er versuchte, sich die Bedeutung dieses Gesprächs nicht anmerken zu lassen und wechselte schnell das Thema.

Milo erhielt von Mahmu den Zweitschlüssel zu seiner Wohnung, um dort das Internet nutzen zu können. Nach der Schule lud er seine Filme hoch, hielt sich über die Belagerung und den Krieg, der die gesamte Region ergriffen hatte, auf dem Laufenden, und vernetzte sich mit anderen Usern wie ihm. Nur durch Zufall fand er heraus, dass CNN eines seiner Videos ausgestrahlt hatte, das den Angriff auf einen Wochenmarkt zeigte. Milo hatte sich aus dem Fenster in seinem Zimmer gelehnt und die Kamera auf die Menschen gerichtet, die durch die Häuserschluchten flohen, verfolgt von dunklen Rauchschwaden und dem anhaltenden Stakkato von Granaten. Das Video näherte sich nach wenigen Tagen hunderttausend Aufrufen, und die Zahl seiner Follower stieg rasant.

Milo begann, in den Videobeschreibungen lange Texte zu veröffentlichen, die den Inhalt des Videos aufgriffen und die er mit Quellen spickte, wo er welche benötigte. Das Bildmaterial geriet bald zum bloßen Aufhänger für seine Texte, und auch die Kommentare bezogen sich zunehmend darauf. Ein ausländisches Magazin bat ihn schließlich, die gesammelten Texte übersetzen und abdrucken zu dürfen. Mit dem wachsenden Erfolg seiner Kanäle erfasste ihn zugleich eine lähmende Angst, dass er mit der Verschlüsselung nicht vorsichtig genug war, oder dass jemand aufgrund des Inhalts Rückschlüsse auf seine Person ziehen konnte. Die Leichen an den Wimpelketten waren mittlerweile abgehangen worden, aber in den Gedanken der Bewohner waren sie geblieben.

»Du musst vorsichtig sein«, sagte Mahmu.

»Ich weiß.«

»Nichts darf sie auf die Idee bringen, dass du dahinterstecken könntest.«

»Ich weiß«, wiederholte Milo, eine Spur genervt, weil er seine eigenen Ängste bestätigt sah. Er klappte den Laptop zu. »Ich werde trotzdem weitermachen. Jemand muss doch das Unrecht dokumentieren, das ist das Mindeste, was ich dagegen tun kann.« Das klang mutiger, als er sich fühlte, und Milo versuchte, sich an seinen eigenen Worten aufzurichten.

»Ich sage ja nicht, dass du aufhören sollst. Ich sage nur, dass du vorsichtig sein musst.«

Mahmu biss ihm sanft in die Schulter und zog ihn an sich. Er flüsterte ihm lächerliche Kosenamen ins Ohr, die ihn zum Lachen brachten, und schnell verflog in Milo jeder Argwohn. Sie streckten sich küssend auf dem Sofa aus, und Mahmu zog ein schweres, in Leder gebundenes Buch hervor, das sich in seinen Rücken gebohrt hatte.

»Rumi«, stellte er fest, und Milo nahm ihm nickend das Buch ab. Seit einer Weile spickte er seine Texte mit literarischen Zitaten, und er konnte ganze Stunden damit verbringen, in Mahmus Büchern nach ihnen zu suchen. Die Bücher lagen dann in einem Halbkreis um ihn verstreut, und wenn Mahmu von einer der Baustellen nach Hause kam, las er ihm die Passagen vor, die ihn am meisten beeindruckt hatten. Milo zog den Federkiel aus dem Buch, mit dem er die aktuelle Seite markiert hatte, und las aus Rumis Versen vor, bis er sich verabschieden musste. Es kam ihm vor, als löse er zwei starke Magneten voneinander – er gab Mahmu einen letzten und letzten und abermals letzten Abschiedskuss und hastete durch die Straßen ihres Viertels, um rechtzeitig zum Abendessen zu Hause zu sein. Auf den Treppenstufen legte er sich wie immer eine Geschichte zurecht, wo er die letzten Stunden verbracht hatte. Er spürte, dass er es zunehmend Leid wurde, mit einer Maske durchs Leben zu gehen. Man schwitzte allzu stark darunter, und wenn man nicht aufpasste, verwuchs die Maske irgendwann mit der Haut. *Wenn ich's sage, dann jetzt*, dachte Milo manchmal in einem Anflug von Hysterie, *draußen gehen Granaten runter wie Regen, da ist es sicher nicht die größte aller Katastrophen.* Wenn er sich dann ein wenig beruhigt hatte, wurden seine Gedanken wieder rationaler. *Wir könnten jeden Tag sterben, wir sollten im Guten auseinander gehen.*

20

Sie hatten noch die Rolle des Jungen zu vergeben, die sich nicht doppelt besetzen ließ und die auch Milo, der während der Aufführung mit der Bühnentechnik beschäftigt sein würde, nicht spielen konnte. Obwohl der Junge nur zwei Mal auftrat und nicht mehr zu sagen hatte, als dass Godot heute nicht mehr erscheine und morgen komme, sträubte sich Mahmu dagegen, ihn zu spielen. Nur mit viel Mühe ließ er sich auf die Bühne bewegen. Mit dem Textbuch in der Hand probte er seinen Auftritt. Sie gaben ihm Ratschläge, arbeiteten an seiner Bühnenpräsenz und ließen ihn immer wieder aufs Neue auftreten. Anael stand vor der Bühne und hielt die Arme verschränkt.

»Wir alle sind unsere Rollen, wenn wir auf die Bühne treten, aber wenn Mahmu auf die Bühne tritt, ist er einfach Mahmu.«

Es war witzig, weil es stimmte, und sie alle mussten lachen.

»Aber das ist gut, das ist gut«, fügte Anael hinzu und drückte die Hände hinunter, als könne er damit das Gelächter eindämmen. »Das ist gut, das stellt den Bezug der Zuschauer zum Stück her. Es ist, als würde *einer von ihnen* dort oben stehen und Ausreden erfinden, warum die Vereinten Nationen oder die Union oder sonst wer sie heute nicht rettet. Durch Mahmu erkennen sie sich selbst.«

Sie versuchten, sich mit der spitzfindigsten und gnädigsten Interpretation seiner Schauspielleistung zu übertreffen, und als alle damit durch waren und ihre Gesichter vom Lachen rot angelaufen waren, nahm Mahmu eine Konfettikanone aus der Requisite, hielt sie sich an die Schläfe und drückte ab.

Milo und Mahmu waren an diesem Abend zu einem besonderen Essen eingeladen – nach der Probe fuhren sie zu Milo nach Hause. Seit geraumer Zeit hatten sie dort Probleme mit der Internetverbindung und Mahmu hatte seine Hilfe angeboten. Es war eine hervorragende Gelegenheit, ihn seiner Familie vorzustellen – wenn sie ihn zunächst als guten Freund kennenlernten, würde ihnen die Wahrheit später nicht so schwer fallen, so zumindest der Gedanke.

Sie wurden recht herzlich von Tante und Selma begrüßt und sogleich ins Wohnzimmer geführt. Mahmu und Selma gehörten demselben Jahrgang an und kamen schnell auf gemeinsame Freunde zu sprechen. Milo verfolgte die Unterhaltung, als handle es sich um einen Wettkampf, von dessen Ausgang die Beziehung zu seiner Familie abhing – er knetete seine schwitzenden Hände, während Mahmu dankend das Teeglas entgegennahm, das Tante ihm reichte. Er sprach davon, dass einige von Selmas und seinen Freunden für ein Studium fortgezogen waren, und Tante betonte den Wert einer Hochschulbildung in der heutigen Zeit. Ob Mahmu bei seinem ausgeprägten Interesse für die Künste nie überlegt habe, zu studieren? Milo hatte ihm die Frage selbst schon gestellt. »Ich stand mit siebzehn auf der Straße und musste Geld verdienen«, war damals seine Antwort gewesen. Nun lieferte er eine diplomatischere Variante dessen, und bevor sie das Thema vertiefen konnten, erinnerte Milo an die Arbeit, die sie zu erledigen hatten. Selma nickte, fuhr ihren Laptop hoch und erzählte von der Landleitung, die seit einem Granatenangriff unterbrochen war. Sie hatte als Ersatz einen Surf-Stick auf dem Schwarzmarkt erstanden, doch die Signalstärke war zu gering, um damit etwas anzustellen. Mahmu hob sich den Laptop auf die Knie und klickte sich durch einige Einstellungen.

»Mit dem Stick ist alles in Ordnung«, murmelte er und zog ein Küchensieb, eine Rolle Alufolie und ein Verlängerungskabel aus seinem Rucksack. »Ich kann keine Wunder versprechen«, kommentierte er ihre zweifelnden Blicke, »aber wir sehen, was sich machen lässt.«

Er kleidete das Sieb mit der Alufolie aus, schnitt ein Loch in dessen Mitte und steckte den Stick hindurch, sodass die Konstruktion einer Satellitenschüssel ähnelte. Auf der Suche nach dem nächstgelegenen Funkmast führte Milo ihn in sein Zimmer, und Mahmu vergaß darüber kurz seine Aufgabe. Er strich mit dem Finger über Milos Schreibtisch und blätterte durch die wenigen Bücher, die Milo besaß. In einem Winkel des Zimmers, der vom Flur nicht einsehbar war, zog Mahmu ihn an sich und gab ihm einen schnellen Kuss.

»Bist du nervös?«, flüsterte Milo.

»Nicht wirklich. Ein guter Freund besucht einen guten Freund, daran ist nichts Besonderes. Bist du nervös?«

»Sehr.«

Sie verbanden das Verlängerungskabel mit Selmas Laptop und platzierten die Antennenkonstruktion auf Milos Fensterbrett. Sie richteten die Antenne Zentimeter um Zentimeter aus, und Selma rief ihnen aus dem Wohnzimmer zu, sobald die Signalstärke besser wurde. Sie schafften es tatsächlich, vier von fünf möglichen Balken zu erreichen, wo zuvor kaum einer zustande gekommen war. Sie fixierten die Konstruktion mit Panzertape, und Tante wurde nicht müde, ihren Dank zu wiederholen. Sie telefonierte in letzter Zeit häufig mit ihrer Cousine, die in Belgien lebte, und war hierfür auf eine gute Internetverbindung angewiesen. Sie erzählte, dass sie manchmal ihr Smartphone zwischen ihr straff gebundenes Kopftuch steckte, um beim Telefonieren die Hände frei zu haben, und demonstrierte es ihnen stolz. In solch guter Stimmung hatte Milo sie lange nicht gesehen. Vielleicht hatte es damit zu tun, dass sie heute zum ersten Mal seit Langem einen einfachen Besuch und keinen Trauerbesuch empfingen.

Mahmu richtete ihr einen Videomessenger auf dem Laptop ein und zeigte Tante, wie man ihn bediente. Selma übernahm die Aufsicht über die brodelnden Töpfe in der Küche, und als der erste Probeanruf geglückt war und die dampfenden Teller verteilt wurden, hatten alle das Gefühl, etwas feiern zu können. Sie reichten sich Tellerchen und Schälchen herum und lobten das Essen. Nach einer Weile kamen sie auf die Aufführung zu sprechen, und Tante legte unvermittelt ihr Besteck ab. Sie verzog den Mund, als läge ihr etwas Unbekömmliches auf der Zunge.

»Wozu braucht es eigentlich diese Plakate?«

Sie sprach von den Veranstaltungsplakaten, die die Jungs kürzlich in der Stadt aufgehängt hatten. Milo runzelte die Stirn.

»Na ja, wozu braucht man Plakate – wir wollen möglichst viele Besucher bei unserer Aufführung haben.«

»Ihr bringt euch in Gefahr. Wisst ihr, wie oft ich in den letzten Tagen von dieser Aufführung gehört habe? Die ganze Stadt spricht darüber.«

»Du musst dir keine Sorgen machen. Wir nennen in dem Stück keine Namen und schlagen uns auf keine Seite«, sagte Milo wahrheitsgemäß. »Es ist mehr eine Metapher, die jeder auf sich selbst beziehen kann.«

»Meint ihr, diese Männer wissen, was eine Metapher ist?«, fragte Tante scharf. »Sie brauchen nur das Gefühl haben, dass ihr gegen sie seid, dass ihr gegen sie Stimmung macht, und schon seid ihr —«

Sie ersparte sich, ihnen ein Ende am Strick vorherzusagen und ließ die Hand für sich sprechen, die sie wütend in die Luft gerissen hatte – sie ließ sie wieder hinabsinken und starrte auf ihren Teller. Milo fühlte sich unangenehm an die Diskussionen erinnert, die sie auch untereinander geführt und nur begraben hatten, um sich von der Angst nicht lähmen zu lassen. Sie wussten auf Tantes Warnungen nichts zu erwidern, doch Selma kam ihnen zur Hilfe.

»Es sind Schüler, Mama. Ein Schultheaterstück. Das läuft unter jedem Radar. Wenn die Jungs nicht gerade zum Aufstand aufrufen —«, Selma warf ihnen einen strengen Blick zu, den sie mit einem energischen Kopfschütteln beantworteten, »dann wird es die Rebellen kein bisschen interessieren.«

»So Gott will«, sagte Tante. Sie nahm einen Schluck von ihrem Tee und stellte das Glas wieder auf ihr Silbertellerchen – mit den Fingern schob sie es in Position zurück. »Ich finde ja gut, was ihr macht, ganz ehrlich. Ich bin stolz auf dich, Milo. Ich bin auch stolz auf dich, Mahmu.« Dieser Zusatz brachte alle zum Schmunzeln. »Ich mache mir nur Sorgen. Das müsst ihr einer Mutter schon zugestehen.«

Sie redeten ihr abwechselnd gut zu, bis sie von dem Thema genug hatte und die nächste Runde Tee aufsetzte. Spätnachts brachten sie Mahmu zur Tür. Er schüttelte Selma und Tante lachend die Hände, und nachdem er ein drittes Mal dankend abgelehnt hatte, nahm er doch das übriggebliebene Essen an, das Tante ihm mitgeben wollte. Er hatte einen guten Schwiegersohn in spe abgegeben, auch wenn die beiden nichts davon wussten, und Milo war sehr glücklich darüber, dass sie zusammengehörten. Sie verabschiedeten sich mit einer kumpelhaften Umarmung, doch Milo schickte ihm sogleich ein Herz auf *WhatsApp* hinterher, das Mahmu noch auf den Treppenstufen erwiderte.

21

Der Lehrer, der dem Theaterkurs zugeordnet war, aber in beidseitigem Einverständnis den Proben und sonstigem Mehraufwand fernblieb, erschien überraschend zu ihrem Treffen. Anscheinend hatten sie mit ihren schlecht kopierten Plakaten mehr Staub aufgewirbelt, als sie erhofft hatten – die Schulleitung wollte wohl sichergehen, dass sie nichts spielten, das den Rebellen übel aufstoßen konnte, also präsentierten sie ihm eine bravere Variante des Stücks. Der Lehrer hatte offensichtlich wenig Ahnung vom Theater und kannte auch das Stück nicht – er zog seine buschigen Augenbrauen zusammen und gab ihnen Ratschläge, die sie höflich abnickten. Als er fort war, fiel sein Name kein einziges Mal und sie machten weiter wie geplant.

In den Tagen vor der Aufführung verließen sie die Bühne kaum mehr – was das Bühnenbild und die Technik anbelangte, war es die stressigste Phase der gesamten Probenzeit, und Mahmu und Milo erschienen früher zu den Proben, um mit ihrem Pensum fertig zu werden. Mahmu hatte noch vor der Belagerung ein Ledersofa organisiert, auf dem Wladimir und Estragon während der Aufführung sitzen sollten; es stand in der Garage eines Freundes und lag mehrere Straßensperren entfernt von der Schule. Sie spielten verschiedene Szenarien durch, wie sie das Sofa zur Schule transportieren konnten, und alle endeten damit, erschossen zu werden.

»Ich frage einfach die Nachbarn der Schule, ob sie uns ein Sofa leihen«, sagte Mahmu.

»Als würdest du nach einer Tasse Zucker fragen?«

»Mehr als Nein sagen können sie nicht. Im Gegenzug bekommen sie Freikarten.«

»Wir nehmen gar keinen Eintritt«, murmelte Mohamed, doch da war Mahmu bereits aufgestanden. Er ging zielstrebig auf den Ausgang zu.

»Nimm dir jemanden mit«, rief Milo ihm hinterher. »Am besten einen von den Kleinen.«

»Du bist nur ein Jahr älter als wir«, maulte Yasha, und Milo nickte und zeigte mit dem Finger auf ihn. »Ja, nimm Yasha, der hat so einen Hundeblick.«

»Ich zwick dich, damit du trauriger aussiehst«, sagte Youssef und drängte sich zu ihm durch – wie die Schere eines Hummers ließ er Finger und Daumen auf und zu schnappen. Yasha sprang vom Bühnenboden und lief zu Mahmu hinüber, der bereits in der Tür stand.

»Ich rufe Milo an, falls wir Hilfe beim Tragen brauchen«, sagte er und verschwand hinter Yasha auf die Straße. Sie setzten die Proben fort und machten einen trockenen Durchlauf, damit Milo die Videokamera auf die Schauspieler ausrichten konnte; während der Aufführung sollten einige Szenen live aufgezeichnet und hinter ihnen an die Leinwand projiziert werden, sodass sich die Aufzeichnung ins Unendliche verdoppelte. Sie folgten Milos Anweisungen und schielten doch alle auf das Handy, das gut sichtbar am Bühnenrand platziert war. Milo schnipste ein paar Mal mit den Fingern, um ihre Aufmerksamkeit zurückzubekommen, aber als das Handy tatsächlich klingelte, waren alle schon zur Tür gelaufen, bevor Mahmu überhaupt die Adresse durchgegeben hatte. Sie kamen zurück mit einem Sofa, das ein altmodisches Blümchenmuster trug und das sie zu viert und unter angestrengtem Keuchen auf die Bühne hievten. Sie hatten kaum ihre Hände darunter hervorgezogen, als sich Youssef auf das Sofa schmiss. Er hob die Beine über die verschnörkelte Lehne und verschränkte die Arme hinterm Kopf.

»Es genügt meinen Ansprüchen«, sagte Youssef mit nasaler Stimme und Mahmu zog ihm das zusammengerollte Textbuch über den Kopf.

Am letzten Probentag verließen sie die Schule überhaupt nicht mehr. Sie probten von morgens bis abends und schmissen kurz vor der Generalprobe einen Teil der Szenen radikal um. Anael und Youssef führten hitzige Debatten mit den Schauspielern, die um ihre gewohnten Abläufe fürchteten, doch alle spürten, dass mit den Änderungen die letzten knirschenden Räder einrasteten. Sie studierten die neuen Übergänge ein und verabschiedeten sich dann in eine Pause. Mahmu hatte sich schon eine Stunde zuvor in die Schlange vor der Bäckerei gestellt, um ihnen ein spätes Mittagessen zu besorgen, und nach dem Essen lagen sie wie tot in verschiedenen Ecken der Schule. Youssef und Milo warfen sich einen Tennisball zu, den sie am Straßenrand aufgelesen hatten, und irgendwann schliefen beide an die Schulmauer gestützt ein. Anael sammelte mit der Zeit alle wieder ein und ließ sie die leeren Schulflure entlanglaufen, um ihnen nochmal Adrenalin für die Generalprobe zu entlocken. Sie brachten einen Durchlauf hinter sich, den sie mehr als einmal abwürgten und doch immer wieder in Fahrt brachten.

»Das wird was«, flüsterte Youssef, als sie nach der Generalprobe müde und ausgelaugt, aber mit einem elektrisierenden Gefühl unter den Fingerspitzen die Bühne verließen. Er schob grinsend seine langen Haare beiseite, die ihm im Gesicht klebten. »Aber sag es nicht den anderen, sonst fällt ihre Spannung ab.«

Das Schulgebäude hatte einen Innenhof, der von allen Seiten umschlossen war und damit größtmögliche Sicherheit vor den Geschossen bot. Sie brachten ihre Taschen dorthin und richteten ihre Schlafplätze. Sie hatten beschlossen, die Nacht vor der Aufführung in der Schule zu verbringen; die Gefahr, dass einer von ihnen in den letzten Stunden erschossen wurde, war einfach zu groß.

Youssef saß mit überschlagenen Beinen in einem faltbaren Sonnenstuhl, den er im Requisitenraum gefunden hatte – der Rest lag in Schlafsäcken auf dem Boden und starrte in den rechteckigen Himmel über sich. Sie erwärmten Lebensmittelkonserven über einem Gaskocher und aßen sie mit viel Brot.

Auf den Konserven prangte das weiß-blaue Logo des UNHCR, und nachdem sie gegessen hatten, spülten sie die Konserven aus und stellten sie neben dem Sofa auf die Bühne – das Bühnenbild war damit fertig eingerichtet und würde bis zur Aufführung nicht mehr verändert werden. Hinter dem mittig platzierten Sofa hob sich eine prächtige Zeder, der kaum anzusehen war, dass sie aus Plastik bestand; dahinter spannte sich Mahmus Prospekt über die gesamte Bühnenlänge: eine geschwungene Hügellandschaft im Abendlicht, Zypressen, Sträucher, in der Ferne ein Dorf, darüber die ersten schwachen Sterne, die mit Neonfarbe aufgetragen waren und in den Nachtszenen leuchten würden. Sie standen eine Weile vor der Bühne und konnten sich an dem Anblick nicht satt sehen – selbst wenn das Stück miserabel sein sollte, musste das Bühnenbild alle umhauen. Sie machten einige Selfies davor und kehrten in den Innenhof zurück.

Mahmu zweigte zu den Toiletten ab, und Milo folgte ihm mit ein wenig Abstand. Er versteckte sich im Halbdunkel vor den hell erleuchteten Toilettenräumen. Als Mahmu herauskam, zog er ihn mit sich in einen abgelegenen Flur, drängte ihn an die Wand und küsste ihn. Mahmu küsste ihn ebenso stürmisch zurück.

»Darauf habe ich den ganzen Tag gewartet«, flüsterte Milo zwischendurch.

»Ich auch.«

Sie wiegten sich in den Armen, und Milo versuchte, so viel von Mahmus Nähe aufzusaugen wie möglich.

»Ich habe Angst«, flüsterte Milo.

»Das haben wir alle.«

»Ich habe Angst davor, dass niemand kommt, und ich habe genauso Angst, dass sie kommen. Stell dir vor, sie nehmen die Menschenmenge zum Anlass, um zu schießen.«

»Sie können alles und nichts zum Anlass nehmen.«

»Stell dir vor, es sind Rebellen im Publikum und sehen das als konterrevolutionäre Propaganda oder –«

Mahmu nahm sein Kinn zwischen die Finger. »Wir haben

so lange auf diesen Moment hingearbeitet – wir rennen jetzt einfach durch, in Ordnung?«

Milo nickte, und Mahmu küsste ihn auf die Stirn.

»Lass uns jetzt wieder zurück.«

Sie hielten sich noch eine Weile in den Armen, dann ging Mahmu voraus, und Milo drehte ein paar Runden im Kreis, bevor er hinterher kam. Die Jungs saßen wieder in ihren Schlafsäcken im Innenhof und waren enger zusammengerückt. Der Schlauch einer Wasserpfeife kreiste zwischen ihnen, mit den letzten Resten Tabak, die Mohamed hatte auftreiben können, und der Rauch vernebelte ihnen die Sicht auf den morgigen Tag. Es dauerte nicht lange, bis sie sich nacheinander zurückfielen ließen – die Steine, mit denen der Innenhof ausgelegt war, drückten ihnen unangenehm in den Rücken, aber sie waren zu müde, um sich daran zu stören. Milo lag neben Mahmu, und nachdem die Kohlen der Wasserpfeife verglüht und alle Gespräche verstummt waren, hakten sie unauffällig ihre kleinen Finger ineinander.

22

Endlich war der Tag gekommen, um den Mond, Sonne und Universum kreisten und der in dem dunklen, von Staubflocken durchzogenen Bühnenraum seinen Höhepunkt fand. Sie verbrachten den gesamten Tag mit der Frage, ob überhaupt jemand erscheinen würde – die Schule lag nicht sonderlich günstig in der Nähe des Belagerungsgürtels. Nach einer letzten Licht- und Technikprobe saßen sie auf den Treppenstufen vor dem Schuleingang und starrten in ihre Handys. Sie erzählten sich, in welchem Viertel heute Schüsse gefallen waren und wie lange, und sie versuchten daraus eine Prognose für den Abend abzuleiten. Sie reichten sich dünnen Tee in einer Thermoskanne herum, und Youssef rauchte eine Wochenration Zigaretten. Zu tun gab es jetzt nichts mehr, und das war vielleicht das Schlimmste.

Eine halbe Stunde vor Aufführungsbeginn begaben sie sich in den Kreis. Sie legten ihre Arme übereinander, und jeder einzelne von ihnen fand Worte des Danks, die sie beinahe zu Tränen rührten. Milo hatte sich nie verbundener gefühlt mit seinen Jungs, und er hätte ihnen noch tausend Dinge mehr sagen können, doch es war an der Zeit, die Türen zu öffnen. Als sie sich voneinander lösten, zählte nur noch das Stück.

Milo überprüfte noch mal alle Kabelstränge und Videoeinstellungen und sendete ein Stoßgebet aus, dass der Strom nicht ausfiel. Youssef und Mohamed nahmen ihre Plätze auf der Bühne ein, und als die beiden ihre Daumen reckten, öffnete Milo den Eingang. Er musste sich erst an das Tageslicht gewöhnen, bis ihm nach und nach die Menge vor Augen trat, die sich teils sitzend, teils stehend auf dem Schulhof versammelt hatte und den kompletten Saal füllen würde. Milo blieb nichts übrig, als zur Seite zu treten und zu beobachten, wie die Menschen ins Gebäude strömten, als würden dort kostenlos Lebensmittel ausgegeben. Einige gingen vor an den Bühnenrand und bestaunten das Bühnenbild aus der Nähe, bevor sie sich Plätze suchten – Youssef und Mohamed waren da bereits in ihren Rollen, saßen gelangweilt auf dem Sofa und pulten sich den Dreck aus den Zehennägeln.

Die Sitzplätze waren in kürzester Zeit belegt, und die ersten Besucher begannen, sich nach einem Plätzchen an der Wand umzusehen, an die sie sich lehnen konnten. Er begegnete einigen bekannten Gesichtern, die er sich selbst oder den Jungs zuordnen konnte, aber die Mehrheit der Besucher war ihm fremd. Tante, Selma und Erdem mussten auch irgendwo sein, und er entdeckte sie schließlich in einer der letzten Bühnenreihen. Er stellte sich an den Eingang, um die letzten Besucher hereinzulassen, und schloss hinter ihnen die Tür. Er kämpfte sich zurück durch die Menschenmenge, die die Flure links und rechts der Sitzplätze nun restlos ausfüllte, gab Youssef ein unauffälliges Zeichen und setzte sich an sein Lichtpult vor die Bühne. Mahmu saß neben ihm und würde soufflieren. Sie warfen einander einen kurzen Blick zu, beide fassungslos, dass dieser Moment nun tatsächlich gekommen war, und dann hob Youssef die Stimme zur ersten Zeile des Abends.

Sie hatten befürchtet, dass die Menschen angesichts der täglichen Mühsal vielmehr nach Ablenkung suchten, nach einem launigen Verwechslungsstück oder einer Liebeskomödie, aber das Gegenteil war der Fall. Wann immer Milo den Kopf wandte, um die Reaktionen des Publikums abzulesen, hatte er den Eindruck, dass sie sich in ihren Erfahrungen ernstgenommen fühlten – so häufig, wie sie ihnen mit dem Stück die Sinnlosigkeit ihrer Situation aufzeigten, so häufig schafften sie es auch, ihrem Publikum darin einen Grund zum Lachen zu geben. Er sah das Stück zum ersten Mal in Interaktion mit den Bewohnern der Stadt, und jede Stelle, über deren Wirkung sie ausschweifend diskutiert hatten, erzielte den Effekt, den sie erhofft hatten. Noch während der Aufführung empfand er Stolz für das, was sie geleistet hatten. Wenn es tatsächlich etwas wie Katharsis gab, so kamen sie dem heute recht nah.

Es war zu Beginn des zweiten Akts, als der Granatenbeschuss einsetzte. Er war weit genug entfernt, um noch keine akute Gefahr darzustellen, und musste doch in der Nähe sein. Milo versuchte, sich auf seine Aufgaben zu konzentrieren und die Horrorszenarien zurückzudrängen, die sich vor seinem inneren Auge auftaten. Sie hatten schon zuvor über die Möglichkeit eines Beschusses während der Aufführung gesprochen und sich darauf geeinigt, weiterzuspielen, egal was passierte. Gerade in den ruhigen Szenen waren die Einschläge deutlich zu hören, und Milo spürte, dass die Spannung im Raum stieg. Youssef und Mohamed reagierten darauf, indem sie ihr Schweigen länger ausspielten als geprobt. Sie erkannten, dass sich das Stück in nicht vorhergesehener Weise erweitert hatte; dass sich die Bühne auf die gesamte Stadt ausdehnte, und aus den Figuren eines Theaterstücks die Erfahrung jedes einzelnen Besuchers sprach. Jede Unterscheidung zwischen Bühne und Realität war verloren gegangen. Sie inszenierten nicht mehr ein Stück, sondern gaben der Erfahrung, die alle in diesem Raum miteinander teilten, einen Ausdruck. Milo bekam eine Gänsehaut.

»Freiheit!«, schrie Anael, der mit verbundenen Augen auf die Bühne stolperte und stürzte; er wandte seinen Körper wie unter schrecklichen Schmerzen. Auf allen Vieren zog er sich über die Bühne – die Kamera zeichnete ihn auf und warf seinen kriechenden Gang in endloser Spiegelung an die Leinwand. Youssef und Mohamed saßen auf dem Sofa und steckten die Köpfe zusammen.

»Sollen wir ihm helfen?«, fragte Mohamed.

»Wir machen besser nichts. Das ist klüger.«

»Wir warten ab, was Godot dazu sagt.«

Anael streckte tastend die Hände aus und blieb schließlich schwer atmend auf dem Rücken liegen, als habe er sich mit seiner Lage abgefunden oder als sammle er neue Kraft, um noch einmal aufzustehen.

»Bist du etwa blind geworden?«, fragte Youssef. Anael ging auf die Frage nicht ein. Er stand unter großen Anstrengungen auf, stolperte über sein Gepäck und fiel erneut hin. Die Konservenbüchsen stießen dabei um und rollten klimpernd über die Bühne.

»Als wir uns das letzte Mal begegneten, hattest du ganz prächtige Augen.«

Der Beschuss hatte sich indes verlagert und war durch die Schulmauern kaum mehr zu hören. Das Stück neigte sich bereits dem Ende zu; Mahmu trat mit seinem Soufflierbuch auf die Bühne und las daraus ab, dass Godot heute nicht komme. Die letzte Szene endete in einem langen Schweigen, und Milo spürte dem rechten Moment nach, um schwarz zu gehen – mit zitternden Fingern drehte er den Schalter und setzte den Endpunkt zu einer perfekten Aufführung.

Lange rührte sich nichts im Raum, und dann brandete Applaus auf, lauter und frenetischer, als sich Milo vorzustellen gewagt hatte. Er warf das Stelllicht wieder an – wer im Publikum nicht schon zuvor gestanden hatte, sprang jetzt vom Stuhl und applaudierte Youssef und Mohamed, die bereits am Bühnenrand standen und sich verneigten. Die beiden winkten den Rest der Gruppe zu sich, und Milo stolperte halb benommen über die Kabel und hinauf auf die Bühne. Sie traten mehrmals auf- und ab, ohne dass der Applaus abebbte, und die ersten Zuschauer erklommen den Bühnenboden, um ihnen zu gratulieren. Auch Selma war darunter, und sie fiel Milo mit so viel Schwung in die Arme, dass sie sich ein paar Mal im Kreis drehten. Sie flüsterte ihm zu, wie stolz sie auf ihn sei, und Milo wusste, dass dies einer der glücklichsten Momente seines Lebens war.

23

In den Wochen nach der Aufführung sank Milo in ein tiefes Loch, wie auch der Rest der Gruppe. Die Arbeit an dem Stück war eine hervorragende Ablenkung gewesen, doch nun, da der letzte Applaus verklungen war, gab es nichts mehr, das ihr Elend überstrahlte. Es gab auch keine politische Vision, an der sie sich festhalten konnten, wenn sie einen Freund zu Grabe trugen oder wenn sie wieder einmal Schlange standen, um eines der Lebensmittelpakete abzugreifen, von denen manche Schweinefleisch enthielten, als habe man sich einen sadistischen Scherz mit der überwiegend muslimischen Einwohnerschaft erlaubt. Milo wollte etwas anderes als eine *Karawane der Verzweiflung* in ihnen sehen, aber es fiel ihm schwer. Sie verbrachten ihre Tage wie Hühner in einem Käfig, denen gerade so viel Nahrung vorgesetzt wurde, dass sie auch den nächsten Tag überlebten, bis sie irgendwann der Schlachter an den Füßen herauszog.

Seinen Jungs ging es nicht anders, und um nicht gänzlich den Halt zu verlieren, hielten sie an ihrem Dienstagstermin fest. Sie trafen sich bei Mahmu zu Hause und richteten sich an den vielen positiven Rückmeldungen auf, die sie nach der Aufführung erhalten hatten. Immer noch sprachen Passanten sie auf der Straße an, um mit ihnen über das Stück zu diskutieren. Solche Erlebnisse wärmten sie, und sie teilten das Feuer, indem sie einander davon erzählten; viele Stunden verbrachten sie auf dem Teppich in Mahmus Wohnzimmer und vergaßen so die Welt um sich. An einem dieser Abende ließ Anael die Nachricht fallen, dass er die Flucht aus der belagerten Stadt wagen würde.

»Was sagst du?«

»Die Schmuggler sind schon bezahlt, morgen Nacht geht es los.«

Es war keine ungewöhnliche Nachricht – jeden Tag versuchten Menschen, den Belagerungsring zu durchbrechen –, aber zum ersten Mal wagte es einer von ihnen. Sie ließen ihre Gläser sinken, und aus ihren Gesichtern wich jede Farbe.

»Machst du's alleine?«

Anael nickte.

»Wissen deine Eltern Bescheid?«

»Die würden es mir ausreden.«

Immer wieder starben Menschen bei dem Versuch, den Belagerungsring zu verlassen. Ihre Leichen lagen dann in dem schmalen Korridor zwischen den Fronten, und die Angehörigen konnten nur nach schwierigen Verhandlungen mit den Kriegsparteien und in kurzen Feuerpausen die Leichen bergen. Manche lagen dort noch immer. Anael wusste um die Risiken, aber er schien entschlossen, und niemand versuchte, ihn abzuhalten. Die belagerte Stadt zu verlassen war mindestens so riskant wie zu bleiben, und in gewisser Weise beneidete Milo ihn um die Entscheidung – er hatte eine Antwort auf die Frage gefunden, die sie sich alle jeden Tag stellten.

»Du machst es unserer kleinen Selbsthilfegruppe nicht leicht«, sagte Youssef und lächelte traurig. Anael nickte. Wie an vielen Abenden zuvor entspann sich eine Diskussion darüber, ob sie ebenfalls flüchten oder bleiben sollten, und wenn letzteres, ob sie zu den Waffen greifen und sich einer der Gruppen anschließen sollten, die den Aufstand gegen die Rebellen mobilisierten. Keiner wollte jedoch die grausame Taktik der Union erfüllen, die mit ihrem Belagerungsring eben jenen Aufstand provozieren wollte, und so landeten sie wieder am Ausgangspunkt ihrer Überlegungen. Auf Anaels Frage, was nun ihr Plan sei, erwiderte einer nach dem anderen, vorerst in der Stadt zu bleiben und abzuwarten.

»Und was macht ihr beide?«, fragte Anael und wandte sich Mahmu und Milo zu. In der Frage lag mehr versteckt, als es oberflächlich den Anschein hatte, und Milos Herzschlag setzte kurz aus. Anael hatte auf sehr sanfte Weise gesagt, dass er von ihrer Beziehung wusste und dass er sie anerkannte. Auch Yasha und Mohamed hatten es so verstanden und lächelten zaghaft, als sei endlich etwas ausgesprochen worden, was ohnehin alle wussten. Milo durchfuhr ein warmes Gefühl der Dankbarkeit für seine Freunde, über das er fast zu antworten vergessen hätte; er blickte zu Mahmu hinüber, um eine Antwort in seinem Gesicht abzulesen, die sie beide nicht hatten.

»Das wissen wir nicht«, sagte Milo. »Aber wir schaffen das schon.«

Anael nickte. Er unternahm im Verlauf des Abends mehrere Anläufe, sich zu verabschieden, und blieb doch immer sitzen. Sie tranken Tee, der mit jeder Runde dünner wurde, und saßen so lange beisammen, bis sich die Trennung nicht weiter aufschieben ließ; eine schnelle Umarmung, ein paar kurze Worte, mehr sollte es nicht sein, definitiv kein Abschied für immer. Sie brachten Anael zur Haustür, und auf der letzten Kehre des Treppenhauses winkte er noch mal hoch, dann war er verschwunden.

Anael schaffte es unversehrt durch den Belagerungsring. Er meldete sich zwei Tage später mit einem verwackelten Bild aus einem Bus – ein Streifen Straße, eine hellerleuchte Tankstelle, dahinter grüne Felder im Morgengrauen, dazu der Satz, *Alles wird gut.*

24

Die Vorhänge waren zugezogen und der Kleiderschrank als Schutzschild vors Fenster geschoben. Verzweifelte Stadtbewohner lieferten sich Straßenkämpfe mit den Rebellen – ihre Steinwürfe wurden mit scharfer Munition beantwortet, und nicht selten traf ein Querschläger eines der umstehenden Häuser. Auf einem Stapel Bücher, der Mahmu als Nachttisch diente, brannte eine Gaslampe. Milo und Mahmu lagen nebeneinander im Bett. Sie hatten die Arme um die Schultern des anderen gelegt und starrten zur Decke hinauf.

»Was hältst du von Antwerpen?«, fragte Milo. »Ich habe Familie dort.«

Mahmu warf einen Blick zu ihm hinüber und starrte wieder zur Decke. Er gab ein unbestimmtes Grunzen von sich.

»Berlin?«

»Ich weiß nicht …«

»Istanbul?«

»Dorthin brauchen wir wenigstens kein Boot.«

Aus den Kriegsgebieten hatte eine Wanderungsbewegung eingesetzt, die die Menschen in die Union und weiter nach Europa führte. Die Schmuggler waren teuer, und viele Familien konnten es sich nicht leisten, mehr als einen wegzuschicken. Die Wahl fiel häufig auf junge, ledige Männer, und gerade die homosexuellen unter ihnen ergriffen die Chance. Sie verbanden das Notwendige mit dem Praktischen – die Flucht vor den Granaten mit dem Laissez-Faire einer europäischen Großstadt. Die Diaspora der schwulen Community schritt dieser Tage unaufhörlich voran.

»Wien?«

»Hab ich dir erzählt, dass Fayaz jetzt in Linz lebt? Das ist eine Stadt, zwei Stunden von Wien entfernt.«

»Tatsächlich?«

»Er lebt in einer Sammelunterkunft, mit hundert anderen. Er hat dort sogar jemanden kennengelernt, über *Grindr*, streng geheim natürlich. Er lebt mit drei anderen Männern in einem Zimmer, die sollen nichts erfahren. Wenn sie mal alleine sein wollen, müssen sie in den Park. Er muss sich mehr verstecken als hier.«

Milo nickte. »Was ist mit Beirut?«

»Damit wir so enden wie Anael? Eine Matratze auf einem Dach und tagsüber Rosen auf der Straße verkaufen?« Mahmu richtete sich auf. »Ich weiß nicht, was du von mir hören willst. Aktuell komme ich zehn Schritte weit bis zum Obelisken, und du redest von Berlin und Istanbul.«

»Es gibt doch eine Zeit nach der Belagerung.«

»So Gott will!«

Der Arm um Milos Schulter fühlte sich jetzt kalt und schlaff an, als läge er nur noch da, um nicht weggezogen zu werden. Milo kam Mahmu zuvor und wechselte ins Badezimmer. Die Wasserversorgung war ausgefallen, und er drückte einen Waschlappen in einen Zuber mit Regenwasser. Er wusch sich und nahm sich dafür mehr Zeit als eigentlich nötig. Als er ins Schlafzimmer zurückkehrte, lag Mahmu noch in derselben Position, in der er ihn zurückgelassen hatte – die Hände hinter den Kopf geschlagen und zur Decke hinaufstarrend. Milo setzte sich neben ihn.

»Was möchtest *du* denn, Mahmu?«

»Du bist naiv«, war seine einzige Antwort.

Er wäre an diesem Punkt wohl nach Hause gegangen, wenn es auf den Straßen nicht zu gefährlich gewesen wäre. Er löschte das Licht, legte sich ins Bett und wandte ihm den Rücken zu.

»Hier sind wir die Schwulen, dort drüben die Ausländer. Welche Niete möchtest du ziehen?« Auch Mahmu drehte sich jetzt auf die Seite. »Sobald die Belagerung ein Ende hat, müssen wir nirgendwo hin.«

Beide blieben auf ihrer Seite des Bettes, bis sie eingeschlafen waren.

Bereits am nächsten Tag entschuldigte sich Mahmu für seine Worte. Er drückte ihn an sich, als Milo von einem Abstecher nach Hause zurückkam, und versprach, das Gespräch noch mal in Ruhe zu führen. Er küsste ihn so lange, bis Milo nicht anders konnte, als seine verschränkten Arme zu lösen und ihn anzulächeln.

»Ich habe eine Überraschung«, flüsterte Mahmu und zog ihn mit sich auf den Balkon. Er hatte die Beete umgestellt, sodass in deren Mitte eine freie Fläche blieb. Kissen betteten dort den harten Boden, und sie mussten eng aneinanderrücken, um Platz zu finden. Sie lagen auf dem Rücken und blickten hinauf in ein Stück freien Himmels, umringt von dichten Tomatenstauden, die neben ihnen in die Höhe wuchsen und sie mit ihrem schweren Duft umgaben. An den haarigen Stauden liefen Käfer hinab, und einige Bienen, angelockt vom süßen Duft der Pflanzen, summten zwischen den Beeten. Nach all den Monaten, die sie bereits in der Stadt eingesperrt waren, war die Erfahrung unvergleichbar intensiv. Erinnerungen an die Natur stiegen Milo vor die Augen, und ihm fiel auf, dass Mahmu und er nie zusammen schwimmen gewesen waren. Sie erzählten sich von den Sommerabenden, die sie wie Generationen an Heranwachsenden vor ihnen an dem kreisrunden Bergsee verbracht hatten. Milo dankte ihm für die Überraschung und hielt ihn eng umschlungen. Er spürte das sanfte Auf und Ab von Mahmus Brustkorb und döste ein wenig – kein einziger Schuss war an diesem Abend zu hören.

»Schau mal«, flüsterte Mahmu und deutete zu einem Greifvogel hinauf, der seine Flügel weit ausgebreitet hatte und sich von der Thermik höher und höher tragen ließ, bis er zur Seite ausbrach und aus ihrem Blickfeld verschwand. Der Himmel hatte einen sanften Ton angenommen, und sie verbrachten einen wunderbaren letzten Abend im Grünen.

25

Als Mahmu starb, sammelten sich hunderte Menschen in den Straßen. Alles drängte sich dicht an dicht, um seinen Sarg zum Friedhof zu geleiten. Die Straßenhändler senkten den Kopf, als der Trauerzug sie passierte, und auch aus den Fenstern reckten sich zahlreiche Köpfe, die Mahmus letzten Weg verfolgen wollten. Ein Streifschuss hatte seine Halsschlagader zerfetzt, als er auf dem Markt einkaufen war. Er war innerhalb weniger Minuten verblutet.

An die Beerdigung behielt Milo nur vereinzelte Erinnerungen, von denen er den meisten seltsam gleichgültig gegenüberstand, als hätte er sie nicht selbst erlebt, sondern nur nacherzählt bekommen – vergessene Geschichten aus der Kindheit. Mehr und mehr Menschen schlossen sich dem Zug an, bis die gesamte Stadt mit ihnen zu laufen schien. Mahmus Vater, sein Bruder und zwei seiner Cousins trugen den Sarg, eine Handbreit über den Köpfen der Menschen, ein ovales Schiff bei Seegang. Immer wieder kamen Trauergäste auf Milo zu und erwiesen ihm dieselben Beileidsbekundungen, die sie dem Ehepartner eines Verstorbenen beigemessen hätten. Es war zuletzt ein offenes Geheimnis gewesen, dass die beiden ein Paar waren, und doch lief er in dritter oder vierter Reihe hinter der Familie. Über diesen Irrsinn hätte er sich viele Stunden mit Mahmu austauschen können – ein lachendes Kopfschütteln hätte ihr Gespräch begleitet und eine warme Hand in der Hand des anderen.

Neben ihm gingen Youssef, Mohamed und Yasha und warfen ihm besorgte Blicke zu. Es musste sie beunruhigen, dass er bislang kein einziges Mal geweint hatte, aber Milo hatte keine Lust, sich zu erklären. Er starrte vor sich hin, ohne recht zu sehen, und begegnete doch Mahmus Mutter in der Menge. Mit einer Hand an ihrem Trauerschleier, der ihr überraschend junges Gesicht rahmte, hatte sie sich zu ihm umgewandt. Sie waren einander nie vorgestellt worden, und doch wusste er, dass sie es war. Wie auf ein geheimes Zeichen lösten sie sich aus dem Menschenstrom und blieben am Straßenrand stehen. Es war kein langer Moment, den sie miteinander teilten, und sie sprachen auch nicht. Sie ergriff seine Hände und blickte ihm fest in die Augen. In ihrem Blick lag das Wissen um sein Leid, das nicht das eines Freundes, sondern das eines Partners war, und diese Anerkennung war ihm kostbarer und heilsamer als alles andere, was ihm bis dahin widerfahren war. Milo hatte das Gefühl, auch ihr etwas vermitteln zu können – dass ihr Sohn glücklich mit ihm gewesen war und dass er in Liebe diese Welt verlassen hatte. Ehe er genau verstand, was zwischen ihnen vor sich ging, hatte sich Mahmus Mutter wieder gelöst und dem Menschenstrom angeschlossen. Milo blieb am Straßenrand zurück, unfähig, sich zu bewegen. Er sah die vielen Trauergäste an sich vorbeiziehen, bis er ganz am Ende des Zuges angekommen war. Es war Youssef, der ihn schließlich unter die Arme nahm und mit sich schleppte, bevor er gänzlich den Anschluss verlor.

Sie erreichten das Erdloch, das sie Mahmu gegraben hatten. Dort ließen sie ihn in weiße Baumwolltücher geschlagen hinab. Milo stand nun ganz am Ende der Menge, wo die Grabredner nur schwach zu hören waren, aber es war ihm nicht schade darum. Bevor der Imam mit seiner Predigt begann, richtete ein Vertreter der Rebellen ein kurzes Wort an die Versammelten: Ein aufrechter Mann sei gestern von ihnen gegangen, Opfer eines heimtückischen Angriffs der Union. Er sprach den Hinterbliebenen sein Beileid aus und versicherte ihnen, dass dieser feige Angriff nicht ungesühnt bliebe. Milo blickte nur kurz zu dem Mann auf, den er noch nie zuvor gesehen hatte. Er hoffte, ihm würde in der Hölle jeder Knochen einzeln gebrochen.

Die Zeremonie zog an ihm vorbei wie rauschendes Wasser an einem Fels, und Milo sprach die Gebete, die von ihm verlangt wurden, ohne mit den Worten verbunden zu sein. Er wusste nicht mehr, wie er es nach Hause schaffte, und auch nicht, wie er die folgenden Tage verbrachte. Mit Mahmus Beerdigung endete für ihn die Belagerung, zwei Monate früher als für die restliche Stadt. Sie endete in einem großen, weißen Saal, so strahlend weiß, dass der Boden nahtlos in Wände und Decke überging. Er konnte stundenlang darin umherwandeln, ohne eine Kontur zu erkennen. Seine Schritte blieben ohne Widerhall, und die Fenster, kaum als solche auszumachen, boten einen Ausblick auf weiße Landschaften. Tante, Selma oder die Jungs hatten dort keinen Zutritt, auch die Tauben drangen nicht ein. Unendlich stumm konnte dieses Weiß sein oder unendlich laut.

Erst Tage später, wie aus einem Traum erwachend, trat er in das gleißend helle Sonnenlicht vor der Haustür. Eine Weile stand er einfach nur da und spürte die Wärme auf seiner Haut, dann stieg er mit vorsichtigen Schritten das Dach hinauf. Die Tauben schienen ihm dürr geworden, halb verhungerte Kreaturen, die aufstieben und davonflogen, als sie ihn näherkommen sahen. Er fing an zu beten, was er schon lange nicht mehr getan hatte. Seine spröden Lippen wiederholten ein Bußgebet, während er aus den großen Futterbottichen im Schuppen die Schüsseln füllte. Er barg das Gesicht vor der Sonne, stellte fast blind die Schüsseln ab und füllte frisches Wasser nach. Seine Beine wurden weich. Er knickte mehrmals ein und zog sich in den Schuppen zurück, weil er das Gefühl hatte, nicht mehr den Weg zurück in die Wohnung zu schaffen. Er zog die Tür zu, legte sich auf den Boden und bettete sein Ohr auf den kalten Stein. In dem Schuppen war es dunkel. Dünne Streifen Sonnenlicht schlugen sich zwischen den Holzbrettern ins Innere. Er betrachtete die Vögel unter der Tür hindurch. In einem Neunziggradwinkel liefen sie über den Boden und streckten aufgeregt gurrend ihre Schnäbel in die Schüssel. Nach und nach stießen sie sich ab und flogen Schleifen in die Luft, die keiner inneren Logik zu folgen schienen, vollzogen Wendungen und abrupte Richtungswechsel, die kein Mensch verstehen konnte. Unvermittelt überkam ihn ein Weinkrampf. Er krümmte sich und drückte die Stirn gegen die Holzwand, sein nasses Gesicht verklebt von Staub. Ihm war, als dränge sein Inneres nach außen. Er schlug mit den Füßen aus und brachte damit einen Besen zu Fall, der auf seinem verdrehten Körper landete. In den zitternden Atempausen zwischen den Schüben fragte er sich, an was Mahmu gedacht hatte, als ihm das Blut zwischen den Fingern aus dem Hals gelaufen war; ob ihn Vertrauen auf Gott oder eine endlose Verzweiflung erfüllt hatte, als er begriff, dass er nun sterben würde.

Nur langsam entkrampfte sich Milos Körper und seine Atmung normalisierte sich. Es war stickig im Schuppen und roch nach Vogelfutter. Noch immer fand er keine Kraft, aufzustehen, aber es kümmerte ihn nicht. Er blieb einfach liegen und schloss die Augen.

Als der Morgen graute und die ersten Geschosse durch die Luft zischten, fand ihn seine Tante schlafend im Schuppen. Sie kniete sich neben ihn und dankte Gott, ihn gefunden zu haben – sie zog seinen Oberkörper an ihre Brust, wippte langsam vor und zurück und flüsterte seinen Namen. Milo wachte auf und blinzelte zu Tante hinauf.

»Was machst du denn im Schuppen?«, flüsterte sie, und in ihrer Stimme schwang die Angst, die sie mit seinem Verschwinden ergriffen hatte. Milo versank in ihrer weichen, nach Rosenwasser duftenden Umarmung und wollte nie wieder aufstehen. Nur mühsam bekam sie ihn auf die Beine. Er füllte die Schüsseln erneut, die in der kurzen Zeit schon leergepickt waren, und blickte eine Weile in den rosafarbenen Himmel. Tante nahm ihn sanft bei der Hand und sie stiegen in die Wohnung hinunter. Milo wusch sich den Dreck aus dem Gesicht, und nachdem er von Tante zu einem Frühstück gezwungen worden war, das beide schweigend und mit Tränen in den Augen hinter sich brachten, legte er sich in sein Bett zurück.

Vom Ende der Belagerung erfuhr Milo wie die meisten Stadtbewohner im Schlaf. Die Sonne war noch nicht aufgegangen, als sich ein Militärkorso durch die Straßen schlängelte und aus Lautsprechern die Befreiung Thikros verkündete. Milo stolperte aus dem Bett. Er schob sich hinter den Schrank, der das Fenster abschirmte, und bog die Lamellen seines Sichtschutzes hinunter. Er sah nur noch die Rücklichter des Korsos, der durch ihre Straße zog – Geländewagen in Tarnfarben, die die Flagge der Union zierten, und auch einige weiße Wagen der UN. Er lief barfuß und in Unterhosen in die Küche, wo er Selma begegnete. Sie stand ebenfalls in ihrem Schlafanzug da und blickte zum Küchenfenster hinaus. Beide versuchten, die Worte aus den Lautsprechern zu verstehen, die sich immer weiter entfernten und unkenntlich wurden. In den letzten Wochen hatten sie sich von dem Vogelfutter ernährt, das im Schuppen auf dem Dach noch vorrätig war. Die Körnermischung hatten sie roh gegessen, die Gerste mit Wasser aufgekocht und gesalzen. Seit die Wasserversorgung endgültig gekappt war, wuschen sie sich mit Regenwasser, das sie in einem Bottich auf dem Dach sammelten. In den letzten Wochen waren sie zu Vögeln geworden.

Er tapste durch die Küche, die sich grau und körnig aus der schwindenden Nacht hob, und lehnte die Stirn an Selmas Schulter. So standen sie, bis der Korso zurückkam, diesmal mit den Scheinwerfern voraus. Auch Tante war mittlerweile in ihrem Morgenmantel zu ihnen getreten. Die Botschaft vom Ende der Belagerung dröhnte durch die Straßen, und Milo entfachte den Gaskocher. Als die Sonne aufging, setzten sie sich mit einer Schüssel gesalzener Gerste an den Küchentisch. Es würde ihre letzte Portion Vogelfutter sein.

Milo saß an eben jenem Tisch, als Vincent an der Tür klingelte.

Vincent.

Er erwachte wie aus einem Traum, der ihn an allen Gliedern gepackt und umgeworfen hatte. Er hatte Schwierigkeiten, sich in Ort und Zeit zurechtzufinden – es klingelte ein weiteres Mal.

Vincent, der Journalist.

Abrupt stand Milo auf und schlug dabei gegen die Tischkante; er umfasste sein schmerzendes Knie und humpelte zur Tür. Er hätte sich beinahe erschrocken, als er Vincent sah, obwohl er ja gewusst hatte, dass er vor der Tür stehen musste. Mechanisch streckte er ihm die Hand hin – Vincent ergriff sie und legte freundschaftlich die andere Hand darüber.

»Na mein Lieber, hab ich dich aus dem Bett geklingelt?«

Milo sah ihn verständnislos an.

»Ich habe wie blöd geklingelt, vier-, fünfmal. Hast du mich nicht gehört?«

Milo schüttelte den Kopf und ließ ihn eintreten. Er hatte Angst, ihm könne die Stimme versagen, aber zu seiner Überraschung klang sie fest und selbstsicher.

»Möchtest du einen Tee? Du kannst ja im Wohnzimmer schon mal alles aufbauen.«

Milo stellte sich vor den Herd und blickte auf den Teekessel. Seine Gedanken hingen zehn Meter über ihm. Er hörte, wie Vincent aus dem Wohnzimmer heraus Konversation betrieb – seine Reportage sei vor einigen Tagen im *Volxmund* veröffentlicht worden und stünde noch immer auf Platz Eins der meistgeklickten Beiträge. Er habe viel Lob aus der Redaktion dafür erhalten. Ob Milo die Reportage auch auf seinen Kanälen teilen könne? Er werde natürlich als Co-Autor genannt, ganz so, wie er es versprochen habe.

»Ein Billboard weniger für dich«, rief Vincent und lachte. Milo betrachtete die Flamme, die unter dem Topf aufzüngelte. Er dachte an den Geschmack gesalzener Gerste und an endlose, weiße Räume. Er schenkte den Tee ein und bemerkte, wie stark seine Hände dabei zitterten. Er brachte das Tablett ins Wohnzimmer hinüber und stellte es abrupt ab, bevor Vincent das Zittern bemerken konnte.

»Danke nochmal, dass du heute mit mir sprichst. Ist kein leichtes Thema.«

Milo fuhr sich über den Hals und nickte. Er beobachtete Vincent dabei, wie er das Mikrofon anschaltete und es auf ihn ausrichtete. Er klopfte auf den Windschutz. »Test, Test.« Das Display zeigte einen Ausschlag im Normalbereich. Vincent hob den Daumen. »Bereit?«

Milo bejahte.

»Alles klar, dann wollen wir mal …« Vincent blätterte durch seine Notizen. »Man liest ja viel darüber, wie schlecht es Homosexuellen in der Region ergeht. Diskriminierung, Gewalt, bis hin zu Ehrenmord. Viele müssen sich und ihre Partner verheimlichen, selbst vor der engsten Familie, den engsten Freunden. Wie war es, als schwuler Mann in einer so patriarchalen Gesellschaft aufzuwachsen?«

Milo starrte ihn an.

»Du bist ja selbst gläubiger Muslim, das hat es sicher nicht leichter gemacht. Für viele ist das ja unvereinbar, eine Todsünde. Auf diesen Punkt möchte ich später noch eingehen … Jedenfalls: Wie war es, als Schwuler in dieser Stadt groß zu werden, und wie lebt es sich jetzt, in diesem ganz anderen Thikro? In dem es plötzlich den einzigen Schwulenclub im Umkreis von vierhundertfünfzig Kilometern gibt? Ist man da als Homosexueller nicht auch dankbar für die Freiheiten, die man erleben darf?«

Milo öffnete den Mund, ohne zu wissen, wo er ansetzen sollte. Ihm schossen Tränen in die Augen und er wandte schnell das Gesicht ab. Er spürte in diesem Moment nichts als Verachtung für Vincent; mit welcher Unverfrorenheit er hier saß und durch seine Unterwäsche wühlte, als habe er einen Anspruch auf seine Geschichte.

»Das war jetzt ein ganzer Schwall Fragen, tut mir leid, mir schwirrt so viel durch den Kopf. Lass uns ganz vorne anfangen. Also: Wann hattest du deinen ersten Freund?«

»Entschuldige, Vincent. Du musst jetzt gehen.«

»Was?«

Milo presste die Hände zusammen, bis die Fingerknöchel weiß hervortraten; er beugte sich über den Tisch und stellte das Mikrofon ab.

»Das Interview ist beendet.«

Vierter Teil:
Die andere Seite

»Vincent.«

»Ja?«

»Hallo, mein Freund, wie geht es dir?«

»Sam …?«

»Genau richtig.«

»Oh, hallo Sam, schön von dir zu hören.«

»Alles gut bei dir, mein Freund?«

»Bei mir, ja klar, alles gut. Sitze in der Sonne und lass es mir gut gehen.«

»Hast du Lust auf ein Abenteuer?«

»Klar, was hast du denn für mich?«

»Na ja, das kommt auf dein Budget an.«

»Geld ist nicht so wichtig. Weißt du, Sam, ich arbeite unter der Woche wie ein Verrückter, da möchte ich jetzt nicht aufs Geld achten.«

»Hast du Lust, dir die andere Seite der Mauer anzusehen?«

»Was meinst du damit?«

»Ich meine Amgar und ein paar Plätze auf der anderen Seite.«

»Oh … Wow.«

»Gepanzerter Wagen. Zwei Personenschützer, die sich da drüben bestens auskennen. Eine absolut sichere Sache. Früh am Morgen geht's los und am Abend seid ihr wieder zurück. Nicht mehr als fünf Gäste.«

»Was sind das denn für Leute, die das Ganze organisieren?«

»Keine Sorge, die haben solche Touren schon einige Male gemacht. Die kennen sich da drüben aus, die sind geschult, die wissen, wohin man fahren kann und wohin nicht. Deshalb gibt es keine festgelegte Route, das ändert sich jeden Tag, verstehst du.«

»Verstehe.«

»Hat dein Freund vielleicht auch Interesse?«

»Der ist leider schon abgereist.« Vincent ballte eine Faust und schlug damit lautlos gegen die Wand. »Wie viel kostet der Spaß denn?«

»Komm doch vorbei, mein Freund, dann erzähle ich dir alles in Ruhe.«

»Jetzt gleich?«

»Die Tour startet schon morgen, also wenn du dabei sein willst, haben wir nicht viel Zeit.«

»Schon morgen?«

»Ist das ein Problem?«

»Nein … Nein, das würde schon klappen.«

»Komm doch vorbei und ich erzähl dir ein bisschen mehr.«

»Alles klar. Lass mich noch ein paar Dinge erledigen, ich bin gerade … unterwegs. In zwei Stunden bin ich bei dir.«

»Perfekt, mein Freund. Bis später.«

Vincent legte das Telefon ab und starrte ein wenig ungläubig vor sich hin. Schnell hatte er den Redakteur des *Intruder* an der Leitung, den er bei einer Preisverleihung kennengelernt und dessen Nummer er sich für einen solchen Moment aufgespart hatte. Der Redakteur erinnerte sich an ihr Gespräch und auch an die Recherchereise nach Thikro. Vincent erzählte ihm von seinen bisherigen Recherchen und von der Tour, die ihm angeboten worden war – er könne gerne 10 000 Zeichen liefern, O-Töne der Reiseleiter und der Teilnehmer, eine aktuelle Bestandsaufnahme aus dem Kriegsgebiet sowie gute Bilder. Der Redakteur stellte einige Nachfragen und brummte an den passenden Stellen verständig ins Telefon. Er schien durchaus interessiert, hielt sich aber mit einer konkreten Zusage zurück. Er müsse noch mit dem Ressortleiter sprechen und sei nicht sicher, ob er heute noch eine Rückmeldung geben könne.

»Du fährst doch sowieso mit, oder?«, fragte der Redakteur, aber darauf ließ sich Vincent nicht ein. Er brauche bis heute Abend eine Entscheidung oder die Story käme nicht zustande. Der Redakteur wollte zusehen, was sich machen ließe, und legte auf. Das war bereits der halbe Sieg, dachte Vincent und lief aufgeregt in der Wohnung auf und ab. Um jeden Preis wollte er diese Geschichte erzählen, und er war auch bereit, einige Risiken dafür einzugehen. Nun musste er sich auf die nächsten Schritte konzentrieren. Er wählte Milos Nummer, zunächst erfolglos. Nachdem er es ein zweites und drittes Mal probiert hatte, ging er ran. Er erzählte ihm von der Tour und fragte, ob er ihn begleiten könne.

»Moment Mal«, sagte Milo, »Du möchtest undercover mitfahren?«

Vincent bejahte.

»Das heißt, du zahlst ihnen den vollen Preis?«

»Ich kann mir nicht vorstellen, dass sie mich als Journalisten mitnehmen würden.«

»Und daraus ziehst du die Konsequenz, dir auf eigene Faust ein Ticket zu kaufen?«, fragte Milo. »Du musst doch nicht selbst im Mist baden, um über einen Schweinestall zu berichten. Ich kann dir jemanden suchen, der dir mehr über diese Touren erzählt.«

»Das ist doch nicht dasselbe. Ich kann zehn Mal besser berichten, wenn ich selbst dabei bin, bekomme zehn Mal bessere Bilder.«

»Wie viel zahlst du denen überhaupt?«

»Das spielt doch jetzt keine Rolle«, wich Vincent aus.

»Du bist auch überhaupt nicht vorbereitet. Ich meine, wann hast du davon erfahren, heute? Du weißt weder genau, was das für Leute sind, noch, was da drüben vor sich geht. Du hast keine Ahnung, auf was du dich da einlässt.«

»Das weiß man doch nie so genau«, sagte Vincent und wusste, dass das keine rhetorische Glanzleistung war, aber ihm fiel auch nichts Besseres ein. Er fragte sich sowieso, warum er sich vor seinem Dolmetscher rechtfertigen musste.

»Warum bist du eigentlich so bissig, Milo? Wegen unseres Interviews? Nochmal, es tut mir leid, falls ich da ein wenig unsensibel rübergekommen bin. Ich wollte ein paar Dinge zuspitzen, um dich aus der Reserve zu locken.«

»Das glaube ich dir nicht«, sagte Milo. »Aber darum geht es nicht. Diese ganze Aktion ist lebensgefährlich, unnötig und moralisch höchst fragwürdig. Und ich soll dabei auch noch mitmachen. Möchtest du wirklich, dass ich den Leuten, die über ein Jahr lang meine Stadt besetzt haben, jetzt ihre Munition finanziere, nur damit ich dein Händchen halten kann?«

»Ich übernehme doch deinen Anteil«, sagte Vincent, »und ich zahle dir auch einen doppelten Stundenlohn.«

Es wurde still in der Leitung, dann ertönte das Freizeichen. Milo hatte einfach aufgelegt. Vincent starrte verwundert auf sein Telefon.

Sam kam sogleich hinter dem Tresen vor, als er Vincent den Hinterhof betreten sah. Er überließ seine Kunden einem Mitarbeiter, schüttelte Vincent die Hand und führte ihn in eine Erdgeschosswohnung. Sie nahmen auf einem Ledersofa Platz, das sich um einen überdimensionalen Flatscreen gruppierte. Sam ließ ihnen kalte Getränke bringen und erklärte Vincent den Ablauf der *Exkursion*, wie er es nannte. Er hatte ihm nicht viel Neues zu erzählen außer den Preis – tausendachthundert Dollar sollte die Tour kosten. Vincent stöhnte auf.

»Mein Freund, eine solche Erfahrung machst du nur einmal im Leben. Eine exklusive Fahrt mit den Männern, die gerade Geschichte schreiben. Die ganze Welt redet darüber, was dort drüben passiert, aber du kannst tatsächlich dabei sein.«

Vincent dachte kurz nach, aber seine Entscheidung war ohnehin gefallen. Er lief durch die staubige Hitze der Altstadt und ließ sich in der nächsten Bankfiliale das Geld auszahlen. Er war nicht sicher, ob sein Konto die Summe hergab, aber er verließ sich auf den Dispo. Vincent fühlte den Blick des Angestellten auf sich lasten, der die Scheine durch eine Zählmaschine jagte. Niemand gab in Thikro so viel Geld für etwas Anständiges aus, sagte dieser Blick. Er reichte ihm die Scheine durch den Schlitz, und Vincent hatte es eilig, die Bank zu verlassen.

Er spürte das dicke Geldbündel in seiner Tasche, das ihm kein Spesenkonto der Welt erstatten würde und das das Honorar für die *Volxmund*-Reportage um ein Vielfaches überstieg. Ein ganzes Monatsgehalt hielt er in den Händen. Er versuchte, sich nicht von Zweifeln lenken zu lassen – immerhin war es eine Investition in die größte Geschichte, die ihm bislang unter die Finger gekommen war, und damit eine Investition in die Zukunft. Er kehrte zurück in die Wohnung und überreichte Sam das Geld. Sam gratulierte ihm zu seiner Entscheidung und stellte ihm eine Art Quittung aus, die er den Männern vorzeigen sollte, die die Tour leiteten. Vincent blickte auf den Zettel, der mehrere ihm unverständliche Zeilen und die Zahl 1800 enthielt. Er fuhr mit dem Finger über die fremde Schrift und las vor. »Bringt ihn um und erzählt niemandem davon.« Vincent lachte. Sam lachte auch.

Noch auf dem Nachhauseweg versuchte er, Héctor zu erreichen. Er hatte eine genaue Vorstellung davon, was Héctor ihm sagen würde – dass es immer ein erstes Mal gab, in dem man sich als Journalist in Gefahr begab; dass es vollkommen gesund war, Angst zu haben; dass er in diesem Fall sogar bewacht und in einem gepanzerten Wagen umhergefahren werde; und vor allem, dass die Geschichte von Touristen, die ein aktives Kriegsgebiet besuchten und damit bewaffnete Gruppen finanzierten, pures Gold war und massiv trenden würde. Vincent ließ es klingeln, bis sich Héctors Mailbox einschaltete.

»Ruf mich bitte zurück, es ist dringend«, sagte er, während er mit halbem Auge den Menschenmassen auswich, die zur Wachablösung der *SU*-Miliz strömten. Er checkte seine Mails in der vergeblichen Hoffnung, dass sich der *Intruder* gemeldet hatte, und drückte einen Anruf von Cora weg. Je länger er darüber nachdachte, umso weniger hatte er das Gefühl, auf den *Intruder* angewiesen zu sein. Es gab genügend *YouTube*-Kanäle, die ihm für die Geschichte ein ähnliches Honorar zahlen und ihm sogar mehr Klicks einbringen würden – er musste nur einigermaßen anständiges Filmmaterial zustande kriegen. Er kehrte in sein Apartment zurück, schnappte sich seine Kameraausrüstung und stieg damit aufs Dach. Er richtete die Kamera auf sich und überprüfte, dass die Grenzanlagen im Hintergrund zu sehen waren. Dann gab er eine kurze Einführung, wo er sich gerade befand, fasste die Entwicklungen des Tags zusammen und ließ ein wenig aus seinem Innenleben durchscheinen, gerade so viel, dass der Zuschauer eine Bindung aufbauen und seine Aufregung nachempfinden konnte. Der Abend senkte sich bereits über das Tal, als er die Aufnahme beendete.

Nachdem er das Material gesichtet hatte, kehrte er in die Wohnung zurück. Zum fünften Mal in Folge versuchte er, Héctor zu erreichen. Er sehnte sich nach ein paar beruhigenden Worten, aber erneut meldete sich nur die Mailbox. Frustriert warf er das Handy neben sich und nahm es gleich wieder auf, um Pizza zu bestellen. Danach starrte er wie versteinert auf Héctors Profilbild. Hoffentlich würde ihn die Anzahl seiner Anrufe zu einem baldigen Rückruf bewegen.

Er packte gerade seinen Rucksack für den kommenden Tag, als es an der Tür klingelte. Er erwartete den Pizzaboten und sah zu seiner Überraschung Cora die Treppen hinaufsteigen. Allein ihre Anwesenheit ließ eine unangenehme Saite in ihm schwingen; eine Saite, die er in den vergangenen Stunden mühsam zum Schweigen gebracht hatte.

»Sag mir nicht, du fährst auf dieser Tour mit«, rief ihm Cora schon im Treppenhaus entgegen. Ihre Worte glichen einem Schlag in die Magengrube, und alles in ihm sträubte sich, dieses Gespräch zu führen. Milo musste ihn verraten haben.

»Ich habe keine Zeit für eine Moralpredigt«, sagte Vincent und schloss vor ihr die Tür. Cora schlug zwei Mal kräftig dagegen.

»Herrgott noch mal, wie viel Geld wirfst du denen in den Rachen? Und für was? Für ein wenig Empörung und ein paar Klicks im Netz?«

Ihre Stimme drang dumpf durch die geschlossene Tür. Vincent hielt die Augen geschlossen und hoffte, sie würde bald verschwinden.

»Was denkst du denn, was du hier tust? Das ist ein einziges großes Ego-Projekt und das weißt du. Dein Artikel landet schon bald in einem Archiv, aber mit deinem Geld, damit werden ganz konkrete Dinge passieren. Diese Leute kaufen davon Waffen. Sie kaufen davon Drogen, damit ihre Männer beim Töten nicht die Nerven verlieren.«

Cora hämmerte erneut gegen die Tür.

»Dir ist wohl auch egal, wie gefährlich das Ganze ist. Hast du einmal daran gedacht? Ist dir klar, dass du sterben könntest? … Mehr habe ich dir nicht zu sagen … Lässt du mich jetzt hinein? … Gut.«

Sie schien noch einen Moment zu warten, dann hallten ihre Schritte durchs Treppenhaus. Vincent schlich ans Fenster und ließ genügend Abstand, damit er nicht zu sehen war. Er linste seitlich durch den Vorhang und sah Cora die Straße hinuntergehen.

Mit wippenden Beinen setzte er sich an den Küchentisch und rauchte eine Zigarette. Er drängte die Worte zurück, die sie ihm entgegengeschleudert hatte, und kam zu dem Schluss, dass Milo sie regelrecht aufgehetzt haben musste. Eine tiefschürfende Wut kroch in ihm hoch. Dass Milo selbst nicht an der Tour teilnehmen wollte, war seine Sache, aber warum stieß er ihm derart Stöcke zwischen die Speichen? War das seine Rache für das Interview? Oder spielten gar Milos Gefühle für ihn eine Rolle? Er konnte schließlich nichts dafür, dass er sein kleines Herz gebrochen hatte. Milos Verhalten war unprofessionell und unkollegial, und Vincent nahm sich vor, nach seiner Rückkehr einen anderen Dolmetscher zu suchen. Er rauchte eine zweite Zigarette hinterher und dann klingelte es erneut. Diesmal war es der Pizzabote.

Gegen Mitternacht war er mit allen Vorbereitungen fertig – sein Rucksack war gepackt, Kamera- und Tonequipment lagen bereit, und die Reserve-Akkus luden auf. Er packte die übrigen Pizzastücke als Proviant ein und lief noch ein wenig ruhelos in der Wohnung herum, bevor ihm bewusst wurde, dass er wirklich an alles gedacht hatte. Er war zu aufgeregt, um schlafen zu können, und es lohnte auch nicht mehr – er döste ein wenig auf der Couch, bevor um drei Uhr sein Wecker klingelte.

Es brauchte nicht lange, bis er ein Taxi herangewunken hatte, in dessen gepolsterter Rückbank er versank. Der Fahrer schien von der Adresse überrascht, jedenfalls fragte er ein zweites Mal, ob er ihn richtig verstanden habe. Er ließ sich den Zettel zeigen, auf dem Sam die Adresse notiert hatte, und löste dann achselzuckend die Handbremse. Vincent lehnte seine Stirn an die Scheibe und war froh, dass er keinen geschwätzigen Fahrer erwischt hatte. Er blickte den vorbeiziehenden Straßenlaternen hinterher und öffnete den ersten Energydrink.

»Kein Alkohol«, rief der Taxi-Fahrer und klopfte gegen die Nackenstütze des Beifahrersitzes, um auf sich aufmerksam zu machen.

»Das ist kein Alkohol«, murmelte Vincent genervt und nahm den ersten Schluck. Der Geschmack zerlaufener Gummibärchen rief jenen Widerstand in ihm hervor, den er sich erhofft hatte.

Sie bogen auf eine Baustelle am Stadtrand. Die Straßen waren frisch geteert und zogen sich wie ein Gerippe durch die leeren Grundstücke. Auch die Straßenlaternen standen bereits und spendeten ihr sinnloses Licht.

»Ist das wirklich die richtige Adresse?«, fragte der Taxi-Fahrer erneut und Vincent bejahte. Er zahlte ihm seinen Preis und trat hinaus in die dunkle Nacht. Er wartete, bis sich das Taxi entfernt hatte, dann stemmte er die Hände in die Hüften und blickte sich um. Der Wind fuhr unter die Werbeplanen der Neubausiedlung und ließ sie gegen die Bauzäune scheppern. Er entdeckte einen jungen Mann, der unter einer Laterne saß und eine Cola-Dose in den Händen hielt. Die beiden musterten sich aufmerksam und Vincent nickte ihm zu. Der Mann stand auf und Vincent folgte ihm.

Sie kehrten zurück in den bebauten Teil der Vorstadt, wo sich windschiefe Strommasten die Straßen entlangzogen und Einfamilienhäuser ruhig dalagen. Vor einem der Häuser blieb der Mann stehen. Er schloss den Torbogen auf und führte Vincent zu einer Garage, aus der Stimmen zu hören waren. Vincent hatte sich vor der Abfahrt mit einer versteckten Kamera verkabelt, die aus dem Knopfloch seines Hemds lugte, und ließ sie von da an laufen.

Um einen gepanzerten Wagen stand eine Gruppe Männer, die alle Rucksäcke trugen und in denen Vincent seine Mitreisenden erkannte. Sie sahen zwei Soldaten dabei zu, wie sie eingeschweißte Wasserflaschen in den Fußraum luden. Die Soldaten trugen zivil und sahen zu ihm hoch, als er die Garage betrat; der erste klopfte sich die Hände an seiner Jeans ab, um ihn zu begrüßen.

»Ich heiße Amir«, sagte er, ein gutaussehender Kerl in seinen Zwanzigern, der auch in einer Modekampagne nicht fehl am Platz gewirkt hätte. Er trug eine Halskette mit dem Emblem der Rebellengruppe, die einst Thikro besetzt hatte und noch immer einen Großteil des Gebiets jenseits der Grenze kontrollierte. Auch der andere Soldat stellte sich vor, aber sein Name war lang und kompliziert, und Vincent nannte ihn für sich den Stiernacken, denn genau den hatte er – ob aus eigenen Kräften oder mithilfe von Steroiden ließ sich kaum sagen.

»Na, dann sind wir wohl vollständig«, sagte Amir und nahm die Quittung entgegen, die Sam ihm ausgestellt hatte. »Wir sind hier gleich fertig, dann können wir los.«

Vincent wandte sich seinen Mitreisenden zu, die sich als Alister und Joe vorstellten.

»Nenn mich London«, sagte der Dritte.

»London?«

»Ja, wie Jack London.«

Offensichtlich verwendeten einige von ihnen Decknamen, was beim genaueren Nachdenken nicht verwunderte. Auch Joe hatte im Mindesten einen auffällig unauffälligen Namen. Er hatte sich eine Glatze rasiert und war einige Jahre jünger als die beiden anderen, deren Haare schon ergraut waren. Alle schienen ein wenig müde zu sein, und das Abenteuer, das ihnen verkauft worden war, wirkte angesichts der Vorstadtgarage nicht sonderlich exklusiv. Amir klopfte auf die Motorhaube und winkte sie heran. Er ließ sich ihre Pässe zeigen.

»Können wir an der Grenze Probleme kriegen?«, fragte Vincent.

»Das regeln wir schon«, sagte Amir und die Stille danach ließ keinen Zweifel aufkommen, wie sie das regeln würden. Die Loyalität der Grenzbeamten galt offensichtlich nicht dem Staat, sondern dem Geld.

Sie stiegen in den Wagen und verteilten sich auf die beiden Rückbänke. Es war eine lange Fahrt durch die Dunkelheit, die sie alle schlafend verbrachten und die mit dem Aufstoßen der Schiebetür abrupt endete. Der Grenzübergang war mit einer Armada an Flaggen gespickt, die von Scheinwerfern angestrahlt wurden. Bis auf ihren Fahrer sprangen alle nacheinander aus dem Wagen und streckten die müden Glieder. Amir gab ihnen letzte Instruktionen für die Grenzkontrolle und sagte mit einem Augenzwinkern, dass er und der Stiernacken einen anderen Eingang nehmen würden. Er stieg in den Wagen zurück und schon waren die beiden verschwunden.

Vincent stand mit den anderen Männern auf dem Parkplatz und ließ seine Zigarettenschachtel kreisen. Wie vereinbart warteten sie ein paar Minuten, bevor sie die grell erleuchtete Halle betraten. Außer einigen Lastwagenfahrern, die durch eine separate Schlange geführt wurden, waren sie die einzigen Anwesenden. Sie bekamen eine Zollerklärung in die Hand gedrückt und wurden gebeten, auf einer Reihe Plastikstühle Platz zu nehmen. Über der Halle thronte das Bild des Präsidenten, den zu stürzen das ganze Schlamassel erst ausgelöst hatte. Die Grenzbeamten hatten offensichtlich nichts zu tun, und doch saßen Vincent und seine Mitreisenden fast eine ganze Stunde in der Halle, bis sie ein Beamter an seine Kabine winkte. Ihm war keine Regung anzusehen, als er Vincents Pass und die Zollpapiere entgegennahm. Er blätterte zu einer freien Seite des Passes und drückte einen Stempel hinein.

»Willkommen«, sagte er unverkennbar ironisch und wies ihm die Richtung.

Auf der anderen Seite stand der gepanzerte Wagen schon mit laufendem Motor bereit, und Vincent tat seine ersten Schritte jenseits der Grenze. Sie fühlten sich ungemein gewichtig an.

Seit Jahren blickte die Weltöffentlichkeit auf dieses Stück Erde. Er selbst hatte drei Wochen in einer Stadt verbracht, die sich an dieser Grenze wie an einem Rasiermesser schnitt. Er dachte an das Bild der Erdscheibe, das ihm an seinem ersten Tag in Thikro durch den Kopf gegangen war – heute hatte er das Ende der Welt erreicht und es übertreten. Seinen Mitreisenden schien es nicht anders zu gehen. Allen stand ein aufgeregtes Grinsen im Gesicht, als sie aus dem Gebäude traten. Wie Kinder sprangen sie in den Wagen und fuhren los.

»Ihr habt euch eine spannende Zeit für einen Besuch ausgesucht«, sagte Amir, der ein bisschen wendiger mit der Sprache war als der Stiernacken und den Tourguide spielte. Er saß quer im Beifahrersitz, um ihnen auf der Rückbank in die Augen sehen zu können. »Wir fahren heute in eine Kleinstadt, aus der wir vor drei Tagen die letzten Gotteskrieger vertrieben haben. Wir beide waren selbst mit dabei, da bekommt ihr also einiges zu hören. Danach geht es weiter in unsere vorläufige Hauptstadt, und wir halten auch an einigen alten Tempelanlagen und wunderschönen Seen, die so schnell kein Tourist zu Gesicht bekommt. Keine langen Schlangen vor dem Eintritt, das verspreche ich euch.«

Die Sonne war über dem Horizont aufgegangen und zeigte die leergefegte Straße vor ihnen. Jeder Steinbrocken, den Vincent zu Gesicht bekam, kam ihm verboten und aufregend vor. Amir erzählte von den vielfältigen Protesten gegen das Staatsoberhaupt, gegen den gesamten Staat, der in seinem Inneren schwach und von den Interessen anderer Nationen gelenkt sei. Joe und London zeigten sich recht unbeeindruckt von den Hintergründen, nur Alister und Vincent schienen sich in die Materie eingelesen zu haben, Alister sogar mehr als er.

Sie schlängelten sich einen bewaldeten Hügel hinauf und hielten in einer Ausbuchtung der Straße, die als Aussichtspunkt diente. Picknickbänke lagen kopfüber auf dem Boden, und das steinerne Geländer war von Graffitis übersät – eine lange Reihe Hammer und Sichel, übersprüht mit grünen Halbmonden, die wiederum von Kreuzen und Sternen überlagert waren. Sie stiegen aus dem Wagen und blickten auf Amgar hinunter. Die Umrisse der Stadt, die er zuvor nur aus der Ferne oder in der Verjüngung einer Fernglaslinse gesehen hatte, waren nun nahe gerückt. Er konnte einzelne Blumentöpfe in den Vorgärten erkennen und auch einen Hund, der zwischen den Häusern am Stadtrand umherlief. Von den Häusern selbst war nicht mehr viel übrig; unter dem anhaltenden Bombardement standen die meisten nur noch in ihren Grundfesten. Planen waren zwischen die Mauern gespannt, um den Bewohnern ein wenig Schatten und Privatsphäre zu spenden.

»Näher kommen wir leider nicht ran«, sagte Amir. »Das wäre aktuell zu gefährlich. Die Regierung fliegt wieder Luftangriffe, wie ihr vielleicht mitbekommen habt.«

Er erzählte von der strategischen Bedeutung Amgars, die eine Verteidigung der Stadt um jeden Preis notwendig machte, und Vincent nutzte die Gelegenheit, sich die Beine zu vertreten. Er bog in ein angrenzendes Waldstück, um sich einen ruhigen Ort zum Pinkeln zu suchen, und auf dem Rückweg begegnete er London. Er saß auf einem Baumstumpf und verteilte auf dem Rücken seines Smartphones ein wenig Koks. London fing seinen Blick auf.

»Was ist?«

Vincent winkte ab und hörte, wie sich London das Zeug in die Nase zog. Er ging ein wenig auf und ab und lief dann durchs Unterholz zurück zum Wagen. Vincent hoffte, dass die versteckte Kamera die Szene eingefangen hatte und kam ihm hinterher.

Die breite Straße, der sie bislang gefolgt waren, führte in das Gebiet einer rivalisierenden Oppositionsgruppe, und vor deren erstem Kontrollposten bogen sie auf eine Feldstraße ab. Staub hob sich vor den Fenstern, und der Wagen schüttelte sie von der einen auf die andere Seite. Mehrmals kamen ihnen Geländewagen entgegen, die sich in Schrittgeschwindigkeit aneinander vorbeizwängten und sich mit Hupgeräuschen begrüßten. Einmal hielt der Stiernacken an, um sich bei heruntergelassenen Fenstern mit dem Gegenüber zu unterhalten. Im Gegensatz zu Thikro war diese Gegend flach, und der Blick über die weiten Felder bot kaum Abwechslung. Vincent hatte mit Müdigkeit zu kämpfen und sackte mehrmals in Sekundenschlaf, bis sie wieder auf eine Asphaltstraße einbogen und ungewohnt sanft dahinglitten.

Sie erreichten die Kleinstadt, von der Amir gesprochen hatte, und über deren Ortsschild die Flagge der Rebellengruppe wehte. Sie hielten an einem Kontrollposten am Stadtrand, an dem schwerbewaffnete Männer die Straße versperrten; einer stand mit einem langstieligen Spiegel bereit, um nach Autobomben zu suchen. Der Stiernacken und Amir unterhielten sich mit ihren Kameraden, die ihre Sonnenbrillen auf den Kopf geschoben hatten und unverhohlene Blicke ins Wageninnere warfen – vier weiße Ausländer schienen ihnen ein ebenso fremder Anblick wie andersrum. Eine Stacheldrahtkette wurde von der Straße gezogen und ihr Wagen durchgewunken. Der Stiernacken hupte zwei Mal zum Abschied und fuhr in die Stadt hinein. Eine Aufregung ergriff Vincent, die ihm wie ein Stein in der Magengrube lag und doch etwas Berauschendes hatte; seinen Sitznachbarn, die vornübergebeugt aus den Fenstern starrten, ging es sichtlich nicht anders.

Die Stadt schien kein gewachsenes Zentrum zu haben, vielmehr drängten sich die Häuser immer enger zusammen, je weiter sie kamen. Auf den Straßen lagen Müll und Baumaterial, das aus den Häusern gesprengt worden war. Alle Ampeln waren ausgeschaltet und wippten an ihren Kabelsträngen über der Straße. Am Straßenrand lag ein verendeter Hund. Vincent machte seine Spiegelreflex einsatzbereit und hielt sie aus dem Fenster. Es war kein einziger Passant unterwegs und auch in den Wohnungen war kein Leben auszumachen. Amir bestätigte, dass es sich um eine Geisterstadt handelte.

»In den letzten Wochen waren hier nur noch Kämpfer. Die Zivilisten sind in ein Camp gebracht worden, eine halbe Stunde von hier.«

»Können die Einwohner bald zurück?«, fragte Alister.

»Das muss noch warten. Erstmal gehen wir jedes Haus einzeln ab. Wir wollen sicherstellen, dass sich keine Kämpfer mehr versteckt halten.«

… Und wir wollen plündern, was wir dort vorfinden, fügte Vincent in Gedanken hinzu.

»Heißt das, hier könnten noch immer Gotteskrieger unterwegs sein?«, fragte Joe, seltsam begeistert.

»Reine Vorsichtsmaßnahme. Womöglich haben sie Verletzte zurückgelassen, aber von denen wird jetzt, drei Tage später und ohne Wasser, nicht viel übrig sein. Ich verteile jedoch gerne ein paar Gnadenschüsse«, sagte Amir mit demselben Grinsen, mit dem er vorhin von den wunderschönen Seen gesprochen hatte. Vincent wurde ganz kalt dabei – er versuchte, seine wachsende Angst auszublenden und konzentrierte sich auf seine Aufnahmen.

Sie hielten am Straßenrand, und Amir und der Stiernacken zogen langläufige Waffen aus dem Kofferraum. Sie spazierten mit der Gruppe durch die Stadt, während Amir ihnen den genauen Vorgang der Befreiungsaktion erläuterte. Anhand der Straßenkreuzungen schilderte er die Stellungen der beiden Parteien und erklärte strategische Fehler des Gegners. Joe stellte ihm überraschend präzise Fragen zu den eingesetzten Waffensystemen, und Vincent fragte sich abermals, was ihn zu dieser Tour bewegt hatte. Er hatte bereits mit jedem Gespräche geführt, sogar mit London, der ihm so plump erschien, dass ihn außer Sensationsgier nichts hierher geführt haben konnte. Joe war jedoch äußerst reserviert geblieben. Nur aus Alister, einem pensionierten Rektor einer Mittelschule, hatte er ein wenig mehr herausholen können. Vielleicht werde er auf seine alten Tage lebensmüde, hatte er auf die Frage geantwortet, warum er an der Tour teilnehme – seine Kinder wüssten jedenfalls nichts von diesem Ausflug. Er habe schon als junger Student diese Gegend bereist und sei mit dem Schicksal der Bevölkerung immer eng verbunden geblieben. Dass sie gerade diese Rebellengruppe begleiteten, sei besonders interessant, denn die politischen Kräfte, die hinter ihr stünden, seien die schlechtesten nicht.

»Die wollen wirklich etwas aus diesem Land machen«, sagte er, ohne konkreter zu werden. Ob die Rebellen bei der Belagerung von Thikro nicht eine unrühmliche Rolle gespielt hätten, hatte Vincent im Flüsterton eingewandt – da waren sie noch im Wagen gesessen und über den Feldweg geholpert. Alister hatte nur mit den Schultern gezuckt. »Geschossen hat die Union.«

Ihre Reisegruppe zog durch die menschenleeren Straßen der Geisterstadt, und Vincent fühlte, wie sich eine Schwere in ihm breitmachte. Er hatte schon einiges an Elend in seinem Leben gesehen, aber die eingetrockneten Blutlachen, die ihren Weg pflasterten, und die verlassenen Häuser sprachen eine eindeutige Sprache. Hin und wieder kamen ihnen Männer in Tarnfarben entgegen, die der Gruppe zunickten oder ihre Finger zu einem Victory-Zeichen hoben. Mit einem der Kämpfer gerieten sie in einen Plausch; seine Mundwinkel zuckten nervös, während er mit ihnen sprach. Amir übersetzte ein wenig von dem, was er erzählte, und der Mann bot an, dass die Gruppe Fotos von ihm schießen könne. Sie suchten sich einen geeigneten Hintergrund und der Mann knöpfte seine Jacke auf, unter der er ein T-Shirt mit der Rebellenfahne trug. Er richtete seinen Blick in die Ferne, stützte einen Fuß auf einen Steinbrocken, als habe er den Mount Everest bestiegen, und hielt seine AK-12 an die Brust gedrückt.

Eine schwere Detonation unterbrach ihr Fotoshooting. Sie zuckten alle zusammen und Vincent schlug sich instinktiv die Hände über den Kopf.

»Keine Sorge«, rief Amir schnell, »das sind kontrollierte Sprengungen. Die Gotteskrieger haben bei ihrem Rückzug die Straßen vermint. Die Minen werden jetzt kontrolliert gesprengt, ihr müsst also keine Angst haben.« Amir grinste. »Vielleicht hätte ich das früher erwähnen sollen.«

Vincents Puls war auf hundertachtzig. Sie lächelten sich alle nervös zu, als wären sie auf einen Scherz hineingefallen, und richteten sich wieder auf. Jenseits der Häuser stieg bereits eine Rauchsäule in die Höhe und zeigte an, wo sich die Detonation ereignet haben musste. Vincent hob seine Kamera auf, die ihm aus den Händen gerutscht war und machte ein Foto davon. Zum Glück war das Objektiv heil geblieben.

Sie verabschiedeten sich von dem Kämpfer, der ihnen Luftküsse nachwarf, was alle ein wenig seltsam fanden; als sie um die Ecke gebogen waren, tippte sich Alister an die Schläfe, und Vincent nickte zustimmend. Sie stiegen in die Bullenhitze des Wagens und setzten ihre Tour fort. Vor einer Einkaufspassage, in deren Mitte sich der Schutt türmte, kamen sie zum Stehen. Die Schaufenster der Geschäfte waren eingeschlagen und die Auslagen geplündert. Amir und der Stiernacken führten sie in eines der Geschäfte, und London wühlte in den Überresten nach einem Souvenir. Der Laden verteilte sich auf mehreren Etagen und war zur Straßenseite mit Regalreihen verbarrikadiert. Vincent schob mit den Schuhen ein paar Steinbrocken beiseite und entdeckte eine Packung Trinkschokolade. Er hob sie auf und entdeckte unter der staubigen Oberfläche das Ablaufdatum. Es lag bereits zwei Jahre zurück.

»Diese Straße war eine der ersten, die wir zurückerobert haben«, sagte Amir stolz. Er erzählte, dass die Gotteskrieger manchmal auch in Häusern Minen hinterließen, bevor sie den Rückzug antraten. Sie beschwerten dann die Minen mit den Körpern toter Soldaten; nahm der Feind die Position ein und wollte die Leichen bergen, rissen sie noch ein paar Leben mit sich.

»Richtige Wichser«, kommentierte der Stiernacken.

»Aber keine Sorge, hier haben wir alles durchsucht«, beruhigte Amir die Gruppe, die sofort an Ort und Stelle stehen geblieben war. Sie bekamen die Möglichkeit, sich selbst ein wenig umzusehen, und Vincent setzte sich vom Rest der Gruppe ab. Er gelangte in ein Hinterzimmer, in dem es offensichtlich gebrannt hatte. Die Decke war aufgrund der Hitze eingebrochen, und alles, was sich darüber befunden hatte, lag in einem schwarzverkohlten Haufen in der Mitte. Vincent hoffte, dass sich zum Zeitpunkt des Brandes keine Menschen hier aufgehalten hatten. Er wechselte in den Videomodus seiner Kamera und lief die einzelnen Räume ab. Mehrmals richtete er die Kamera auf sich selbst, murmelte seine Eindrücke aufs Band und stellte erste Analysen zur Tour und zu seinen Mitreisenden an.

Als er das Geschäft verließ, waren die Gruppe und der Wagen verschwunden. Vincent ließ die Kamera sinken. Panik stieg in ihm auf und schäumte sofort über. Er drehte sich mehrmals um die eigene Achse und lief ein paar Schritte in jede Richtung, bevor er den Wagen gut zwanzig Meter weiter in einer Seitenstraße entdeckte – eine Hand wurde aus der Beifahrerseite gestreckt und winkte ihn heran. Anscheinend warteten sie bereits auf ihn.

»Hast du dir in die Hosen gemacht?«, fragte London und grinste blöd, als Vincent in den Wagen stieg. Er würdigte ihn keiner Antwort.

»Wir kommen jetzt in ein Viertel, das bis zuletzt heftig umkämpft war«, erklärte Amir, und der Unterschied war augenfällig. Die Häuser waren regelrecht durchlöchert, mehrere vollständig in sich eingestürzt – was auch nicht weiter verwunderlich war beim Umfang der Mörser, die noch im Straßengraben lagen. Die Mörser erregten sofort Joes Aufmerksamkeit. Als die Gruppe ausgestiegen war, lief er gleich auf eines der Geschütze zu und inspizierte es aus der Nähe. Er murmelte Herstellernamen und Seriennummern, die ihm nicht einmal Amir bestätigen konnte.

»Doch, doch, das ist einer davon«, sagte Joe und zählte ihnen auf, in welchen Krisengebieten sie noch zum Einsatz kamen. Amir lächelte höflich und ließ die Hände auf seinem Maschinengewehr ruhen. Er führte die Gruppe voran und schilderte den Häuserkampf, der sich in den vergangenen Wochen von Straße zu Straße bewegt hatte und hier besonders lange stagniert war. Eine eigenartige Stimmung lag in der Luft. Sie befanden sich am unmittelbaren Stadtrand, zwischen den Ruinen waren bereits die Felder zu sehen. Der Wind trieb kleine Sandwirbel über den Asphalt.

»Können wir da rein?«, fragte Joe und deutete auf eines der Häuser.

Amir zuckte die Achseln. »Wenn ihr wollt.«

Joe ließ sich nicht lange bitten. Er ging voraus, und Vincent, der sich gutes Material davon versprach, kam ihm nach kurzem Zögern hinterher. Er hob die Kamera auf Brusthöhe und sie betraten das Haus durch eine Lücke in der Front. Die Überreste der eingebrochenen Decke türmten sich in der Mitte. Es schien früher ein Büro gewesen zu sein, jedenfalls lagen Aktenschränke und Schreibtische zwischen dem Schutt begraben. Vincent stieg über einen der Haufen und entdeckte ein abgerissenes Bein. Instinktiv presste er sich eine Hand vors Gesicht und stolperte rückwärts. Das Bild des abgerissenen Beins sah er weiter so klar vor sich, als hätte es sich in seine Netzhaut gebrannt; das ergraute Fleisch, das schon nichts Lebendiges mehr an sich hatte; der Knochen, der daraus hervorragte; die rostbraunen Flecken auf dem Hosenstoff, der noch immer am Bein hing und sich bis zum nackten Fuß hinunterzog.

»Hier sind noch mehr«, rief Joe, der schon einen Raum weiter gegangen war. »Hier liegt ein ganzer Haufen von denen.«

Jetzt bemerkte er auch den Geruch, der von dem verwesenden Fleisch ausging. Vincent stolperte aus dem Haus, um sich zu übergeben. Er drückte seinen Fingerknöchel in den Bauschutt und erbrach seinen Mageninhalt, bis ihm nur noch dicke Speichelfäden aus dem Mund hingen. Er wischte sie mit zitternden Fingern ab und hörte den Stiernacken und London lachen – offenbar machten sie sich lustig über ihn. *Das ist zu viel, zu schnell, zu krass*, dachte Vincent und blickte durch den Tränenfilm, der ihm die Sicht auf das zerstörte Haus verwässerte. *Wo bin ich da hineingeraten?*, fragte er sich, und es schien ihm, als schnitt ihm eine Stimme, die der Coras nicht unähnlich war, den Gedanken ab. *Nein. Wo hast du dich hineingebracht?*

»Vince«, rief der Stiernacken, »Vince, alles okay bei dir?«

In seiner Stimme schwang keine Empathie, eher ein süffisantes Grinsen, ein Ellbogenstoß in die Rippen von London.

Vincent brachte sich auf die Beine und stützte sich an der Hauswand ab. Ein hohes Summen dröhnte in seinen Ohren, ähnlich den Störgeräuschen eines Testbilds. Er bekam ein Gefühl dafür, was es bedeutete, wenn Héctor in einem Kriegsgebiet fotografierte. Jeder muss einmal ins kalte Wasser springen, redete sich Vincent ein, und das eben war sein Sprung gewesen. Er versuchte, sich an dem Gedanken aufzubauen, und konnte doch nur an das abgerissene Bein denken. Hinter ihm kam Joe aus dem Haus, selbst ziemlich bleich im Gesicht. Die anderen hatten das Haus gar nicht erst betreten.

»Das ist nicht schön, was ihr hier seht«, sagte der Stiernacken, der an ihre Seite getreten war. »Aber denkt dran, was das für Leute waren. Die haben kleine Mädchen vergewaltigt. Die haben Männern die Eier abgeschnitten und sie damit gefüttert.«

»Bitte«, sagte Vincent und hob die Hand, damit der Stiernacken aufhörte zu reden. Er musste an den Körper denken, der zu dem Bein gehörte und noch irgendwo im Haus liegen musste, mit einem einzigen verbliebenen Bein oder ganz ohne Beine oder auch nur mit dem Rumpf. Es gab zahlreiche Kombinationsmöglichkeiten.

»Wir können froh sein, dass unseren Männern nichts passiert ist«, fuhr der Stiernacken unbeeindruckt fort. »Diese Schwanzlutscher verdienen nichts anderes. Als für die schon alles aussichtslos war, haben sie noch acht unserer Männer getötet, acht Männer, nur damit sie die Stadt zwei Tage länger halten konnten. Elende Bastarde.« Er sprach das letzte Wort aus, als spucke er es auf den Boden. Amir merkte, dass die Stimmung zu kippen drohte und schaltete sich ein.

»So Jungs, lasst uns weiter«, sagte er und fügte in seiner Muttersprache etwas für den Stiernacken hinzu, das ihn gereizt antworten, aber abziehen ließ.

»Ihr habt schließlich kein Ponyreiten gebucht«, murmelte der Stiernacken und stapfte zum Wagen zurück. Amir blieb bei ihnen und zog eine Feldflasche aus seinem Hüftgürtel.

»Schluck Wasser?«, fragte er und bot ihnen die Flasche an. Vincent spülte seinen Mund damit aus und trank mehrere Schluck hinterher. Joe tat es ihm gleich. Eine Weile standen sie noch schweigend da und spürten die Sonne im Nacken, die gnadenlos auf sie herunterbrannte.

»Lasst uns weiter«, sagte Amir und klopfte ihnen auf die Schulter. Sie kehrten zum Wagen zurück und fanden Alister und London im Schatten eines Olivenbaums. London goss sich gerade eine Flasche Wasser über den Kopf und hechelte wie ein Hund.

»Alles in Ordnung?«, fragte Alister und blickte zu ihnen hoch. Vincent nickte und winkte ab. Er kontrollierte unauffällig, ob die Kamera unter seinem Hemd nicht verrutscht war, und setzte sich in den Wagen.

Er hatte sich gerade ein wenig beruhigt, als der Stiernacken einen Anruf erhielt. Vincent saß zufällig so, dass er ihn während des Telefonats beobachten konnte. Es wirkte fast schon überzeichnet, wie jegliche Spannung aus seinem Gesicht entwich. Der Stiernacken drehte sich weg, als könnte irgendjemand das Gespräch durch die Leitung verfolgen oder zumindest die falschen Schlüsse aus seiner Mimik ziehen. Der Rest der Gruppe bekam von alledem nichts mit, nur Vincent verfolgte die Situation mit wachsendem Unbehagen. Der Stiernacken stellte einige Nachfragen, die Vincent natürlich nicht verstand, dann steckte er das Telefon weg.

»Amir«, rief er schneidend, aber nicht laut. Amir unterhielt sich gerade mit den Männern unter dem Olivenbaum. Er zog sich mit dem Stiernacken auf die Rückseite des Wagens zurück, und die beiden brauchten nicht lange, um sich abzusprechen. Amir lief ums Heck und öffnete die Schiebetür.

»Steigt in den Wagen, schnell.«

»Was ist denn los?«, fragte Alister, der die Kappe auf sein Kameraobjektiv schraubte.

»Wir müssen weg«, sagte Amir knapp.

Sie rutschten alle auf die Rückbänke und schwiegen. Niemand musste ihnen sagen, dass sie in Schwierigkeiten steckten; selbst London verzichtete auf seine zugekoksten Späßchen und schnallte sich an. Sie hatten noch nicht die Tür zugezogen, als der Stiernacken bereits losfuhr. Vorsichtig schlich er durch die Straßen, sodass das Knirschen der Reifen auf der kiesigen Straße zu hören war. Der Stiernacken unterhielt sich mit gepresster Stimme mit Amir, der konstant die Seitenspiegel überprüfte. Er hielt sein Maschinengewehr zwischen die Beine geklemmt und warf immer wieder den Kopf zurück. Obwohl niemand wusste, wonach sie Ausschau hielten, wanderten auch die Blicke der Reisegruppe durch die dunklen Straßenschächte. Vincents Herz hämmerte ihm in den Ohren; er fokussierte sich auf die staubige Bodenmatte zwischen seinen Füßen, als sich Amirs Stimme hob und sie mit einem Mal beschleunigten. Aus dem Stand bretterten die Häuser mit fünfzig oder sechzig Sachen an ihnen vorbei – jedes Versteckspiel schien aufgegeben und war der Panik einer Flucht gewichen. Der Motor röhrte auf und sie beschleunigten immer weiter. Schüsse fielen und trafen den Wagen wie Hagel; instinktiv schlug sich Vincent die Hände über den Kopf. Amir und der Stiernacken schrien sich gegenseitig an, bis eine Detonation die Scheiben zerriss und sich der Wagen an der rechten Seite hob. Kurze Zeit fuhren sie auf zwei Rädern, bis sich der Wagen der Schwerkraft ergab und auf der linken Seite landete. Er scharrte über den Asphalt, drehte sich um seine Achse und erzeugte dabei einen alles umfassenden Lärm. Vincent hielt die Augen fest geschlossen und wartete auf den Schlag, der ihm das Bewusstsein rauben und ihn in eine ewige Stille ziehen würde. Sie drehten sich mehrmals im Kreis, bis der Wagen schließlich zum Stehen kam. Dreck und Staub rieselten ihm in die Augen, als er sie wieder öffnete – die Vordersitze und die gesprungene Windschutzscheibe waren um neunzig Grad auf den Kopf gestellt, und der Asphalt lag nur eine Handbreit neben ihm. In diesem Moment, als er quer in seinem Sicherheitsgurt lag und ihm Blut in Schlieren über den Arm lief – ob eigenes oder fremdes, das konnte er nicht sagen –, als fremde Schreie die Stille durchbrachen und er hörte, wie sich Schritte dem Wagen näherten, da fragte er sich mit der hysterischen Komik eines Todgeweihten, ob sich das Ganze wirklich gelohnt hatte.

***

*C*ora streifte ihre schneenassen Schuhe an der Fußmatte ab und betätigte die Klingel. Sie atmete tief durch, wartete und drückte die surrende Tür auf. Die Luft im Innern roch nach feuchten Jacken und voll aufgedrehten Heizkörpern. Sie blickte den Flur entlang, in dem Männer und Frauen auf ihren Termin warteten. Während sie ihre Jacke ablegte, streckte Edith den Kopf aus ihrem Büro. Sie schüttelte ihr die Hand und entschuldigte sich sogleich, dass sie Cora noch ein paar Minuten warten lassen müsse – Herr Okoye sei gerade gekommen, sie habe den Termin völlig vergessen. Sie nickte zu dem Mann hinüber, der in ihrem Büro saß und die Hände um einen braunen Briefumschlag gefaltet hatte.

»Härtefallantrag«, kommentierte Edith, einige Unterschriften müssten noch getätigt werden, außerdem sei das ärztliche Gutachten noch nicht bei seiner Anwältin eingetroffen, die Zeit säße ihnen im Nacken. Sie werde gleich den Praktikanten losschicken, um das Gutachten persönlich in die Kanzlei zu bringen, aber die Unterschriften, die brauche sie jetzt. Edith leckte sich zerstreut über die Lippen – sie war einen ganzen Kopf kleiner als Cora, eine magere Frau mit einem auffallend bunten Seidenschal, der ihr wie eine Krause um den Hals saß. Sie gab Herrn Okoye ein Zeichen, dass sie gleich zu ihm komme, und führte Cora in die Teeküche.

»Nahid hat mir deine Geschichte erzählt. Unglaublich, was sie mit dir angestellt haben. Oder sagen wir so: Ich glaube es, aber ich will's nicht glauben. Wie alt warst du damals?«

»Vierundzwanzig.«

»Herrgott.«

Edith drückte ihr eine Tasse Filterkaffee in die Hand.

»Es dauert nicht lange, zehn Minuten, versprochen«, sagte sie und verschwand in ihrem Büro. Cora nahm am Pausentisch Platz und plauderte ein wenig mit dem Praktikanten, der sich gerade die Jacke überzog und auf den Weg zur Anwältin machte. Durch das Fenster fiel das Licht eines hellen Wintertags. Ein mit Solarpanels betriebener Marienkäfer hob und senkte die Flügel. Nach einer halben Stunde holte Edith sie ab und führte sie durch die Räume.

»Du kommst genau rechtzeitig. Hier platzt alles aus den Nähten. Wir hatten schon mal drei Stockwerke in einem Ärztehaus, kannst du dir das vorstellen? Dann haben sie uns gnadenlos runtergekürzt und wir mussten hier rein, eine Fünfzimmerwohnung am Stadtrand. Aber das geht nur provisorisch. Das ist ja eine Schuhschachtel. Es kommt mir vor, als haben wir mehr mit Umzugskartons zu tun als mit Menschen.«

Edith stellte sie den wenigen Kolleginnen und Kollegen vor, die sie an ihren Plätzen antrafen; die meisten von ihnen führten gerade Beratungsgespräche. Zimmerpflanzen drängten sich zwischen Aktenschränken und Schreibtischen, an den Wänden hingen Plakate verschiedener Menschenrechtsorganisationen.

»Die Suche nach neuen Büroräumen wird deine erste große Aufgabe sein, über die Details können wir ja am Montag sprechen. Ich habe dir schon Schlüssel besorgt und natürlich deinen Vertrag aufgesetzt ... hier wirst du sitzen«, sagte Edith und wies auf einen weißen Resopaltisch. Seine Aufgeräumtheit hob ihn von den übrigen Arbeitsplätzen ab, die Ablagen waren leer. Cora strich mit den Fingern über die Tischoberfläche.

»Schön«, sagte sie und legte ihren Rucksack auf dem Stuhl ab. Edith nestelte an ihrem bunten Seidenschal und blickte zur Decke hinauf. Sie dachte laut darüber nach, ob sie etwas vergessen hatte.

»Hast du noch Fragen?«

Cora lächelte und schüttelte den Kopf.

Es war ihre Linie, die gerade an der Haltestelle einfuhr. Mit einem kurzen Sprint hätte Cora die Straßenbahn noch erreicht, doch sie hatte Lust zu spazieren und lief die Strecke zu Fuß. Sie zog ihren Kragen hoch und schritt durch die kalte Luft. Als sie zu frieren begann, betrat sie ein Café und setzte sich vor dessen Glasfront. Passanten und Straßenbahnen zogen daran vorbei. Seit ihrer Rückkehr empfand Cora eine nahezu kindliche Freude an den Dingen, die sie umgaben. Sie lauschte der ruhigen Stimmung in dem Café nach, den gedämpften Gesprächen, dem Aufschäumen von Milch. Die Kellnerin duzte sie bei der Bestellung und brachte ihr eine heiße Schokolade.

Cora steckte sich Kopfhörer in die Ohren und rief Milo an. Mit breitem Grinsen und einem strahlend hellen Tag im Hintergrund erschien er auf ihrem Display.

»Ich bin gleich zu Hause«, sagte er. »Hast du den Arbeitsvertrag unterschrieben?«

Sie zog ihn aus der Tasche und hielt ihn vor die Kameralinse. »Montag fange ich an.«

Milo beglückwünschte sie lautstark und Cora sprudelte über vor Details. Sie erzählte von ihren neuen Kollegen, ihren neuen Aufgabenbereichen und auch von der Gewissheit, dass sie Dadas Couch nun verlassen und sich eine eigene Wohnung suchen konnte. Sie hatte die Zusage schon vorab erhalten, doch den Arbeitsvertrag tatsächlich in den Händen zu halten, besiegelte ihren Neuanfang; ihr schien, als wäre sie nach drei Jahren endlich wieder in ihre Spur eingebogen.

»Du hast deine Spur nie verlassen«, entgegnete ihr Milo. »Sonst wärst du überhaupt nicht nach Thikro gekommen. Und wärst vor allem nicht geblieben.« Milo war mittlerweile in seiner Wohnung angelangt. Er goss sich ein Glas Orangensaft ein und prostete ihr auf den neuen Job zu.

»Vincent hat sich übrigens bei mir gemeldet«, sagte er.

Beim Gedanken an Vincent zog sich etwas in Cora zusammen.

»Was hat er gesagt?«

»Er hat mir endlich mein Honorar überwiesen. Ansonsten kein Wort.«

Cora nickte. Offenbar hinderte ihn sein Stolz daran, seine Fehler einzugestehen, aber sie hatte kein Interesse, das Thema zu vertiefen. Natürlich hatte sie verfolgt, was mit Vincent geschehen war. Weltweit war über die Geiselnahme der Reisegruppe berichtet worden. Ein Video hatte Vincent und die anderen Ausländer gezeigt, wie sie mit gesenkten Köpfen auf einem Teppichboden saßen und die Forderungen ihrer Geiselnehmer verlasen. Die Verhandlungen waren äußerst zäh verlaufen und hatten nach der Ermordung der beiden Reiseführer an zusätzlicher Brisanz gewonnen. Nach zweiwöchiger Gefangenschaft wurden sie schließlich freigelassen. Ihre Spritztour war von der Öffentlichkeit durchaus kritisch, bisweilen hämisch kommentiert worden, wenngleich Vincent als Journalist eine beobachtende Rolle zugestanden wurde, die sich angeblich von den niederen Beweggründen der Kriegstouristen unterschied. Ein paar Monate später war Vincents Erfahrungsbericht in einem auflagenstarken Magazin erschienen. Cora hatte den Bericht mit einer merkwürdigen Mischung aus Anteilnahme und Widerwillen gelesen. Es war offensichtlich, dass die Geiselhaft tiefe Narben in ihm hinterlassen hatte – und doch fragte sie sich, ob Vincent angesichts der medialen Öffentlichkeit, die ihm zuteilwurde, dem Ganzen nicht auch etwas Positives abgewann. Der Gedanke war grauenhaft und gemein und doch, so glaubte Cora, nicht gänzlich unbegründet.

Kurz nach Neujahr hatte sich Vincent mit einem Einzeiler bei ihr gemeldet.

Bist du wieder zurück?

Cora hatte bejaht. Die Konversation hätte damit beendet sein können, doch nach langen Überlegungen schickte sie ihm eine zweite Nachricht hinterher.

Ich habe gehört, was passiert ist. Ich hoffe, du bist den Umständen entsprechend wieder auf den Beinen.

Es war eine komplizierte Nachricht, mit der sie nicht wirklich glücklich war und die sie mehrmals umformuliert hatte, bevor sie sie losschickte. Vincent brauchte nicht lange, um zu antworten.

Sehen wir uns wieder?

Cora wünschte ihm aufrichtig das Beste für seinen weiteren Weg. Danach löschte sie seine Nummer aus ihrem Verzeichnis und war nicht traurig darum.

»Bist du noch da?«, fragte Milo und blickte in die obere rechte Ecke, als prüfe er, ob seine Internetverbindung noch stand.

»Bin noch da«, sagte Cora schnell.

»Ich habe nämlich selbst Neuigkeiten. Ich besuche meine Familie in Antwerpen.«

Cora freute sich für ihn und versprach, ihn dort zu besuchen. Neunzig Tage konnte er bleiben und er hatte auch vor, die volle Zeit zu nutzen. Es würde das erste Mal sein, dass er seine Tante und Cousine in ihrer neuen Heimat besuchte.

»Ich glaube, sie wollen mich überzeugen, herzuziehen. Sie erzählen mir ständig von freien Wohnungen in ihrem Haus und ihrer Nachbarschaft. Selma hat mir sogar den Gay Guide Antwerpen geschickt.«

»Nicht wirklich?«

Milo schlug sich eine Hand vors Gesicht. »Doch, und es war ein wenig peinlich. Aber auch süß.«

»Würdest du denn einen Aufenthaltsstatus bekommen?«

»Der Prozess ist kompliziert, aber ich hätte durchaus Chancen, wenn ich wollte.«

»Und willst du?«

»Manchmal denke ich, mir täte ein Neuanfang gut. Manchmal denke ich, dass mich diese Scheißstadt niemals loslässt und dass ich das auch gar nicht möchte. Was soll denn Youssef ohne mich anfangen, und ich ohne Youssef?« Milo lachte. »Du kennst mich. Ich habe auf diese Frage keine klare Antwort.«

»Wahrscheinlich, weil es keine klare Antwort darauf gibt.«

Milo zuckte die Achseln und richtete die Kamera aus seinem Fenster. Der Feierabendverkehr schob sich durch Thikros enge Straßen. Hinter den Häuserdächern, durchkreuzt von dutzenden Kabelsträngen, lagen die Berge.

»Vermisst du Thikro nicht ein wenig? Diese klare Luft am Morgen, wenn das Tal noch im Schatten liegt? Der Anblick

sonnenverbrannter Briten, die in ihrer eigenen Kotze auf-
wachen?«

»Im Moment nicht wirklich. Aber ich vermisse dich.«

Sie verabredeten sich für ihr nächstes Telefonat und legten
auf. Cora zog die Kopfhörer heraus und blickte mit einem war-
men Gefühl vor sich hin. Es war noch nicht mal früher Abend,
und trotzdem würden schon bald die Straßenlaternen anspring-
gen und einen Kranz um den einfallenden Schneeregen bilden.
Sie bestellte ein weiteres Getränk, nicht, weil sie Durst hatte,
sondern um noch eine Weile zu sitzen und sich eine Tages-
zeitung zu holen. Je dunkler es wurde, desto mehr spiegelte
sich das Café in der Glasscheibe, und irgendwann begegnete
sie sich selbst in der Scheibe. Cora lächelte sich zu.

Dank

Die Zerstörungen von Camps sind eine reale Bedrohung für über eine Million syrischer Geflüchteter im libanesischen Bekaa-Tal. Ich danke der Hilfsorganisation *Sawa* für ihre Arbeit und für die Einblicke, die sie mir gewährt hat.

Für seine geduldige und liebevolle Begleitung, im Leben wie am Text, danke ich Kadir Özdemir zutiefst. Für ihre Unterstützung danke ich zudem Nora Patyk, Antonia Maria Weiser, Anabelle Assaf, Anna Schloss, Joanna von Graefe, M. Morgenstern, Johannes Domnick, Moira Frank, Emily Grunert, Lenja Busch, Laura Heise, Madlen Schulz, Bela Mittelstädt, Timon Dzienus, Patricia Hempel, Philomena Petzenhammer, Esther Wühle, den Beteiligten der Kölner Schmiede 2017 sowie meinen Eltern, Ulrike und Michael Wühle.

Den Teilnehmenden des »Blickwechsel«-Programms für Journalistinnen und Journalisten danke ich für die kritische Reflexion. Der Franz-Edelmaier-Residenz für Literatur und Menschenrechte danke ich für das gewährte Stipendium.

Hinweis zu zitierter Literatur

Das Zitat auf S. 29 stammt aus Jean-Paul Sartres *Die schmutzigen Hände* (1948/1965, Rowohlt Verlag, Reinbek bei Hamburg). Das Gedicht auf S. 257 ist der Rūmī-Biographie von Annemarie Schimmel entnommen, *Rūmī. Ich bin Wind und du bist Feuer* (2003, Heinrich Hugendubel Verlag, Kreuzlingen/ München). Weitere Textauszüge frei nach Samuel Beckett: *Warten auf Godot* (1953/2003, Suhrkamp Verlag, Frankfurt am Main).

Bücher
sind
fliegende
Teppiche
ins Reich
der Fantasie.

James Daniel

Bibliografische Information der Deutschen Nationalbibliothek
Die Deutsche Nationalbibliothek verzeichnet diese Publikation in der Deutschen
Nationalbibliografie; detaillierte bibliografische Daten sind im Internet über
http://dnb.d-nb.de abrufbar.

© by S. Marix Verlag in der Verlagshaus Römerweg GmbH, Wiesbaden 2021
Lektorat: Anna Schloss, Wiesbaden
Covergestaltung: Karina Bertagnolli, Wiesbaden
Bildnachweis: © AdobeStock (Gregory Lee)
Umschlag, Satz und Layout: Anja Carrà, Weimar
Der Titel wurde in der Times New Roman gesetzt.
Gesamtherstellung: CPI books GmbH, Leck – Germany

ISBN: 978-3-7374-1160-8

Mehr über Ideen, Autoren und Programm des Verlags finden Sie auf
www.verlagshausroemerweg.de und in Ihrer Buchhandlung.